THE AGE OF INNOCENCE
Edith Wharton

纯真年代

(美)伊迪丝·华顿 著

刘一南 译

译者的话

在19世纪20世纪初的美国文坛上,活跃着两位同样出身于纽约名门望族、又同样深受欧洲文化浸润的小说家,一位是我国读者所熟知的大文豪亨利·詹姆斯,另一位就是长篇小说《纯真年代》(*The Age of Innocence*,1920)的作者、女作家伊迪丝·华顿(Edith Wharton,1862~1937)。虽然华顿在名望上稍逊于同她私交甚笃的詹姆斯,但是她的众多作品同样在美国文学史上占据着重要地位。她的代表作《纯真年代》一经问世便广受欢迎,次年荣获普利策最佳小说奖。如今,该书早已跻身美国文学经典之列,并于1993年被好莱坞著名导演马丁·斯科塞斯搬上了银幕。

伊迪丝·华顿原名伊迪丝·纽伯尔德·琼斯(Edith Newbold Jones),1862年出生于纽约上层社会的一个豪富之家。根据她后来在自传中的描述,她的家族所在的阶层是一个"贵族化的小核心……所有做小生意的商人都被理所当然地排除在这个集团之外"。在《纯真年代》的开头,她更加形象地把19世纪70年代的纽约上流社会比喻成"一座又小又光滑的金字塔,人们很难在上面凿出裂缝,找到立足点"(第45页)。

华顿四岁时跟随父母旅居欧洲,在巴黎和佛罗伦萨各居住了一段时间,十岁时回到纽约。在《纯真年代》中,女主人公爱伦·奥兰斯卡很小就跟随"常到欧洲大陆游历"(第55页)的父母远渡重洋,将近十岁时才跟随姑母回到纽约,这段经历显然蕴含着作者本人的影子。少年时期的华顿在家庭教师的辅导下学习了法语和德语,广泛阅读欧美文学名著,并开始尝试写作短篇小说和诗歌。

二十三岁时,华顿与同她门当户对的费城绅士爱德华·华顿成婚，但婚姻生活并不美满。爱德华比她年长十二岁，热衷于体育运动。虽然夫妇两人在旅行方面有同样的兴趣，但在华顿所醉心的文学、美术、哲学和自然科学等方面，他们几乎没有什么共同语言。从80年代后期开始，爱德华患上了严重的抑郁症。出于健康方面的考虑，华顿夫妇于1902年搬到了马萨诸塞州的莱诺克斯，定居在由华顿亲自设计的"山峰庄园"中。这座庄园集中体现了华顿在建筑设计、园林设计和室内装潢方面的非凡才华，后来成为旅游胜地。华顿早期的许多作品（包括畅销一时的《欢乐之家》）都是在这座庄园里完成的。同时，华顿也经常在此处设宴款待社会各界的名流，包括她的挚友亨利·詹姆斯和当时的美国总统西奥多·罗斯福。大约从1908年开始，华顿与伦敦《泰晤士报》记者默顿·富勒顿（Morton Fullerton）互生情愫，但这段恋情未能获得进一步的发展。1913年，华顿结束了与丈夫二十八年的婚姻，并移居法国。婚姻和爱情留下的创痛和遗憾，在《纯真年代》中留下了深深的痕迹。

第一次世界大战期间，华顿投身慈善事业，并因此于1916年获得了由法国政府颁发的"国家荣誉军团骑士勋章"。1921年，华顿因《纯真年代》而成为第一位荣获普利策文学奖的女性作家。晚年的华顿依然保持着对旅行和写作的爱好，并出版了多部作品。1937年，华顿在法国圣布里斯-苏福雷的庄园中病逝，享年七十五岁。

华顿的文学作品除了《纯真年代》以外，还有长篇小说《欢乐之家》（*The House of Mirth*，1905）、《伊坦·弗洛美》（*Ethan Frome*，1911）和《马恩河》（*The Marne*，1918），短篇小说集《高尚的嗜好》（*The Greater Inclination*，1899），诗集《十二首诗》（*Twelve Poems*，1926），自传《回首一瞥》（*A Backward Glance*，1933），等等。她的很多作品都取材于19世纪下半叶纽约上流社会的日常生活，以深刻的洞见、细腻的笔法和抚今追昔的感伤之情来表现她少年时期身处其中的那座"又小又光滑的金字塔"是如何在"一个万事万物都从根本上发生了动摇的世界"（第309页）上逐渐分崩离析的。《纯真年代》就是这类作品中的代表作。

《纯真年代》讲述的是一个发生在"小金字塔"里的爱情故事。出身于纽约名门望族的年轻律师纽兰·阿彻在同门当户对的大家闺秀梅·韦兰订婚前夕,遇到了梅的表姐爱伦·奥兰斯卡伯爵夫人,后者刚从欧洲回到美国,准备办理同她的丈夫、一位"恶棍般的波兰贵族"(第41页)离婚的手续。纽兰订婚之后,受未婚妻家族的委托劝告爱伦放弃离婚的打算,因为在因循守旧的老纽约人看来,离婚乃令整个家族蒙羞的丑闻。在同爱伦接触的过程中,纽兰逐渐被这位深受欧洲文化熏陶的女子身上那种"富于戏剧性、热情奔放、非同寻常的内在气质"(第108页)所吸引,进而同她相恋。就在纽兰打算放弃婚约、同爱伦结合之际,梅的一纸关于婚期提前的电报将他拉回到原定的生活轨迹上来。婚后,单调沉闷的家庭生活使纽兰饱受压抑,而与爱伦的重逢更是使他再度陷入对二人结合的憧憬之中。然而,社会习俗和家庭责任的双重压力迫使纽兰最终选择留在妻子身边,爱伦则为了成全纽兰和梅的家庭幸福,黯然回到了欧洲。多年以后,纽兰终于有机会来到巴黎与爱伦重聚,然而此时的他已然没有勇气叩开昔日恋人的房门,决定把"压抑和埋藏了一生的那些无法言说的遗憾和回忆"(第320页)永远留在心底。

小说的情节相当简单,甚至有些"老套";但是,作者善于从自己熟悉的社会环境中提炼素材、塑造人物,将作品主题深植于现实的土壤之中,使一个看似寻常的爱情故事具备了鲜明的时代特色和厚重的历史底蕴。作者以女性特有的敏锐感受和细腻笔触,精心描绘了"老纽约"的歌剧演出、大型晚宴、家庭舞会、教堂婚礼、社交访问、体育比赛等活动,对人们的衣着、礼仪、家居设计乃至生活用品都进行了详细而准确的描写,为读者展示了一幅华丽而生动的上流社会全景图。在忠实地再现社会风俗的同时,作者常常以诙谐幽默的文笔来讽刺"上流人士"们的居高临下和墨守成规,并对那些束缚人性的陈旧习俗进行了含蓄的谴责。

不过,从小说的字里行间,我们却不难体会到作者对日渐没落的昔日传统的眷恋和惋惜之情。在作者看来,纽约上流社会在总体上是"好"的：它一方面深受欧洲贵族文化传统的影响，另一方面又对弥漫于欧洲贵族社会中的奢靡腐化之风予以排斥；虽然这座"小金字塔"中的氛围沉闷得令人窒息，但不容否认的是，正是它在一个世风日下的时代威严而有力地捍卫着社会道德的纯洁和家庭责任的尊严。在小说最后一章中，作者借男主人公纽兰·阿彻的心理活动表明了自己的这一看法："毕竟，老方式有它的好处。"（第311页）与作者处于同一时代的一些评论者敏锐地体会到了她对"老方式"的这种爱恨交加的态度，如著名文学批评家卡尔·范·多伦（Carl Van Doren）就曾写道："华顿夫人的成功在于：她对这些礼仪、外观和重负的描写是如此娴熟，仿佛她深爱它们一般；同时她的描写又是如此透彻，仿佛她痛恨它们一般。"这种爱之弥深、恨之弥切的复杂情感通过作者高超的语言功力得到了淋漓尽致的展现。

在叙事技巧方面，华顿借鉴了她的好友亨利·詹姆斯常用的手法，以男主人公纽兰的思想意识为中心，让读者通过纽兰的视角来观察他周围的人物、环境和事件，从而对几位主要人物的生活状态、情感困境和心理冲突进行感同身受的体悟和反思。

总之，对上流社会传统观念、繁缛礼节和刻板习俗的生动描绘，对三位主人公在一场事关家族荣誉和个人幸福的爱情角逐中的微妙心理的细腻刻画，再加上色彩斑斓的环境描写和含蓄隽永的人物对话，使得这部小说成为一部引人入胜、耐人寻味的佳作。

这个译本依据的是英国华兹华斯出版公司（Wordsworth Editions Ltd.）1994年的版本，脚注是译者添加的。在翻译过程中，译者在个别地方参考了赵兴国和赵玲的译本（译林出版社，2002年），在此谨致谢忱。译文中或有错谬及不当之处，敬请方家批评指正。

刘一南
2015年2月于燕园

目　录
CONTENTS

上　卷

003	第一章	076	第十章
011	第二章	087	第十一章
018	第三章	095	第十二章
025	第四章	107	第十三章
031	第五章	114	第十四章
040	第六章	121	第十五章
048	第七章	131	第十六章
055	第八章	140	第十七章
063	第九章	151	第十八章

下　卷

165　第十九章
175　第二十章
186　第二十一章
198　第二十二章
206　第二十三章
216　第二十四章
222　第二十五章
231　第二十六章

242　第二十七章
249　第二十八章
256　第二十九章
263　第三十章
272　第三十一章
284　第三十二章
293　第三十三章
308　第三十四章

上 卷

纯真年代

第一章

　　七十年代①初某年一月的一个晚上，克丽丝汀·尼尔森②正在纽约音乐院演唱歌剧《浮士德》③。

　　虽然人们已经在议论即将在第四十街以北的大都市远郊兴建的新歌剧院——其奢华和壮观堪与欧洲那些伟大都城的歌剧院媲美——但上流社会却仍然满足于每年冬天在这座适合交际的古老音乐院那红黄两色的陈旧包厢里举行社交聚会。保守派的人们很喜爱它，因为它窄小不便，可以把对纽约开始惧怕但又为之吸引的那些"新人"拒之门外；多愁善感的人们因为它引发了许多对历史的遐想而对它恋恋不舍；爱好音乐的人们则因为它那极佳的音响效果而对它欣赏有加——在专门为听音乐而建造的厅堂中，音响效果向来都是一个棘手的质量问题。

　　这是尼尔森夫人在那年冬天的首场演出，那些被日报精心形容

---

① 指19世纪70年代。
② 克丽丝汀·尼尔森（Christina Nilsson, 1843~1921），瑞典女高音歌唱家。
③ 《浮士德》，法国作曲家夏尔－弗朗索瓦·古诺（Charles-François Gounod, 1818~1893）的歌剧，根据德国文豪歌德的同名诗剧改编。

为"超群绝伦的听众"的人士已经云集于此,来领略她的歌喉。他们有的乘着私人轿式马车,有的乘着宽敞的家庭双篷马车,有的乘着档次较低却更为便利的"布朗马车",沿着溜滑多雪的街道驶到了这里。乘坐布朗马车来听歌剧,几乎跟乘坐自己的马车前来一样体面;而且,乘坐这样的马车离开剧场还有一个极大的优势,那就是可以让人(对民主原则开一句玩笑)抢先登上车队里的第一辆布朗马车,而用不着苦苦等待自己的那位由于天气寒冷、喝了姜酒而鼻子发红的车夫从音乐院柱廊下面冒出来。美国人想要离开娱乐场所的愿望甚至比他们想要到那里去的愿望还要迫切,这是那位了不起的出租马车夫凭着最为精妙的直觉而获得的重大发现之一。

当纽兰·阿彻打开俱乐部包厢后面的门时,花园那一场的帷幕刚刚拉开。这个年轻人没有理由不来得更早一些,因为他七点钟就跟母亲和妹妹共进了晚餐,然后又在摆放着光滑的黑色胡桃木书橱和尖顶椅子的哥特式书房里慢悠悠地抽了一支雪茄——这间书房是整座房子里被阿彻太太允许吸烟的唯一房间。但最重要的是:纽约是个大都市,而他十分清楚,在大都市里听歌剧,早到是"不合宜"的。什么是"合宜"的,什么是"不合宜"的,这在纽兰·阿彻时代的纽约发挥着重要作用,和几千年前支配着他的远祖们命运的那些难以理解的图腾恐惧同样重要。

他迟到的第二个原因是个人方面的。他不慌不忙地抽雪茄,是因为他在内心深处是个艺术爱好者,对即将来临的快乐的遐想常常使他获得比快乐真正到来时更加美妙的满足。当这种快乐十分微妙时更是如此,而他的乐趣多半就属于这种类型。这一次,他所期盼的瞬间是如此珍贵和美妙,以至于——啊,倘若他把自己到达音乐院的时机掌握得恰到好处,能与那位首席女演员的舞台监督合拍,恰逢女主角一边高唱"他爱我——他不爱我——他爱我!"一边伴着像露珠一般清澈的音符抛洒雏菊花瓣,那么,真是没有比这样的入场时刻更加意味深长的了。

当然，她唱的是"M'ama（意大利语"他爱我"）！"而不是"他爱我"，因为音乐界有一条不可改变、毫无争议的法则，要求把由瑞典艺术家演唱的法国歌剧的德语歌词译成意大利语，以便让讲英语的听众理解得更清楚。在纽兰·阿彻看来，这一点和构成他的生活的所有其他惯例一样自然，比如，他必须用两把用蓝漆印着他的姓名缩写交织字母的银背刷子把头发分开，必须在纽扣孔里插上一朵鲜花（最好是栀子花），才能在社交界露面。

"M'ama...non m'ama...（他爱我……他不爱我……）"女主角唱道，然后她以赢得爱情之后充满欢欣情绪的最后爆发力唱出了"M'ama！"这时她一边把那束乱蓬蓬的雏菊压在唇上，一边抬起一双大眼睛，望着那位长着矮小身材和棕色皮肤的浮士德—卡布尔的久经世故的面庞——他穿着一件绷得紧紧的紫色天鹅绒紧身衣，戴着一顶羽毛帽，徒劳地装出一副与他那位天真无邪的受害者同样纯洁真诚的表情。

纽兰·阿彻斜倚在俱乐部包厢后面的墙上，目光从舞台上移开，扫视着剧场的另一面。正对着他的是年老的曼森·明戈特太太的包厢——严重的肥胖症早已使她无法前来观赏歌剧，但是在有社交活动的晚上，她家的一些比较年轻的家族成员总会代表她前来出席。这一次，坐在包厢前排座位上的是她的儿媳洛弗尔·明戈特太太和女儿韦兰太太；在这两位身着锦缎的妇人身后坐着一位身穿白衣的年轻姑娘，正在出神地凝望着舞台上的那对恋人。当尼尔森夫人的那声"M'ama！"在寂静的剧院（在演唱《雏菊歌》期间，各个包厢总是停止交谈）上方飘荡时，一片绯红在姑娘的面颊上泛起，覆盖了她的额头，扩散到她的美丽发辫的根际，漫过她的稚嫩胸脯的斜面，一直涌到她那尺寸适中、系着一朵栀子花的薄纱领布的上端。她垂下眼睛，望着膝上的一大束铃兰，纽兰·阿彻看到她那戴着白手套的指尖轻轻抚摸着花朵。他带着得到满足的虚荣心深深地吸了一口气，目光又回到了舞台上。

布景的制作是不惜工本的，就连熟悉巴黎和维也纳歌剧院的人们也承认这里的布景被设置得很美。从前景至脚灯铺了一张翠绿的地毯。中景的底层由一些覆盖着毛茸茸的绿色苔藓的对称小丘组成，以槌球游戏的拱门为界；上面的灌木丛形状像橘树，但点缀其间的却是大朵大朵的粉红色和红色玫瑰。还有一些极大的三色堇，比这些玫瑰大得多，颇似女教民为时髦牧师制作的花形笔擦，从玫瑰树下面的苔藓中绚然怒放；在开满鲜花的玫瑰树枝上，处处点缀着嫁接过来的雏菊，预示着卢瑟·伯班克先生①很久以后才创造出来的奇观。

在这座令人心醉的花园中心，尼尔森夫人身穿饰有淡蓝缎子的切口的白色开司米外衣，一个网状手提包在她的蓝腰带上晃来晃去，宽大的黄色织带很讲究地排列在她那件细棉紧身胸衣的两侧。她低垂着眼睛倾听着卡布尔热情洋溢的求爱；每当他用有说服力的话语或目光向她指示从右侧斜伸出来的那座雅致的砖造别墅的底层窗口时，她都装出一副表示对他的意图毫不理解的天真表情。

"亲爱的！"纽兰·阿彻心想，他的目光迅速回到那位手抚铃兰的年轻姑娘身上。"她根本猜不出他们在讲些什么啊。"他凝视着她那全神贯注的稚嫩面庞，心中不由得涌出一股属于拥有者的激动之情，其中既含有对自己刚刚萌发的男子气概的自豪感，也含有对她那深不可测的纯洁的温柔敬意。"我们将一起阅读《浮士德》……在意大利的湖畔……"他这样想着，朦朦胧胧地把自己设计的蜜月场景和文学名著混合在一起，而向自己的新娘阐释文学名著将是他作为男人的特权。仅仅在当天下午，梅·韦兰才让他猜出她是"在乎"（纽约人用于表示未婚少女之认可的神圣用语）他

---

① 卢瑟·伯班克（Luther Burbank, 1849~1926），美国育种学家。

的，而他的想象却已经超越了订婚戒指、订婚之吻以及《罗恩格林》①中的婚礼进行曲，勾画起在某个古老的欧洲魔幻场景中她依偎在他身旁的画面来了。

他绝不希望未来的纽兰·阿彻太太是个呆子。他要让她（由于他在陪伴她时对她的启蒙）养成圆通的社交能力和随机应变的机智，使她能在"年轻的一代"中那些最受欢迎的已婚女性面前坚持自己的立场；在那些女性当中，一条公认的习俗是：既要引起男人的崇拜，同时又要开玩笑般地遏制他的热情。假如他早些对他的虚荣心进行深入的探索（有时他几乎已经做到了），他可能已经发现自己心里潜藏着一个愿望：希望自己的妻子和某位已婚女士——她的魅力曾经使他心醉神迷，让他在轻微的焦虑中度过了两年——一样精于世故，一样渴望取悦他人；当然，他没有流露出一丁点儿意志薄弱的迹象，尽管这种脆弱险些破坏那个不幸的人的生活，而且还搅乱了他自己整整一个冬季的计划。

至于这火与冰的奇迹如何才能被创造出来，又如何在一个严酷的世界上存在下去，他可从来没有花时间想过；但他满足于不加分析地坚持自己的观点，因为他知道这也是所有那些精心梳过头、穿着白背心、钮孔里插着鲜花的绅士的观点——他们一个接一个地进入俱乐部包厢，友好地跟他打招呼，然后带着批评的眼光把小望远镜对准了作为这个体制的产物的女士群体。在智力和艺术方面，纽兰·阿彻觉得他自己明显高于古老的纽约上流阶层这些精选出来的标本，因为他很有可能比这群人当中的任何一位都更加博学，更加勤于思考，甚至也更加见多识广。如果单独来看，这些人都显露出了各自的卑劣之处；但若是凑在一起，他们却代表着"纽约"，而男性团结一致的习惯使他在被称为道德的所有问题上都接受了他们

---

① 《罗恩格林》，德国作曲家理查德·瓦格纳（Richard Wagner, 1813~1883）的歌剧，1848年完成，1850年首演。

的原则。他本能地感觉到,单枪匹马地在这方面标新立异,将是一种会惹出麻烦、而且也很糟糕的行为。

"啊呀——我的天哪!"劳伦斯·莱弗茨喊道,突然把他的小望远镜从舞台上移到了别处。总的来说,劳伦斯·莱弗茨在"礼节"问题上是纽约的最高权威。他在研究这个复杂而诱人的问题上面花费的时间大概比任何人都多;但光是研究还不足以说明他那既全面又娴熟的能力。人们只需看他一眼——从那光秃秃的前额斜面和好看的金黄胡髭的曲线,到那瘦削文雅的身体另一端的穿黑漆皮鞋的长脚——便会觉得,对于一个知道怎样以十分随便的方式穿着如此华美的衣服、并让自己的高挑身材显得如此闲适而优雅的人,他在"礼节"方面的学识一定是与生俱来的。正如一位年轻的崇拜者有一次谈到他时所说:"如果有人能告诉你什么时候应当穿晚礼服、打黑领带,什么时候不应当这样,那么,这个人就是拉里·莱弗茨。"至于无带平跟女鞋和漆皮"牛津鞋"孰优孰劣的问题,他的权威从未遭到过质疑。

"我的上帝!"他说,然后默默地把望远镜递给了老西勒顿·杰克逊。

纽兰·阿彻随着莱弗茨的目光望去,惊讶地发现,后者的惊呼是由一个新的身影进入明戈特太太的包厢所引起的。那是一位身材苗条的年轻女子,比梅·韦兰稍矮一点,棕色的头发在鬓角周围形成浓密的发卷,用一条窄窄的钻石丝带固定住。这样的发型赋予她一种在当时被称作"约瑟芬式"的外表,而这一迹象又在她那件深蓝色天鹅绒晚礼服的款式上进一步体现了出来——那件礼服是用一条带有很大的老式扣钩的腰带十分夸张地系在胸脯下面的。可是,穿着这样一身奇特的衣服的人却似乎完全没有意识到她自己是多么引人注目;她在包厢中间站了一会儿,与韦兰太太商量了一下她在后者位于前排右侧角落里的座位就座是否得体的问题,接着便莞尔一笑,表示服从,并与坐在左侧角落里的洛弗尔·明戈特太太——韦兰太太的嫂子——在同一排就座。

西勒顿·杰克逊先生把望远镜还给了劳伦斯·莱弗茨。全俱乐部的人都本能地转过头,等着听这位老人要讲的话;因为正如劳伦斯·莱弗茨是"礼节"方面的最高权威一样,老杰克逊先生在"家族"问题上是最高权威。他了解纽约人的亲戚关系的所有分支;他不仅能解释清楚某些极其复杂的问题,如明戈特家族(通过索利家族)与南卡罗来纳州的达拉斯家族之间的关系,以及费城索利家族的上一辈分支与奥尔巴尼·奇弗斯家族(决不会与大学区的曼森·奇弗斯家族混淆)的亲戚关系,而且还能列举每个家族的主要特征,例如:莱弗茨家族的年轻一代(住在长岛的那些人)各啬得惊人;拉什沃斯家族总是在婚配问题上犯下愚蠢的错误;奥尔巴尼·奇弗斯家族每隔一代就会出现一个精神病患者,这一家的纽约表亲一直拒绝与之通婚——只有可怜的梅多拉·曼森是个不幸的例外,因为,众所周知,她……不过,她的母亲原是拉什沃斯家的人。

除了由这些"家族树"组成的"森林"以外,在西勒顿·杰克逊先生那狭窄凹陷的两鬓之间和柔软浓密的银发下面,还保存着最近五十年来在纽约社会的平静表面之下积聚起来的大多数丑闻与秘史记录。他的信息范围的确极为广大,他的记忆也精确无误,以至于人们认为只有他才能说出银行家朱利叶斯·博福特究竟是何许人,老曼森·明戈特太太的父亲、英俊的鲍勃·斯派塞的结局究竟如何。后者结婚后不到一年,就在一位美丽的西班牙舞蹈演员——她曾在巴特利的古老歌剧院里让挤满全场的观众如痴如醉——起航前往古巴的那一天(带着一大笔委托金)神秘地失踪了。但是,这些以及其他许多秘闻却都被严严实实地锁在杰克逊先生心中,这不仅因为他强烈的荣誉感不允许他透露别人私下里告诉他的任何事

情，也因为他十分清楚，谨慎的名声会给他带来更多的机会，使他能够查明他想了解的情况。

因此，当西勒顿·杰克逊先生把望远镜还给劳伦斯·莱弗茨的时候，俱乐部包厢里的人们显然都在十分焦急地等待着前者将要说出的话。只见他用布满老筋的眼睑下面的那双朦胧的蓝眼睛对那群洗耳恭听的人默默地审视了一会儿，然后若有所思地抖动了一下胡须，仅仅说了一句："我没想到明戈特家竟然会来这么一手。"

第二章

在这个短暂的插曲当中,纽兰·阿彻陷入了一种奇怪的尴尬境地。

可恼的是,如此吸引纽约男性世界全部注意力的包厢竟然就是他的未婚妻在座的那一个,她在那里坐在母亲和舅母之间。他一时没能认出那位穿着法兰西帝国时代服装的女士是谁,也想象不出她的出现为什么会在俱乐部会员当中引起如此的骚动。接着,他渐渐明白了,心中随即产生了一阵短暂的愤慨之情。的确,谁都没想到明戈特家竟然会来这么一手!

然而他们却这样做了,他们无疑这样做了,因为阿彻身后的窃窃私语使他心中再没有丝毫怀疑:那位年轻女子就是梅·韦兰的表姐,也就是那位一直被全家称为"可怜的爱伦·奥兰斯卡"的表姐。阿彻知道她一两天之前突然从欧洲回来了,甚至还听韦兰小姐(并非不满地)说过,她已经去看过可怜的爱伦了,她就住在老明戈特太太那里。阿彻完全拥护家族的团结;在血统纯洁无瑕的明戈特家族中,他最尊崇的品质之一就是这一家人对几个不肖子弟的坚决支持。这个年轻人并不自私,也并不胸襟狭窄,他很高兴自己未来的妻子没有受到虚伪礼节的限制，能（私下）善待她不幸的表姐；但是，在家族圈子内接待奥兰斯卡伯爵夫人是一回事，而把她带到公众场所，尤其是歌剧院这样的地方，而且还偏偏是那位年轻姑娘——她与他纽兰·阿彻订婚的消息在几周之内就要公布了——的包厢，可就完全是另一回事了。是的，他的感觉与老西勒顿·杰克逊一样：真没想到明戈特家竟然会来这么一手！

他当然知道，男人敢于去做的任何事情（在第五大街①的范围之内），老曼森·明戈特太太这位女族长也都敢于去做。他向来崇敬这位身份高贵、势力强大的老夫人。她原先只不过是斯塔腾岛②的凯瑟琳·斯派塞，有一位神秘地名誉扫地的父亲——无论是金钱还是地位，都难以让人们忘记那件事；然而，她却与富有的明戈特家族的领袖联了姻，把两个女儿嫁给了"外国人"（一位意大利侯爵和一位英国银行家），并在中央公园附近无法插足的荒地里建造了一幢用乳白色石头（当时人们都用棕色沙石盖房子，就像午后都穿长礼服一样）砌成的大房子，从而使她的大无畏举动达到了登峰造极的地步。

老明戈特太太的两个外籍女儿已经成了一则传奇。她们从不回来看望母亲。这位母亲和许多思想活跃、意志专横的人一样，惯于久坐，身体肥胖，一直泰然自若地留守家中。但那幢乳白色的房子（据说是仿照巴黎贵族的私人旅馆建造的）却作为她在道德方面的勇气的见证矗立在那里；她在里面荣登宝座，坐在独立战争之前的家具与路易·拿破仑的杜伊勒里宫（她中年时曾在那里大出风头）的纪念品中间，仿佛住在三十四街③以北、或者用像房门一样敞开的法式窗户来代替推拉式窗框不足为奇似的。

---

① 第五大街（一译第五大道），美国纽约市曼哈顿区的繁华街区之一。
② 斯塔腾岛，纽约市的一个岛区，位于该市的西南部。
③ 三十四街，美国纽约市曼哈顿区的繁华街区之一。

大家（包括西勒顿·杰克逊先生）一致认为，老凯瑟琳从未拥有过美貌——在纽约人的眼中，美貌这种天赋为每一种成功都赋予了合理性，也为一定数目的失败提供了借口。不友善的人们议论说，与她那个身居皇位的同名人①一样，她之所以能取得成功，靠的是意志力量和冷酷心肠，外加一种傲慢和狂妄的态度，但她在私生活方面的绝对正派却多少使这种态度免遭非议。曼森·明戈特先生去世时她只有二十八岁；此前，明戈特先生出于对整个斯派塞家族的不信任，已经用一条附加条款"冻结"了自己的财产。然而，他那位年轻、果敢的遗孀却无所畏惧地走着自己的路，无拘无束地混迹于外国社交界，把两个女儿嫁到了天知道何等腐化而时髦的圈子里，与公爵和大使举杯共饮，同罗马天主教徒亲密交往，款待歌剧演员，还成了塔格里奥尼夫人②的密友。与此同时（正如西勒顿·杰克逊首先宣布的），关于她的名声却从来没有一句风言风语。杰克逊总是添上一句：这是她与以前那位凯瑟琳的唯一不同之处。

曼森·明戈特太太早已成功地解冻了丈夫的财产，过了半个世纪的富裕生活。然而，对自己早年困境的记忆使她格外节俭。她虽然在购买服装或添置家具时总是小心地挑选最好的，但却舍不得为了餐桌上的瞬间享乐而过多地破费。因此，出于截然不同的原因，她的饭菜和阿彻太太家的一样糟糕，她的葡萄酒也丝毫没有为之增色。亲戚们认为，她在餐桌上的吝啬损害了明戈特家的名誉——它一向是与讲究的生活联系在一起的。然而人们还是不顾那些"拼盘"和无味的香槟，继续到她家来拜访。对于儿子洛弗尔的规劝（他企图雇用纽约最好的厨师③以恢复家族的名誉），她常常笑着

---

① 可能指俄国女皇叶卡捷琳娜二世·阿列克谢耶芙娜（Екатерина II Алексеевна，1729~1796）。
② 塔格里奥尼夫人，指意大利舞蹈家玛丽·塔格里奥尼（Marie Taglioni，1804~1884）。
③ 原文是法文。

回答说:"既然我已经把姑娘们都嫁出去了,我又不能吃带酱油的东西,那么一家人雇两个好厨师有什么用?"

纽兰·阿彻一面沉思着这些事情,一面再度把目光转向了明戈特家的包厢。他看到韦兰太太和她的嫂子正在以老凯瑟琳向族人反复灌输的那种明戈特式的泰然自若神情来面对那半圈批评者,只有梅·韦兰面色绯红(也许由于知道他在看她),流露出事态严峻的意味。至于引起骚动的那一位,她优雅地坐在包厢角落里,两眼凝视着舞台;由于身体前倾,她露出的肩膀和胸部比纽约人惯常看到的稍稍多了一点儿——至少他们不习惯于在那些有理由希望自己不引人注目的女士身上看到这样的情况。

在纽兰·阿彻看来,很少有什么事情比与"品味"相悖更可怕了。"品味"是一种遥不可及的神韵,"礼节"只是它的可见代表物和代理者。奥兰斯卡夫人那苍白而严肃的面孔,按照他的想象是适合于这种场合以及她的不幸处境的,但是她的衣服(没有衣领)从瘦削的肩头一直往下倾斜的样式却令他震惊和不安。他不愿想象梅·韦兰会受到一位如此不顾及品味要求的年轻女性的影响。

"究竟——"他听到身后一个年轻人开口说(在梅菲斯托菲勒斯①和玛塔②那几场戏的演出期间,每个人都在谈话),"究竟发生了什么事?"

"噢——她离开了他;谁都不想否认这一点。"

"他是个可怕的畜生,不是吗?"年轻的询问者接着问道。他是索利家族中的一个直率的人,显然准备加入那位女士的护花使者之列。

"是个糟糕透顶的家伙。我在尼斯见过他,"劳伦斯·莱弗茨以权威的口气说道,"那个家伙老是喝得烂醉,脸色苍白,一副瞧

---

① 梅菲斯托菲勒斯,歌剧《浮士德》中的魔鬼。
② 玛塔,歌剧《浮士德》中的人物,女主人公玛格丽特的邻居。

不起人的样子——他的脑袋倒是很漂亮,就是眼睫毛太多。噢,我来告诉你他那德性:他不是跟女人在一起,就是去收集瓷器。据我所知,他在这两方面都不惜付出任何代价。"

这话引起一阵哄堂大笑。那位年轻的护花使者又说:"唔,后来呢?"

"唔,后来,她突然跟他的秘书一起跑掉了。"

"噢,是这样。"护花使者的脸沉了下来。

"不过这并没有持续多久,我听说几个月以后她独自住在威尼斯。我相信洛弗尔·明戈特出国去找她了。他曾说她非常不快活。那倒没什么——可是让她在歌剧院里这般招摇,就是另一回事了。"

"也许,"那位小索利冒险地说,"她太不快活了,不愿意独守空房。"

这句话引起了一阵无礼的笑声,年轻人满脸通红,竭力装出自己想巧妙使用聪明人所谓的"双关语"的样子。

"唔——不管怎么说,把韦兰小姐带来总是令人费解的。"有人小声说,一面斜视了阿彻一眼。

"噢,这可是战役的一部分呀,肯定是老祖宗的命令,"莱弗茨大笑着说,"老夫人每次做事都要做得十分彻底。"

这一幕结束了,包厢里起了一阵普遍的骚动。纽兰·阿彻突然感觉到自己必须采取果断行动。他要第一个走进明戈特太太的包厢,向期待中的社交界宣布他与梅·韦兰订婚的消息,去帮助她渡过她的表姐的异常处境可能将她卷入的任何困难;这一冲动猛然压倒了一切顾虑和犹豫,促使他匆匆穿过一节节红色走廊,向剧院较远的一端走去。

进入包厢的时候,他的目光与韦兰小姐的目光相遇,他发现她立即明白了他的来意,尽管家族自尊心——两个人都视其为一种崇

高的美德——不允许她对他明言。他们这个圈子的人都生活在一种含蓄、微妙的气氛当中；在这个年轻人看来，他和她不用说一句话就能明白彼此的心意，这比任何解释都更能使他们相互贴近。她的眼睛在说："你明白妈妈为什么带我来。"他的眼睛则回答："我无论如何都不会让你离开这里。"

"你认识我的侄女奥兰斯卡伯爵夫人吗？"韦兰太太一面与她未来的女婿握手，一面问道。阿彻按照被引荐给女士时的惯例，鞠了一躬，但没有伸出手；爱伦·奥兰斯卡轻轻点了一下头，戴着白手套的双手仍然握着那把用鹰毛制成的大扇子。他问候了洛弗尔·明戈特太太——一位穿着窸窣作响的缎子衣裙的身材高大的金发女士，然后在未婚妻的身旁坐下，低声说："我希望你已经告诉奥兰斯卡夫人我们订婚了？我想让每个人都知道——我要你允许我今晚在舞会上宣布。"

韦兰小姐的脸上浮现出了曙光一般的玫瑰红色，她容光焕发地望着他。"好吧，如果你能说服妈妈的话，"她说，"不过，已经定下来的事情，我们为什么要改变呢？"他没有说话，只用眼睛做出了回答。她更加自信地微笑着补充说："你自己告诉我表姐吧，我允许你这么做。她说当你们还是孩子的时候，她经常和你一起玩耍。"

她把椅子向后推了推，给他让出了路。阿彻一心想让全场的人都看到自己的举动，便迅速地、略显招摇地坐到了奥兰斯卡伯爵夫人身边。

"我们过去的确经常在一起玩儿，不是吗？"她问道，一面用庄重的目光看着他的眼睛。"你那时是个讨厌的男孩，有一次你在一扇门后面吻了我；但我那时爱上的却是你的堂兄范迪·纽兰，他从来不看我一眼。"她的目光扫视着由包厢形成的马蹄形曲线。"啊，这个场面让我回忆起了过去的一切——我发现这里人人都穿灯笼裤或宽松裤。"她带着略微拖长的异国口音说道,目光又回到了他的脸上。

这番话,尽管表达的是令人愉快的感情,却使这个年轻人联想起了这样一幅图景:在威严的法庭上,法官此时此刻正在审理她的案子。这个极其不相称的联想令年轻人感到震惊。没有什么比不合时宜的轻率更有伤大雅了,于是他有点生硬地回答道:"是啊,你离开这里已经有很长时间了。"

"啊,好像有好几百年了,时间太长了,"她说,"长得让我确信我已经死了,被埋葬了,而这片亲爱的故土就是天堂。"出于纽兰·阿彻自己也说不清的理由,他觉得用这样的话来形容纽约社会就更加失礼了。

第三章

事情还是一成不变地按老样子进行。

朱利叶斯·博福特太太在她举办一年一度舞会那一天的晚上，从来不会忘记到歌剧院去露露面。的确，为了突出她在执掌家务方面的绝对优势，显示她拥有一班颇有才干的仆人，能够在她不在家时安排好招待活动的种种细节，她总是在有歌剧演出的晚上举办舞会。

博福特家的住宅是纽约为数不多的有舞厅的住宅之一（他们建造舞厅甚至先于曼森·明戈特太太家和海德利·奇弗斯家）。当人们开始认为在客厅的地板上"咚咚咚"地移动家具、并把它们搬到楼上的行为显得"土气"的时候，博福特家已经拥有了一间不作他用的舞厅，它一年有三百六十四天都被封闭在黑暗之中，镀金座椅被摞在角落里，枝形吊灯被装在袋子里。人们觉得，这种毋庸置疑的优越性足以弥补博福特家族史上任何令人遗憾的事情。

阿彻太太喜欢把自己的社交哲学提炼成格言，有一次她曾说："我们都有自己的平民宠儿。"虽然这句话说得很大胆，但它的真实性却得到了许多孤傲人士的暗中承认。不过博福特夫妇并不属于严格意义上的平民,有人说他们比平民还要差。博福特太太确实属于美国最有名望的家族之一,她原是可爱的里吉娜·达拉斯(属于南卡罗来纳家系),一位分文不名的美人,是由她的表姐、鲁莽的梅多拉·曼森引荐到纽约社交界的,后者总是好心办坏事。一个人若是与曼森家族和拉什沃斯家族沾亲带故,他就能享有纽约上流社会中的"公民权①"(按照早年经常出入杜伊勒里宫的西勒顿·杰克逊先生的说法);但是,有谁不会因为嫁给了朱利叶斯·博福特而丧失这种公民权呢?

问题是:博福特以前是何许人也?他被误认为是一个英国人,彬彬有礼,仪表堂堂,脾气暴躁,热情好客,机智风趣。他是带着老曼森·明戈特太太那位英国银行家女婿的推荐信来到美国的,并且很快在社交界获得了重要地位;然而他生性放荡,言辞尖刻,履历又很神秘。当梅多拉·曼森宣布她的表妹与他订婚的消息时,人们认定,可怜的梅多拉那长长的鲁莽行为记录中又多了一件蠢事。

然而,事实证明她的睿智之举和愚蠢之举同样多。年轻的博福特太太结婚两年之后,人们公认她拥有纽约最名声显赫的住宅。没有人清楚这个奇迹究竟是怎样发生的。她懒散,温顺,刻薄的人甚至说她愚笨。可她打扮得像个玩偶,金发碧眼,珠光宝气,一年比一年更显得年轻漂亮;她在博福特先生那深褐色的石头宫殿里登上宝座,无须抬一抬戴着钻戒的小指便能把整个社交界的名人都吸引到身边。有见识的人说,是博福特本人在训练仆役,教厨师烹饪新的菜肴,告诉园丁在温室中应当栽培何种鲜花来装饰餐桌和客厅,挑选宾客,酿制晚餐后的潘趣酒,并为妻子口授写给她的朋友们的便笺。倘若果真如此,那么这些家务活动也都是私下进行的;而出现在社交界面前的他,却是一位无忧无虑、热情好客的百万富翁,

---

① 原文是法文。

像贵宾一样洒脱而悠闲地走进自家的客厅,说:"我妻子的大岩桐真令人叫绝,不是吗?我相信这是她从邱园①弄来的。"

人们一致认为,博福特先生的秘诀在于他成功处事的方法。虽然有传闻说,是雇用他的国际银行"帮助"他离开英国的,但是他对这一谣言跟对其他谣言一样满不在乎——尽管纽约的商业良心与它的道德准则一样敏感。他清除了面前的一切障碍,把全纽约的人都召进了他的客厅。二十多年来,当人们说他们"要去博福特家"时,那口气就像说他们要去曼森·明戈特太太家一样心安理得,外加一种知道自己将会品尝到热气腾腾的灰背野鸭和陈年佳酿(而不是出产不到一年、口味不温不火的贵妇香槟和从费城运来后重新煮热的油炸丸子)的满足感。

于是,跟往常一样,博福特太太在《珠宝之歌》②开唱之前准时出现在她的包厢里;也跟往常一样,她在第三幕结束时站了起来,拉了拉披在她可爱的肩膀上的歌剧斗篷,退场了。全纽约的人都明白,这意味着半小时后舞会就要开始了。

博福特一家的住宅是纽约人乐于向外国人炫耀的一处住宅,尤其是在一年一度舞会当晚。博福特夫妇是纽约第一批拥有自己的红丝绒地毯的人,他们让自家的男仆在自家的凉棚下面把地毯沿着台阶铺下来,而不是像预订晚餐和租赁舞厅座椅一样从外面租来。他们还开创了让女士们在门厅里脱下斗篷的风习,而不是把斗篷乱堆到女主人的卧室里,再用煤气喷嘴重新卷头发。据说博福特曾经说过,他认为他妻子的所有朋友在出门时都是由女佣负责做头发③的。

而且,这幢住宅有一间设计得非常气派的舞厅,这样,人们就

---

① 邱园,指位于伦敦西郊邱镇的英国皇家植物园。
② 《珠宝之歌》,歌剧《浮士德》第三幕中的著名咏叹调。
③ 原文是法文。

不用拥挤地穿过狭窄的过道（像在奇弗斯家里那样），而是可以昂首阔步地沿着两排纵向排列的客厅（有海绿色的、猩红色的和金黄色的）之间的通道走进舞厅；从远处即可看到映在上光镶木地板上的许多蜡烛的光芒；再往远处看，则会望到在一座温室的深处，山茶和桫椤的珍稀树叶在黑、金两色竹椅的上方形成拱顶。

纽兰·阿彻到得稍晚一些，这符合他这种年轻人的身份。他把大衣交给了穿长筒丝袜的男仆（这些长袜是博福特犯下的少数愚蠢错误之一），在挂着西班牙皮革、饰以镶嵌物和孔雀石的书房里闲逛了一会儿；几位男士在那里一边闲聊，一边戴上跳舞专用的手套，最后才加入博福特太太在深红色客厅门口迎接的宾客的行列。

阿彻显然有些紧张不安。他听完歌剧之后没有回俱乐部（像年轻人通常所做的那样），而是趁着美好的夜色沿第五大街走了一段，然后才回头朝博福特家的方向走去。他肯定是担心明戈特家的人做得太过分，生怕他们真会按照明戈特老太太的吩咐，把奥兰斯卡伯爵夫人带到舞会上来。

从俱乐部包厢的气氛中，他已经意识到那将是多么严重的错误。而且，虽然他无比坚决地要"坚持到底"，但他觉得，他要保护未婚妻的表姐那股骑士般的热情，已经不如他在歌剧院与她简短交谈之前那么高涨了。

阿彻漫不经心地走到金黄色客厅（博福特大胆地在里面挂了布格罗①的一幅引起不少争议的裸体画《得胜的爱神》），只见韦兰太太和她的女儿站在舞厅门口。前面，一对对舞伴已在地板上滑步，烛光洒在旋转的纱裙上，洒在少女们戴着雅致花环的头上，洒在少妇们发髻上的时髦饰物上，洒在闪闪发光的衬衫前胸与鲜艳明亮的手套上。

---

① 布格罗，指威廉-阿道夫·布格罗（William-Adolphe Bouguereau, 1825~1905），法国画家，法国19世纪下半叶学院派绘画的代表人物之一。

纯真年代

韦兰小姐显然正准备加入跳舞的人群;她停留在门口,手中握着铃兰(她没带别的花束),脸色有点苍白,两眼灼灼放光,表现出真切的兴奋之情。一群年轻男子和姑娘围在她的周围,很多人同她握手,欢声笑语不绝于耳。站得稍远一些的韦兰太太面带笑容注视着这一场景,表露出有保留的赞赏之意。很明显,韦兰小姐正在宣布她的订婚消息,而她的母亲则摆出一副不大情愿的家长派头,这副派头被认为是与这种场合相称的。

阿彻踌躇了一会儿。订婚消息是按照他的明确意愿宣布的,可是他的本意却不是要把自己的幸福公之于众。在拥挤而热闹的舞厅里宣布这个消息,相当于强行剥掉个人隐私的保护层,而这种隐私原本属于最贴近心灵的东西。他的喜悦非常深沉,因而表面的污损并没有触及根本,但他还是愿意让表面也同样纯洁。令他感到满意的是,他发现梅·韦兰也有同样的感受。她用眼睛向他投来恳求的目光,仿佛在说:"要记住,我们这样做是因为这种做法是正确的。"

任何恳求都不会在阿彻心中引起更加迅速的响应了;然而他仍然希望,他们之所以必须这么做,是出于一个十全十美的理由,而不仅仅是为了可怜的爱伦·奥兰斯卡。韦兰小姐周围的人们面带会意的笑容给他让开了路;在接受了对他的那份祝贺之后,他拉着未婚妻走到舞厅中央,把胳膊搭在了她的腰间。

"现在我们不用非得讲话了。"他望着她那双坦率的眼睛微笑道。两人乘着《蓝色多瑙河》柔和的波浪漂游而去。

她没有回答,双唇绽出一丝微笑,但眼神依然淡漠庄重,仿佛正在凝望着某种不可言喻的幻影。"亲爱的。"阿彻悄声说,一面用力将她贴近自己。他逐渐感觉到,订婚后的最初几个小时即使是在舞厅里度过的,其中也包含着某些重大与神圣的内容。有这样一个纯洁、美丽、善良的人儿在身边,这将是怎样的一种新生活啊!

第三章 上　卷

跳完舞之后，已成为未婚夫妇的他们漫步走进温室，坐在一片由桫椤和山茶组成的高大屏障后面，纽兰把她戴着手套的手紧紧地压在嘴唇上。

"你知道，我是照你的要求做的。"她说。

"是的，我不能再等了。"他含笑回答。过了一会儿他又补充道："只是，我真希望不是在舞会上宣布的。"

"是的，我知道。"她会意的目光与他的目光相遇，"不过，毕竟——就是在这里，我们也是单独在一起的，不是吗？"

"噢，最亲爱的——永远都是这样！"阿彻喊道。

显然，她将永远理解他的想法，永远讲得体的话。这一发现使他的幸福之杯满溢而出。他欢快地接着说："最糟糕的是我想吻你，却做不到。"说着，他迅速地朝温室四周瞥了一眼，确信他们暂时处于隐蔽之所，便一把将她揽到怀里，匆匆地吻了一下她的双唇。为了抵消这一大胆举动的影响，他把她带到温室中的一个不那么隐蔽的地方，让她坐在一张长竹椅上。他在她的身旁坐下，从她的花束上摘下了一朵铃兰。她默默无言地坐在那里，整个世界像一条阳光灿烂的峡谷一样横在他们脚下。

"你告诉我的表姐爱伦了吗？"过了一会儿她问道，仿佛在梦中说话一样。

他醒了过来，想起他还没有告诉她。一想到要把这样的事情告诉那位陌生的外籍女子，一种无法克服的反感使他没有说出已到嘴边的话。

"没有——我一直没有机会说。"他急忙撒了个小谎。

"噢，"她看上去很失望，但仍然温和地下定决心要表明她的观点，"那么，你一定要告诉她，因为我也没说；我不愿意让她以为——"

"当然。不过，不管怎样，难道不是应该由你去告诉她吗？"

她沉思了一会儿,说:"是的,要是我在适当的时机告诉了她就好了。不过既然现在已经晚了,我想你必须向她说明,我在歌剧院时就让你告诉她,那是在我们在这儿向大家宣布之前。否则,她会以为我忘记她了。你知道,她是家族的一员,但她在外面待了很久,因而相当敏感。"

阿彻容光焕发地望着她。"亲爱的、伟大的天使!我当然要告诉她的。"他有点儿担心地朝拥挤的舞厅瞥了一眼,"可我还没见到她呢。她来了吗?"

"没有,她在最后一刻决定不来了。"

"最后一刻?"他重复道,这显露出了他的惊讶之情:她居然认为可以不来。

"是的。她特别喜欢跳舞,"年轻姑娘简单地回答说,"可她突然认定她的衣服不够漂亮,不适合在舞会上穿,尽管我们觉得它很美。所以我的舅妈只好送她回家了。"

"噢,好吧——"阿彻以一种高兴而又漠不关心的态度说道。他的未婚妻坚决果断地、以最严格的方式奉行"不去注意'令人不快的事情'"这条老规矩——他们两人都是在这条规矩之下被教养成人的——这比关于她的任何事情都更使他高兴。

"她跟我一样清楚地知道她的表姐没有露面的真实原因,"他心想,"但我决不能露出一点迹象,让她看出我知道可怜的爱伦·奥兰斯卡的名誉笼罩在阴影之中。"

第四章 上 卷

第四章

　　第二天，第一轮订婚互访按例进行。在这类事情上，纽约的规矩一丝不苟，无可变更。遵照这一礼节，纽兰·阿彻先与母亲、妹妹一起去拜访了韦兰太太，然后又与韦兰太太和梅一同乘车到曼森·明戈特老太太家去接受这位德高望重的老祖宗的祝福。

　　拜访曼森·明戈特太太向来是年轻人的一件乐事。那幢房子本身已经成为一座历史纪念碑，不过，它当然不会像大学区与第五大街南部的某些古老家族住宅那样令人肃然起敬。那些住宅清一色建于1830年，里面置有绘制着卷心玫瑰花环图案的地毯、红木储物柜、配有黑色大理石壁炉架的圆拱形壁炉，以及锃亮的桃花心木大书橱，显得既古板又协调；而明戈特老太太的住宅建得晚一些，她悉数摈弃了自己盛年时期的那些笨重的家具，将第二帝国①时期浮华的室内装潢与明戈特家的传家珍宝融为一体。她习惯坐在一楼起居室的窗户后面，仿佛在平静地等待生活与时尚的潮流滚滚北上，流向她隐僻的家门。她似乎并不急于让它们到来，因为她的耐

---

① 第二帝国，指拿破仑三世统治下的法兰西第二帝国（1852~1870）。

心与她的信心不相上下。她深信，现在的那些围篱、采石场、单层的厅房、荒芜花园里的木制暖房以及常有山羊登临其上的岩石，在新住宅涌现之前就会销声匿迹，而那些新的宅邸将和她的住宅一样富丽堂皇——或许（她是个不带偏见的女人）还比她的住宅更加壮观。而且，老式公共马车咔嗒咔嗒地颠簸于其上的那些卵石路面也将被平滑的柏油路面所取代，就像据传人们曾在巴黎见过的那样。同时，由于她乐于接见的人们都常来看望她（她可以像博福特夫妇一样轻而易举把她家的客厅塞满，而且无须往晚餐菜单里添一道菜），她也并不因为住处偏僻而遭受与世隔绝之苦。

　　脂肪的激增在她中年时期突然降临，就像火山熔岩降临于一座在劫难逃的城市那样来势凶猛，使她从一位丰满好动、步伐灵活的小巧女人变成了一个像自然奇观一般雄壮伟岸的庞然大物。她像对待其他一切磨难一样达观地接受了这一灾难。如今，她在耄耋之年终于得到了报偿：镜子里的她，是一堆几乎没有皱纹的白里透红的结实肌肤，在其中央，一张小巧面孔形迹犹存，仿佛在等待着挖掘；顺着光滑的双层下颚一直往下看，直到那深得令人晕眩的地方，可以看到她那依旧雪白的胸脯隐藏在雪白薄纱下面，一枚已故明戈特先生的微型像章固定其间；在四周及底下的部位，一波接一波的黑丝绸在又宽又大的扶手椅的边棱上流泻而下，两只白皙的小手搁在那里，犹如盘桓在波涛汹涌的海面上空的两只海鸥。

　　曼森·明戈特太太的脂肪负担早已使她无法上下楼梯，于是她以特有的独立精神将客厅设在楼上，自己却（明目张胆地违反纽约的所有行为规范）住在宅邸的一楼。因此，你若是与她一起坐在起居室的窗口，就能（透过一扇始终敞开的门和一张卷起的黄色锦缎门帘）意外地看到一间卧室，里面有一张布置得像沙发一样的特大矮床，一张装饰着花哨的荷叶边饰带的梳妆台，上面摆着一面镀金框架的镜子。

第四章 上 卷

　　对于这种布置方式的异国情调,她的访客们既大感惊愕,又倾倒不已,它使人想起了法国小说中的那些场景,以及单纯的美国人做梦也想不到的那些伤风败俗行径的建筑学诱因。在不道德的旧时社会中,那些偷情女子的住所都是如此;在她们的公寓里,所有的房间都在同一层,小说所描写的那些不正当亲密行为都是在这里发生的。纽兰·阿彻(他暗中把《德·卡莫斯先生》①中的爱情场面置于明戈特太太的卧室里)想象着她在私通场面的舞台布景中过着白璧无瑕的生活,不禁感到好笑;但他又怀着颇为钦羡的心情想到:假如有个情人符合她的要求,这位无所畏惧的女人一定也会投入他的怀抱的。

　　令大家都感到宽慰的是,当这对订婚青年造访时,奥兰斯卡伯爵夫人没有出现在她祖母的客厅里。明戈特太太说她出去了。一个名誉受损的女子在这样一个阳光明媚的日子、又是在"购物时间"外出,这一举动本身似乎是不合礼节的;但是无论如何,这却使他们两人避免了面对她的窘境,还避免了她那不幸的过去可能投射到他们光辉前程上的淡淡阴影。正如他们事先预料的那样,这次拜访进行得十分顺利。明戈特老太太对这桩婚事——事事留心的亲戚们对此早有预见,并在家族会议上给予了谨慎的认可——很中意,那枚镶着一块厚厚的大蓝宝石(嵌在几只无形细爪之中)的订婚戒指也得到了她毫无保留的赞赏。

　　"这是新式镶座。当然,它使宝石显得很美,不过老眼光的人会觉得它显得有点儿光秃秃的。"韦兰太太解释道,一面用眼睛的余光抚慰她未来的女婿。

　　"老眼光?我希望你不是指我的眼光吧,亲爱的?我喜欢一切新奇的东西。"老祖母说,并把钻戒举到她那双明亮的小眼睛跟

---

① 《德·卡莫斯先生》,法国作家奥科塔夫·佛叶(Octave Feuillet, 1821~1890)的小说,完成于1867年。

前，这双眼睛从未受过眼镜的损伤。"非常漂亮，"她又说，一面交还钻戒，"非常大方。我年轻的时候，一块镶在几颗珍珠之间的浮雕宝石对大家来说就足够了。不过戒指是靠手来衬托的，对不对，我亲爱的阿彻先生？"她边说边挥动着一只小手，手上的指甲被修得尖尖的，因老年肥胖而长出的一圈圈肥肉如同象牙手镯一般环绕着她的手腕。"我的戒指是伟大的费里加尼在罗马设计的。你应该找人为梅定做；毫无疑问他会的，我的孩子。她的手很大——这些现代运动把人的各个关节都扩大了——不过肤色还是很白的。——可是婚礼什么时候举行呢？"她收住话头，两眼紧盯着阿彻的脸。

"唔——"韦兰太太喃喃地说，年轻人却朝未婚妻露出微笑，回答道："越快越好，明戈特太太，只要您愿意支持我。"

"妈妈，我们得给他们时间，让他们互相多了解一些。"韦兰太太插言说，同时又恰如其分地装出一副不大情愿的样子。老祖母回答道："互相了解？胡说！在纽约，人们早就互相了解得清清楚楚了。让年轻人按他自己的方式去办吧，我亲爱的；可别等到美酒的泡沫都跑掉了。大斋节前就让他们成婚；我现在一到冬天就可能染上肺炎，可我还想给他们举办婚礼喜宴呢。"

对于她接连的表态，客人们相宜地以喜悦、怀疑和感激等态度作答。这次造访在一阵温和愉悦的气氛中进入尾声。正在这时，门开了，奥兰斯卡伯爵夫人走了进来，她戴着软帽，披着斗篷，身后还跟着一个不期而至的人——朱利叶斯·博福特。

女士们愉快地聊起表姊妹间的悄悄话，明戈特太太则把费里加尼款式的戒指拿给那位银行家看。"哈！博福特，这可是难得的优待！"（她用奇特的异国方式直呼男士的姓。）

"多谢。我希望这样的事情多发生几次，"客人从容不迫而又傲慢无礼地说道，"我平时老是脱不开身；可我在麦迪逊广场上遇到了爱伦伯爵夫人，她十分客气地允许我陪她步行回家。"

"啊——既然爱伦回来了，我希望家里更热闹些！"明戈特太太毫无顾忌地大声说，"请坐——请坐，博福特；把那把黄扶手椅推过来。既然你来了，咱们就要好好聊一聊。据说你家的舞会好得不得了呀；我听说你还邀请了莱缪尔·斯特拉瑟斯太太？哎——我倒很想亲自见见那个女人。"

她忘记了自己的亲眷，他们正在爱伦·奥兰斯卡的带领下移步走向外面的门厅。明戈特老太太一贯声称她非常欣赏朱利叶斯·博福特，他们两人在专横无情的处事方式和把传统习俗删繁就简等方面有着某种相似之处。此时她急于了解是什么原因促使博福特夫妇下决心（首次）邀请莱缪尔·斯特拉瑟斯太太，即斯特拉瑟斯的"鞋油"寡妇。她于一年前结束了旅居欧洲的漫长启蒙历程，回来攻克纽约这个坚固的小堡垒。"当然，如果你和里吉娜邀请了她，事情就成定局了。嗯，我们需要新鲜血液和新钱——而且我听说她依然非常漂亮。"这位爱吃肉的老夫人断言道。

门厅里，当韦兰太太和梅穿毛皮外衣时，阿彻看到奥兰斯卡伯爵夫人正面带微笑地望着他，微笑中略含疑问的意味。

"当然你已经——知道了我和梅的事，"他说，并以腼腆的一笑来回应她的凝视，"她责备我昨晚在歌剧院时没有把消息告诉你；我事先就接到了她的命令，要我把我们订婚的消息告诉你——但我没能照办，周围的人太多了。"

笑容从奥兰斯卡夫人的双眼移到了她的双唇，使她显得更年轻，也更像他孩提时代的那个大胆的棕发小姑娘爱伦·明戈特。"是的，我当然知道，而且我非常高兴。不过人们不应当首先在拥挤的人群当中宣布这样的消息。"另外两位女士已经走到了门口，她伸出手来。

"再见，改日过来看我。"她说，眼睛依然望着阿彻。

纯真年代

当马车沿着第五大街行进时,他们直截了当地谈论着明戈特太太,谈论她的年纪,她的精神,以及她那些奇妙的品质。没有人提及爱伦·奥兰斯卡;然而,阿彻知道韦兰太太心里正在想:"爱伦犯了个错误——就在她回来后的第二天,她竟在人群拥挤的时间段和朱利叶斯·博福特一起大摇大摆地沿着第五大街散步——"那位年轻人则在心里补充道:"她还应当知道,一个刚订婚的男人是不会花时间去拜访已婚女子的。不过,我估计她以前那个生活圈子里的人们却会这样做——他们从来不做其他的事情。"而且,尽管他以世界主义观点自我标榜,却为自己是个纽约人、而且就要与一位同类联姻而谢天谢地。

第五章

第二天晚上,老西勒顿·杰克逊先生来与阿彻一家共进晚餐。

阿彻太太是一个腼腆的女人;她害怕进行社交,却又喜欢充分了解其中的种种活动。她的老朋友西勒顿·杰克逊善于将收藏家的耐心和博物学家的学问应用于对朋友们私事的调查;他的妹妹、与他同住的索菲·杰克逊则受到所有请不到她那位广受欢迎的兄长的人的款待,把一些流言蜚语解释得清清楚楚,从而有效地填充了她哥哥所描绘的图景中的罅隙。

因此,每当发生了阿彻太太想了解的事情,她便邀请杰克逊先生前来用餐。由于蒙她邀请的人寥若晨星,也由于她和她的女儿詹妮都是优秀的听众,杰克逊先生通常都是亲自赴约,而不是派他的妹妹代劳。假如一切都能由他做主,他会选择在纽兰外出的晚上来访;这并不是因为年轻人与他志趣不相投(他们两人在俱乐部相处甚笃),而是由于这位喜谈轶事趣闻的老人有时感到纽兰有一种掂量他的证据的倾向,这在他家的女士们身上是绝对见不到的。

假如世界上的事情能够做到尽善尽美,杰克逊先生还会要求阿彻太太把饭菜的质量稍稍改善一下。然而，那时的纽约从人们能记事时起就一直分成两大派：一派是明戈特家、曼森家及其宗族，他们关心吃、穿和金钱；另一派是阿彻—纽兰—凡·德·卢顿家族，他们倾心于旅游、园艺及最佳小说，对粗俗的享乐形式则不屑一顾。

不过，一个人毕竟不可能拥有一切。如果你与洛弗尔·明戈特一家共餐，你可以享用灰背野鸭、水龟和陈年佳酿；而在艾德琳·阿彻家，你却可以高谈阔论阿尔卑斯山的风景和《玉石雕像》①，而且幸运的是，那位阿彻·马迪拉曾经游历过好望角。因此，当阿彻太太发出友好的召唤时，杰克逊先生（他是个真正的折中主义者）常常对妹妹说："上次在洛弗尔·明戈特家吃饭之后我一直有点儿痛风——到艾德琳家忌忌口对我会有好处的。"

寡居多年的阿彻太太与她的儿女一起住在西二十八街。二楼归纽兰专用，两个女人挤在楼下的小房间里。全家的兴趣爱好极其和谐一致：他们在沃德箱内培育蕨类植物，在亚麻布上编织花边饰带和刺绣，收藏独立战争时期的上釉陶器，订阅《名言》杂志，并为了追求意大利情调而阅读韦达②的小说。（他们比较喜欢反映农民生活的小说，因为其中有风景描写，情绪也更为欢快。不过总的来说，他们喜欢描写上流社会人物的小说，因为这些人的行为动机和生活习惯更容易理解。他们严厉地批评狄更斯，因为此人"从未刻画过一位绅士"；他们还认为萨克雷在描写上层社会方面不如布尔沃③那样得心应手——不过，后者在人们眼中已经开始显得过时了。）

阿彻太太与阿彻小姐都非常热爱秀美的风光，这是她们偶尔出国旅行时追求和赞赏的对象。她们认为建筑和绘画是男人的话

---

① 《玉石雕像》，美国作家纳撒尼尔·霍桑（Nathaniel Hawthorne，1804~1864）的小说，出版于1860年。
② 韦达，英国女小说家玛丽·路易丝（Marie Louise Ramé，1839~1908）的笔名。
③ 布尔沃，指爱德华·布尔沃—利顿（Edward Bulwer-Lytton，1803~1873），英国作家。

题，而且主要属于那些读过罗斯金①著作的有学问的人。阿彻太太天生就是纽兰家的一员，母女俩像姐妹俩一般相像，她们正如人们所说，都属于"纯正的纽兰家族"：身材高大，脸色苍白，肩膀略圆，长长的鼻子，甜甜的笑容，还有一种略显疲惫的特征，就像雷诺兹②的某些褪色画像里的人物那样。若非年迈发福使阿彻太太身上的黑色缎服绷得很紧，而阿彻小姐的棕紫色毛葛衣衫却在她那处女的身架上随着岁月的流逝而日渐宽松，她们两人的形貌真可以说是一般无二了。

在精神方面，虽然相同的谈话风格使她们显得极其相似，但二人的心智其实并非如此相像。这一点纽兰很清楚。长期的共同生活和相互依靠的亲情赋予她们相同的语汇和开口讲话时相同的口头禅：当她们二人中的任何一位想要提出自己的意见时，总是以"妈妈认为"或"詹妮认为"来开头。可实际上，阿彻太太性情平和，缺乏想象力，容易满足于公认的想法与熟悉的事物；而詹妮却容易受到从被压抑的浪漫情怀之中喷涌而出的幻想的支配，从而产生冲动和越轨的念头。

母女俩相互敬慕，并且都敬重她们的儿子和兄长；而阿彻也满怀柔情地爱着她们两人，她们对他的过分钦慕和他从中得到的内心满足既使他深感愧疚，又令他失去了鉴别力。他想，一个男人的权威在自己家中受到尊重毕竟是件好事，尽管他的幽默感有时也使他怀疑自己的权力究竟具有多大的力量。

这一次，年轻人确信杰克逊先生宁愿他能外出用餐，然而他却有自己的理由不去照办。

---

① 罗斯金，指约翰·罗斯金（John Ruskin, 1819~1900），英国作家和艺术批评家，代表作为《现代画家》（*Modern Painters*, 1843~1860）。
② 雷诺兹，指乔舒亚·雷诺兹（Joshua Reynolds, 1723~1792），英国肖像画家，皇家美术学院第一任院长。被视为英国绘画史上最有影响的人物之一。

老杰克逊当然是想谈谈爱伦·奥兰斯卡的事，阿彻太太和詹妮当然也想听听他要讲的内容。纽兰的在场会使三个人都稍显尴尬，因为他与明戈特家族的未来关系已经公开。年轻人饶有兴趣地想看一看，他们将如何解决这一难题。

他们拐弯抹角地从莱缪尔·斯特拉瑟斯太太谈起。

"遗憾的是博福特夫妇竟然邀请了她，"阿彻太太温和地说，"不过话又说回来了，里吉娜总是按他的吩咐办事，而博福特——"

"博福特对这样的微妙问题总是不留心，"杰克逊先生说，一面仔细审视着盘里的烤河鲱，第一千次纳闷阿彻太太的厨师为何老是把鱼子烧糊。（纽兰早就怀有同样的困惑，因而总能从老人阴沉不悦的脸色中察觉出这一点。）

"噢，那是自然，博福特是个粗人嘛，"阿彻太太说，"我外公纽兰过去老对我母亲说：'不管你干什么，千万别把博福特那个家伙介绍给姑娘们。'可他至少在结交绅士方面已经占据了优势；据说他在英国时也是如此。这些事情神秘得很——"她瞥了詹妮一眼，收住话头。她和詹妮对博福特的秘密了如指掌，但在公开场合，阿彻太太却继续装出这个话题不适合未婚女子的样子。

"不过那位斯特拉瑟斯太太，"阿彻太太接着说，"你说她是干什么的，西勒顿？"

"她来自矿区，或者不如说来自矿井口上一个酒馆。后来跟随'活蜡像'剧团在新英格兰巡回演出。那个剧团被警方解散之后，人们说她靠——"这次轮到杰克逊先生朝詹妮瞥了一眼，她的两眼开始从凸起的眼睑底下向外膨胀。对她来说，斯特拉瑟斯太太的历史仍有若干空白之处。

"后来，"杰克逊先生接着说（阿彻发现他正在纳闷为什么没有人吩咐过男仆决不能用钢刀来切黄瓜），"后来莱缪尔·斯特拉瑟斯出现了。人们说，他的广告商用那个姑娘的头像做鞋油广告画；你知道，她的头发是漆黑的——是埃及型的。总之，他——最终——娶了她。""最终"这个词语是他一字一板地说出来的，蕴义无穷，每个音节都被加以充分的强调。

"唉——就我们如今面临的形势而言，这也算不了什么。"阿彻太太冷淡地说。此刻两位女士真正感兴趣的并不是斯特拉瑟斯太太，因为爱伦·奥兰斯卡的话题对她们太新鲜，太有吸引力了。的确，阿彻太太之所以提起斯特拉瑟斯太太，只不过为了可以十分便当地说："还有纽兰的那位新表姐——奥兰斯卡伯爵夫人，她也在舞会上吗？"

她提到儿子的时候，话里略带一丝讽刺，阿彻自然听得一清二楚，而且并不觉得意外。世间的事情很少能让阿彻太太称心如意，但儿子的婚约却令她满心喜悦。（"尤其是在他与拉什沃思太太的那桩蠢事之后。"她曾对詹妮这样说。她提及的那件事一度被纽兰视为一场悲剧，它在他的灵魂上留下了永难磨灭的伤痕。）无论你从何种角度考虑，都可以看出，纽约再也没有比梅·韦兰更好的伴侣了。当然，这样的婚姻也只有纽兰才配得上。可是，年轻男子却都那么傻，那么不坚定——而有些女人又是那么寡廉鲜耻，善于诱惑男子上钩——因此，看到自己的独子安然无恙地渡过了塞壬岛①，驶进了清白无瑕的家庭生活的港湾，这简直可以说是一个奇迹。

这一切阿彻太太都感觉到了，她儿子也知道她感觉到了。但是他也知道，他的订婚消息过早宣布使她感到不安，或者不如说，过早宣布这个消息的原因使她很不安。正是由于这个原因——因为总的来说他是一位温柔而宽容的家长——他当晚才留在家中。"我并非不赞成明戈特家的集体精神，可我不明白，为什么要把纽兰的订婚跟奥兰斯卡那个女人的事搅在一起呢？"阿彻太太对詹妮抱怨

---

① 塞壬岛（一译莎琳岛），塞壬是希腊神话中半人半鸟的海上女妖，常用美妙的歌声诱惑过路的航海者，从而使船只在岛屿周围触礁沉没。

道，后者是她在性情温柔方面略有欠缺的唯一见证人。

在对韦兰太太的拜访中，她的举止一直非常优雅——她的优雅举止是无与伦比的。不过纽兰明白（他的未婚妻无疑也已猜到），在整个拜访过程中，她和詹妮一直在紧张地提防着奥兰斯卡夫人的闯入；当他们一起离开那所住宅时，她坦率地对儿子说："我很高兴奥古斯塔·韦兰是单独接待我们的。"

这些内心不安的暗示对阿彻产生了更大的影响，以至于他也觉得明戈特家做得有点儿过分。但是，母子俩谈及心中刚刚产生的念头，是完全违背他们的道德规范的，所以他只答道："唉，一个人订婚以后总要花一段时间参加家族聚会，这种活动结束得越早越好。"听了这话，他母亲只噘了噘嘴——她的嘴唇上覆盖着从缀以霜珠的灰色绒帽上垂下来的网状面纱。

他觉得，她的报复——她的合法的报复——就是当晚把杰克逊先生的话题"牵引"到奥兰斯卡伯爵夫人身上。而且，年轻人既然已经当众履行了作为明戈特家族未来成员的义务，他也并不反对听一听对那位夫人的私下议论——只不过这个话题已经开始让他感到厌烦。

杰克逊先生吃了一片不冷不热的鱼片，这是那位郁郁寡欢、带着与他自己相同的怀疑神色的男仆递给他的。他用令人难以觉察的动作嗅了嗅蘑菇酱油，没有动它。他面有饥色，神情既困惑又沮丧。阿彻心想，他很可能要靠谈论爱伦·奥兰斯卡来吃完这顿饭了。

杰克逊先生在椅子里向后靠了靠，抬眼看了看挂在昏暗墙壁上的深色镜框中的阿彻们、纽兰们和凡·德·卢顿们映在烛光里的面容。

"唉，你的祖父阿彻是多么喜爱美味的晚餐啊，亲爱的纽兰！"他说，眼睛盯着一位胖胖的、胸部饱满的年轻人的画像，那人系着宽领巾，穿着蓝外套，身后是一所带有白色圆柱的乡间别墅，"可——可——可……不知他会如何看待这些异国婚姻！"

阿彻太太没有理睬他关于祖传烹饪方法的暗示。接着，杰克逊先生不慌不忙地说道:"不,她没有参加舞会。"

"噢——"阿彻太太喃喃地说,那口气仿佛是在说:"她总算还知礼。"

"也许博福特夫妇不认识她。"詹妮带着不加掩饰的恶意推测道。

杰克逊先生轻轻呷了一口,仿佛是在想象中品尝马德拉白葡萄酒。"博福特太太可能不认识——但博福特却肯定认识,因为今天下午全纽约的人都看见她和他一起沿着第五大街散步。"

"天哪——"阿彻太太呻吟道。她显然认识到,试图把外国人的这种行径与高雅的观念挂上钩简直是徒劳。

"不知她下午戴的是圆檐帽还是软帽,"詹妮猜测道,"我知道她在歌剧院穿的是深蓝色天鹅绒,简简单单的——就像睡袍一样。"

"詹妮!"她母亲说。阿彻小姐脸一红,想装出无所顾忌的样子。

"不管怎么说,她没有去参加舞会,还算知趣。"阿彻太太接着说。

一种乖僻的情绪促使她的儿子反驳道:"我认为这不是她知趣不知趣的问题。梅说她本来是打算去的,只是后来觉得你们刚刚说到的那身衣服不够漂亮而已。"

阿彻太太见自己的推断得到了证实,面露微笑。"可怜的爱伦。"她简单地评论道,接着又同情地补充说,"我们永远不能忘记,梅多拉·曼森对她进行了多么稀奇古怪的培养教育。在她进入社交界的舞会上,曼森居然让她穿黑缎子礼服。对于这样一个姑娘,你还能指望她怎样呢?"

"啊——她穿着那身衣服的样子我还记得呢!"杰克逊先生说,接着又补充了一句,"可怜的姑娘!"那种口气不仅表明他很高兴自己还记得当时的情景,而且暗示他当时就已经充分意识到了那样的情景预示着什么。

"真奇怪,"詹妮说,"她竟然一直沿用爱伦这么个难听的名字。要是我早就改成伊莱恩了。"她环顾了一下餐桌,看看这句话

产生了什么效果。

她哥哥大笑了起来。"为什么要叫伊莱恩?"

"不知道,听起来更——更有波兰味儿。"詹妮涨红了脸说。

"那个名字听起来太引人注意了,她肯定不希望这样。"阿彻太太冷淡地说。

"为什么不?"儿子插言道,他突然变得很喜欢争论,"只要她愿意,为什么就不能引人注意呢?为什么她就应该到处躲躲闪闪,仿佛自己给自己丢了脸似的?她当然是'可怜的爱伦',因为她不幸结下了倒霉的婚姻,但我并不认为她因此就得像罪犯一样缩头缩脑。"

"我想,"杰克逊先生沉思着说,"这正是明戈特家的人打算采取的立场。"

年轻人脸红了。"我可没有必要等候他们家的暗示——如果您是这个意思的话,先生。奥兰斯卡夫人经历了一段不幸的生活,但这并不会使她无家可归。"

"外面有些风言风语。"杰克逊先生开口说,瞥了詹妮一眼。

"噢,我知道,是说那个秘书,"年轻人打断他的话说,"别傻了,妈妈,詹妮已经是大人了。人们不就是说,"他继续讲,"说那个秘书帮助她离开了实际上把她当成囚犯的畜生丈夫吗?哎,是又怎么样?要是我们这些人遇到这种情况,我希望人人都这么做。"

杰克逊先生朝自己肩膀后面斜视了一眼,对那位愁眉苦脸的男仆说:"也许……酱油……只要一点,总之——"他自己倒完酱油后接着说:"我听说她在找房子,打算住在这儿。"

"我听说她打算离婚。"詹妮冒失地说。

"我希望她离婚!"阿彻大声说。

这句话像一颗炸弹一般落在了阿彻家餐厅里纯洁、宁静的气氛中。阿彻太太挑起她那精致的眉毛,形成了一根特殊的曲线,这表示："有男仆——"而年轻人自己也意识到公开谈论这类私事有伤风雅，于是连忙把话题岔开，开始讲述他对明戈特老太太的拜访。

晚餐之后，按照自古以来的习惯，阿彻太太和詹妮拖着长长的打褶绸裙到楼上客厅去了。当绅士们在楼下吸烟的时候，她们在一台配有雕花球形灯罩的卡索灯旁、一张红木缝纫桌（桌子下面挂着一个绿色丝绸袋）的两边坐了下来，开始缝缀一块野花图案罩毯的两端，这块罩毯是用来装饰小纽兰·阿彻太太客厅里的那把"备用"椅子的。

当这一仪式在客厅里进行的同时，在那间哥特式书房里，阿彻正在请杰克逊先生坐在靠近炉火的一把扶手椅上，并递给他一支雪茄。杰克逊先生舒舒服服地坐在椅子里，信心十足地点着了雪茄（这是纽兰买的），把老迈而瘦削的脚踝朝炉中的煤块伸了伸，说："你以为那个秘书仅仅是帮她逃跑吗，亲爱的？哎，一年后他仍然在帮助她呢。有人在洛桑①亲眼看见他们住在一起。"

纽兰脸红了。"住在一起？噢，为什么不行呢？如果她自己没有改变她的生活方式，谁又有权利去改变呢？把她这样年龄的女子活活葬送，而她的丈夫却可以跟娼妓在一起鬼混，我厌恶这种伪善的观点。"

他打住话头，气愤地转过身去点燃雪茄。"女人应当自由——跟我们一样自由。"他宣称道，仿佛有了一种新发现，而他由于过分激动，还未能估量其惊人的价值。

西勒顿·杰克逊先生把脚踝伸得离炉火更近一些，嘲讽地吹了一声口哨。

"唔，"他停顿了一下说，"奥兰斯基伯爵显然跟你看法相同，因为我从未听说他动过一根指头去把妻子找回来。"

---

① 洛桑，瑞士西部城市。

第六章

这天晚上，杰克逊先生告辞之后，两位女士回到她们那挂着印花棉布窗帘的卧室中休息，纽兰·阿彻则沉思着上楼走进自己的书房。机敏的仆人已经和平时一样把炉火点旺，把灯光调好了。屋里放着一排排的书，壁炉架上放着若干铜制与钢制的"击剑者"小雕像，墙上挂着许多名画的照片——这一切看起来格外亲切和温馨。

当他坐进炉火旁边的那把扶手椅时，他的目光落在了梅·韦兰的一张大照片上，这是那位年轻姑娘在他们恋爱的初期送给他的，如今已经取代了桌上的所有其他画像。他带着一种敬畏的新感觉注视着她那坦诚的前额、庄重的眼睛和天真快乐的嘴巴，他就要成为这位年轻女子的灵魂监护人了。作为他所归属并信奉的这种社会制度的令人惊叹的产物，这位年轻姑娘对一切都全然不知，又对一切都充满期待；她像一个陌生人，借助梅·韦兰那熟悉的容貌回望着他。他又一次深刻地认识到：婚姻并非如同别人灌输给他的那样，是一个安全的港湾，而是在未知的大洋上的一次航行。

奥兰斯卡伯爵夫人的事搅乱了那些根深蒂固的古老信条，并使它们在他心中危险地漂移。他本人的呼声——"女人应当自由——跟我们一样自由"——击中了一个问题的要害，而这个问题在他那个圈子里却被公认为是不存在的。"正派"的女子，无论受到怎样的委屈，都绝不会要求获得他讲的那种自由，而像他这样心胸博大的男人却因此而（在激烈的辩论中）更加充满骑士气概地主张给予她们这种自由。这种口头上的慷慨其实只是骗人的幌子而已，在它背后屹立着那些束缚着事物并让人因循守旧的不可动摇的习俗。不过，他在这里发誓要为他未婚妻的表姐辩护的那些行为，若是出现在他自己的妻子身上，那么他即使呼吁教会和国家对她进行最严厉的惩罚，也会是正当的。当然，这种两难的困境纯属假设；既然他不是一个恶棍般的波兰贵族，那么，推测他妻子在他是这样的人的前提下可能拥有什么权利，是十分荒唐的。然而纽兰·阿彻的想象力太强，他不会感觉不到他与梅的关系也可能会由于远远没有如此严重和明显的原因而受到损害。既然他作为一个"正人君子"，有义务向她隐瞒自己的过去，而她作为一位已到婚龄的姑娘，却有义务向他坦诉自己的过去，那么，两个人怎能真正相互了解呢？假如某些更为微妙的原因使他们两人彼此厌倦、误解或恼恨，那又该怎么办呢？他对自己朋友们的婚姻——那些被认为是美满的婚姻——进行了回顾，发现没有一个（哪怕只有一点点）符合他为自己和梅·韦兰描绘的那种终生相伴的热烈而又温柔的亲密关系。他意识到，这种描绘是以她的丰富阅历、她的多才多艺和她的判断自由为前提的，而这些都是她所受的严格训练不允许她具备的。他在一种预感中打了个冷战，似乎看到自己的婚姻变得跟周围大部分人的婚姻完全相同，成了物质利益与社会利益两者的乏味联盟，是由一方的无知与另一方的伪善捏合在一起的。他想到，劳伦斯·莱弗茨就是一个彻底实现了这一令人羡慕的理想的丈夫。那位礼节方面的权威塑造了一位给他带来极大便利的妻子。他时常与别人的妻子发生桃色事件，但在这些引人注目的时刻，她却对此浑然不知，依然满面春风地四处走动，声称"劳伦斯极其循规蹈矩"。当别人在她面

前提及朱利叶斯·博福特（像来历不明的"外国人"经常做的那样）拥有纽约人所说的"外室"时，据说她气得脸都红了，把目光移到了一边。

阿彻设法安慰自己，心想，他绝不是拉里·莱弗茨那样的蠢驴，梅也不是可怜的格特鲁德那样的傻瓜；然而这毕竟只属于智力方面的差别，而不是原则性的差别。实际上，他们都生活在一个符号世界里，在那里，真实的事情从来不是被说出来、做出来或想出来的，而只是用一套不容置疑的符号表示出来的。就像韦兰太太那样，她十分清楚阿彻为什么催她在博福特的舞会上宣布女儿的订婚消息（而且她确实也希望他那样做），却认为必须假装不情愿，装出勉为其难的样子，这很像拥有高等文明的人们刚刚开始阅读的关于原始人类的书中所描绘的情景：野蛮时期的新娘是尖叫着被人从她父母的帐篷里拖走的。

当然，这样做的结果是：作为精心策划的神秘体制之核心的年轻姑娘因其坦诚和自信而显得更加不可思议。她很坦率，这可怜的宝贝，因为她没有什么需要隐瞒；她很自信，因为她不知道有什么需要防范。她在没做其他任何准备的情况下，就要在一夜之间陷入被人们含糊地称为"生活常识"的处境了。

年轻人爱得既真诚又宁静。他喜爱他的未婚妻那光彩照人的容貌，喜爱她健康的身体，她的马术，她在游戏中的优雅与敏捷，以及她在他的指导下刚刚萌发的对书籍和思想的羞涩兴趣。（她已经有了很大的进步，能与他一起嘲笑《国王之歌》了，但是还不能体会到《尤利西斯》与《食忘忧果者》①的美妙。）她直爽，忠诚，勇敢，并且有幽默感（主要证据是她听了他的笑话之后会发笑）。他猜想，在她天真、专注的灵魂深处有一股炽热的感情，唤醒它将

---

① 《国王之歌》《尤利西斯》和《食忘忧果者》，均为英国诗人阿尔弗雷德·丁尼生（Alfred Tennyson, 1809~1892）的诗作，分别完成于1859、1842和1833年。

是一种快乐。然而，当他把她这个人全面思索一番以后，他重又变得气馁起来，因为他想到，所有这些坦率与纯真只不过是人为的产物。未经驯化的人性是不坦率、不纯真的，本能的狡猾使它充满了扭曲与防范。他感到自己就受到这种人为的假纯洁的压抑；它由母亲们、姑姨们、祖母们以及早已过世的老祖母们非常巧妙地合谋制造出来，因为她们认定他需要它并有权得到它，以便让他行使自己的高贵意志，像打雪人一般把它打得粉碎。

这些想法未免有些迂腐，它们乃是即将举行婚礼的年轻人们惯有的想法。不过，纽兰·阿彻却丝毫没有体会到通常与这些想法相伴的懊悔与自卑的感觉。他不想痛悔自己无法献给新娘一份清白的历史记录，以换取她那白璧无瑕的少女之躯（萨克雷的主人公们就常常这样做，这令他十分恼火）。他不想回避这样的事实：假如他和她是在同样的教育方式下长大的，他们的适应能力就无异于那些带枷示众的人。而且，他绞尽脑汁也看不出有何（与他本人一时的寻欢作乐与强烈的男性虚荣心不相干的）正当理由，不让他的新娘得到与他相同的自由与经验。

这样一些问题，在这样一种时刻，是必然会浮上他心头的；然而他清楚地意识到，这些想法之所以如此持久、如此清晰、如此沉甸甸地停留在他心头，完全是因为奥兰斯卡伯爵夫人的不合时宜的到来。他在刚刚订婚的时刻——一个思想纯净、前景光明的时刻，突然被推入丑闻的旋涡，所有那些他宁愿束之高阁的特殊问题随之而来。"去他的爱伦·奥兰斯卡！"他咕哝道，一面盖好炉火，开始脱衣。他实在不明白她的命运为何会对他产生影响，然而他朦胧地感觉到，他只是刚刚开始估算订婚强加给他的荣誉头衔所带来的风险。

几天以后，出乎意料的事件发生了。

洛弗尔·明戈特家散发请柬，要举办一次所谓"正式宴会"

（即增加三名男仆，每道菜上两份，中间上罗马潘趣酒），并且按照好客的美国人的方式——即把陌生人当成王公贵族、或至少当成他们的大使来对待——以"为了给奥兰斯卡伯爵夫人接风"这样的措辞作为请柬的开头语。

客人的挑选颇具胆识，内行人从中看出了伟大的凯瑟琳的大手笔。其中有很老的朋友塞尔弗里奇·梅里夫妇（他们到处受邀是因为他们一直健在），博福特夫妇（人们要求与他们建立关系），以及西勒顿·杰克逊先生和他的妹妹索菲（她哥哥让她去哪儿她就去哪儿）；有几对最时髦风雅、也最无可指责的年轻夫妇（"年轻夫妇"是在人数上最占优势的群体）；有劳伦斯·莱弗茨夫妇，莱弗茨·拉什沃斯太太（那位可爱的寡妇），哈里·索利夫妇，雷吉·奇弗斯夫妇，以及小莫里斯·达格尼特和他的妻子（她是凡·德·卢顿家的人）。这群客人真可谓最完美的组合，因为他们都属于一个核心小团体，该团体的成员在纽约漫长社交季节里夜以继日、热情不减地在一起寻欢作乐。

四十八个小时之后，令人难以置信的事情发生了：除了博福特夫妇及老杰克逊先生和他的妹妹，所有的人都拒绝了明戈特家的邀请。更有甚者，连属于明戈特家族的雷吉·奇弗斯夫妇也在怠慢者之列。此外，人们的回函措辞十分统一，都是直截了当地表示自己"很遗憾不能接受邀请"，连一般礼节所规定的"事先有约"这种较为缓和的借口都没有使用。这样的事实更加突出了人们的故意怠慢。

在那个时代，纽约社交圈的范围还很小，资源也少得可怜，远不至于使其中任何人（包括出租马车行老板、男仆和厨师）无法确知人们在哪些晚上有空。因此，收到洛弗尔·明戈特太太请柬的人们更有可能是在冷酷无情地宣布他们不愿与奥兰斯卡伯爵夫人会面的决心。

第六章 ▎上　卷

　　这一打击是出乎意料的，但明戈特一家以他们惯有的方式勇敢地迎接了这一挑战。洛弗尔·明戈特太太把情况吐露给了韦兰太太，韦兰太太又吐露给了纽兰·阿彻。阿彻对这一侮辱大为光火，以命令般的口气迫切要求母亲立即采取行动。他的母亲在经过一番内心抵制和表面敷衍之后，还是屈从了他的要求（她向来都是这样）。她立即采纳他的主张，并且由于自己先前的犹豫而干劲儿倍增。于是她戴上自己的灰色绒帽说："我去找路易莎·凡·德·卢顿。"

　　纽兰·阿彻时代的纽约是一座又小又光滑的金字塔，人们很难在上面凿出裂缝，找到立足点；这一点至今未变。它的底部是由阿彻太太所说的"平民"构成的坚实基础；那些身份较高却默默无闻的体面家庭在数量上占大多数，他们是（像斯派塞夫妇、莱弗茨夫妇或杰克逊夫妇那样）通过与占据统治地位的家族之一联姻而崛起的。阿彻太太总是说，人们不像过去那样讲究了；有老凯瑟琳·斯派塞统治第五大街的一端，朱利叶斯·博福特统治另一端，你就无法指望那些老规矩还能维持多久。

　　从这个富有但不引人注目的底层稳固地向上收缩，便是由活跃的明戈特家族、纽兰家族、奇弗斯家族及曼森家族所代表的那个占据统治地位的紧密群体。在多数人看来，他们便是金字塔的顶端了；然而他们自己（至少阿彻太太那一代人）却明白，在系谱专家的心目中，只有为数更少的几个家族才有资格享有这个显赫名声。

　　阿彻太太经常对孩子们说："不要跟我提起现在报纸上关于什么纽约贵族阶层的那些胡言乱语。假如真有这样一个阶层的话，不管是明戈特家族还是曼森家族都不是它的成员，纽兰家族或奇弗斯家族也跟它不沾边。我们的祖父和曾祖父仅仅是有名望的英国商人或荷兰商人，他们到殖民地来赚钱，并由于发了大财而留在了这里。你们的一位曾祖父签署过《独立宣言》；还有一位是华盛顿参

谋部的一名将军，他在萨拉托加之役结束后接受了伯戈因将军①的投降。这些事情是应该引以为荣的，不过它们与等级或阶级毫无关系。纽约向来都是个商业社会；按照字面的真正含义，能称得上是贵族出身的不超过三个家族。"

与纽约的其他所有人一样，阿彻太太和她的儿女知道享有这一殊荣的人是谁：华盛顿广场的达戈内特一家，他们出身于英国古老的郡中世家，与皮特家族和福克斯家族②有姻亲关系；兰宁一家，他们曾与德·格拉斯伯爵③的后裔通婚；还有凡·德·卢顿一家，他们是曼哈顿首任荷兰总督的直系后代，独立战争之前就与法、英两国贵族阶层的几位成员结为姻亲。

兰宁家族目前只剩下虽然年迈却很活跃的两位兰宁小姐，她们兴致勃勃而又充满怀旧心情地生活在家族画像和奇彭代尔式家具④中间；达戈内特家族是一个了不起的家族，他们与巴尔的摩和费城的最高贵的人物联了姻；而凡·德·卢顿家族虽然地位比前两个家族要高，但他们这个家族已经败落，成了残留在地面上的一抹夕照，目前能给人留下深刻印象的只有两个人物，即亨利·凡·德·卢顿先生和太太。

亨利·凡·德·卢顿太太原名路易莎·达戈内特，其母本是杜·拉克上校的孙女。杜·拉克来自海峡岛的一个古老家族，曾

---

① 伯戈因将军，指约翰·伯戈因（John Burgoyne，1722~1792），英国将军。美国独立战争期间曾占领泰孔德罗加要塞，但在萨拉托加战役中失守，于1777年10月17日向美军投降。
② 皮特家族和福克斯家族，均为英国著名政治世家。
③ 德·格拉斯伯爵，指弗朗索瓦·约瑟夫·保罗·德·格拉斯（François Joseph Paul de Grasse，1722~1788），法国海军军官。美国独立战争中率领法国舰队支援美军作战，短时间内获得了切萨皮克湾的制海权，随后配合法美联军包围约克镇，迫使英国守军投降。
④ 奇彭代尔式家具，指英国家具设计家托马斯·奇彭代尔（Thomas Chippendale，1718~1779）设计的家具。

在康华里①麾下征战，战后携新娘安吉丽卡·特利文纳小姐——圣·奥斯特利伯爵的第五个女儿——定居马里兰州。达戈内特家族、马里兰的杜·拉克家族以及他们的康沃尔郡贵族亲戚特利文纳家族之间一直保持着亲密融洽的关系。凡·德·卢顿先生和太太曾多次到圣·奥斯特利公爵在康沃尔郡的乡间别墅及格罗斯特郡的圣·奥斯特利对这位特利文纳家族现任首脑进行长时间拜访，而且公爵大人经常宣布有朝一日将对他们进行回访的意向（不携公爵夫人同往，因为她害怕大西洋）。

凡·德·卢顿先生和太太把他们的时间分别花在马里兰的特利文纳宅邸和哈德逊河沿岸的大庄园斯库特克利夫——它原是荷兰政府赐予著名的首任总督的殖民地庄园，凡·德·卢顿先生如今仍为"大庄园主"。他们在麦迪逊大街的那座高大肃穆的宅邸很少开门，他们进城时在那里只接待至交好友。

"希望你跟我一起去，纽兰，"他的母亲在布朗马车的门前突然停步说，"路易莎喜欢你；当然，我是为了亲爱的梅才走这一步的——而且也因为，假如我们大家不团结一致的话，'上流社会'就不复存在了。"

---

① 康华里，指查尔斯·康华里（Charles Cornwallis, 1738~1805），英国将军。美国独立战争中率北卡罗来纳州军队同美军作战，1781年战败投降。

第七章

亨利·凡·德·卢顿太太默不作声地听着表妹阿彻太太的叙说。

你当然可以预先做好这样的思想准备：凡·德·卢顿太太向来沉默寡言；虽然她的天性和她所受的训练都使她不肯轻易做出承诺，但她对自己真心喜欢的人还是很友善的。然而，即使你在这两方面有过亲身体验，你也不一定能依靠这些体验来抵御麦迪逊大街上那高顶白壁的客厅里袭来的阵阵寒意。饰有浅色锦缎的扶手椅显然是为了这次接待而刚刚揭去盖罩的；在镀金的壁炉装饰和根兹伯罗①所作《安吉丽卡·杜·拉克夫人》的那个雕刻精美、年代久远的画框上，仍然罩着一层薄纱。

由亨廷顿②绘制的凡·德·卢顿太太的画像（身穿饰有威尼斯针绣花边的黑丝绒外衣）面对着她那位美貌的女性祖先的像。这张

---

① 根兹伯罗，指托马斯·根兹伯罗（Thomas Gainsborough, 1727~1788），英国画家，以肖像画和风景画著称。
② 亨廷顿，指丹尼尔·亨廷顿（Daniel Huntington, 1816~1906），美国画家。

画像被普遍认为"像卡巴内尔①的作品一样精美";而且,虽然它已经面世二十年,却仍然显得"惟妙惟肖"。的确,坐在画像下面听阿彻太太讲话的凡·德·卢顿太太,与画像中的那位靠在绿布窗帘前面那把镀金扶手椅上的年轻美丽的女士很像一对孪生姐妹。凡·德·卢顿太太参加社交活动时——或者不如说她打开自己的家门迎接宾客(因为她从不外出用餐)时,仍然身穿带威尼斯针绣花边的黑丝绒礼服,她的金发虽然已经褪色,但并未变成灰白,依然从额前的交叠部位平分开来。两只淡蓝色眼睛中间的笔直的鼻子,只有鼻孔附近的部位比画家画像时略显紧缩。实际上,她总是让纽兰·阿彻感到,她一直被可怕地保存在一个空气不流通的、毫无裂隙的实体之中,就像那些被冷冻在冰川中的尸体,好多年后仍然保持着虽死犹生的红润。

和全家一样,他尊重并敬慕凡·德·卢顿太太,不过他发现,她那略带压制的亲切态度还不如他母亲的几位年长姑母的严厉态度更容易让人接近——那几位恶狠狠的老处女总是还没等弄清别人想要什么,就根据她们的原则说"不行"。

凡·德·卢顿太太的态度既不表示"行",也不表示"不行",但总是显得仁慈宽厚,直到她那薄薄的嘴唇撇出一丝笑意,做出几乎是千篇一律的回答:"我得先和我丈夫商量一下。"

她与凡·德·卢顿先生是那么相似,以至于阿彻常常感到纳闷:经过长达四十年的最为亲密的夫妻生活,这两个如此融洽的人怎么还能分出你我,还会在某些事情上有分歧,竟要商量一番才能解决?然而,由于这对夫妻谁也不曾未经双方秘密会谈就独自做出决定,阿彻太太和她的儿子在阐明他们的情况之后,只好顺从地等待熟悉的措辞。

---

① 卡巴内尔,指亚历山大·卡巴内尔(Alexandre Cabanel,1823~1889)。法国画家,以肖像画著称,油画《维纳斯的诞生》(*La Naissance de Vénus*,1863)为其代表作。

然而，很少让人意外的凡·德·卢顿太太这次却令母子二人大吃一惊：她伸出长长的手臂去够铃绳。

"我想，"她说，"我应当让亨利来听一听您告诉我的情况。"

一名男仆出现了，她严肃地对他说："如果凡·德·卢顿先生读完了报，请让他劳神过来一趟。"

她说"读报"的口气宛如一位大臣的妻子说"主持内阁会议"——这并非由于她存心摆出傲慢自大的态度，而是因为终生的习惯及亲友们的态度使她认为，凡·德·卢顿先生的一举一动都如祭司执掌大权一般重要。

她行动的迅速表明她跟阿彻太太一样觉得情况紧迫；不过，她唯恐让人觉得自己没有和丈夫商量就率先表态，所以又带着极为亲切的表情补充道："亨利一直很乐意见见您，亲爱的艾德琳；他也想对纽兰表示祝贺。"

两扇大门再一次被庄严地打开，亨利·凡·德·卢顿先生从中间走了进来。他又高又瘦，穿着长礼服，一头已经变得稀薄的金发，和他的妻子一样笔直的鼻子，一样亲切而冷淡的目光，只不过两只眼睛是浅灰色的而不是浅蓝色的。

凡·德·卢顿先生以表亲的和蔼态度与阿彻太太打了招呼，又用与妻子相同的措辞低声向纽兰表示了祝贺，然后以在位君主的简洁作风在一把锦缎扶手椅里就座。

"我刚刚读完《纽约时报》，"他说，一面把长长的指尖收拢在一起，"在城里上午事情太多，我发现在午餐后读报更方便。"

"噢，这样安排是很有道理的——我想我舅舅埃格蒙特过去确实常说，他发现把晨报留到晚餐以后再读，就不会使人心烦意乱。"阿彻太太附和说。

"不错，我的好父亲就讨厌忙乱。可我们如今却经常生活在紧张状态之中。"凡·德·卢顿先生很有分寸地说，一边从容而愉快地打量着这个遮蔽严实的大房间。阿彻觉得这个房间完全是它的主人的化身。

"我希望你真的已经读完报了，亨利？"他妻子插言道。

"是的——读完了。"他向她保证道。

"那么，我想让艾德琳跟你讲一讲——"

"噢，其实是纽兰的事，"他母亲面带笑容地说，接着又复述了一遍洛弗尔·明戈特太太蒙受公开侮辱的咄咄怪事。

"当然，"她最后说，"奥古斯塔·韦兰跟玛丽·明戈特都认为——尤其是考虑到纽兰的订婚——您和亨利是应当知道的。"

"噢——"凡·德·卢顿先生深深地吸了一口气说。

接下来是一阵沉默，白色大理石壁炉架上的那只巨大的镀金时钟发出的滴答声像每分钟鸣放一次的葬礼炮那样轰隆作响。阿彻敬畏地思忖着这两个年老体瘦的人，他们肩并肩地坐在那里，像总督一样严肃；命运迫使他们担任古老祖先威权的代言人，尽管他们可能巴不得深居简出，在斯库特克利夫的美丽草坪上铲除无形的杂草，晚上一起玩玩纸牌游戏。

凡·德·卢顿先生首先开口了。

"你真的认为这是劳伦斯·莱弗茨故意捣——捣乱的结果吗？"他转向阿彻问道。

"我能肯定，先生。拉里最近比往常出格得多——希望路易莎舅妈不要介意我提及此事——和他们村邮电局长的妻子或类似的什么人打得火热。每当可怜的格特鲁德·莱弗茨开始产生怀疑，使他担心要出乱子的时候，他就挑起这类事端，以显示他多么严格地遵守道德。他扯着嗓门嚷嚷，说人家邀请他的妻子去见他不愿让她认识的人是多么不合适。他纯粹是利用奥兰斯卡夫人做避雷针，他这套把戏我以前见得多了。"

"莱弗茨这家人!——"凡·德·卢顿太太说。

"莱弗茨这家人!——"阿彻太太应声说,"假如埃格蒙特舅舅听到劳伦斯·莱弗茨对别人社会地位的看法,他会说什么呢?这表明上流社会已经沦落到了何种地步。"

"我们希望还没有真的到达那种地步。"凡·德·卢顿先生坚定地说。

"唉,要是您和路易莎多出去走走就好了!"阿彻太太叹道。

然而她立刻意识到了自己的错误。凡·德·卢顿夫妇对有关他们隐居生活的任何批评都敏感得要命。他们是风尚的仲裁者,是终审法院,而且他们深知这一点,并听从命运的安排。但他们生性怯懦,不爱交际,对他们的职责缺乏天然的热情,所以他们尽可能多地住在斯库特克利夫的森林环抱的幽僻庄园中,进城的时候也以凡·德·卢顿太太的健康为由,谢绝一切邀请。

纽兰·阿彻赶紧出来为母亲解围:"在纽约,人人都明白您和路易莎舅妈代表着什么。正因为如此,明戈特太太才觉得她无法容忍那些人没有与你们商量就如此怠慢奥兰斯卡伯爵夫人的做法。"

凡·德·卢顿太太看了丈夫一眼,他也回看了她一眼。

"那种准则我不喜欢,"凡·德·卢顿先生说,"只要出身名门的人受到家族的支持,就应该把这种支持看成是——永远不变的。"

"我也有同感。"他妻子说,像是在提出一种新观点。

"我原先不知道,"凡·德·卢顿先生接着说,"事情已经到了如此地步。"他停了一下,又看了看妻子,"我想,亲爱的,奥兰斯卡伯爵夫人已经算是亲戚了——通过梅多拉·曼森的第一位丈夫。不管怎么说,等纽兰结了婚,她总会成为亲戚了。"他又转向年轻人说:"你读过今天上午的《时报》了吗,纽兰?"

"当然,读过了,先生。"阿彻说,他通常在早晨喝咖啡时轻松地看完好几份报纸。

夫妻两人又对视了一下。他们的浅色眼睛互望了很长时间，像是在进行认真协商；而后，一丝笑意掠过凡·德·卢顿太太的面庞，她显然猜到了结果并且同意了。

凡·德·卢顿先生转向阿彻太太说："如果路易莎的健康状况允许她外出赴宴——希望您转告洛弗尔·明戈特太太——我和她原本很高兴——呃——出席她家的宴会，来填补劳伦斯·莱弗茨夫妇空出来的位置，"他停顿了一下，以便让大家领会其中的讽刺意味，"不过您知道，这是不可能的。"阿彻太太同情地应了一声表示赞同。"不过纽兰告诉我他已读过上午的《时报》，因此他可能已经发现，路易莎的亲戚圣·奥斯特利公爵下周将乘俄罗斯号抵达纽约。他是来为他的单桅帆船几内维亚号参加明年夏天的国际杯比赛进行登记的，另外他还要在特里文纳打一阵灰背野鸭。"凡·德·卢顿先生又停顿了一下，越发慈祥地接着说："在带他前往马里兰之前，我们准备请几位朋友在这儿见见他——只是一次小型晚宴——饭后还要举行一场欢迎会。如果奥兰斯卡伯爵夫人愿意做我们的客人，我相信路易莎会和我一样高兴的。"他站了起来，以生硬的友好态度向他的表妹弯了弯他那修长的身体，又说："我想我可以代表路易莎说，她马上就要乘车外出，亲自递送宴会请柬，还有我们的名片——当然还有我们的名片。"

阿彻太太明白这是让她告辞的暗示，便一边匆匆低声道谢，一边站起身来。凡·德·卢顿太太眉开眼笑地望着她，她的笑容仿佛是以斯帖①向亚哈随鲁②求情时的微笑。但她的丈夫却举起一只手表示抗议。

"完全不用感谢我，亲爱的艾德琳，一点儿也不用谢。这种事

---

① 以斯帖，《旧约·以斯帖记》中的犹太裔波斯王后，曾施巧计拯救犹太民族免遭灭族屠杀的灾难。
② 亚哈随鲁，《旧约·以斯帖记》中的波斯国王，以斯帖的丈夫。

情绝不能在纽约发生;只要我办得到,它就不能再发生。"他带着王者的风范说,一面领着两位表亲走向门口。

两小时后,人人都已知道,有人见到凡·德·卢顿太太所乘的C形弹簧大马车——她一年四季都乘这辆马车兜风——曾在明戈特太太的门前逗留,并递进去一个方形大信封;而当晚在歌剧院里,西勒顿·杰克逊先生已经可以说出那个信封里装着一份请柬,邀请奥兰斯卡伯爵夫人参加凡·德·卢顿夫妇下周为表弟圣·奥斯特利公爵举行的晚宴。

听了这一通报,俱乐部包厢里的几个年轻人微笑着交换了一下眼色,并斜眼向劳伦斯·莱弗茨瞥了一眼。他漫不经心地坐在包厢前排,正在扯弄他那金色的长髭。女高音的歌声一停,他便以权威的口气说:"除了帕蒂[①],谁都不应当尝试梦游女[②]这个角色。"

[①] 帕蒂,指阿黛莉娜·帕蒂(Adelina Patti, 1843~1919),西班牙裔意大利花腔女高音歌唱家,为19世纪最著名的女高音歌唱家。
[②] (意大利文)梦游女,指意大利作曲家贝利尼(Vincenzo Bellini, 1801~1835)的歌剧《梦游女》(*La Sonnambula*, 1831)中的女主角。

第八章

在纽约，人们普遍认为奥兰斯卡伯爵夫人"红颜已衰"。

当纽兰·阿彻还是孩子时，她第一次在那里露面，当时她只有九到十岁，是个光彩照人的漂亮小姑娘，人们说她"应该让人画像"。她的父母常到欧洲大陆游历。经过一段到处漫游的幼年时光之后，她失去了双亲，被姑妈梅多拉·曼森收养。她这位姑妈也是一位漫游者，那时正要回纽约"定居"。

可怜的梅多拉一再成为寡妇，经常回来定居（每次回来时住宅的档次都要降低一些），并带来一位新丈夫或是一个新收养的孩子。然而几个月之后，她又总是与丈夫分道扬镳或是与被监护人闹翻，于是她赔本卖掉房子，再一次动身出去漫游。由于她的母亲原姓拉什沃斯，而她的上一次不幸婚姻又把她与疯癫的奇弗斯家族的一个成员联结在一起，所以纽约人都十分宽容地看待她的古怪行为。不过，当她带着成了孤儿的小侄女回来时，人们还是觉得，这个美丽的小姑娘竟被置于这样的人的看护之下，是件很可惜的事情，因为孩子的父母生前人缘很好，尽管他们对旅游的爱好令人遗憾。

纯真年代

人人都对小爱伦·明戈特怀有善意，尽管她那微黑的红脸蛋和密实的卷发使她显得神情愉快，看上去与一个仍在为父母服丧的孩子很不相称。轻视美国人的哀悼活动中的那些不容变更的规矩，是误入歧途的梅多拉的众多怪癖之一。她走下轮船的时候，她家的人们大为震惊地发现，她为自己兄长戴的黑纱比她的姑嫂们所戴的短了七英寸，而小爱伦居然穿着深红色美利奴呢，戴着琥珀项链，像个吉卜赛弃儿一样。

然而纽约早已对梅多拉听之任之，只有几位老夫人对爱伦俗丽的衣着摇摇头，而其他亲戚却为她那红润的脸色和旺盛的活力所倾倒。她是一个无所畏惧、无拘无束的小家伙，爱问一些令人为难的问题，喜欢发表早熟的议论，还会一些异国风味的技艺，比如跳西班牙披肩舞，伴着吉他唱那不勒斯情歌。在姑妈（她的真名是索利·奇弗斯太太，但她接受教皇所授爵位后恢复了第一任丈夫的姓，自称曼森侯爵夫人，因为在意大利她可以把这个姓改为曼佐尼）的指导下，这个小姑娘接受了一套虽然昂贵却很不连贯的教育，包括人们以前做梦都想不到的"照模特的样子画像"，还有和职业乐师一起弹钢琴五重奏。

这样的教育当然是无益的。几年之后，可怜的奇弗斯终于死在疯人院里，他的遗孀（穿着奇特的丧服）又一次收摊搬家，带着爱伦走了。这时爱伦已长成一个又高又瘦的大姑娘，两只眼睛分外引人注意。有一段时间她们音讯全无；后来消息传来，说爱伦嫁给了一位腰缠万贯、富有传奇色彩的波兰贵族，她是在杜伊勒里宫的一场舞会上认识他的，据说他在巴黎、尼斯和佛罗伦萨都拥有豪华住宅，在考斯[①]有一艘游艇，在特兰西瓦尼亚[②]还有许多平方英里的猎场。正当人们传得神乎其神之时，她却销声匿迹了。又过了几年，

---

① 考斯，英格兰南部威特岛北岸的一个城镇，有著名的海滨浴场及快艇竞赛场。
② 特兰西瓦尼亚，历史上罗马尼亚西部的一个地区，二战后成为现代罗马尼亚的一部分。

第八章

梅多拉再一次回到纽约，此时她正在为第三任丈夫服丧，意气消沉，穷困潦倒，要找一所更小的房子。这时，人们不禁纳闷，她那富有的侄女怎么不伸出手来帮帮她。后来又传来了爱伦本人的婚姻不幸终结的消息，她自己也要回家，到亲属当中寻求安宁与忘却。

一周之后，在举行那次重大宴会的晚上，当纽兰·阿彻注视着奥兰斯卡伯爵夫人步入凡·德·卢顿太太的客厅时，这些往事纷纷在他脑中掠过。这是一个庄严的场合；他的心情有点儿紧张，想知道她将怎样应付这个场合。她到得很晚，一只手还没有戴手套，正在扣紧腕上的手镯；然而，当她走进纽约精英齐聚一堂的客厅时，她并没有流露出丝毫匆忙或窘迫的表情。

她在客厅中央停住了脚步，双唇紧抿、两眼含笑地环顾四周；就在这一瞬间，纽兰·阿彻否定了关于她的容貌的普遍看法。不错，她早年的绰约风华已然消逝，红润的面颊变得苍白，整个人显得瘦削、憔悴，看上去比她的年龄——她一定已经快三十岁了——更老一些。然而从她的身上却散发出一种神秘有力的美，在她的颔首和顾盼之间洋溢着一种毫不做作的自信，他觉得那是经过高度训练养成的，并且充满一种自觉的力量。同时，她的举止比在场的大多数女士都更加淳朴，许多人（他事后听詹妮说）因她打扮得不够"时髦"而感到失望——因为"时髦"是纽约人最看重的东西。阿彻想，也许这是因为她早年的活力已经消失了，因为她极其安静——她的动作、声音和低声细气的语调都异常沉静。纽约人本以为有着这样一段历史的年轻女子的声音会比这洪亮得多。

这场晚宴有点儿令人生畏。与凡·德·卢顿夫妇一起用餐本来就不是件轻松事，而与他们的一位公爵表亲一起用餐，更不啻是履行一种宗教仪式了。阿彻愉快地想，只有一个"老纽约"才能看出一位普通公爵与凡·德·卢顿家的公爵之间的（对纽约人而言的）细微差异。纽约人对到处漂泊的贵族感到习以为常，甚至对他们怀

有几分不信任的傲慢（斯特拉瑟斯那伙人除外）；但是，当他们证明自己和凡·德·卢顿这样的家族有某种关系之后，便能得到老式的热忱友善的接待，可他们却往往大错特错地把这种接待完全归功于自己在《德布雷特》①中的地位。正是由于这种差别，这位年轻人即使在嘲笑他的老纽约的时候也依然对它充满怀念。

凡·德·卢顿夫妇已经竭尽全力来凸显这次宴会的重要性。他们把杜·拉克·塞沃尔和特利文纳·乔治二世的金银餐具拿了出来，凡·德·卢顿的"洛斯托夫特瓷器"②（来自东印度公司）和达戈内特的冠军赛马陶器被摆上桌面。凡·德·卢顿太太看起来比以往任何时候都更像一幅卡巴内尔的画像；阿彻太太则佩戴着她祖母的米珠项链和绿宝石，使她的儿子想起了伊沙贝③的一幅微型画像。所有女士都戴着她们最漂亮的首饰，不过她们的首饰大部分是镶嵌在相当笨重的老式镶座上的，这成了这所住宅与这个场合的鲜明特征。在别人的劝说之下才来参加宴会的年迈的兰宁小姐竟然戴着她母亲的浮雕宝石，还披了一件亚麻色的西班牙披肩。

奥兰斯卡伯爵夫人是宴会上唯一的年轻女子；然而，当阿彻细细端详那些被围绕在钻石项链与高耸的鸵鸟翎毛中间的光滑丰满的老年人的脸庞时，他感到很奇怪，觉得这些老年人的面容还不及她的面容那么成熟。一想到造就她那副眼神的那些经历，他不禁感到惊恐。

坐在女主人右手的圣·奥斯特利公爵自然是当晚的首要人物。不过，如果说奥兰斯卡伯爵夫人并不像人们预期的那样引人注目，那么这位公爵就简直形同空气了。作为一个有教养的人，他并没有

---

① 《德布雷特》，指《德布雷特英国贵族年鉴》（*Debrett's Peerage*），初版由英国出版家约翰·德布雷特（John Debrett, 1750~1822）于1802年出版。
② 洛斯托夫特瓷器，洛斯托夫特瓷是产于英格兰东端洛斯托夫特镇的上等骨灰瓷。
③ 伊沙贝，指让-巴蒂斯特·伊沙贝（Jean-Baptiste Isabey, 1767~1855），法国微型肖像画大师。

（像最近的另一位公爵客人那样）穿着猎装来出席宴会，但是他的晚礼服却极其寒酸和松弛，而他那副尊容越发衬托出衣着的粗陋（他伛偻着坐在那里，一把大胡子散在衬领上），完全不像出席宴会的打扮。他身材矮小，削肩弓背，皮肤晒得黝黑，长着肥厚的鼻子和小小的眼睛，面带随和的微笑；但他少言寡语，讲话时语调很低，尽管餐桌旁的人们不时安静下来期待聆听他的高见，但除了他的邻座，谁都听不见他的话。

餐后，男士们加入了女士们的谈话，这时公爵径直朝奥兰斯卡伯爵夫人走去，他们坐在一个角落里热烈地交谈起来。两个人似乎都没有意识到，公爵应当首先向洛弗尔·明戈特太太和海德利·奇弗斯太太致意，伯爵夫人则应当与那位和蔼可亲的忧郁症患者——华盛顿广场的厄本·达戈内特交谈，后者为了能与她幸会，打破了他在一月和四月之间不外出用餐的常规。两人一起聊了将近二十分钟，然后伯爵夫人站了起来，独自穿过宽敞的客厅，在纽兰·阿彻身边坐了下来。

一位女士起身离开一位绅士，去找另一位绅士做伴，这在纽约的客厅里是不合常规的。按照礼节，她应该像木偶一样坐在原处不动，等着那些希望与她交谈的男士一个接一个地到她身边来。但伯爵夫人显然没有意识到她违背了任何规矩，她悠然自得地坐在阿彻身旁沙发的一角，用最亲切的目光看着他。

"我想让你跟我讲讲梅的事。"她说。

他没有回答，反而问道："你以前认识那位公爵吗？"

"唔，是的——在尼斯时我们每年冬天都和他见面。他非常喜欢赌博——他经常去赌场。"她直言不讳地说，仿佛刚才说的是："他喜欢拈花惹草。"过了一会儿她又坦然地补充道："我觉得他是我见过的最乏味的男人。"

这句话令她的同伴异常快活，竟使他忘记了她前面的那句话给

他带来的轻微的震惊。不可否认，会见一位发现凡·德·卢顿家的公爵很乏味、并且敢于发表这一见解的女士，的确令人兴奋。他很想问问她，多听听她的生活情况——她漫不经心而富于启发性的话语已经让他窥其一斑了；然而他又担心会触动她的伤心回忆。还没等他想好说什么，她已经兜回到她最初的话题上了。

"梅非常可爱，我在纽约还没有看到哪个年轻姑娘像她那样漂亮、聪明。你很爱她吧？"

纽兰·阿彻脸红了，笑道："男人的爱能有多深，我对她的爱就有多深。"

她继续若有所思地打量着他，仿佛不想漏掉他话中的任何一点含义似的。"这么说，你认为存在着一个极限？"

"你是说爱的极限？如果有的话，我现在还没发现呢！"

她露出了同情的神色。"啊——那一定是真实的浪漫爱情了？"

"是最浪漫的浪漫爱情！"

"那真是太让人高兴了！这份爱情完全是你们自己找到的——丝毫也不是别人为你们安排的吧？"

阿彻难以置信地望着她，面带微笑地问道："难道你忘了，在我们国家，我们是不允许由别人来替我们安排婚事的？"

一片潮红升上了她的面颊，他立刻对自己这句话感到后悔。

"是的，"她回答道，"我忘了。如果我有时候犯了这样的错误，你一定要原谅我。我有时会忘记，有些事情在我原先生活的地方是很糟糕的——但在这里却被处理得很好。"她低头看着那把维也纳式扇子，他发现她的双唇在颤抖。

"非常抱歉，"他冲动地说，"但你知道，你现在是在朋友中间了。"

"是的——我知道。我走到哪里都有这种感觉。这正是我回家的原因。我想把其他的一切都忘掉,重新变成一个纯粹的美国人,就像明戈特家和韦兰家的人一样,像你和你令人愉快的母亲,以及今晚来到这里的所有其他好人一样。啊,梅来了,你一定想立刻赶到她的身边。"她又说,但没有动弹。她的目光从门口转回来,落到了年轻人的脸上。

客厅里逐渐挤满了用完晚餐的客人。阿彻顺着奥兰斯卡夫人的目光,看到梅·韦兰正和她的母亲一起走进客厅。那位身材高挑的姑娘身穿白色和银色相间的礼服,头上戴着银白色花环,看起来就像刚刚狩猎归来的狄安娜女神。

"啊,"阿彻说,"我的竞争者可真多呀,你瞧她已经被包围了。有人正在向她介绍那位公爵呢。"

"那就和我多待一会儿吧。"奥兰斯卡夫人低声说,并用她的羽毛扇轻轻碰了碰他的膝盖。虽然只是极轻的一触,却如同爱抚一般令他浑身震颤。

"好的,我留下。"他用同样的语气答道,几乎不知道自己在讲什么。但正在这时,凡·德·卢顿先生过来了,后面跟着厄本·达戈内特老先生。伯爵夫人以庄重的微笑向他们打了招呼,阿彻也觉察到了主人对他表示告诫的目光,于是起身让出了他的座位。

奥兰斯卡夫人伸出了一只手,仿佛在向他告别。

"那么,明天五点钟以后见——我等你。"她说,然后回身为达戈内特先生腾出位置。

"明天见——"阿彻听见自己复述道,尽管事先没有约定,他们交谈时她也没有向他暗示自己想再见他一次。

他走开的时候,看到身材高大、神采奕奕的劳伦斯·莱弗茨正领着妻子走过来,准备被引荐给伯爵夫人;他还听见格特鲁德·莱弗茨满脸堆着生硬的笑容高兴地对伯爵夫人说:"可我记得我们小时候经常一起上舞蹈学校——"在她身后的那些等着向伯爵夫人做自我介绍的人中间，阿彻注意到还有几对先前曾拒绝到洛弗尔·明戈特太太家去见她的倔强夫妇。正如阿彻太太所说，只要凡·德·卢顿夫妇乐意，他们知道该如何教训旁人。奇怪的是他们乐意这样做的时候太少了。

年轻人觉得他的胳膊被人碰了一下，随即发现穿着一身名贵的黑丝绒、戴着家传钻石首饰的凡·德·卢顿太太正居高临下地看着他。"亲爱的纽兰，你毫无私心地关照奥兰斯卡夫人，真是太好了。我告诉你姨父亨利，他一定得过来救你。"

他意识到自己在含着茫然的微笑望着她，而她又加上一句，仿佛要对他的腼腆天性屈尊俯就一般："我从没见过梅像今天这么可爱。公爵认为她是屋里最漂亮的姑娘。"

第九章

奥兰斯卡伯爵夫人说的是"五点钟以后";五点半的时候,纽兰·阿彻按响了她家的门铃。那是一所墙灰剥落的住宅,一株硕大的紫藤压迫着摇摇欲坠的铸铁阳台。这座房子是她从四处漂泊的梅多拉手中租下的,在西二十三街的最南端。

她住的确实是一个陌生的地段,小裁缝、兜售劣鸟的小贩以及"搞写作的人"是她的近邻。沿着这条乱哄哄的街道再往南行,在一段石铺小路的尽头,阿彻认出了一所残破的木房子,一位名叫温塞特的作家兼记者住在里面,阿彻过去时常遇见此人,后者说过他住在这里。温塞特从不邀请别人到他家做客,不过在一次夜间散步时他曾向阿彻指出过这幢房子,当时阿彻曾不寒而栗地自问:在其他大都市里,人们是否也住得如此简陋?

奥兰斯卡夫人的住所与温塞特的房子的唯一不同之处,仅仅是窗框上的油漆稍微多了一点儿。阿彻一面审视着她的房子的不起眼的正面,一面想道:看来那个波兰伯爵不仅抢走了她的财产,还抢走了她的幻想。

阿彻闷闷不乐地过了一天。他与韦兰一家一起吃的午饭,指望饭后带着梅到公园去散散步。他想单独跟她在一起,告诉她前一天晚上她的外貌是多么迷人,他又是多么为她感到骄傲,并设法说服她早日和他成婚。然而韦兰太太却态度坚决地提醒他,家族拜访进行了还不到一半呢。当他暗示想把婚礼的日期提前时,她责备地皱起眉头,叹道:"还要做十二打——手工刺绣的东西呢——"

他们挤在家庭双篷马车里,从一位族人的家赶到另一位族人的家。下午的一轮拜访结束之后,阿彻觉得自己仿佛是一头被巧妙捕获的野兽,刚刚被展览了一番。他怀着这样的心情告别了未婚妻。他想,可能是他读过的那些人类学的书使他对家族感情这种单纯而自然的表露怀有如此粗鄙的看法。可是他又想到韦兰一家打算等到次年秋天才举办婚礼,当他展望这段时间的生活时,心里像浇了一盆冷水。

"明天,"韦兰太太在他身后喊道,"我们去奇弗斯家和达拉斯家。"他发现她准备按照字母顺序来遍访他们的两个家族,而他们目前还只处于字母表的前四分之一。

他本来打算告诉梅,奥兰斯卡伯爵夫人要求——或者不如说命令——他当天下午去看她,可是在他俩单独在一起的那些短暂时刻,他还有更要紧的事要讲。此外,他觉得提这件事有点儿不合情理。他知道梅特别希望他善待她的表姐,不正是这个愿望促使他们尽快宣布了订婚消息吗?若不是由于伯爵夫人的到来,即使他不再是一个自由人,至少也不会像现在这样无可挽回地受着婚约的束缚。一想到这一点,他的心里产生了一种奇怪的感觉。可这是梅的意愿,他不禁觉得自己无须承担更多的责任——因此只要他乐意,他完全可以去拜访她的表姐,而无须事先告诉她。

他站在奥兰斯卡夫人住宅的门口,心里充满了好奇。她要求他前来时的口吻令他困惑不解,他断定她并不像表面上那样单纯。

来开门的是一位肤色黝黑、长着异国面孔的女佣,她的胸部高高隆起，戴着花哨的围巾，他隐隐约约地觉得她是个西西里人。她露出满口洁白的牙齿来欢迎他，对他的询问困惑地摇头，带他穿过狭窄的门廊，进了一间生了火的低矮客厅。客厅里空无一人，她把他留在那儿，给他足够的时间去琢磨她是去找女主人了呢，还是她原本就没弄明白他来此有何贵干，觉得他可能是来给时钟上弦的——他发现唯一的一只看得见的时钟已经停摆。他知道南欧人常用手势来相互交谈，而现在却因无法理解她的耸肩和微笑而感到十分难堪。她终于拿着一盏灯回来了，这时阿彻已经用但丁和彼特拉克①作品中的词句拼凑出一句话，引出了她的回答："拉西格诺拉埃夫奥里，马维拉苏比托。"他认为这句话的意思是："她出去了——但是过一会儿您就能见到她。"

同时他借助灯光发现，这间屋子自有一种朦胧淡雅的魅力，与他所熟悉的任何房间都不相同。他知道奥兰斯卡伯爵夫人随身带来了部分财物——她称之为残骸碎片。他想，这几张精致的深色小木桌，壁炉架上的那尊优雅的希腊小铜像，以及钉在褪色墙纸上的一片红色锦缎（上面挂着几幅装在老式画框里的绘画，好像是意大利风格的作品），便是那些财物的代表了。

纽兰·阿彻以懂得意大利艺术而自豪。他在童年时代深受罗斯金的熏陶，读过各种各样的新书，如约翰·阿丁顿·西蒙兹②的作品，弗农·李③的《尤福里翁》④，菲·吉·哈默顿⑤的随笔，

---

① 彼特拉克（Petrarch, 1304~1374），意大利诗人和学者，代表作为《歌集》（Canzoniere，约1351~1353）。
② 约翰·阿丁顿·西蒙兹(John Addington Symonds，1840~1893)，英国诗人和文学批评家，代表作为《意大利文艺复兴》(*The Renaissance in Italy*，1875~1886)。
③ 弗农·李（Vernon Lee, 1856~1935），原名维奥莱特·佩吉特（Violet Paget），英国女作家和学者。华顿曾于1894年拜访过她。
④ 《尤福里翁》，弗农·李的一部关于意大利文艺复兴的论著，出版于1884年。
⑤ 菲·吉·哈默顿，指菲利普·吉尔伯特·哈默顿（Philip Gilbert Hamerton, 1834~1894），英国画家和艺术批评家。

以及沃尔特·佩特①的一本题为《文艺复兴》的绝妙新书。他谈论波提切利②的画作时如数家珍，说起安吉里柯修士③时更是颇有些自以为是，然而这几幅画却让他极为困惑，因为它们与他在意大利旅行时看惯（因而也能看懂）的那些画毫无相似之处。也许，他发现自己置身于这幢陌生的空房子里，可是显然没有人在恭候他，这种奇特的感受也削弱了他的观察力。他懊悔自己没有把奥兰斯卡伯爵夫人的要求告诉梅·韦兰，而且，想到他的未婚妻也许会到这儿来看望她的表姐，他还有点儿忐忑不安。倘若她发现他坐在那里，独自在一位夫人炉边的昏暗灯光中等候着，显得如此亲密，她会怎样想呢？

不过既然来了，他就要等下去；于是他坐在一把椅子上，把脚伸向炉中的木柴。

她用那样的方式叫他前来，然后又把他忘掉，这可真是奇怪；但阿彻的好奇心却超过了窘迫感。屋里的气氛是他以前从未体验过的，以至于他心中的窘迫感觉已经被冒险意识所取代。他以前也曾进过挂着红锦缎和"意大利派"绘画的客厅，但使他深受触动的是：梅多拉·曼森租赁的这幢住宅，原先只残留着蒲苇和罗杰斯小雕像等寒碜背景，但在转手之后，通过巧用几件道具，竟被改造成一个具有"异国"风味的亲切场所，令人隐约联想起古老的浪漫情景与情感。他试图分析其中的窍门，找到它的线索——从桌椅的布置方式中，从身边雅致的花瓶中只插了两支深红玫瑰（任何人都会至少买一打）的事实中，从隐约弥漫的芳香气息（不是人们撒到手

---

① 沃尔特·佩特（Walter Horatio Pater, 1839~1894），英国作家和艺术批评家。《文艺复兴》全名为《文艺复兴史研究》（*Studies in the History of the Renaissance*, 1873），是他的代表作。
② 波提切利，指桑德罗·波提切利（Sandro Botticelli, 1445~1510），意大利画家，佛罗伦萨画派的重要代表，油画《维纳斯的诞生》（约1485）为其最著名的作品。
③ 安吉里柯修士（Fra Angelico, 1387~1455），原名圭多·迪·彼得罗（Guido di Pietro），意大利多明我会修士，佛罗伦萨画派画家。

帕上的那一种，而更像是从遥远的集市上飘来的，用土耳其咖啡、龙涎香和干燥的玫瑰花配成的那种香气）中寻觅个中诀窍。

　　他的心思又转到了另一个问题上：梅的客厅将会是什么样呢？他知道表现得"非常慷慨"的韦兰先生已经盯上了东三十九街的一幢新建住宅。据说那个街区很僻静，房子是用令人惊骇的黄绿色石头建的，这种色调是年轻一代的建筑师刚刚开始采用的，用以对抗像冷巧克力酱一般覆盖着纽约的清一色的褐色砂石；但房子的管道设施却十分完备。阿彻希望先去旅行，住宅的问题以后再考虑；但是，尽管韦兰夫妇同意延长他们去欧洲度蜜月的时间（也许还可以到埃及去待一个冬天），但他们坚持认为这对小夫妻回来以后必然需要一幢房子。年轻人觉得自己的命运就如同加了封印一般已成定局：在他的余生中，他每天晚上都要从两列铸铁栏杆之间走上那黄绿色的门阶，穿过庞贝城式的门廊，进入装有上漆黄木护壁板的门厅。除此之外，他的想象力就无从驰骋了。他知道楼上的客厅里有一扇凸窗，可他想象不出梅会怎样处理它。她高高兴兴地接受了韦兰家客厅里的紫色缎子与黄色簇绒地毯，以及带有仿制的镶嵌装饰的桌子和时髦的撒克逊蓝镀金玻璃柜。他找不出任何理由猜想她会要求自己的住宅与其他住宅有任何不同之处；唯一的安慰是她很有可能会让他按照自己的爱好来布置他的书房——那里当然要摆放"纯正的"东湖牌家具，还有样式简单、不带玻璃门的新书橱。

　　胸部丰满的女佣进来了。她拉上窗帘，把一根木柴向炉里推了推，并安慰他说："维拉——维拉。"①她离开后，阿彻站了起来，开始来回踱步。他还要再等下去吗？他的处境变得相当可笑。也许他当时误解了奥兰斯卡夫人的意思——也许她根本就没有邀请他。

---

① 意大利语，意为"快要回来了"。

纯真年代

从宁静的卵石街道上传来了轻快的马蹄声。马车在房子前面停了下来,他瞥见车门打开了。他分开窗帘,在初降的薄暮中向外望去。对面是一盏街灯,灯光下他看到朱利叶斯·博福特那小巧的英式四轮马车由一匹高大的花马拉着,那位银行家正在搀扶奥兰斯卡夫人下车。

博福特手里拿着帽子站住了,嘴里说着什么,似乎被他的同伴拒绝了。接着,他们握了握手,他跳进马车,她则走上台阶。

她走进客厅,看到阿彻在那里,却一点儿也不显得惊讶;惊讶似乎是她最不喜欢的情绪。

"你觉得我这可笑的房子怎么样?"她问道,"对我来说它就像天堂一样。"

她一边说,一边解开小丝绒帽的系带,把帽子连同长斗篷扔到一边。她站在那里,用沉思的目光望着他。

"你把它布置得很怡人。"他回答道。他意识到了这句话的坦率,但又出于习惯而不得不这样说,因为他向来渴望自己能够言简意赅、语出惊人。

"噢,这是个可怜的小地方,我的亲戚们都瞧不起它。但不管怎样,它不像凡·德·卢顿家那样阴沉。"

这句话令他大为震惊,因为几乎没有人胆敢大逆不道地声称凡·德·卢顿家的宏伟住宅显得阴沉。那些获得了特权而得以进入那幢住宅的人在里面战战兢兢,都赞叹它"富丽堂皇"。可是,他突然因为她说出了令众人不寒而栗的话而感到很开心。

"你把这儿装饰得——很漂亮。"他重复道。

"我喜欢这个小房子,"她承认道,"不过我想,我喜欢的是这样一种幸福:这所房子是在这里,是在我自己的国家、我自己的城市,而且我是一个人住在里面。"她的声音很低,他几乎没有听见最后一句话,不过却在尴尬中理解了它的意思。

第九章 ┃ 上　卷

"你这么喜欢一个人生活？"

"是的，只要朋友们不要让我感到孤单。"她在炉火旁边坐下，说，"娜斯塔西娅马上就送茶过来。"她示意让他坐回到扶手椅里，又说，"我看你已经选好坐的位置了。"

她向后靠了一靠，把两只胳膊交叉放在脑后，垂下眼睑，望着炉火。

"这是我最喜欢的时间了——你呢？"

一种合乎情理的自尊心使他回答说："刚才我还担心你已经忘掉了时间呢。博福特一定很吸引人。"

她似乎觉得很好笑，说："怎么——你已经等了很久吗？博福特先生带我去看了几所房子——因为看来别人不让我在这所房子里再住下去了。"她好像把博福特和他都忘掉了，又接着说："我从没见过哪个城市的人们认为住在偏僻地区不妥。一个人住在哪里有什么关系呢？我听说这条街是很体面的。"

"它不够时髦。"

"时髦！你们都这样看重这个问题吗？为什么不创造自己的时尚呢？不过我想，我过去生活得也太无拘无束了。不管怎么样，你们大家怎么做，我就要怎么做——我希望感到自己被人关心，感到安全。"

他深受感动，就像前一天晚上听她说到她需要指引时那样。

"这正是你的朋友们希望你感受到的东西。纽约是个极为安全的地方。"他略带一丝讽刺地补充道。

"是啊，不正是这样吗？一个人会觉得，"她大声说，并没有觉察到他的话中的嘲讽意味，"住在这里就像——就像一个听话的小姑娘在做完所有的功课之后被带去度假一样。"

这个比喻本来是善意的，但却不能让他完全满意。他自己不在乎就纽约社会说几句轻率的话，但却不喜欢听到别人也使用同样的

腔调。他不知道她是否真的还没看出,纽约社会是一台威力极其强大的机器,险些将她碾得粉碎。洛弗尔·明戈特家的宴会动用了各种细小的社交手段,才在千钧一发的时刻平息了事端——这件事应该让她明白,她的脱险是多么不易。然而,要么是她完全没有意识到自己曾经濒临灾难,要么是凡·德·卢顿家的晚宴的成功使她忘记了先前的处境。阿彻倾向于前一种推测。他想,她眼中的纽约人在对待他人的方式上仍然是毫无二致的;这一揣测让他感到气恼。

"昨天晚上,"他说,"纽约社交界竭尽全力地欢迎你。凡·德·卢顿夫妇做任何事情都是全心全意的。"

"是啊,他们对我太好了!这次聚会非常愉快。人人好像都很敬重他们。"

这样的措辞是很不够的,她若是如此评价可爱的老兰宁小姐的茶会还差不多。

"凡·德·卢顿夫妇是纽约上流社会中最有影响的人物,"阿彻自命不凡地说,"不幸的是——由于她的健康原因——他们极少接待客人。"

她把叠在脑后的两只手松开,若有所思地看着他。

"也许这就是原因吧?"

"原因——?"

"他们之所以有巨大影响力的原因啊,那就是他们故意很少露面。"

他略微有点儿脸红,瞪大眼睛盯着她——猛然领悟了这句话的洞察力。经她轻轻一击,凡·德·卢顿夫妇就垮台了。他纵声大笑,使他们成了牺牲品。

娜斯塔西娅端来了茶水,装在小盖碟上的无柄日本茶杯里。她把茶盘放在了一张矮桌上。

"不过你要为我解释这些事情——你要把我应当了解的全部

情况告诉我。"奥兰斯卡夫人接着说,一面向前探身,把茶杯递给他。

"现在是你在开导我,让我睁开眼睛认清那些我由于看得太久而无法看清的事物。"

她从一只手镯上取下了一个小小的金烟盒,向他递过去,她自己也拿了一支香烟。灯罩上放着点烟用的长长的纸捻。

"啊,那么我们两人可以互相帮助了。不过更需要帮助的是我,你一定要告诉我应该做些什么。"

他差一点儿就要回答说:"不要让人看到你跟博福特一起乘车逛街——"然而他此时已经被屋子里的气氛深深吸引住了,这是属于她的气氛;他要是提出这样的建议,就好比告诉一个正在撒马尔罕①讨价还价买玫瑰油的人说,在纽约过冬一定要购置橡皮套靴。此刻,纽约似乎比撒马尔罕遥远得多;如果他们真要互相帮助,那么,她就应当做一件可以作为第一次互助行为的事情,那就是帮助他客观地看待他的出生地。这就如同透过望远镜的另一端来观察这个城市,它会显得异常渺小与遥远;不过,从撒马尔罕那里看来,它就是这样的。

一片火焰从木柴中跃起,她朝炉火弯下身,把瘦削的双手伸到离火很近的地方,一团淡淡的光晕闪烁在她那椭圆的指甲周围。在火光的映射下,从她的发辫上飘散出的深色发卷变成了黄褐色,并使她苍白的脸色显得更加苍白。

"有很多人会告诉你应该做些什么。"阿彻回答说,暗暗妒忌着那些人。

"噢——你是说我那些姑妈?还有我亲爱的老祖母?"她不带偏见地考虑着这一意见,"她们都因为我要独立生活而有点恼

---

① 撒马尔罕,中亚最古老的城市之一。现为乌兹别克斯坦第二大城,撒马尔罕州首府。

火——尤其是可怜的奶奶。她想让我跟她住在一起，可我必须拥有自由——"她用这样轻松的语调谈论令人敬畏的凯瑟琳，给他留下了很深的印象；想到是什么原因促使奥兰斯卡夫人如此渴望哪怕是最孤独的自由，他更是十分感动。不过一想到博福特，他又感到心烦意乱。

"我想我能理解你的感情，"他说，"不过你的家人仍然可以给你忠告，说明种种差异，给你指明道路。"

她把细细的黑眉毛向上一扬，说："难道纽约竟是这样一座迷宫吗？我还以为它是直来直去的——就像第五大街那样呢。而且所有的十字路都有编号！"她似乎猜到他会对这种说法稍有异议，于是又带着为她的整张面孔增添魅力的难得的微笑补充道，"但愿你明白我是多么喜欢它的这一点——直来直去，所有的东西都贴着诚实的大标签！"

他发现机会来了。"东西可能都贴着标签——人却不然。"

"也许是这样的。我可能想得过于简单了——如果我真的想得太简单了，你可要警告我，"她从炉火那边转过身望着他说，"这里只有两个人让我觉得他们好像理解我的心思，并且能向我解释世事，那就是你和博福特先生。"

她把这两个名字联结在一起，使阿彻感到一阵畏缩；接着，经过迅速调整，又对她产生了理解、同情和怜悯。她过去的生活一定与邪恶势力太接近了，以致她现在仍然觉得在他们的环境中更自由。然而，既然她认为他也理解她，那么，他的当务之急就是让她认清博福特的真面目，以及他所代表的一切——并且对其产生厌恶。

他温和地回答说："我理解。可首先，不要放弃老朋友们的帮助——我指的是那些老夫人——你的明戈特祖母，韦兰太太，还有凡·德·卢顿太太。她们喜欢你，称赞你——她们想帮助你。"

她摇摇头,叹了口气。"唉,我知道——我知道!不过前提是她们没有听到任何令人不快的事情。当我试着请求韦兰姑妈帮助我时,她就是这样说的……难道这里没有人想了解真相吗,阿彻先生?真正的孤独就是在这些好心人中间生活,而他们只要求你假装!"她抬起双手捂住了脸,他看到她那瘦削的双肩在啜泣之下颤抖着。

"奥兰斯卡夫人!——啊,不要这样,爱伦。"他喊道,猛地站了起来,向她俯下身来。他拉下她的一只手,紧紧握住,像抚摩孩子的手似的抚摩着它,一面低声说着安慰她的话。但不一会儿她便挣脱了他的手,抬起湿润的睫毛看着他。

"这里的人们也都不会哭,对吗?我想他们压根儿就不需要哭。"她说,然后笑着理了理松散的发辫,俯身去拿茶壶。他刚意识到自己刚才居然叫她"爱伦"——而且叫了两次,可她却没有注意到。透过倒置的望远镜,在很远很远的地方,他依稀看到了梅·韦兰的白色身影——在纽约。

突然,娜斯塔西娅探头进来,以她那饱满的嗓音用意大利语说了句什么。

奥兰斯卡夫人又用手理了一下头发,高声说了一句表示同意的话——一句顿挫有致的"吉啊——吉啊"。接着,圣·奥斯特利公爵走了进来,身后跟着一位身材高大的女士,她头戴黑色假发与红色羽饰,身穿绷得紧紧的裘皮外套。

"我亲爱的伯爵夫人,我带了我的一位老朋友来看你——斯特拉瑟斯太太。她没有受邀参加昨晚的宴会,但她很想认识你。"

公爵满脸堆笑地望着大家,奥兰斯卡夫人低声说了一句表示欢迎的话,朝这古怪的一对儿走过去。她似乎一点儿也不知道他们两人凑在一起有多奇怪,也不知道公爵带来这样一位伙伴是多么冒昧——说句公道话,正如阿彻觉察到的那样,公爵本人对此也一无所知。

"我当然想认识您啦,亲爱的,"斯特拉瑟斯太太喊道,那圆润婉转的声音与她那肆无忌惮的羽饰和厚颜无耻的假发十分相称,"每个年轻、有趣、迷人的人我都想认识。公爵告诉我您喜欢音乐——对吗,公爵?我想,您本人就是个钢琴家吧?哎,您明晚想不想到我家来听萨拉萨蒂①的演奏?您知道,每个星期天晚上我都搞点儿活动——这是纽约人无所事事的一天,于是我就说:'都到我这儿来乐一乐吧。'公爵认为您会对萨拉萨蒂感兴趣的,您还能见到您的许多朋友呢。"

奥兰斯卡夫人高兴得容光焕发,说:"太好了!公爵能想着我,真是对我太好了!"她把一把椅子推到茶桌前,斯特拉瑟斯太太以讨人喜欢的姿态坐了下去。"我当然很高兴去。"

"那好,亲爱的。带着您这位年轻绅士一起来,"斯特拉瑟斯太太友好地向阿彻伸出一只手,"我叫不出您的名字——可我肯定见过您——所有的人我都见过,在这儿,在巴黎,或者在伦敦。您是不是干外交的?所有的外交官都到我家来玩。您也喜欢音乐吧?公爵,您一定要把他带来。"

公爵从胡子底下哼了一声"当然",阿彻向后退了一步,生硬地弯腰鞠了个躬,觉得自己就像一名害羞的小学生站在一群对他毫不在意的大人中间一样充满勇气。

他并不为这次造访的结局感到遗憾,只觉得这个结局要是来得更早一些就好了,免得他浪费感情。当他出门走进冬天的黑夜时,纽约又成了一个近在咫尺的庞然大物,那位最可爱的女子梅·韦兰就在其中。他转身走到他的花商的店里,吩咐后者为她送去每天都送的一匣铃兰,因为他惊慌地发现,自己早上竟把这件事给忘了。

---

① 萨拉萨蒂,指帕布罗·德·萨拉萨蒂(Pablo de Sarasate, 1844~1908),西班牙小提琴大师,作有《吉卜赛之歌》(一译《流浪者之歌》,1878)、《卡门主题幻想曲》(1883)等。

当他在名片上写字并等待别人给他拿信封时，他环顾了一下这家花草环绕的商店，目光落在一簇黄玫瑰上。他以前从没见过这样的像阳光一般金灿灿的花，他的第一个冲动是把这簇黄玫瑰代替铃兰送给梅。然而这束花和她并不相像——在它们那种炽热的美中，有一种过于绚丽、过于浓烈的东西。在一阵心血来潮之下，他几乎是下意识地示意花商把黄玫瑰装在另一个长匣子里，然后把自己的名片装入第二个信封，在上面写上了奥兰斯卡伯爵夫人的名字。随即，他刚要转身离开，又把名片抽了出来，只把空信封附在匣子上。

"这些花马上就送去吗？"他指着那些玫瑰问道。

花商向他保证，马上就送去。

纯真年代

第十章

　　第二天午饭后,他说服梅脱身出来,到公园去散步。按照信奉圣公会教义的老派纽约人的习惯,她在星期天下午通常要陪父母去教堂;不过韦兰太太宽恕了她的擅离职守,因为就在当天上午,韦兰太太刚刚使她相信,挨过这样漫长的订婚期是有必要的,因为这样才有时间准备数量充足的很多打手工刺绣嫁妆。

　　天气十分宜人。碧蓝的天空衬托着林荫大道上那些树木的光秃秃的圆顶,树顶上的残雪像水晶碎片一样熠熠闪光。这样的天气使梅容光焕发,像霜冻中的一棵小枫树那样光彩夺目。阿彻为路人投向她的目光而感到自豪,作为拥有者而得到的那种简单的快乐驱散了他内心深处的复杂感受。

　　"真是太美了——每天清晨醒来时都闻到自己屋里的铃兰香味!"她说。

　　"昨天送晚了。上午我没有时间——"

　　"可你天天都想着送鲜花来,这样的花远比长期预订的花更让我喜欢;而且它们每天早晨都按时送到,就像音乐教师那样准时——比如,我知道格特鲁德·莱弗茨在和劳伦斯订婚期间,她收到的鲜花就是这样的。"

"啊——会按时送到的！"阿彻笑了起来，觉得她那热诚的样子很有趣。他斜视了一下她苹果般的脸颊，觉得当下的情景十分美妙而且安全，于是他补充道："我昨天下午给你送铃兰的时候，看到几支非常鲜艳的黄玫瑰，便派人给奥兰斯卡夫人送去了。这样做对吗？"

"你真可爱！这类事情都会让她高兴的。奇怪，她没有提到这件事。她今天和我们一起吃午饭时，还说起博福特先生给她送去了漂亮的兰花，亨利·凡·德·卢顿表叔送去了满满一篮斯库特克利夫的康乃馨。她收到鲜花后好像十分惊讶。难道欧洲人不送鲜花吗？她认为这种习俗非常好。"

"噢，难怪，我的花肯定被博福特的花压住了。"阿彻烦躁地说。接着他想起自己并没有在玫瑰花上面附上名片，便觉得有些恼火，后悔刚才说出了这件事。他想说"我昨天拜访了你的表姐"，但又犹豫了。如果奥兰斯卡夫人没有提到过他的来访，他说出这件事似乎有些尴尬。然而若是不讲，又会给事情蒙上一层神秘色彩，他不喜欢这样。为了甩掉这个问题，他开始谈论他们自己的计划，他们的未来，以及韦兰太太坚持要把订婚期拖得很长的问题。

"你觉得这还算长呀！伊莎贝尔·奇弗斯和雷吉的订婚期是两年，格雷斯和索利的差不多也有一年半。我们这样不是很好吗？"

这是少女的传统反问方式，他觉得这种问法特别幼稚，并因自己发现了这一点而感到惭愧。她无疑是在重复别人对她说过的话，可是她都快满二十二岁了，他不明白"有教养"的女人们要到多大年龄才能开始替自己说话。

"我想她们永远不会替自己说话的，如果我们不允许她们这样做的话。"他沉思道，突然想起了自己在头脑发热之际对西勒顿·杰克逊说过的那句愤激的话："女人应当跟我们一样

纯真年代

自由——"

他眼下的任务就是取下蒙在这位年轻女子眼上的绷带,让她睁开眼睛看一看世界。然而,在她之前,已经有多少代像她这样的女人戴着绷带沉入了家族陵墓之中呢?他打了个冷战,想起在科学书籍中读到的一些新思想,以及经常被引证的肯塔基岩洞鱼,那种鱼的眼睛已经停止进化了,因为它们的眼睛根本派不上用场。假如他让梅·韦兰睁开眼睛,而她只能茫然地看到一片空白,那又该怎么办呢?

"我们可以过得更快乐。我们可以一直在一起——我们可以去旅行。"

她的脸上露出了笑容。"那会是一件美好的事情。"她承认道,表示她很愿意去旅行。可是他们想做的事情是那么与众不同,她的母亲是不会理解的。

"这件事好像不能仅仅用'与众不同'这个词来解释!"那位求爱者坚持道。

"纽兰!你真有创见!"她高兴地说。

他的心沉了下去。他觉得自己讲的完全是处于同样情况下的年轻人都会讲的内容,而她却完全是按照本能与传统教给她的那种方式来回答的——以至于竟然说他"有创见"!

"有创见!我们全都像用同一张叠好的纸剪出的娃娃一样相似,我们就像用模板印在墙上的图案。难道你我不能走自己的路吗,梅?"

他停下了,面对着她,沉浸在因讨论产生的兴奋之中。她两眼凝望着他,目光里闪烁着喜悦而明朗的倾慕之情。

"天呀——那我们私奔好吗?"她笑着说。

"只要你愿意——"

"你确实很爱我,纽兰!我真幸福。"

"那么——为什么不更幸福一些呢？"

"我们不能像小说中的人物那样做呀，对吗？"

"为什么不能——为什么不能——为什么不能呢？"

她看上去对他的执拗有点厌烦。她很清楚他们不能那样做，不过又很难找出一个理由。"我没有那么聪明，无法跟你争论。可是那种事情有点——粗俗，不是吗？"她暗示道，因为突然想出了一个肯定能结束这个话题的词语而松了口气。

"这么说，你很害怕粗俗吗？"

她显然被这句话吓了一跳。"我当然会讨厌的——你也会的。"她有点儿生气地回答说。

他站在那儿一语不发，神经质地用手杖敲着他的靴子尖。她以为自己的确找到了结束争论的好办法，于是轻松愉快地接着说："噢，我有没有告诉你我让爱伦看过我的戒指了？她认为这是她见过的最美的镶座。她说，和平大街①上根本没有能与之相比的货色。我真的很爱你，纽兰，因为你这么有艺术眼光！"

第二天晚饭之前，阿彻正心情阴郁地坐在书房里吸烟，詹妮漫步走进了书房，走到他的跟前。他在从事务所回来的路上没有在俱乐部逗留。他在事务所里从事律师职业，对待工作像他那个富裕阶层的其他纽约人一样从容不迫。他情绪低落，心烦意乱。每天在同样的时间都要做同样的事情，这使他的脑中充满了挥之不去的憎恶感。

"千篇一律——千篇一律！"他咕哝道。当他看到玻璃板后面的那些戴着高顶礼帽、百无聊赖的熟悉身影时，这个词语像令人困扰的曲调一般在他的脑袋里不停地回响。平时这个时候他都会顺便

---

① （法文）和平大街，巴黎的一条繁华的商业街，为高级珠宝店的汇集地。

到俱乐部去坐坐，而今天他却直接回了家。他不仅知道他们可能谈论什么话题，而且也知道每个人在讨论中站在哪一方。公爵当然会是他们谈论的主题，而那位乘着一辆由一对黑色矮脚马拉着的淡黄色小马车的金发女郎在第五大街的露面（人们普遍认为此事应归因于博福特）无疑也会被他们深入地研究一番。这样的"女人"（人们如此称呼她们）在纽约很少见，自己驾车的就更加稀罕了。范妮·琳小姐在社交时间出现在第五大街，使上流社会深受震动。就在前一天，她的马车从洛弗尔·明戈特太太的马车旁边驶过，后者立即摇了摇手边的小铃铛，命令车夫马上送她回家。"这事若发生在凡·德·卢顿太太身上，又会怎样呢？"人们不寒而栗地相互问道。阿彻仿佛能听到劳伦斯·莱弗茨此时此刻正在就上流社会的分崩离析滔滔不绝地发表高见。

妹妹詹妮进屋的时候，他烦躁地抬起头来，接着又迅速低下头，继续读他的书（斯温伯恩[①]的《柴斯特拉德》[②]——刚刚出版的），仿佛没看见她一样。她瞥了一眼堆满书籍的写字台，打开了一卷《都兰趣话》[③]，对着里面的古法语做了个鬼脸，叹道："你读的东西好深奥呀！"

"嗯——？"他问道，只见她像卡珊德拉[④]一样站在面前。

"妈妈很生气。"

"生气？跟谁？为什么？"

"索菲·杰克逊小姐刚才来过，捎话说她哥哥晚饭后要到咱们家来；她不能多讲，因为他不许她讲，他要亲自告诉我们全部细

[①] 斯温伯恩，指阿尔杰农·查尔斯·斯温伯恩（Algernon Charles Swinburne, 1837~1909），英国诗人和批评家。
[②] 《柴斯特拉德》，斯温伯恩的诗剧，出版于1865年。
[③] 《都兰趣话》，法国作家巴尔扎克的短篇故事集，出版于1837年。
[④] 卡珊德拉，古希腊神话中的特洛伊公主。她本为神殿女巫，被阿波罗赋予预知命运的能力，但后来因拒绝阿波罗的求爱而受到诅咒，从此人们不再相信她的预言。

节。他现在正跟路易莎·凡·德·卢顿在一起。"

"看在上天的分上，我亲爱的姑娘，从头再说一遍吧。只有无所不知的上帝才知道你究竟在讲什么。"

"这可不是亵渎神灵的时候，纽兰……你没有去教堂，这够让妈妈伤心的了……"

他叹息了一声，又埋头读他的书去了。

"纽兰！听我说。你的朋友奥兰斯卡夫人昨晚参加了莱缪尔·斯特拉瑟斯太太的宴会，是跟公爵和博福特先生一起去的。"

听了最后一句话，一股无名火涌上了年轻人的心头。为了掩藏这股怒气，他大笑起来，说："啊，这有什么？我本来就知道她要去。"

詹妮脸色煞白，两眼发直。"你知道她要去——可你却没有设法阻止她、警告她？"

"阻止她？警告她？"他又大笑起来，"我的婚约又不是要我娶奥兰斯卡伯爵夫人！"这句话以一种奇异的声音回响在他自己的耳中。

"可你就要跟她的家族结亲了。"

"哎，总是家族——家族！"他嘲笑道。

"纽兰——难道你不关心家族吗？"

"我一点儿也不在乎。"

"连路易莎·凡·德·卢顿表姨妈会怎么想也不在乎？"

"半点儿也不——假如她想的是这种老处女的废话。"

"妈妈可不是老处女。"身为处女的妹妹噘着嘴说。

他真想朝她大嚷："不，她就是个老处女，凡·德·卢顿夫妇也是老处女；当生活被现实的翼尖拂拭并显出真面目之后，我们大家全都是老处女！"但是，一看到她那张文静的长脸皱缩着流出了眼泪，他又为自己使她遭受的毫无意义的痛苦而感到惭愧。

"去他的奥兰斯卡伯爵夫人!别像个小傻瓜似的,詹妮——我又不是她的监护人。"

"是的。可你确实要求韦兰家提前宣布你的订婚消息,好让我们都可以支持她;而且,要不是因为这个理由,路易莎也绝不会邀请她参加为公爵举办的宴会。"

"哎——邀请了她又有何妨?她成了客厅里最漂亮的女人,她使那场晚宴比凡·德·卢顿家平时举行的宴会少了一点儿葬礼气氛。"

"你知道亨利姨父邀请她是为了让你高兴,是他说服了路易莎姨妈。他们现在很烦恼,准备明天就回斯库特克利夫去。纽兰,我想你最好下楼一趟。看来你还不理解妈妈的心情。"

纽兰在客厅里见到了母亲。她停下针线活,抬起忧虑的额头问道:"詹妮告诉你了吗?"

"告诉我了,"他尽量用像她那样审慎的语气说道,"不过我觉得问题没那么严重。"

"得罪了路易莎姨妈和亨利姨父还不严重?"

"我是说,奥兰斯卡伯爵夫人到一个被他们当作平民的女人家里去了一趟,他们不会为这样一件小事生气的。"

"当作——!"

"好吧,她就是平民;不过她有很好的音乐才能,在整个纽约都空虚得要命的星期天晚上给人们带来了乐趣。"

"很好的音乐才能?我只知道,有个女人爬到了桌子上,唱了你在巴黎常去的那些地方的人们才唱的那种东西。还有人吸烟、喝香槟呢。"

"唔——这种事情在其他地方也有,可地球还不是照样在转嘛!"

"我想,亲爱的,你不是当真在为法国的星期天辩护吧?"

"妈妈，我们在伦敦的时候，我可是经常听到你抱怨英国的星期天呢。"

"可纽约既不是巴黎，也不是伦敦。"

"噢，对，不是！"儿子咕哝道。

"我想，你的意思是这里的社交界不够出色？我认为你是对的；但我们属于这里，别人来到我们中间，就应该尊重我们的生活方式。尤其是爱伦·奥兰斯卡，她到这儿来就是为了摆脱出色的社交界中的人们所过的那种生活。"

纽兰没有回答。过了一会儿，他母亲又大胆地说："我刚才正要戴上帽子，让你带我在晚饭前去见见路易莎。"他皱起了眉头。她接着说，"我认为你可以向她解释一下你刚刚说过的话：国外的社交界有所不同……那里的人们没有这么谨慎；还有，奥兰斯卡夫人可能还不了解我们对这种事情的态度。你知道，亲爱的，"她故作天真地巧言补充道，"如果你这么做，对奥兰斯卡夫人是有好处的。"

"最亲爱的妈妈，我真不明白我们与这件事有什么相干。是公爵带奥兰斯卡夫人到斯特拉瑟斯太太家去的——实际上，是他先带着斯特拉瑟斯太太去拜访了她。他们去的时候我正在那里。要是凡·德·卢顿夫妇想跟什么人吵架的话，真正的罪犯就在他们自己家里。"

"吵架？纽兰，你听说过亨利姨父跟别人吵架吗？何况，公爵是他的客人，又是个外地人。外地人自然没有分辨能力——他们怎么会有这样的能力呢？可奥兰斯卡伯爵夫人是个纽约人呀，她应该尊重纽约人的感情。"

"那好吧，如果他们一定要找一个牺牲品，我同意您把奥兰斯卡夫人交给他们，"儿子恼怒地喊道，"我是不会让我自己——或是您——出面替她抵罪的。"

"噢，你当然只会让明戈特一方出面了。"他的母亲回答道，语气很敏感，眼看就要发怒了。

脸色阴郁的管家拉起了客厅的门帘，通报道："亨利·凡·德·卢顿先生到！"

阿彻太太扔下手中的针，用一只颤抖的手把椅子向后推了推。

"再点一盏灯。"她向正在退后的仆人喊道。詹妮这时正在低头拉平母亲的便帽。

凡·德·卢顿先生的身影出现在门口，纽兰·阿彻走上前去欢迎这位表亲。

"我们正在谈论您呢，先生。"他说。

听了这一宣告，凡·德·卢顿先生似乎深受感动。他脱掉手套去跟女士们握手，然后小心地抚平他的高顶礼帽；这时詹妮将一把扶手椅往前推了推，阿彻则接着说："还有奥兰斯卡伯爵夫人。"

阿彻太太的脸色变得苍白。

"啊——一个迷人的女子。我刚去看过她。"凡·德·卢顿先生说，自得的神情又回到了他的脸上。他坐到椅子上，按照老习惯把帽子和手套放在身旁的地板上，接着说："她在布置鲜花方面可真有天赋。我给她送去了几支斯库特克利夫的康乃馨；让我吃惊的是，她不是像我们的园丁总管那样把它们结成一束一束的，而是随意把它们散置在各个地方，这儿放一些，那儿放一些……真不知道她是怎么做到的。公爵事先就告诉过我，说：'去瞧瞧她的客厅布置得多巧妙吧。'确实布置得很不错。我原想带路易莎去看她的，若不是她周围的环境那样——令人不快。"

迎接凡·德·卢顿先生这番非同寻常的滔滔话语的是一阵死寂。阿彻太太从篮子里抽出了她刚才慌张地塞到里面的刺绣；纽兰倚在壁炉边，拧着手中的蜂鸟羽毛帘子，他看到詹妮那瞠目结舌的表情被仆人送来的第二盏灯照得一清二楚。

第十章 上 卷

"事实上,"凡·德·卢顿先生接着说,一面用一只没有血色的手抚摩着他那长长的灰靴筒,手上戴着那枚硕大的庄园主图章戒指,"事实上,我顺路来访是为了感谢她为那些鲜花而写给我的非常漂亮的回函;此外,也想——当然,这一点只有你我知道——向她提出友好的告诫,叫她不要随便跟随公爵去参加聚会。我不知你们是否听说——"

阿彻太太禁不住露出了微笑,说:"公爵带她去参加聚会了吗?"

"你知道这些英国显贵的德性,他们全都一样。路易莎和我很喜欢我们的这位表弟——不过,想让这些在欧洲宫廷里待惯了的人来费心观察我们这个共和政府的小小优点,那是绝对办不到的。哪里能寻开心,公爵就到哪里去。"凡·德·卢顿停顿了一下,但没有人吭声,"是的——看来昨晚他带她到莱缪尔·斯特拉瑟斯太太家里去了。西勒顿·杰克逊刚才到我们家去过,讲了这件荒唐事。路易莎很不安。所以我想,最好的捷径就是直接去找奥兰斯卡伯爵夫人,向她说明——仅仅是暗示,你知道——我们在纽约对某些事情的看法。我觉得我可以做到这一点,而且不会有什么不得体,因为在她同我们一起用餐的那天晚上,她似乎暗示过……让我想想看……说如果有人能给她指导,她会非常感激。而她也的确如此。"

凡·德·卢顿先生环顾了一下整个房间,那种神态若是出现在尚未摆脱粗俗欲望的平庸之辈的脸上,可能是一副自鸣得意的样子;但在他的脸上,却显示出一种淡淡的仁慈。阿彻太太的表情马上做出了义不容辞的回应。

"你们两位真是太仁慈了,亲爱的亨利——总是这样仁慈!为了亲爱的梅和他的新亲戚,纽兰会对你们所做的一切格外感激的。"

她向儿子投去了敦促的目光。她的儿子说道:"感激不尽,先生。不过我早就相信您会喜欢奥兰斯卡夫人的。"

凡·德·卢顿先生极其温柔地望着他。"亲爱的纽兰,我从来不会邀请任何我不喜欢的人到我家来做客,"他说,"我刚才对西勒顿·杰克逊也是这样说的。"他瞥了一眼时钟,站了起来,说:"路易莎在等我。我们准备早些吃饭,好带公爵去听歌剧。"

门帘在客人身后庄严地合拢之后,一片沉寂降临到阿彻全家当中。

"真是和蔼可亲——多么浪漫啊!"詹妮终于爆发出了这么一句话。谁都不明白是什么激发了她那些简略的评论,她的亲人们早已放弃了解释它们的尝试。

阿彻太太叹了口气,摇了摇头。"但愿结果是皆大欢喜,"她说,那口气却像是明知这绝对不可能似的,"纽兰,你一定要待在家里,等晚上西勒顿·杰克逊先生过来的时候见见他,因为我真不知道该对他说些什么。"

"可怜的妈妈!但他不会来了——"她的儿子笑道,一面弯下身来吻她,使她愁眉顿开。

第十一章

大约两周之后,在列特布莱尔—拉姆森—洛律师事务所中,当纽兰·阿彻正坐在自己的私人隔间里百无聊赖地发呆时,事务所的老板要召见他。

老列特布莱尔先生,这位受到纽约上流社会三代人信托的法律顾问,正端坐在他的红木写字台后面,一副心事重重的样子。他用手捋了捋又短又密的白胡须,理了理突起的额头上方那凌乱的灰发。他那位无礼的年轻合伙人心想,他多像一位因无法判断病人症状而苦恼的家庭医生啊。

"我亲爱的先生,"他一贯称阿彻为"先生","我请你来处理一件小事,一件我暂时不想让斯基普沃思先生和雷德伍德先生知道的事。"他说的这两位绅士是事务所的另外两名资深合伙人;这是因为,正如纽约其他历史悠久的律师事务所的情况那样,在这家事务所的信笺抬头上具名的那些合伙人都早已作古;譬如,从内行的角度来看,如今的列特布莱尔先生其实是那位先生本人的孙子。

他在椅子里朝后一仰,皱起了眉头,然后接着说:"由于家族的原因——"

阿彻抬起头来。

"是明戈特家，"列特布莱尔微笑着点了点头解释道，"曼森·明戈特太太昨天派人来请我。她的孙女奥兰斯卡伯爵夫人想起诉她丈夫，要求与他离婚。一些文件已经交到了我的手上。"他停了一下，敲了敲桌子，"考虑到你将要与这个家族联姻，我想在采取进一步行动之前先和你商量一下——一起商讨一下——这个案子。"

阿彻感到热血涌进了太阳穴。自从他上次拜访奥兰斯卡伯爵夫人之后，他只见过她一次，那是在明戈特家的歌剧院包厢里。在这段时间里，随着梅·韦兰在他心目中恢复了她应有的地位，奥兰斯卡夫人的形象已经渐行渐远，不再那么清晰生动地萦绕在他心头了。第一次听詹妮随便说起她要离婚时，他把这当成了毫无根据的流言，并没有在意；此后，他再也没有听说过这件事。从理论上讲，他对离婚一事几乎跟他母亲一样抱有反感；而令他恼火的是，列特布莱尔先生（无疑受了老凯瑟琳·明戈特的怂恿）显然打算把他拉进这件事情中来。毕竟，明戈特家能干这种事的男人多得是，而他目前甚至还没有通过婚姻成为明戈特家的一员呢。

他等着老合伙人说下去。列特布莱尔先生打开一个抽屉，拿出了一包东西。"如果你愿意浏览一下这些文件——"

阿彻皱起了眉头。"请原谅，先生；但正是由于未来的亲戚关系，我更希望您能与斯基普沃思先生或雷德伍德先生商讨这件事。"

列特布莱尔先生似乎颇感意外，而且有点儿生气。一位下级拒绝这样的开场白是很少见的。

他点了点头，说："我尊重你的顾虑，先生，不过在这件事上，我认为真正审慎的做法就是按照我的要求去做。实际上，这并不是我的提议，而是曼森·明戈特太太和她的儿子们的提议。

我已经见过了洛弗尔·明戈特,还有韦兰先生,他们都指名要你办这件事。"

阿彻感到怒火在上升。最近两个星期,他一直在多少有点儿无精打采的状态中随波逐流,用梅的美丽容貌和光彩个性来驱除明戈特家那些纠缠不休的要求给他带来的压力。然而老明戈特太太的这道谕旨却使他清醒地意识到,这个家族认为他们有权强迫未来的女婿去做什么样的事情。他被自己的这个角色激怒了。

"她的叔叔们应该来处理这件事。"他说。

"他们处理了。全家人一起进行了研究。他们反对伯爵夫人的意见,但她很坚决,坚持要求得到法庭的判决。"

年轻人不作声了。他还没有打开手中的包裹。

"她想再婚吗?"

"我认为她有这个意思,但她否认这一点。"

"那么——"

"阿彻先生,劳驾你先看一遍这些文件好吗?然后,等我们讨论完这个案子,我会把我的意见告诉你的。"

阿彻无可奈何地带着那些不受欢迎的文件退了出来。自从他们上次见面以来,他一直漫不经心地应付社交活动,以便使自己摆脱奥兰斯卡夫人的负担。他与她在炉火边单独相处的那一个小时,使他们建立了一种短暂的亲密关系;然而,圣·奥斯特利公爵与莱缪尔·斯特拉瑟斯太太的闯入,以及伯爵夫人对他们的愉快的欢迎,已经如有神助一般将这种关系打破了。两天以后,阿彻在使她重获凡·德·卢顿夫妇欢心的喜剧中助了一臂之力;他不无尖酸地心想,一位知道该如何对手握大权的老绅士借一束鲜花而表达的善意表示感谢的女士,并不需要他这样眼界狭隘的年轻人的私下安慰,也不需要他的公开捍卫。这样一想,就把他自己的处境简化了,同时也令人惊奇地刷新了他那些模糊的家庭观

念。无论梅·韦兰可能遇到什么紧急情况,他都无法想象她会对陌生男人大讲自己个人的困难,并且慷慨地信赖他们。在随后的一个星期中,他觉得她比以往任何时候都更加优雅和美丽。他甚至屈从了她对于漫长订婚期的愿望,因为她找到了合适的答复方式,使他放弃了尽快结婚的要求。

"你知道,从你还是个小姑娘的时候起,只要你的想法是中肯的,你父母一直都容许你随心所欲地做事。"他争辩道。她则带着最为明朗的神色回答说:"不错;正是由于这个原因,我才如此难以拒绝他们在把我看作小姑娘的时候提出的最后一个要求。"

这是老纽约的调子,这是他永远愿意确信他的妻子会做出的那种回答。如果一个人习惯于呼吸纽约的空气,那么,有时不够清澈的东西似乎会让他感到窒息。

他回来后阅读的那些文件实际上并没有告诉他多少情况,却使他陷入了一种窒息和气急败坏的情绪。文件主要是奥兰斯基伯爵的律师与一个法国法律机构的往来信函,伯爵夫人曾请求该机构解决她的财务困境;另外还有伯爵写给妻子的一封短笺。读过那封短笺之后,纽兰·阿彻站了起来,把文件塞进信封,再次走进了列特布莱尔先生的办公室。

"这些信还给您,先生。如果您希望我去见奥兰斯卡夫人的话,我就去见见她。"他用一种不大自然的语调说道。

"谢谢你——谢谢你,阿彻先生。如果你有空,今晚请过来和我一起吃晚饭,饭后我们把这件事商量一下——如果你想明天拜访我们的委托人的话。"

纽兰·阿彻这天下午又是直接走回家的。这是一个明净清澈的冬季傍晚,一弯皎洁的新月刚刚升到房顶上方。他要在灵魂内部注满纯净的光辉;在他与列特布莱尔先生吃完晚饭、进入密室之前,他不想跟任何人说一句话。他已经做出了不可能更改的决定:他必

第十一章 上 卷

须亲自去见奥兰斯卡夫人,而不能听任她的秘密被暴露给其他人。一股同情的洪流已经冲走了他的冷漠与急躁;她以一个毫无掩饰、令人怜悯的形象站在他的面前,等待着他不惜一切代价去拯救,以免她在对抗命运的疯狂冒险中受到更多的伤害。

他想起她曾对他讲过,韦兰太太要求她免谈任何"令人不快"的过去。一想到也许正是这种心态才使纽约的空气如此纯净,他不禁畏缩起来。"难道我们到头来只不过是法利赛人?"他惊愕地想道。为了调和对人性之卑劣的厌恶与对人性之脆弱的怜悯这两种同样出于本能的情感,他大伤脑筋。

他第一次意识到自己一直持守的那些原则是多么稚嫩。他被看作一个不怕冒险的年轻人;他知道他与傻乎乎的索利·拉什沃斯太太的桃色秘密还不够秘密,无法给他蒙上一层相称的冒险色彩。然而拉什沃斯太太属于"那种女人":愚蠢,虚荣,天生喜欢偷偷摸摸,事情的隐秘性和危险性远比他本人的魅力和品质更能吸引她。当他明白真相之后,难过得差点儿心碎。不过现在看来,这却起到了补偿作用。总之,那段韵事属于他那个年龄的多数年轻人都经历过的那一种,它的发生基于平静的良心和一种不会受到干扰的信念:一个人爱恋和尊重的女人与他欣赏和怜悯的女人是有天渊之别的。根据这种观点,年轻人都会受到他们的母亲、姑母、姨母以及其他女性长辈的百般怂恿,她们都与阿彻太太持相同的看法,那就是:"这种事发生"时,它对男人来说无疑是愚蠢的,但(不知为何)对女人来说却都是罪恶的。阿彻认识的所有上了年纪的夫人都认为,任何轻率地与人相爱的女人都必然是寡廉鲜耻、心怀叵测的,而心地单纯的男人在其魔爪之下是无能为力的。唯一的办法就是尽早说服他娶一位好姑娘,然后委托她去照管他。

阿彻开始猜想,在复杂的旧式欧洲社会里,爱情问题恐怕不这么简单,不这么容易分门别类。富有、悠闲、喜欢招摇的上流社

会必然会发生许许多多这样的私情，甚至可能出现这种情况：一个生性敏感、冷僻的女子，由于周遭势力的逼迫，又由于全然孤立无助，被卷入传统规范所不能宽恕的恋情之中。

一回到家，他就给奥兰斯卡伯爵夫人写了一行字，问她第二天什么时间可以接见他，然后打发信差去送信。信差很快就捎来了回信，说她次日早上要与凡·德·卢顿夫妇一起去斯库特克利夫过星期天，不过晚饭后她将独自在家里等他。回函写在很不整洁的半页纸上，没有日期和地址，但她的笔迹刚劲流畅。想到她要到豪华幽僻的斯库特克利夫庄园度周末，他感到很高兴，但稍后他立即感觉到，那个地方会比其他任何地方都更能让她深切地感受到坚决规避"令人不快"之事的那种冷漠态度。

七点钟，他准时到达列特布莱尔先生家，心中为饭后立即脱身的借口暗自高兴。他已经从对方托付给他的那些文件中形成了自己的意见，而且不太想跟他的上司谈这件事。列特布莱尔先生是个鳏夫，他们两人在一间阴暗鄙陋的屋子里慢慢地享用了一顿丰盛的晚餐。屋里挂着两张发黄的版画——《查塔姆之死》[1]和《拿破仑的加冕》[2]。在餐具柜上带凹槽的谢拉顿式餐刀匣子中间，摆着一瓶奥比昂葡萄酒，还有一瓶陈年兰宁波特酒（一位委托人赠送的礼物），是汤姆·兰宁那个浪荡子神秘可耻地死于旧金山之前一两年廉价出售的——他的死亡还不及地下酒窖的拍卖更让家族公然蒙受耻辱。

继一道香醇可口的牡蛎汤之后，上了河鲱和黄瓜，然后是一客烤小火鸡与油炸玉米馅饼，接着又上了灰背野鸭及红醋栗酱，以及芹菜蛋黄酱。列特布莱尔先生中午只吃一块三明治、喝一杯茶，晚餐却吃得从容不迫、专心致志，并坚持让他的客人也和他一样慢

---

[1] 《查塔姆之死》，美国画家约翰·辛格尔顿·科普利（John Singleton Copley, 1738~1815）的画作。
[2] 《拿破仑的加冕》，法国画家雅克·路易·大卫（Jacques Louis David, 1748~1825）的画作。

慢享受。终于,收场的礼节完成了,桌布被撤掉,雪茄被点着,这时列特布莱尔先生把波特酒瓶往西边一推,身体朝椅背上一靠,惬意地向身后的煤火舒展了一下后背,然后说道:"全家人都反对离婚,我认为是正确的。"

阿彻立刻觉得自己站在了争论的另一方。"可是为什么呢,先生?如果有过一个案例——"

"唔——那又有什么用?她在这边——他在那边,中间隔着大西洋呢。她的钱,除了他自愿还给她的以外,她一美元也要不回来;他们那该死的关于异教婚姻财产处理的法律在这一点上规定得清清楚楚。从那边的情形来看,奥兰斯基已经做得很慷慨了,因为他本来可以一个铜板都不给就把她撵走的。"

年轻人知道这一点,于是默不作声了。

"不过我明白,"列特布莱尔先生接着说道,"她对钱的问题并不重视。所以,就像她的家人所说的那样,为什么不维持现状呢?"

阿彻一小时前到他家来的时候,与列特布莱尔先生的意见完全一致,但这些话——从这个酒足饭饱、冷漠自私的老人口中讲出来,却突然变成了一个一心一意防止令人不快之事出现的社会的伪善腔调。

"我想这件事应该由她自己来决定。"

"呃——如果她决定离婚,你考虑过后果吗?"

"你是说她丈夫在信中提出的威胁?那有什么大不了的?不过是一个发怒的恶棍含糊其辞的指控而已。"

"不错;可他如果真的进行辩护的话,却很有可能留下某些令人不快的口实。"

"令人不快的——!"阿彻暴躁地说。

列特布莱尔先生诧异地挑起眉毛看着他,年轻人意识到试图向他说明自己的想法是徒劳无益的。他的上司又说："离婚永远是令人不快的。"他默认地点了点头。

列特布莱尔先生沉默地等了一会儿，又问道："你同意我的意见吗？"

"当然。"阿彻说。

"那么，我就可以依靠你——明戈特家也可以依靠你——运用你的影响来反对这个主意了，对吗？"

阿彻犹豫了。"在我见到奥兰斯卡伯爵夫人之前，我还不能保证。"他终于回答。

"阿彻先生，我不明白你是怎么回事。难道你想跟一个有离婚诉讼丑闻的家族结亲吗？"

"我认为那件事与这个案子毫无关系。"

列特布莱尔先生放下酒杯，谨慎而忧虑地凝视着他的年轻合伙人。

阿彻明白他正在冒着迫使上司收回成命的风险；由于某种说不清的原因，他并不喜欢那种前景。既然这件任务已经交给了他，他就不打算放弃它了；而且，为了防止那种可能，他明白自己必须让这位代表着明戈特家族法律良知的缺乏想象力的老人安下心来。

"请您放心，先生；不先向您汇报，我是不会表态的。我刚才的意思是：在听到奥兰斯卡夫人的说法之前，我宁愿先不发表意见。"

列特布莱尔先生对这种称得上是最优秀的纽约传统的过度谨慎态度赞许地点了点头。年轻人瞥了一眼手表，便借口有约，告辞而去。

第十二章

　　老派的纽约人一般在七点钟吃晚饭；饭后串门的习惯虽然受到阿彻这类人的嘲笑，但仍然广泛流行。年轻人从威弗利广场沿着第五大街漫步时，长长的大街上空无一人，只有几辆马车停在雷吉·奇弗斯家门前（他家在为公爵举行晚宴），偶尔会出现一个穿着厚外套、系着厚围巾的老绅士的身影，登上一幢褐色砂石住宅的门阶，消失在亮着煤气灯的门厅里。当阿彻穿过华盛顿广场的时候，他看到老杜·拉克先生正在前去拜访他的表亲达戈内特夫妇；在西十街的拐角转弯之后，他看到了他的事务所里的斯基普沃思先生，此人显然正要去拜访兰宁小姐。沿第五大街再走一小段路，又看到博福特出现在自家门阶上，那黑色的身影在明亮的灯光下显得十分突出；只见他走下台阶，钻进他的私人马车，朝一个神秘的、很可能不宜说出口的目的地驶去。当晚没有歌剧演出，也没有人举办宴会，所以博福特的外出无疑带有隐秘的性质。阿彻在心中把它与莱克星顿大街另一头的一所小房子联系起来，那所房子里不久前出现了饰有缎带的窗帘和花箱；在它新近漆过的门前，经常可以见到范妮·琳的淡黄色马车等在那里。

纯真年代

在构成阿彻太太的交际圈的那座又小又滑的金字塔外面,有一个很可能在地图上没有标记的区域,里面住着画家、音乐家和"搞写作的人"。人类当中的这些散兵游勇从来没有表示过想要融入上流社会结构的愿望。尽管人们说他们的生活方式十分奇特,然而他们当中的大多数人却都是品行端正的,只不过更喜欢独来独往而已。梅多拉·曼森在她的兴旺时期曾经创办过一个"文学沙龙",但不久便由于文人们不肯光顾而销声匿迹。

其他人也做过相同的尝试,其中有一家姓布兰克的人——一位热情健谈的母亲和三个步其后尘的服饰邋遢的女儿——在她们家里可以见到埃德温·布思①,帕蒂,威廉·温特②,新出道的莎剧演员乔治·里格诺尔德,几位期刊编辑,以及一些音乐与文学评论家。

阿彻太太和她那个小圈子对这些人感到有些畏惧,因为他们行为古怪、性情无常,而且在他们的生活和思想背景中有一些不为人知的东西。阿彻家所属的这个群体非常看重文学艺术,阿彻太太总是不遗余力地告诉孩子们:当上流社会拥有华盛顿·欧文③、菲茨—格林·哈勒克④及写了《犯罪的小仙女》⑤的诗人这等人物的那个时代,这个社会是多么优雅迷人。那一代最著名的作家都是"绅士",而那些继承他们事业的无名之辈或许具有绅士的情感,但他们的出身、仪表和发型,以及他们与舞台和歌剧的密切关系,使得老纽约的评判标准对他们统统不适用了。

"当我还是姑娘的时候,"阿彻太太常说,"我们认识炮台公

---

① 埃德温·布思(Edwin Booth, 1833~1893),美国著名莎剧演员,因扮演哈姆莱特而著名。他的弟弟约翰·布思(John Booth, 1838~1865)是谋杀林肯总统的刺客。
② 威廉·温特(William Winter, 1836~1917),美国戏剧批评家、作家。
③ 华盛顿·欧文(Washington Irving, 1783~1859),美国19世纪最著名的作家,代表作为《见闻札记》(1820)。
④ 菲茨—格林·哈勒克(Fitz-Greene Halleck, 1790~1867),美国诗人。
⑤ 《犯罪的小仙女》,美国诗人约瑟夫·罗德曼·德雷克(Joseph Rodman Drake, 1795~1820)的诗作。

园①和运河街一带的每一个人,而且只有我们认识的人才有马车。那时判断一个人的身份易如反掌;现在可说不好了,我宁愿不做这样的尝试。"

唯有老凯瑟琳·明戈特可能跨过了这道深渊,因为她没有道德偏见,而且对那些更加微妙的差别抱有几乎与新贵一样的漠不关心的态度。但是她从未翻过一本书,看过一幅画,她喜欢音乐也只是因为音乐勾起了她对那些意大利狂欢之夜和杜伊勒里宫那段辉煌岁月的回忆。也许和她同样勇敢的博福特原本可以促成双方的融合,可是他那豪华的住宅和穿丝袜的男仆成了非正式交际的障碍。此外,他跟明戈特太太一样目不识丁,而且认为"搞写作的家伙"不过是一群受雇于富人的娱乐供应商;而那些非常富有、以至于能够影响他的观点的人,没有一个质疑过这种观点。

纽兰·阿彻从记事时起就知道这些事情,并把它们当作他那个世界的组成部分。他知道在有些社会里,画家、诗人、小说家、科学家甚至名演员都像公爵一样受到追捧。他时常暗自想象,置身于以梅里美②(其《致无名氏的信》是令他爱不释手的作品之一)、萨克雷、布朗宁或威廉·莫里斯③为主要话题的舒适的客厅里,会有怎样的一种感受。然而这样的事情在纽约是不可思议的,连想一想都会使人不安。这些"搞写作的家伙"、音乐家和画家中的大多数人阿彻都认识,他在"世纪"或其他一些刚刚成立的小型音乐或戏剧俱乐部里同他们见过面。在那里,他欣赏他们,但在布兰克家中他却厌烦他们,因为他们与一些热情高涨、衣着寒酸的女人混在一起,她们在他们身边走来走去,像看待新奇事物一般看待他们。

---

① 炮台公园,纽约曼哈顿岛南端的一个公园。
② 梅里美,指普罗斯佩·梅里美(Prosper Mérimée,1803~1870),法国作家。《高龙巴》(1840)和《嘉尔曼》(一译《卡门》)(1845)是他最为脍炙人口的两篇中篇小说。
③ 威廉·莫里斯(William Morris,1834~1896),英国诗人、画家和社会活动家。

甚至在他与内德·温塞特进行了最令人兴奋的交谈之后,他也总是觉得,如果说他的天地很小,那么他们的天地也不大,而要拓展任何一方的空间,唯一的途径就是使他们在生活方式上自然而然地融为一体。

他之所以想到这些事,是因为他想对奥兰斯卡伯爵夫人曾经生活于其中、忍受过其中的痛苦、而且(或许)还品尝过其中神秘的快乐的那个社会进行一番设想。他记得她曾经忍俊不禁地告诉他,她的祖母明戈特和韦兰夫妇反对她住在专供"搞写作的人"居住的"波西米亚式"街区。令她的家人反感的不是危险,而是贫穷;但她早已忘记了那种阴影,她以为他们是觉得文学具有危害性。

她本人对文学倒是没有什么恐惧。散乱地放在她家客厅(通常被认为是房中最"不宜"放书的地方)里的书籍虽然主要是小说作品,但保罗·布尔热[①]、于斯曼斯[②]及龚古尔兄弟[③]这些新名字都曾激起阿彻的兴趣。他一边沉思着这些事情,一边走到了她的门前,又一次意识到她颠覆他的价值观的奇妙方式,意识到如果他要在她目前的困境中起到作用,就必须在想象中使自己进入与先前所知的一切都迥然相异的境况之中。

娜斯塔西娅打开了门,脸上带着神秘的笑容。门厅的凳子上放着一件黑貂皮衬里的外套,上面摆着一顶折叠的深色丝制歌剧礼帽,衬里上绣着"J.B."两个金字,还有一条丝巾。这几件贵重物品肯定是朱利叶斯·博福特的财产。

---

① 保罗·布尔热(Paul Bourget, 1852~1935),法国小说家。
② 于斯曼斯,指约里斯-卡尔·于斯曼斯(Joris-Karl Huysmans, 1848~1907),法国小说家。
③ 龚古尔兄弟,指埃德蒙·德·龚古尔(Edmond de Goncourt, 1822~1896)和茹尔·德·龚古尔(Jules de Goncourt, 1830~1870),法国小说家。两人合写了很多小说,如《热曼妮·拉瑟顿》(1865)、《玛耐特·萨洛蒙》(1867)。

阿彻怒不可遏,以至于差点儿在名片上胡乱写几个字一走了之。但他随即想起,在给奥兰斯卡夫人写便笺的时候,他由于过于谨慎而没有说他希望私下见她。因此,如果她已经向别的客人敞开了大门,这只能怪他自己。于是他走进了客厅,一心要让博福特觉得他自己在这儿碍手碍脚,从而把他挤走。

银行家正倚着壁炉架站着,炉架上铺着一块陈旧的刺绣,用一只枝状铜烛台压住,烛台上插着教堂使用的淡黄色蜡烛。他挺着胸脯,两肩靠在炉架上,身体的重量支撑在一只穿黑漆皮鞋的大脚上。阿彻进屋时,他正面带微笑地低头看着女主人,她坐在一张与灯罩成直角的沙发上。一张堆满鲜花的桌子在沙发后面形成了一道屏障,年轻人认出那些兰花和杜鹃花乃是来自博福特家温室的贡品。奥兰斯卡夫人背朝鲜花半倚半坐,一只手撑着头,她那宽松的袖筒使胳膊一直露到肘部。

女士们晚上会客时通常都穿一种叫作"晚餐便装"的衣服:一件盔甲般的鲸骨紧身衣,领口很小,开口处缝着花边的皱褶,紧绷的袖子上饰有荷叶边,刚好露出手腕,以展示伊特鲁里亚式金手镯或丝带。而奥兰斯卡夫人却不顾习俗,穿了一件红丝绒的长睡袍,睡袍上端是光滑的黑毛皮镶边,环绕着下颚并顺着前胸垂到下面。阿彻想起了他上次访问巴黎时曾看到过画坛新秀卡洛吕-杜兰①——他的画作轰动了巴黎美术展览会——的一幅肖像画,上面的那位夫人就穿了这样一件像刀鞘一样的鲜艳睡袍,下巴依偎在毛皮上。晚上在气氛热烈的客厅里穿戴毛皮,脖颈被裹得紧紧的,手臂却裸露在外面,这样的穿着给人一种任性和挑逗的感觉;但不可否认的是,看起来却十分惹人喜爱。

"上帝啊,真是太好了——到斯库特克利夫去待上整整三

---

① 卡洛吕-杜兰(Carolus-Duran, 1837~1917),法国肖像画家。

天！"阿彻进屋时，博福特正在以嘲弄的口吻大声说，"你最好带上所有的毛皮衣服，外加一个热水瓶。"

"为什么？那幢房子有这么冷吗？"她问道，一面向阿彻伸出左手，那诡秘的样子仿佛是在暗示他去吻它。

"不是房子冷，而是女主人冷。"博福特说着，一面心不在焉地朝年轻人点点头。

"可我觉得她很好。是她亲自来邀请我的，奶奶说我当然一定要去。"

"奶奶当然希望你去。可我觉得，你要是错过下星期天我为你安排的德尔莫尼柯家小型牡蛎晚餐，那可太可惜了；坎帕尼尼、斯卡尔奇，还有好多有趣的人都会去呢。"

她疑惑地看看银行家，又看看阿彻。

"啊——那可真是吸引到我了！除了在斯特拉瑟斯太太家的那天晚上，我来这儿以后连一位艺术家都没见到过呢。"

"你想见什么样的艺术家？我认识一两位画家，都是很好的人；如果你同意，我可以带他们来见你。"阿彻大胆地说。

"画家？纽约有画家吗？"博福特问，那口气表示，既然他没有买他们的画，他们就算不上画家。奥兰斯卡夫人面带庄重的笑容对阿彻说："那可太好了。不过我真正想见的是表演艺术家，比如歌唱家、演员、音乐家等。在我丈夫家里总是有很多那样的人的。"

她讲到"我丈夫"时，好像这几个字根本不带有什么不祥的意味，那种语气几乎像是在惋惜已然失去的婚姻生活的快乐。阿彻困惑地看着她，不知她是出于轻松还是故作镇静，才能在她正在为解除婚姻而拿名誉冒险之时如此轻松地提到自己的过去。

"我确实认为，"她接下去对着两位男士说，"出乎意料的事情更加使人愉快。每天会见同样的人也许是个错误。"

"不管怎么说，这实在太无聊了；纽约真是无聊得要命，"博福特抱怨道,"而正当我想办法帮你活跃一下气氛时,你却让我失望。真的——再好好想一想吧!星期天是你最后的机会了,因为坎帕尼尼下周就要到巴尔的摩和费城去了。我有一个幽静的房间,还有一架施坦威钢琴①,他们会为我通宵演唱。"

"太妙了!让我考虑考虑,明天上午写信告诉你好吗?"

她的话说得很亲切,但语调里有一丝不情愿的意味。博福特显然感觉到了,但由于不习惯遭人拒绝,他仍然站在那里盯着她,两眼之间凝成一道顽固的皱纹。

"为什么不现在就告诉我呢?"

"这么重要的问题,不能在这么晚的时候仓促决定。"

"你觉得很晚了吗?"

她冷冷地回视了他一眼,说:"是的,因为我还要和阿彻先生谈一会儿正事。"

"哦。"博福特气愤地说。她的语气里没有一点儿恳求的意味,他只好轻轻耸了耸肩,恢复了镇静。他拉起她的手,熟练地吻了一下,到了门口又大声喊道:"我说,纽兰,要是你能说服伯爵夫人留在城里,你当然也可以一起去吃晚饭。"说完,他迈着孔武有力的步伐离开了客厅。

起初,阿彻以为列特布莱尔先生一定已把他要来访的事情告诉了她,但是她接着说的与此毫不相干的话改变了他的想法。

"这么说,你认识画家?你对他们的环境很熟悉?"她带着充满好奇的目光问道。

"噢,其实不是的。我觉得艺术在这里没有什么环境,任何艺术门类都没有。它们更像是一层稀薄的固定外缘。"

"但你喜欢这类东西,对吗?"

---

① 施坦威钢琴,指美国施坦威父子公司出产的钢琴,为世界名牌钢琴。

"非常喜欢。我在巴黎和伦敦时从不错过任何展览。我尽量跟上潮流。"

她低头看着从她那身绸缎长裙底下露出来的小缎靴的靴尖。

"我过去也非常喜欢,我的生活里充满了这些东西。可现在,我想尽量不去喜欢它们。"

"你想尽量不去喜欢?"

"是的。我想放弃过去的全部生活,变得和这里的其他人一样。"

阿彻脸红了。"你永远也不会跟这里的每个人都一样。"他说。

她稍稍抬起平直的眉毛,说:"啊,别这么说。你要是知道我多么讨厌与众不同就好了!"

她的面孔变得像一张悲剧面具那样忧郁。她向前躬了躬身子,用两只纤瘦的手把双膝紧紧并在一起,目光从他身上移开,投向了黑暗的远方。

"我想彻底摆脱过去的生活。"她坚决地说。

他等了一会儿,清了清喉咙,说:"我知道。列特布莱尔先生跟我讲了。"

"啊?"

"我就是为这件事来的。他让我来——你知道,我在事务所工作。"

她看上去有点儿惊讶,随即眼睛里又露出了喜色。"你是说你可以帮我处理这件事?我可以不用跟列特布莱尔先生谈而跟你谈?啊,这会轻松多了!"

她的语气感动了他,他的信心也伴随自我满足而增长。他发觉,她对博福特说有正事要谈,只是为了摆脱后者;而赶走博福特不啻是一种胜利。

"我就是到这儿来谈这件事的。"他重复说。

她默默地坐在那里,依然用放在沙发背上的一只胳膊撑着头。她的脸看上去苍白、暗淡,仿佛在那身鲜红的衣服的对比之下显得黯然失色了。阿彻突然觉得她是一个令人同情甚至令人悲悯的人。

"现在我们要面对严酷的事实了。"他想,同时感到自己心中产生了他在他母亲及其同代人身上看到的、经常令他不满的那种本能的畏缩情绪。他处理不寻常情况的实践真是太少了!他对其中的那些专用词汇很不熟悉,仿佛它们只会出现在小说中或舞台上。面对即将发生的情况,他像小男孩一样局促不安。

过了一会儿,奥兰斯卡夫人突然情绪激昂地说:"我要自由,我要清除过去的一切。"

"我理解。"

她的脸上露出了喜色。"那么,你愿意帮我了?"

"首先——"他迟疑地说,"也许我应该多了解一些情况。"

她似乎很惊讶。"你了解我丈夫——我跟他的生活吧?"

他做了个认同的手势。

"唔——那么——还有什么呢?那种事情在这个国家难道是可以容忍的吗?我是个新教徒——我们的教会并不禁止在这种情况下离婚。"

"当然。"

两个人再次陷入沉默,阿彻觉得奥兰斯基伯爵那封信的幽灵在他们两人中间讨厌地扮着鬼脸。那封信只有半页,其内容正如他同列特布莱尔谈到它时所说的那样,只是一个怒气冲冲的恶棍的含糊其辞的指责。然而在它背后隐藏着多少事实呢?只有奥兰斯基伯爵的妻子能够解释。

"我已经把你交给列特布莱尔先生的文件看了一遍。"他终于说道。

"噢——还有比那更讨厌的东西吗?"

"没有了。"

她稍稍改变了一下姿势,抬起一只手遮住她的眼睛。

"当然,你知道,"阿彻接着说,"假如你丈夫决定打官司——像他威胁的那样——"

"唔——？"

"他可能会讲一些——一些可能令你不——令你不高兴的事情，他会公开讲出来，好让这些事情到处传播，以便伤害你，即使——"

"即使——？"

"我是说，不论那些事情是多么没有根据。"

她停顿了很长一段时间，甚至使他（由于不想把眼睛一直盯在她遮住的脸上）有工夫把她放在膝盖上的另一只手的精确形状以及无名指和小指上那三枚戒指的种种细节铭记在心。他注意到，在那三枚戒指中没有结婚戒指。

"那些指责，即便他公之于众，在这里能对我有什么伤害呢？"

他差一点儿就要大声喊出："我可怜的孩子——在这儿比在其他任何地方都更能伤害你呀！"然而，他却用他自己听起来很像列特布莱尔先生的口气回答说："与你过去居住的地方相比，纽约社会是个很小的天地。而且，不管表面现象如何，统治它的是少数——呃，思想相当传统的人。"

她没有说话，他便接着说："我们关于结婚和离婚的思想特别守旧。我们的立法支持离婚——但我们的社会风俗却不支持。"

"决不会支持？"

"嗯——决不会，只要那位女子——不管她受到怎样的伤害，也不管她是多么无可指责——有一点点不利于她的表面现象，只要她由于任何违反常规的行为而使自己受到——受到含沙射影的攻击——"

她的头垂得更低了，他又处于等待之中，紧张地期待一阵愤怒的爆发，或至少是短短的一声表示抗议的叫喊。然而什么都没有发生。

一个小旅行钟在她肘边得意地滴答作响，一块木柴被烧成两半，激起了一阵火星。沉寂而忧郁的客厅仿佛在与阿彻一起默默地等候着。

"不错，"她终于嗫嚅道，"我的家人就是这样对我说的。"

他畏缩了一下，说："这并不奇怪——"

"是我们的家人，"她纠正了自己的说法，阿彻脸红了，"因为你很快就要成为我的表亲了。"她温柔地接着说。

"我希望如此。"

"你同意他们的观点吗？"

听了这话，他站起身来，在屋里踱起了步，两眼茫然地盯着一幅衬着陈旧的红锦缎的画像，然后又犹豫不决地回到她身边。他怎能对她说"是的，假如你丈夫暗示的情况是真的，或者你没有办法驳斥它"呢？

他刚要开口，她却突然插嘴说："你要说真心话——"

他低头望着炉火说："那好，我说真心话。面对一大堆可能——不，肯定——会出现的污言秽语，你能得到什么好处呢？"

"可我的自由——难道什么也算不上吗？"

这时，他的脑中突然闪过一个念头：信中的指责是正确的，她的确曾经想要嫁给她的同谋犯。假如她真的有过那样一个计划，那么美国的法律是绝对不会允许的；他该怎样把这一点告诉她呢？仅仅由于怀疑她有过那种想法，他就对她严厉和不耐烦起来。"但你现在不是像空气一样自由吗？"他回答到，"谁能碰你一下呢？列特布莱尔先生告诉我，财务问题已经解决了——"

"噢，是啊。"她漠然地说。

"既然如此，再冒险去做可能招致无穷无尽的不快和痛苦的事情，这值得吗？想想那些报纸吧——多么卑鄙！那完全是愚蠢、狭隘、不公正的——可是谁也无法改变社会呀。"

"不错。"她默认道。她的声音是那样轻微、那样无助，使他突然对自己那些冷酷的想法感到有些懊悔。

纯真年代

"在这样的情况下,个人几乎总是要成为所谓集体利益的牺牲品。人们会坚守维持家庭完整的一切常规——如果有这样的常规的话,那就是保护孩子。"他漫无边际地说下去,把涌到嘴边的陈词滥调统统倒出来,极力想掩盖她的沉默似乎已经使之暴露无遗的丑恶事实。既然她不肯或不能说出一句澄清事实的话,那么,他只希望不要让她以为他是想刺探她的隐私。按照精明老到的老纽约式做法,对于不能治愈的伤口,与其冒险将它揭开,还不如让它保持原状。

"我的职责是帮助你,"他接着说,"使你能像那些最喜爱你的人那样来看待这些事情。明戈特夫妇,韦兰夫妇,凡·德·卢顿夫妇,你所有的亲戚朋友,如果我不实事求是地向你说明他们是怎样看待这类问题的,那我就做得不公平了,不是吗?"他急切地说个不停,几乎像是在恳求她一般,因为他急于填充那无边无际的沉默。

她缓慢地说:"是的,那是不公平的。"

炉火已经变得十分暗淡,一盏灯咯咯作响地求人关照。奥兰斯卡夫人站了起来,把灯头旋紧,又回到炉火旁,但没有重新就座。

她继续站在那里,似乎表示两个人都没有什么可说的了,于是阿彻也站了起来。

"很好,我会按照你希望的去做。"她突然说道。热血涌上了他的额头,他被她的突然屈服吓了一跳;他笨拙地抓住了她的双手。

"我——我真的是想帮助你。"他说。

"你是在帮助我。晚安,我的表弟。"

他俯身将嘴唇贴在她的手上,那双手冷冰冰地毫无生气。她把手抽了出来;他转身向门口走去,借着门厅黯淡的灯光找到了他的外套和礼帽,然后步入冬夜之中,胸中涌出了迟到的、未及出口的滔滔话语。

第十三章

这天晚上，华莱克剧院里座无虚席。

上演的剧目是《肖兰》①，由戴恩·鲍西考尔特饰演同名男主角，哈里·蒙塔古和艾达·戴斯饰演那对情侣。这个受人赞赏的英国剧团的声望正处于巅峰时期，《肖兰》一剧更是场场爆满。顶层楼座中的观众毫无保留地表达出了他们的热情；正厅前座和包厢里的观众对陈腐庸俗的情绪和哗众取宠的场面付之一笑，然而他们却和顶层楼座的观众同样欣赏此剧。

剧中有一段情节对楼上楼下的观众都特别有吸引力。在一场几乎只有单音节台词的忧伤的分手戏之后，哈里·蒙塔古向戴斯小姐道别，转身要走。那位女演员站在壁炉旁边，低头望着炉火。她身上穿着没有时髦环形物或装饰品的灰色开司米连衣裙，紧贴着她修长的身体，一直飘垂到她脚边，形成了长长的曲线。她的脖颈上围着一条窄窄的黑丝带，丝带的两端垂在背后。

她的追求者转身离开她之后，她把两臂支在壁炉台上，把脸

---

① 《肖兰》，爱尔兰裔美国剧作家戴恩·鲍西考尔特（Dion Boucicault, 1820?~1890）的戏剧。

埋到了双手之中。他在门口停下来看了她一眼,然后又偷偷回来,抓起丝带的一端,吻了一下,离开了屋子,而她却没有听到他的动静,也没有改变姿势。帷幕就在这静悄悄的分手场景中徐徐降下了。

纽兰·阿彻每次去看《肖兰》,都是为了看这一场景。他觉得蒙塔古与艾达·戴斯的这个告别场面太美了,完全可以和他在巴黎看过的克罗塞特与布雷森特的表演或在伦敦看过的马奇·罗伯逊与肯德尔的表演比肩。这一场面的缄默,它那无言的悲哀,比那些最著名的大段戏剧道白更令他感动。

这天晚上,这个小小的场面使他回想起了——他说不出原因——一周或十天以前他与奥兰斯卡夫人在那场推心置腹的交谈之后彼此道别的场景,因而显得更加感人。

在这两个场景之间很难找到相似之处,相关人物的容貌也毫无共同点。纽兰·阿彻不敢妄称自己与那位俊美、浪漫的年轻英国演员有一点儿相像,而戴斯小姐是位身材高大、体格健硕的红发女子,长着一张和蔼可亲却不太好看的苍白脸庞,完全不同于爱伦·奥兰斯卡那充满活力的容颜。阿彻与奥兰斯卡夫人更不是在心碎的沉默中分手的一对恋人,而是在交谈之后分手的律师和委托人,而且这番交谈又使委托人的情况在律师心中留下了最糟糕的印象。那么,两者之间究竟有什么相似之处,能使年轻人在回忆时带着某种兴奋之情怦然心动呢?原因似乎在于奥兰斯卡夫人的那种神秘的才能:她能让人联想到可能出现于日常经验之外的种种动人的悲剧性的东西。她几乎从没对他说过一句会使他产生这种印象的话,但这是她固有的一种特点——这或许是她神秘的异国背景的投影,或许是她身上的一种富于戏剧性、热情奔放、非同寻常的内在气质的外化。阿彻一直倾向于这样的想法:在塑造人们命运的过程中,与他们听天由命的自然趋向相比,机遇与环境所起的作用是很小的。这种倾向他从一开始就在奥兰斯卡夫人身上察觉到了。这位沉静的、几乎是消极的年轻女子给他的印象恰恰就是那种必然会遭遇不幸的人,不论她怎样退缩,怎样刻意回避。令人激动的是,她曾经生活在戏剧性非常浓郁的氛围之中,以至于她本身的那种易于引发戏剧性事件的性情却隐而不显了。正是她那种少见的处变不惊的态度,使他意识到她曾经经受过大风大浪;从被她视作理所当然的那些事物中,可以看出她曾经反抗过什么样的事物。

阿彻离开她的时候,深信奥兰斯基伯爵的指责并非毫无根据。在他妻子过去的生活中扮演"秘书"角色的那位神秘人物,在帮助她出逃之后大概不会得不到报偿。她逃离的那种环境是不堪忍受的,是难以形容、难以置信的;她年纪很轻,吓坏了,绝望了——还有什么比感激救援者更顺理成章呢?遗憾的是,在法律和世人的眼中,她的感激却将她置于与她那可恶的丈夫同等的地位。阿彻已经按照自己的职责让她明白了这一点,并且还让她了解到:心地单纯而又善良的纽约上流社会——她显然指望在它那里得到更多的仁慈——恰恰是一个她休想得到丝毫宽容的地方。

被迫向她讲明这一事实——并亲眼看到她顺从地接受它,这使他感到痛苦不堪。他觉得自己被难以名状的妒忌与怜悯之情拉向她一边,仿佛她默认的错误已经将她置于他的掌握之中,这虽贬低了她的身份,却也使她惹人怜爱。他很高兴她是向自己披露了她的秘密,而不是去面对列特布莱尔先生那冷冰冰的盘问,或是她的家人那尴尬的凝视。他立即主动向他们双方保证,她已经放弃了谋求离婚的想法,而她之所以做出这一决定,是因为她认识到离婚是徒劳无益的。他们听了以后感到无限欣慰,便不再关注她给他们带来的那些"不快"了。

"我早就知道纽兰肯定能把这件事处理好。"韦兰太太得意地夸奖她未来的女婿。曾经秘密接见纽兰的老明戈特太太先是对他的

聪明能干表示祝贺，然后又不耐烦地补充道："小傻瓜！我亲自告诉过她那纯粹是胡闹。当她有幸做已婚女子和伯爵夫人的时候，却想回头去冒充老处女爱伦·明戈特！"

这些事情促使年轻人与奥兰斯卡夫人的最后一次谈话生动地浮现在他脑中，以至于当幕布在两位演员的分手场景中徐徐落下时，他的眼里充满了泪水。他站起来要离开剧院。

他离开的时候，先转向身后的那一侧，却发现他正在想念的那位夫人正坐在一个包厢里，跟博福特夫妇、劳伦斯·莱弗茨夫妇及另外一两位男士在一起。从那天晚上的谈话之后，他还没有单独跟她讲过话，而且一直设法避免和她在一起；然而现在他们的目光相遇了，同时博福特太太也认出了他，并无精打采地做了一个邀请的手势。于是，不进这个包厢是不可能的了。

博福特与莱弗茨为他让出了地方。他与博福特太太寒暄了几句（她一向喜欢保持优美的神态，而不用多讲话），然后坐在了奥兰斯卡夫人身后。包厢里除了西勒顿·杰克逊先生以外别无他人，他正神秘兮兮地小声对博福特太太讲上星期天莱缪尔·斯特拉瑟斯太太举办招待会的事情（据说人们曾在招待会上跳舞）。博福特太太面带完美的笑容倾听着他的详尽叙述，她的头倾侧的角度恰到好处，正好使正厅前座那边的观众能够看到她的侧影。在这种掩护之下，奥兰斯卡夫人转过身来，低声开了口。

"你觉得，"她说，一面朝舞台上瞥了一眼，"明天早上他会送她一束黄玫瑰吗？"

阿彻脸红了，他的心惊跳了一下。他一共拜访过奥兰斯卡夫人两次，每一次都给她送去一盒黄玫瑰，每一次都没有放名片。她以前从未提起过那些花，他以为她决不会想到送花人是他。而现在，她突然赞许那份礼物，而且把它与舞台上情意绵绵的告别场面联系起来，这不由使他心中充满了激动和快乐。

"我也正在想这个问题——我正要离开剧院,以便把这幅图景带走。"他说。

令他意外的是,她的脸上泛起了一阵红晕,显得不大情愿,还带有几分忧郁。她低头看着自己双手(上面齐齐整整地戴着手套)中的那架用珍珠母制作的观剧望远镜,停了一会儿,说:"梅不在的时候,你做什么呢?"

"我专心工作。"他回答道,这个问题使他感到有点儿不悦。

一周前,韦兰一家已经按照确立已久的习惯动身到圣奥古斯丁①去了;考虑到韦兰先生容易感染支气管炎,他们总是在那里度过季冬时节。韦兰先生是个温厚寡言的人,凡事没有主见,却有许多习惯。这些习惯任何人不得干扰,其中之一就是要求妻子和女儿每年都陪他进行一年一度的南方旅行。保持牢不可破的家庭关系对于他的心灵安宁是至关重要的;假如韦兰太太不在身边提醒,他会不知道发刷放在什么地方,不知道怎样往信封上贴邮票。

由于所有家庭成员都彼此敬爱,韦兰先生又是众人的偶像崇拜的中心,他的妻子和梅从来没有想过让他独身一人前往圣奥古斯丁;他的两个儿子(都从事法律工作)冬季不能离开纽约,但他们总会前去和他共度复活节,然后一道返回。

对阿彻来说,要想讨论梅陪伴父亲一同前往的必要性,是根本不可能的。明戈特家的家庭医生的声誉主要建立在治疗肺炎上面,而韦兰先生却从未患过此病,因此他坚持前往圣奥古斯丁的决心是不可动摇的。起初,梅的订婚消息是要等到她从佛罗里达回来之后再宣布的,但提前公布的事实也不可能改变韦兰先生的计划。阿彻倒是乐于加入旅行者的行列,与未婚妻一起待上几个星期,晒晒太阳,划划船;可他同样受到风俗习惯的约束。尽管他工作上的任务

---

① 圣奥古斯丁,美国佛罗里达州东北部的城市。

并不繁重，然而要是他在仲冬季节表示他想去度假，明戈特全家就会认为他很轻浮；于是他顺从地接受了梅的出行，并意识到这种顺从必将成为他的婚后生活的重要组成部分。

他发觉奥兰斯卡夫人正在透过低垂的眼帘看着他。"我已经按照你的希望——你的建议去做了。"她突然说道。

"噢——我很高兴。"他回答说。她在这样的时刻提出这个话题，使他觉得很尴尬。

"我明白——你是正确的，"她有点儿气喘吁吁地接着说，"可有时生活很艰难……很复杂……"

"我知道。"

"我当时想告诉你，我确实觉得你是对的；我很感激你。"这时包厢的门开了，博福特洪亮的声音打断了他们，于是她不再说话，迅速把观剧望远镜举到眼睛上。

阿彻站了起来，走出了包厢，并离开了剧院。

他前一天刚收到梅·韦兰的一封来信，她在信中以特有的率直口吻请求他在他们不在的时候"善待爱伦"。"她是那么喜欢你、钦佩你——而且你知道，虽然她没有表露出来，但她仍然非常孤单和不快。我想外婆并不理解她，洛弗尔·明戈特舅舅也不理解她，他们确实以为她非常世故，非常喜欢社交，而她实际上远远不是这样。我很清楚，纽约在她眼中一定显得很沉闷，尽管家里人不承认这一点。我想她已经习惯了许多我们没有的东西，比如美妙的音乐，画展，还有名人——画家、作家以及你钦佩的所有那些聪明人。外婆不能理解，除了大量的宴会和衣服，她还会缺少什么东西——但我看得出，在纽约，几乎只有你一个人能跟她谈一谈她真正喜欢的东西。"

他的明智的梅——这封信使他多么爱她啊！可他却不打算遵循信上的建议：首先，他太忙；而且，作为一个已经订婚的人，他不愿太显眼地充当奥兰斯卡夫人的保护人。他认为,她知道应该怎样照顾自己,远远超出了天真的梅的想象。博福特匍匐在她脚下,凡·德·卢顿先生像保护神一般在她头上盘旋,中途等待机会的候选人(劳伦斯·莱弗茨便是其中之一)更是要多少有多少。然而,他每次见到她、每次跟她简短交谈之后都会感觉到,梅的真诚坦率几乎称得上是一种未卜先知的天赋。爱伦·奥兰斯卡确实很孤单,也很不快活。

第十四章

阿彻来到大厅时，遇到了他的朋友内德·温塞特。在詹妮称之为他的"聪明人"的人士当中，此人是他唯一乐于与之深入探讨问题（比俱乐部及小餐馆里的调侃稍微深入一些）的人。

他刚才就在剧院的另一端看到了温塞特弯腰曲背的寒酸背影，还曾注意到他把目光转向了博福特的包厢。两个人握了握手，温塞特提议到拐角处的德国小饭馆去喝一杯黑啤酒，但阿彻对于他们可能在那里进行的那种谈话提不起兴致来，便以还要回家工作为借口婉言谢绝了。温塞特说："噢，我也一样，我也要做勤奋的学徒。"

他们一起慢悠悠地往前走。过了一会儿，温塞特说道："听我说，我真正关心的是你们那个高级包厢里的那位忧郁的女士的名字——她跟博福特夫妇在一起，对吧？就是你的朋友莱弗茨似乎深深迷恋上的那一位。"

阿彻不知为什么有点儿恼火。内德·温塞特为什么鬼使神差地想知道爱伦·奥兰斯卡的名字呢？最重要的是，他为什么要把它与莱弗茨的名字相提并论？流露出这样的好奇心，可不像温塞特的为人；不过，阿彻想起他毕竟是位记者。

"我想，你不是要做采访吧？"他笑道。

"唔——不是为报社，只是为我自己，"温塞特回答，"实际上，她是我的一位邻居——这样一位美人住在那种地方可真奇怪。她对我儿子特别好。他在追他的小猫时在她家那边摔倒了，划伤得很厉害；她没戴帽子就跑了过去，把他抱在怀里，把他的膝盖包扎得很好。她是那么富于同情心，长得又那么漂亮，让我妻子惊讶得昏头昏脑，竟忘了问她的姓名。"

一阵喜悦之情使阿彻的心脏膨胀起来。这个故事并没有什么特别之处，因为任何一个女人都会这样对待邻居的孩子。不过他觉得这正体现了爱伦的为人：没戴帽子就跑出去，把孩子抱在怀里，并且使可怜的温塞特太太惊讶得忘了问她是谁。

"她是奥兰斯卡伯爵夫人——老明戈特太太的一个孙女。"

"哎哟——是位伯爵夫人！"内德·温塞特吹了声口哨说，"噢，我还不知道那些伯爵夫人竟会这么友善。明戈特家的人可不会这样。"

"他们会的，假如你允许他们这么做。"

"哎，可是——"关于"聪明人"顽固地不愿意同上流社会交往的问题，是他俩一直争论不休的老话题；两个人都明白，再谈下去也是没有用的。

"我想知道，"温塞特突然改变话题说，"一位伯爵夫人怎么会住在我们那个贫民窟里呢？"

"因为她根本不在乎住在哪里——或者说不关心我们那些小小的社会路标。"阿彻说，暗中为自己心目中的她感到骄傲。

"唔——我猜她在更大的地方待过吧，"另一个评论道，"噢，我该转弯了。"

他无精打采地穿过百老汇大街走了，阿彻站在那里望着他的背影，回味着他最后那几句话。

内德·温塞特的言谈之中时常迸发出富于洞察力的光芒，这是他身上最有趣的东西，它一直使阿彻感到纳闷：在大多数男人还在奋斗的年纪，他的洞察力怎么会容许他如此麻木不仁地接受失败呢？

阿彻早就知道温塞特有妻子和孩子，但他从未见过他们。他们两人总是在"世纪"会面，或是在记者与戏剧界人士常去的某个地方碰头，比如温塞特刚才提议去喝啤酒的那个餐馆。他给阿彻的印象是他妻子的身体不好；那位可怜的夫人也许真的身体不好，但这也许仅仅表明她缺少社交才能或夜礼服，或者两样都缺。温塞特本人则对社交礼仪深恶痛绝。阿彻自己穿夜礼服是因为他觉得这种衣服更干净、更舒服，但他从来没有停下来想一想，干净和舒服在不宽裕的生活开销中是两项昂贵的开支；因此，他认为温塞特的态度属于烦人的"波西米亚式"装腔作势，他们这种态度总使得那些时髦人士——他们换好衣服后并不会谈论它，而且不会老是把自己仆人的数目挂在嘴上——显得更加淳朴和自然。尽管如此，温塞特却总会使阿彻感到振奋；每当见到这位记者的那张长满胡须的瘦削面孔和那双忧郁的眼睛，阿彻就会把他从角落里拉出来，带他到别处去进行长谈。

温塞特当记者并非出于自己的选择。他是个纯粹的文人，却生不逢时，来到了一个不需要文学的世界上；他出版了一卷短小优美的文学鉴赏集——此书卖出了一百二十本，赠送了三十本，其余的被出版商（按照合同）销毁，以便为更加适销的东西让位——之后，便放弃了自己的初衷，担任了一家妇女周报的助理编辑，这家报纸轮流刊印服装样式广告及裁剪纸样和新英格兰爱情故事及无酒精饮料广告。

关于《炉火》（这家报纸的名称）的话题，他有着无穷无尽的妙论；然而在他调侃的背后，却隐含着这个年纪还轻的人的索然无味的苦涩之情：他曾经努力过，但后来放弃了。他的谈话总会让阿彻去估量自己的生活，并感到它所包含的内容是多么贫乏；不过温塞特的生活内容毕竟更少，而且，虽然对知识的兴趣和好奇心这种共同爱好使他们的谈话令人兴奋，但是他们在观点上的交流却常常局限于略有心得、却浅尝辄止的范围之内。

"事实上，我们两人的生活都不太惬意，"温塞特有一次说，"我是彻底完了，没有办法补救了。我只会生产一种商品，这里却没有它的市场，在我的余生当中也不会有了。可是你又自由又有钱，你干吗不去一试身手呢？要想做出点儿事情来，只有一条路可走，那就是参与政治。"

阿彻把头往后一甩，哈哈大笑。在这一瞬间，可以看清温塞特这一类人与别人——阿彻那一类人——之间的不可逾越的差别。在上流社会圈子里，人人都知道，在美国，"绅士绝不可能从政"。然而，由于他很难如实向温塞特说明这一点，于是便含糊其辞地回答道："看看美国政界正派人的事业吧！他们并不需要我们。"

"'他们'是谁？你们干吗不团结起来，把自己变成'他们'呢？"

阿彻的大笑到了嘴边又变成了略显屈尊的微笑。再讨论下去是白费时间，因为人人都知道那几位拿自己的清白出身到纽约市或纽约州的政界去冒险的绅士的伤心命运。这一阶层的人士能够从政的时代已经过去了；如今国家掌握在老板和移民的手中，正派人士只能退居次席，去从事体育运动和文化活动。

"文化！是啊——要是我们有文化就好了！可是我们本地的田地只有区区几小片，由于缺少——呃，缺少耕耘和异体受精而在各处慢慢凋零。这就是你们的先辈带来的欧洲古老传统的最后残余。可你们乃是可怜的少数派：你们没有中心，没有竞争，没有观众。

你们就像荒宅里墙壁上的那些画像——《一位绅士的画像》。你们永远成不了气候，你们中的任何人都不行，除非卷起袖子，到泥水里去摸爬滚打。只有这样，要不就出国移民……上帝啊！假如我能移民的话……"

阿彻暗自耸了耸肩膀，把话题转回到读书上面。在这方面，就算温塞特的见解是靠不住的，但却总是很有趣。移民！好像绅士们会抛弃自己的国家似的！谁也不会那么做，就像不会卷起袖子到泥水里摸爬滚打一样。一位绅士只会待在家中回避世事。但你无法让温塞特这样的人明白这一点。正因为如此，拥有文学俱乐部和异国风味餐馆的纽约社会，虽然第一次振动使它变得像个万花筒，但到头来，它只不过是个小匣子，上面的图案比第五大街各种成分汇集在一起组成的图案更为单调。

第二天早上，阿彻跑遍了市区，也没能再买到黄玫瑰。这趟搜寻的结果是他上班迟到了，但他发觉自己的迟到对任何人都没有丝毫影响。有感于自己生命的毫无意义，他的心中顿时充满了恼怒。这个时候他为什么不与梅·韦兰一起待在圣奥古斯丁的沙滩上呢？谁也不会相信他那关于职业积极性的借口。像列特布莱尔先生领导的事务所这样的老式律师事务所，主要从事大宗财产与"稳健"投资的管理；那里总是有两三个年轻人，他们家境富足，事业上没有抱负，每天花几小时坐在办公桌后面处理一些琐事，或者干脆看看报纸。虽然人们认为他们这样的人应当有份职业，但赤裸裸地挣钱依然被看作有伤体面；而法律作为一种职业，被视为比经商更符合绅士身份的工作。然而这些年轻人没有一个有望在职业上真正有所成就，而且他们谁也没有这种迫切的愿望；在他们许多人身上，一种新型的敷衍塞责的习气已经相当明显地蔓延开来。

阿彻一想到这种风气也会蔓延到自己身上，心中不寒而栗。

当然，他还有其他方面的趣味与爱好；他放假时经常到欧洲旅行，结识了许多被梅称为"聪明人"的人士，并且通常会努力"跟上潮流"，就像他以前多少有些愁闷地对奥兰斯卡夫人所说的那样。然而，一旦结了婚，他的真实体验所在的这片狭小的生活边缘会变成什么样呢？他已经见过许多曾经和他怀有同样梦想的年轻人——虽然他们可能没有他那么热切——逐渐陷入了他们长辈们的那种平静而舒适的生活常规之中。

他在事务所让信差给奥兰斯卡夫人送去一张便笺，询问他可否在当天下午前去拜访，并请求她将回信寄到他的俱乐部。但到了俱乐部，他什么都没见到，第二天也没有收到回信。这一出乎意料的沉默使他羞愧难当。翌日上午他虽然在一家花店的橱窗里看到一束灿烂的黄玫瑰，也没有去买。直到第三天上午，他才收到奥兰斯卡伯爵夫人寄来的一封短信。令他惊讶的是，信是从斯库特克利夫寄来的，因为凡·德·卢顿夫妇把公爵送上船之后就立即回到那里去了。

"在剧院见到你的第二天，我就逃跑了，"写信者在开头突兀地写道（没有通常的开场白），"这些好心的朋友收留了我。我需要安静下来，好好想一想。你曾告诉我他们对我有多好，这话说得很对；我觉得自己在这里很安全。真希望你能跟我们在一起。"她用惯常使用的"您诚挚的"这几个字收尾，没有提及她回来的日期。

便笺中的口气让年轻人颇感惊讶。奥兰斯卡夫人要逃避什么呢？她又为什么觉得自己需要安全呢？他首先想到的是某种来自国外的阴险威胁，然后又想，自己并不了解她的写信风格，也许这属于生动的夸张。女人总是喜欢夸张的。而且，她对英语还不能完全运用自如，她讲的英语常常像是刚从法语翻译过来似的。第一句话如果写成法文的"我逃跑了——"，就会让人直接想到她可能仅仅是想逃避一轮讨厌的约会；事情很可能就是这样，因为他断定她生性反复无常，很容易对一时的快乐感到厌倦。

想到凡·德·卢顿夫妇把她带到斯库特克利夫进行第二次访问，而且这一次没有期限，阿彻感到很好笑。斯库特克利夫的大门是难得对访客开放的，一个寒气逼人的周末是获此殊荣的少数人得到过的最高礼遇。不过，阿彻上次去巴黎时曾看过拉比什①的有趣喜剧《贝利松先生的旅行》②，他还记得贝利松先生对自己从冰河中拉出来的那个年轻人的那种执着的、百折不回的依恋之情。凡·德·卢顿夫妇从犹如冰川的厄运中救出了奥兰斯卡夫人；尽管他们被她吸引还有许多其他原因，但阿彻明白，在所有那些原因的背后，隐藏着他们要继续挽救她的高尚而顽强的决心。

得知她已经离开的消息，他明显地感到很失望，而且几乎立刻想起，他前一天刚刚拒绝了雷吉·奇弗斯夫妇的邀请——他们邀他到他们在哈德逊的住宅度过下个周日，那个地方就在斯库特克利夫以南几英里处。

很久以前他就充分享受过海班克的那种喧闹而友好的聚会，有沿岸航行、冰上滑艇、乘坐雪橇、雪中长途步行等活动，也尽情品尝过轻微调情与更轻微的恶作剧的大致滋味。他刚刚收到伦敦书商寄来的一箱新书，刚才还憧憬着在家里与他的战利品共度一个安静的周日；可现在他却走进了俱乐部的写字间，匆匆写了一封电报，命令仆人立即发出。他知道，雷吉太太并不反对她的客人们突然改变主意，而且，在她那富有弹性的住宅里总能腾出一个房间。

---

① 拉比什，指欧仁·拉比什（Eugène Labiche, 1815~1888），法国喜剧家。
② （法文）《贝利松先生的旅行》，欧仁·拉比什的喜剧。

第十五章

纽兰·阿彻在周五傍晚来到了奇弗斯家，并在星期六认真地履行了在海班克度周末的全部礼节。

上午他与女主人及几位比较强壮的客人一起划了冰船；下午他与雷吉一道"视察了农场"，并在被精心指定的马厩里聆听了关于马的冗长而感人的专题演讲；下午用过茶点之后，他在炉火映照的客厅一角同一位年轻女士进行了交谈，后者曾声称自己在他的订婚消息公布之际伤心欲绝，现在却迫不及待地要把自己对于婚姻的种种希望讲给他听；最后，在午夜时分，他又帮忙在一位客人的床上摆上金鱼，把一位神经紧张的阿姨的浴室里的防盗警报器装饰了一番，后半夜又和别人一起观看了一场从儿童室一直闹到地下室的小孩打闹。然而在周日的午餐之后，他却借了一辆轻便马拉雪橇，向斯库特克利夫驶去。

过去人们一直听说斯库特克利夫住宅是一座意大利式别墅。从未去过意大利的人便信以为真，一些去过的人也并无异议。那座房子是凡·德·卢顿先生年轻时建造的，那时他刚结束"伟大的旅行"归来，准备在近期同路易莎·达戈内特小姐完婚。它是一座巨

大的方形木制建筑物，企口接缝的墙壁被涂成淡绿色和白色，筑有一道科林斯式圆柱门廊，窗户之间是刻有凹槽的壁柱。从别墅所在的高地往下是一组阶梯状平台（两边都有扶栏和壶状装饰），像钢版雕刻一般逐级下降，通向一个形状不规则的小湖，铺满沥青的岸边悬垂着珍稀的垂枝针叶树。左右两侧是著名的无莠草坪，其间点缀着"标本"树（每一株都属于不同品种），一直延伸至长长的绵延起伏的草地，草地的最高处装有精心制作的铸铁顶饰；草地下面，在一块谷地中坐落着一幢四居室的石砌住宅，是第一位大庄园主于1612年在这块被授予他的土地上建造的。

这座意大利式别墅被笼罩在一片皑皑白雪和冬季灰蒙蒙的天空之间，显得相当阴郁；即使是在夏季，它也与外界保持着距离，连最大胆的锦紫苏花坛也不敢越雷池半步，始终与别墅威严的正门保持三十英尺以上的距离。现在，当阿彻按响门铃时，拖长的丁零声犹如陵墓中的回声，让半天才反应过来的管家大为吃惊，仿佛从长眠中被唤醒一般。

幸运的是，阿彻属于家族成员；因此，尽管他的光临十分唐突，他仍有资格被告知奥兰斯卡伯爵夫人不在家，她在三刻钟之前与凡·德·卢顿太太一起乘车去做下午的礼拜了。

"凡·德·卢顿先生在家，"管家接着说，"不过我想他现在要么刚刚从午睡中醒来，要么正在阅读昨天的《晚间邮报》。上午他从教堂回来时，先生，我听他说要在午饭后浏览一下《晚间邮报》。如果您愿意，先生，我可以到书房门口去听一听——"

但阿彻在对他表示感谢之后，说他愿意去迎接夫人们。管家显然松了一口气，便在他面前庄严地把门关上了。

一位马夫把小雪橇赶到了马厩里，阿彻则穿过停车场走到了大路上。斯库特克利夫村距离此地只有一英里半，但他知道凡·德·卢顿太太决不会步行，他必须紧紧盯着大路才能看到马车。然而没过多久,他就在与大路交叉的人行道上看到了一个披着红斗篷的苗条身影,一条大狗在前面跑着。他连忙赶上前去,奥兰斯卡夫人猛然停住脚步,露出欢迎的笑容。

"啊,你来啦!"她说着,从皮手筒里抽出手来。

红斗篷使她显得又愉快又活泼,很像多年前的那位爱伦·明戈特。他笑着抓起她的手,回答道:"我来看看你究竟在逃避什么。"

她的脸色阴沉下来,但她回答道:"啊,唔——你很快就会明白了。"

这个回答令他困惑不解。"怎么——你是说你遇到了麻烦?"

她耸了耸肩膀,又做了一个很像娜斯塔西娅的小动作,然后用稍显轻松的语气说道:"我们往前走走好吗?听过布道之后我觉得特别冷。不过,既然有你在这儿保护我,这又有什么关系呢?"

热血涌上了他的额头,他抓住她斗篷的一条褶,说:"爱伦——到底是怎么回事?你一定要告诉我。"

"呃,现在——咱们先来一次赛跑,我的脚冻得快要走不动了。"她喊道,一面收拢斗篷,在雪地上跑开了。那条狗在她身旁跳跃着,发出挑战的吠声。阿彻站在那里观望了片刻,雪地上的那颗闪动的红色流星令他赏心悦目。随后,他拔腿追赶她,在通往停车场的角门处追上了她,两人一边喘息一边大笑。

她抬头望着他,微笑着说:"我知道你会来的!"

"这说明你希望我来。"他回答道,他们的嬉闹使他兴奋异常。银白色的树木在空中闪着神秘的光亮;当他们踏雪前行时,大地仿佛在他们的脚下歌唱。

"你是从哪里来的?"奥兰斯卡夫人问道。

他告诉了她,并补充说:"因为我收到了你的便条。"

停了一会儿,她说:"梅请求你照顾我。"声音里明显带着几分扫兴。

"我不需要别人来请求。"

"你是说——我明显是无依无靠、孤立无援的?你们把我想象得多么可怜啊!不过这里的女人们好像并没有——好像决不会感到这种需要,就像天上那些蒙福的圣人没有这种需要一样。"

他压低声音问道:"什么样的需要?"

"啊,别问我!我不会讲你们的语言。"她急躁地顶撞道。

这个回答给了他当头一棒。他呆呆地站在小路上,低下头看着她。

"如果我和你没有共同语言,那我到这儿来干什么呢?"

"唉,我的朋友——!"她把手轻轻地放在他的臂上。他热切地恳求道:"爱伦——你为什么不告诉我发生了什么事呢?"

她又耸了耸肩膀,说:"难道真的会发生什么事吗?"

他不作声了。他们一言不发地向前走了几码。最后她说道:"我会告诉你的——可是在哪儿,在哪儿,在哪儿告诉你呢?在那座像神学院一样庄严的房子里,独自待一分钟也办不到,所有的门都开着,老是有仆人送茶,送取暖的木柴,送报纸!美国住宅中难道没有让一个人独处的地方吗?你们那么羞怯,却又那么无遮无掩。我总觉得仿佛又进了修道院——或者上了舞台,面对着一群彬彬有礼却决不会鼓掌的观众。"

"啊,你不喜欢我们!"阿彻大声说。

他们正经过老庄园主的那幢房子,它那低矮的墙壁与方形的小窗密集地分布在中央烟囱周围。百叶窗全都开着,透过一个新刷过的窗口,阿彻看到了炉火的亮光。

"啊——这座房子开着呢!"他说。

她站着不动。"不,只是今天才打开。我想看看它,凡·德·卢顿先生就让人生了火,开了窗,以便我们上午从教堂回来的路上可以在里面歇歇脚。"她跑上台阶，试着推了推门。"门还没有锁——太幸运了！进来吧，我们可以安静地谈一谈了。凡·德·卢顿太太乘车到莱茵贝克去看她年老的姨母了，我们在这座房子里待上一小时也不会有人惦念的。"

他跟着她走进了狭窄的过道。听了她刚才最后那几句话之后，他的情绪有些低落，但在这时却又无端地高涨起来。这座温馨的小房子伫立在眼前，里面的镶板与铜器在炉火的照耀下熠熠生辉，仿佛是被魔法般地变出来迎接他们的。厨房壁炉中的一大片余烬还在散发着微光，上方一个老式吊钩上挂着一把铁壶。两把用灯心草根制成的扶手椅面对面地摆在铺着瓷砖的壁炉地面两侧，靠墙的架子上放着几排代尔夫特瓷盘。阿彻弯下身，往壁炉余烬上扔了一块木柴。

奥兰斯卡夫人放下斗篷，坐在一把扶手椅里。阿彻倚在壁炉上望着她。

"你现在笑了，可是你给我写信的时候却很不愉快。"他说。

"是啊，"她停了一会儿说，"可是你在这里的时候我就不会觉得不愉快了。"

"我不会在这儿待很久的。"他答道，紧紧地抿起双唇，努力把话说到适可而止的程度。

"是的，我知道。可我目光短浅，我只生活在幸福的瞬间。"

这些话在他听来很像是一种诱惑，为了阻止这种感受，他从炉边移开，站在那里凝望着外面白雪掩映之下的黑色树干。然而她仿佛也改换了位置；在他自己与那些树之间，他仍然看到她低头朝着炉火，脸上带着懒洋洋的微笑。阿彻的心不听话地跳个不停。假如她所逃避的人其实是他，假如她就是要等到他们单独待在这间密室时把这件事告诉他，那他该怎么办呢？

"爱伦，假如我真的对你有所帮助——假如你真的想让我来——那就告诉我究竟出了什么麻烦,告诉我你究竟在逃避什么?"他坚持问道。

他讲话时没有改变姿势,甚至没有回头看她:假如事情真要发生,它就会以这种方式发生;整个房间的宽度隔在他们中间,他的眼睛仍然盯着外面的雪景。

在很长一段时间里她默然无语。其间,阿彻想象着——几乎已经听见——她从后面悄悄走上来,要伸开轻盈的双臂,搂住他的脖子。他等待着,全身心都在为这一即将来临的奇迹而震颤;这时,他的目光机械地落到一个身穿厚外套、皮领向上翻起的人的身影上面,那人正沿着小路朝这幢房子走来。原来是朱利叶斯·博福特。

"啊——!"阿彻叫道,猛地爆发出一阵大笑。

奥兰斯卡夫人刚才已经猛地站起身来,走到他的身边,悄悄把手伸到他的手里;但在向窗外瞥了一眼之后,她顿时脸色发白,向后退缩了几步。

"原来是这么回事?"阿彻用嘲笑的语调说道。

"我不知道他在这儿。"奥兰斯卡夫人嗫嚅着说。她的手仍然抓着阿彻的手,但他却把手抽了出去,走到外面的过道里,推开了房门。

"你好啊,博福特——到这儿来!奥兰斯卡夫人正在等你呢。"他说。

第二天上午回纽约的途中,阿彻带着倦意清晰地回顾了他在斯库特克利夫的最后那段时间。

博福特发现阿彻跟奥兰斯卡夫人在一起,明显有些气恼,但他仍跟往常一样专横地处理这种局面——他的做法就是根本不理睬那些妨碍了他的人。他那副样子实际上给予对方一种无形的、不存在的感觉——如果对方对此敏感的话。当他们三人漫步穿过停车场的时候,阿彻就产生了这种失去形体一般的古怪感觉;这虽然使他的虚荣心受到屈辱，但也鬼使神差地给了他观察平时观察不到的东西的便利。

博福特带着惯常的悠闲自信态度走进了那所小房子，但他的笑容却抹不掉眉心那道竖直的皱纹。很显然，奥兰斯卡夫人事先并不知道他要来，尽管她对阿彻说的话中暗示他可能会来。不管怎样，她离开纽约时显然没有告诉他自己要到哪里去；她未做解释就贸然离去，这使他很生气。他出现在这儿的表面理由是：前一天晚上他刚发现一座还未出售的"完美的小房子"，正好适合她，要是她不买，马上就会被别人抢先买走。他还大声地假装责备她，说她介绍他去参加一场舞会，可他刚找到地方，舞会就散场了。

"要是那种通过电线交谈的新玩意儿再完善一点儿，我可能就会在城里把这些事情告诉你了；此刻我就会在俱乐部的火炉前烤脚，而不是踩着雪到这里来找你。"他抱怨道，用这样的借口来掩饰他真实的愤怒。面对这个开场白，奥兰斯卡夫人把话题转向了那种可能出现的奇妙状况：或许有一天，他们真的可以在两条不同的街道，甚至——多么神奇的梦想啊！——在两个不同的城市互相对话。这番话使他们三人都想到了爱伦·坡和儒勒·凡尔纳，以及那些聪明人在消磨时间、谈论新发明时——过早相信它的功用未免显得天真——脱口而出的那些老生常谈。关于电话的谈话把他们安全地带回到大房子里。

凡·德·卢顿太太还没回来。阿彻告辞去取他的小雪橇，博福特则跟着奥兰斯卡伯爵夫人进屋去了。由于凡·德·卢顿太太并不鼓励未经通报的拜访，他也许可以指望受邀吃顿晚饭，然后被打发回车站去赶九点的火车。但他所能得到的也仅此而已，因为在凡·德·卢顿夫妇看来，一位不带行李旅行的绅士若是想留下过夜，那简直不可思议；他们绝不会乐意向博福特这样一个与他们仅为泛泛之交的人提这种建议的。

这一切博福特都明白，而且他一定已经预料到了。他为了这样一份小小的报偿就长途跋涉来到这里，足见他的急不可耐。毋庸讳言，他是在追求奥兰斯卡伯爵夫人；而博福特追求漂亮女人只有一个目的。没有子女、沉闷无聊的家庭生活早已令他厌倦；除了更加持久的慰藉以外，他总是按自己的口味追求艳遇。他就是奥兰斯卡夫人声言要逃避的那个人。问题是，她的逃避是因为她被他的纠缠惹怒了呢，还是因为她不太相信自己能够抵御那些纠缠呢？除非她所说的逃避其实是一个借口，她的离去也只是一个花招。

阿彻并不真正相信这一点。尽管他与奥兰斯卡夫人实际见面的次数并不多，他却开始认为自己可以读懂她的脸色，或是她的声音；而她的脸色和声音都对博福特的突然出现流露出了厌烦、甚至是沮丧之意。可话又说回来，倘若情况果真如此，那么，要是她专门为了见他而离开纽约，岂不是更糟吗？如果她做出了这样的事情，她就不再是一个令人感兴趣的目标了，她就把自己的命运交给了那个最庸俗的伪君子。一个女人只要与博福特发生了桃色事件，那就不可救药地把自己"归了类"。

不，倘若她能看出博福特是什么样的人，或许还瞧不起他，却仍然因为他身上那些使他优于她身边其他男人的条件——他在两个大陆和两个社会的生活习惯，他与画家、演员和其他公众人物的密切关系，以及他对狭隘偏见的冷淡蔑视——而被他所吸引，那么，情况更要糟糕一千倍！博福特举止粗俗，缺乏教养，财大气粗，但是他的生活环境和机灵的天性使他比许多在道德和社会地位上高于他的人更适合成为谈话对象——后者的视野仅限于炮台公园和中央公园。一个来自更广阔天地的人怎么会感觉不到这种差别，怎么会不受其吸引呢？

奥兰斯卡夫人出于一时的愤怒，对阿彻说他和她没有共同语言；年轻人明白这话在某些方面不无道理。可是博福特却通晓她的话的每一个音节,而且能流利地讲这种话:他的处世态度、情调和见解,只不过是奥兰斯基伯爵那封信所表露的东西的一种较为粗俗的映像。面对奥兰斯基伯爵的妻子,这可能对他不利;但阿彻太聪明了,他认为像爱伦·奥兰斯卡这样的年轻女子未必会畏惧所有使她回忆起过去的东西。她可能以为自己已经完全背叛了过去;然而过去诱惑过她的东西现在仍然会对她产生诱惑力,即使这是违背她的意志的。

就这样,年轻人以一种令他痛苦的公正态度,为博福特和博福特的牺牲品理清了事情的来龙去脉。他强烈地渴望开导她;他时不时地想到,她的全部需要就是被人开导。

这天晚上,他打开了从伦敦寄来的书。箱子里装的都是他一直在急切等待的东西:赫伯特·斯宾塞[①]的一部新作,多产作家阿方斯·都德[②]的又一卷精彩的故事集,还有一本近来获得了不少有趣评价的小说,题为《米德尔马契》[③]。为了享用这席盛宴,他已经谢绝了三次晚宴的邀请。然而,尽管他怀着爱书人的审美乐趣翻阅着书页,却不知道自己读的是什么,书籍一本接一本地从他手里落下来。突然,他的眼睛盯上了一本薄薄的诗集,他订购此书是因为书名吸引了他——《生命之家》[④]。他拿起它来读,不知不觉地沉浸在一种与他以前对书籍的任何感受都不相同的气氛之中,这种气氛是那样煦暖,那样丰富,又是那样温柔得无法言喻,从而赋予人

[①] 赫伯特·斯宾塞(Herbert Spencer,1820~1903),英国哲学家、社会学家和教育思想家,进化论的早期倡导者,英国实证主义的代表人物之一。
[②] 阿方斯·都德(Alphonse Daudet,1840~1897),法国小说家,著有长篇小说《小东西》(1866)、短篇小说《最后一课》(1873)、《柏林之围》(1873)等。
[③] 《米德尔马契》,英国女作家乔治·艾略特(George Eliot,1819~1880)的长篇小说,出版于1872年。艾略特的作品对华顿的创作风格有深刻的影响。
[④] 《生命之家》,英国诗人但丁·加百利·罗塞蒂(Dante Gabriel Rossetti,1828~1882)的十四行诗集,出版于1870年。

类最基本的热情一种新鲜的、缠绵不绝的美。这一整夜,他都在从那些迷人的书页中追寻一位女子的幻影,她长着爱伦·奥兰斯卡的脸庞。然而当他翌晨醒来,望着街道对面那一幢幢褐色砂石住宅,想到他在列特布莱尔事务所的办公桌,想到他家在格雷斯教堂里的长凳,他在斯库特克利夫庄园中度过的那一小时却变得像夜间的幻影一样虚无缥缈。

"天哪,你的脸色多么苍白呀,纽兰!"早饭喝咖啡时詹妮说道。他的母亲也说:"纽兰,亲爱的,我注意到你最近老是咳嗽,我希望你不是劳累过度了吧?"因为两位女士都深信,在那几位资深合伙人的铁腕统治之下,年轻人的精力全都花在最最累人的专职工作中了——而他则一向认为没有必要让她们了解真相。

接下来的两三天过得特别慢。日常俗务使他觉得味同嚼蜡,有时他觉得仿佛被自己的未来活埋了一样。他没有听到奥兰斯卡伯爵夫人或那座完美的小房子的任何消息。虽然他在俱乐部遇见过博福特,但他们仅仅隔着几张惠斯特牌桌朝对方点了点头而已。直到他在第四天傍晚回到家时,才发现有一张便笺等着他。"明天傍晚来找我,我一定要对你解释。爱伦。"便条上只有这几个字。

准备外出吃饭的年轻人把信塞进口袋,"对你"这种措辞的法语味道使他微微一笑。饭后他去看了一场戏,直到午夜过后回到家时才把奥兰斯卡夫人的信又取了出来,慢慢重读了好几遍。可以用好几种方式来回复这封信;在这个激动不安的不眠之夜,他将每一种方式都细细考虑了一番。到了第二天早上,他最终的决定是:把几件衣服扔进旅行箱,跳上了即将在当天下午启程驶向圣奥古斯丁的轮船。

第十六章

　　阿彻循着别人指点的路径，沿着圣奥古斯丁的沙面大路走到韦兰先生的住所，只见梅·韦兰正站在一棵木兰树下，头发上洒满了阳光。这时，他真不知自己为什么等了这么久才来。

　　这里才有真实，这里才有现实，这里才有属于他的生活；而他这个自以为藐视专制羁绊的人，竟然由于害怕别人会认为他偷闲度假而不敢离开办公桌！

　　她大声说出的第一句话是："纽兰——出什么事了吗？"他想，假如她立刻就从他的眼里看出他的来意，那就更"女人"了。然而，当他回答"是的——我感到我必须见你"时，她脸上那幸福的红晕驱走了由惊讶引起的冷峻。他看出自己是多么容易得到谅解，而且，即使列特布莱尔先生对他稍有不满，也很快就会被这宽容的一家人用微笑加以化解。

　　由于天色尚早，在大街上只能互致礼节性的问候，但阿彻渴望能与梅单独在一起，向她倾吐他的柔情蜜意和他的急不可耐。距韦兰家较晚的早餐时间还有一个小时，她没有请他到她家去，而是提议到市区郊外的一个古老橘园去散散步。她刚刚在河中划了一会儿船，给细浪罩上一层金网的太阳仿佛也把她罩在网中了。她那被吹

乱的头发披散在微黑而温暖的面颊上，像银丝一般闪闪发光；她的眼睛也显得更加明亮，富于青春气息的清澈光泽几乎使其变成了灰白色。她迈着轻盈愉悦的步伐走在阿彻身边，脸上恬静而平淡的神情酷似一尊年轻运动员的大理石雕像。

对于阿彻紧张的神经来说，这个形象就像蔚蓝的天空和缓缓的流水那样使他感到宽慰。他们坐在橘树底下的长凳上，他用胳膊搂住她并亲吻她，那滋味就像在烈日下痛饮冰凉的泉水一般惬意。不过他拥抱的力量比他预想的大了些，她脸上一红，急忙抽回身子，仿佛被他吓了一跳。

"怎么了？"他笑着问道；她惊讶地看着他，说："没什么。"

一阵轻微的尴尬出现在他们中间，她把手从他手中抽了出来。除了在博福特家温室里那次短暂的拥抱之外，这是他对她的唯一一次亲吻；他看出她有些不安，失去了她那男孩般的冷静沉着。

"告诉我你整天都做些什么。"他说，一面把双臂交叉在向后斜仰的头下面，并把帽子向前推了推，挡住耀眼的阳光。让她谈论熟悉而简单的事情是他进行独立思考的最简单的办法。他坐在那儿听她报告简单的流水账：游泳、划船、骑马；偶尔有军舰开来时，到老式旅馆去参加一场舞会，算是一点儿变化；从费城和巴尔的摩来到这里的几个有趣的人曾在客栈举行野餐；由于凯特·梅里得了支气管炎，塞尔弗里奇·梅里一家都来到了这里，打算住三个星期；他们计划在沙地上建一个草坪网球场，但除了凯特和梅，别人都没有球拍，多数人甚至都没有听说过这项运动。

这些事使她非常繁忙，没有多少时间看书，阿彻上周寄给她的那本羊皮纸小书（《葡萄牙十四行诗》①）她只能翻一翻；不过她正在背诵"他们如何把好消息从根特传到艾克斯"，因为那是他第

---

① 《葡萄牙十四行诗》，英国女诗人伊丽莎白·巴雷特·布朗宁（Elizabeth Barrett Browning, 1806~1861）献给她的丈夫、诗人罗伯特·布朗宁（Robert Browning, 1812~1889）的爱情诗集，出版于1850年。

一次读给她听的东西；她很高兴能告诉他，凯特·梅里甚至从未听说过有一位名叫罗伯特·布朗宁的诗人。

不一会儿她惊跳了起来，大声说他们要耽误早餐了。两人急忙赶回那座摇摇欲坠的房子。门廊没有粉刷，蓝茉莉与粉色天竺葵的树篱也没有修剪。韦兰一家就住在这里过冬。韦兰先生虽然挚爱家庭生活，但却十分敏感，这个邋遢的南方旅馆里的种种不便之处使他很不痛快。面对几乎无法克服的困难，韦兰太太不得不付出昂贵的代价，年复一年地临时拼凑仆从人员——一部分由心怀不满的纽约仆人构成，一部分从当地非洲人供应站吸收。

"医生们要求我丈夫感觉像在自己家中一样，否则他的情绪就会非常糟糕，以至于气候对他起不到作用。"一冬又一冬，她就是这样对那些富有同情心的费城人和巴尔的摩人解释的。如今，正眉开眼笑地看着奇迹般摆上餐桌的最丰盛菜肴的韦兰先生对阿彻说道："你瞧，亲爱的小伙子，我们在露营呢——的确是在露营呢。我告诉妻子和梅，我要教教她们怎样受苦。"

对于年轻人的突然到来，韦兰夫妇原本与女儿一样感到意外；不过，阿彻事先想好了理由，说他感到自己快要得重感冒了；而在韦兰先生看来，有了这个理由，放弃任何职责都是理所当然的。

"你怎么小心谨慎都不过分，尤其在临近春天的时候。"他说，一面往他的盘子里堆放淡黄色烤饼，并把它们泡在金色的糖浆里，"假如我在你这个年纪就知道小心保养的话，梅现在就会在州议会的舞会上跳舞，而用不着在这个荒凉的地方陪着一个老病号过冬了。"

"哎，可我喜欢这里的生活，爸爸，你知道我喜欢。要是纽兰能留下来，我会觉得这儿比纽约好一千倍。"

"纽兰一定要待在这儿，直到他的感冒彻底痊愈。"韦兰太太疼爱地说。年轻人笑了，说他认为工作还是要考虑的。

然而，与事务所互通几封电报之后，他设法使他的"感冒"

延续了一周。当他得知列特布莱尔先生之所以容许他这么做，部分原因是这位聪明的年轻合伙人圆满解决了棘手的奥兰斯基离婚问题时，不禁感到一丝讽刺的意味。列特布莱尔先生已经告知韦兰太太：阿彻先生为整个家族"做出了不可估量的贡献"，曼森·明戈特老太太特别高兴。一天，梅和她父亲乘着当地唯一的一辆马车出门去了，韦兰太太便趁机提起了她一向在女儿面前回避的一个话题。

"我觉得爱伦的想法和我们完全不同。梅多拉·曼森带她回欧洲的时候，她还不满十八岁——你还记得她身穿黑礼服参加进入社交界的舞会时的那个兴奋劲儿吗？又是梅多拉的一个怪念头——这一次几乎像是预言的一样！那至少是十二年前的事了，从那以后爱伦从未到过美国。难怪她完全被欧化了呢。"

"但欧洲上流社会也是不喜欢离婚的。奥兰斯卡伯爵夫人认为要求个人自由符合美国的思想。"离开斯库特克利夫以后，这是年轻人第一次提她的名字，他感觉脸上泛起了一阵红晕。

韦兰太太报以同情的微笑，说："这正像外国人对我们的那些离奇的杜撰一样。他们以为我们两点钟吃晚饭，而且赞成离婚！因此我才觉得，他们来纽约时我们还款待他们，真是愚蠢。他们接受了我们的盛情款待，然后回到家去重复同样的蠢话。"

阿彻对此未做评论。韦兰太太又接着说："不过，我们的确非常感激你说服爱伦放弃了那个念头。她的祖母和她的叔叔洛弗尔拿她毫无办法，他们两人都写信说她的转变完全是由于你的影响——实际上她对她的祖母也是这样说的。她极其崇拜你。可怜的爱伦——她过去一直是个任性的孩子。真不知道她的命运会是什么样。"

"会是我们大家刻意制造出来的那种结果，"他很想这么回答，"假如你们所有人都宁愿让她成为博福特的情妇，而不是某个正派人的妻子，那么，你们的做法肯定很对。"

第十六章 上　卷

　　他很想知道，假如他真的说出了这些话，而不仅仅是在心里嘀咕，韦兰太太会说些什么。他能想象她那端庄恬静的面孔——终生掌管琐碎事务使得她的脸上带有一种装腔作势的神态——会突然惊慌失色。她的脸上风韵犹存，看得出她一度拥有过像她女儿那样鲜嫩秀美的容貌。他心中暗想，梅的脸庞是否注定也会日渐粗糙，也变成这样一位极端单纯的中年妇女的形象呢？

　　啊，不，他不愿让梅变得那样单纯，那样的单纯会封杀头脑的想象力，封杀心灵的感受力！

　　"我确实相信，"韦兰太太继续说，"假如那桩可怕的事情在报纸上公布出来，会给我丈夫带来致命的打击。详情我一点也不了解，我只是要求她别那么做——可怜的爱伦想跟我谈这件事的时候，我就是这样跟她说的。我有病人需要照顾，必须保持明朗愉快的心情。但韦兰先生还是被弄得心烦意乱；当我们等待她的最后决定时，他每天上午都要发低烧。他生怕女儿知道还会有这种事情——当然，亲爱的纽兰，你也有同感。我们都知道你一直在为梅着想。"

　　"我永远都会为梅着想。"年轻人回答道。他站起来准备中断这次谈话。

　　他本想抓住与韦兰太太私下交谈的机会，力劝她把他的结婚日期提前，但他想不出可以打动她的理由。这时他看见韦兰先生与梅乘车到了门口，暗自松了一口气。

　　他唯一的希望就是再次恳求梅。在他动身的前一天，他和她一起到西班牙使馆的已经荒废的花园里散步。这里的背景使人联想起欧洲的景观。梅戴的宽边草帽给她那双过于明澈的眼睛蒙上了一层神秘的阴影，使她显得异常可爱；当他讲到格拉纳达①和阿尔罕布

---

① 格拉纳达，西班牙南部的一座城市。由摩尔人创建于 8 世纪，在 1238 年成为一个独立王国的中心，后于 1492 年为卡斯蒂利亚人攻陷，摩尔人对西班牙的统治从此终结。

纯真年代

拉宫①时,她兴奋得两眼灼灼发光。

"我们也许今年春天就可以见到这一切了——甚至可以看到塞维利亚②的复活节庆典。"他热切而夸大其辞地提出他的要求,以期得到她更大的让步。

"塞维利亚的复活节?下个星期就是四旬节了!"她笑道。

"我们为什么不能在四旬节结婚呢?"他回答。但她看上去大为震惊,使他意识到自己错了。

"当然,我并不是真想在四旬节结婚,最亲爱的;而是想在复活节后不久——这样我们就可以在四月底扬帆旅行了。我知道我能把事务所的事情安排妥当。"

对于这种可能出现的前景,她露出了梦幻般的笑容;但他看得出,梦想一番就能使她满足了。这就像听他朗读诗集中的那些不可能出现在现实生活中的美好事物一样。

"啊,说下去,纽兰;我真喜欢你描绘的情景。"

"可是那些情景为什么只能描绘呢?我们为什么不把它变成现实呢?"

"我们当然会的,最亲爱的,到明年。"她拖长声音说。

"你不想让它们早些变成现实吗?难道我现在还无法说服你改变主意吗?"

她低下了头,借助帽檐的遮掩躲开了他的目光。

"我们干吗要在梦中再消磨一年呢?看着我,亲爱的!难道你不明白我多想让你做我的妻子吗?"

有一会儿时间她伫立不动,然后抬起头来望着他,眼里充满了明显的失望之情,以致他稍稍松开了搂在她腰间的双手。但她的神色突然变得深不可测。"我不确定我是否真的明白,"她说,"是

---

① 阿尔罕布拉宫,中古西班牙摩尔人诸王的豪华宫殿。由摩尔国王修建于12和13世纪,为西班牙摩尔建筑的典范。

② 塞维利亚,西班牙西南部的一座城市。

不是——是不是因为你没有把握能继续在乎我呢？"

阿彻从座位上跳了起来。"我的上帝——也许吧——我不知道。"他怒气冲冲地突然喊道。

梅·韦兰也站了起来，他们两人面对面地站着，她那女性的身高和尊严仿佛同时增加了。两人一时都默然无语，仿佛被他们话语的一种始料未及的倾向给惊呆了。随即，她低声说："如果是这样——那么是不是还有别人？"

"在你和我之间还有别人？"他慢慢地重复着她的话，仿佛它还不够明了，他还需要时间来向自己重复一遍这个问题。她似乎捕捉到了他的声音里的不确定性，因为她以更加深沉的语调继续说道："让我们坦率地谈一谈吧，纽兰。有时我感到你身上发生了一种变化，尤其是在我们的订婚消息公布以后。"

"天哪——你在说什么疯话呀！"他清醒过来，喊道。

她对他的抗议抱以淡淡的微笑。"如果真是这样，那么我们谈一谈这件事也不会有什么害处的。"她停了停，又用她那种高尚的动作抬起头来补充道，"或者，即使这是真的，我们为什么不能说呢？你可能轻易地犯下了一个错误。"

他低下头，凝视着脚下洒满阳光的小路上那黑色的叶形图案。"犯错误总是很容易的；不过，假如我已经犯了你说的那种错误，那我还会请求你赶快和我结婚吗？"

她也低下了头，用阳伞的尖部打乱了地上的图案，一面努力斟酌措辞。"是的，"她终于说，"你可能想——一劳永逸地——解决这个问题，这也是一种办法。"

她的洞察力令他吃惊，但却并未使他误认为她冷漠无情。从她的帽檐底下，他看到了她那苍白的侧脸，坚毅的双唇上方的鼻孔在微微颤动。

"唔——？"他问道，一面又坐到凳子上，抬头看着她，并皱起了眉头，努力装出开玩笑的样子。

她也重新坐到座位上,接着说:"你千万不要以为一个姑娘会像她父母想象的那样无知。人家有耳朵,有眼睛——有自己的感情和思想。当然,在你告诉我说你在乎我的很久以前,我就知道你对另一个人感兴趣;两年前在纽波特①,人人都对那件事议论纷纷。在一次舞会上,我还看到你们一起坐在阳台上——她回到屋里时脸色忧伤,我为她感到难过。后来我们订婚时我还记得那件事。"

她的声音越来越低,几乎变成了窃窃私语;她坐在那里,一会儿握住伞柄,一会又把它松开。年轻人温柔地把手压在她的手上;一种难以形容的宽慰使他的心膨胀开来。

"我亲爱的孩子——你想说的就是那件事呀?你要是知道实情就好了!"

她迅速抬起了头。"这么说,还有我不知道的实情?"

他的手仍然放在她的手上。"我是说,你所说的那段往事的实情。"

"可那正是我想知道的,纽兰——我应当知道。我不能把我的幸福建立在对别人的一种伤害——一种不公平——之上。而且我要确信你也持有这种看法。在那样的基础上,我们能建立起一种什么样的生活呢?"

她的脸上呈现出一种悲壮而勇敢的神色,使他简直想拜倒在她的脚下。"我想说这件事已有很久了,"她接着说,"我一直想告诉你,只要两个人真心相爱,我知道在某些情况下,他们的做法即使——即使违背公众舆论,但却是对的。假如你觉得你对我们所说的那个人……有任何许诺的话……假如有什么办法……使你能够履行你的诺言……哪怕是让她离婚……纽兰,你不要因为我而抛弃她!"

当他发现她的担心竟然集中在他和索利·拉什沃斯太太的一段极其遥远的、完全成为往事的风流韵事上,他顾不得惊讶,反而对

---

① 纽波特,美国罗德岛东南部的一座城市,19世纪以后成为夏季避暑胜地。

她宽宏大量的想法大为叹服。这种完全置传统于不顾的态度当中包含着某种超出常人的东西；若不是有其他问题压着他，他会沉湎于对韦兰夫妇之女敦促他与以前的情妇结婚这一奇迹的讶异之中。然而他仍然被他们刚刚避开的险情弄得头晕目眩，并且对年轻姑娘的神秘性充满了一种新的敬畏。

他一时竟无从开口，然后他说："根本不存在你所想象的那种许诺——不存在任何义务。这种事情并不总是——像……那么简单……不过没关系……我爱你的宽宏大量，因为对于这类事情，我的看法和你一样……我觉得每一种情况都要根据其自身的是非曲直分别对待……而不管愚蠢的习俗是什么样的……我的意思是，每个女人获得自由的权利——"他急忙止住自己，被自己思绪的转折吓了一跳，他微笑着望着她，接着说，"最亲爱的，既然你明白这么多事情，那么，你就不能再前进一步，明白我们顺从同样的愚蠢习俗的另一种形式是毫无用处的吗？如果没有任何人、任何事物挡在我们中间，那么，我们争论的不就是快点儿结婚、不再拖延的问题吗？"

她高兴得涨红了脸，仰起头望着他；他低下头，发现她的两眼充满了幸福的泪水。可是过了一会儿，她那女性的崇高态度好像又退缩成为胆小无助的小姑娘气了；他知道她的勇气和主动精神都是为别人而发的，没有一点是留给她自己的。显然，她为了讲那番话所做的努力远比她刻意保持的镇静神态所体现出来的要多。一听到他安慰的话语，她便恢复了常态，就像一个冒险过度的孩子回到母亲的怀抱中寻求庇护一样。

阿彻无心再恳求她，因为那位新人——她那双明澈的眼睛给了他深沉的一瞥——的消失太令他失望了。梅似乎觉察到了他的失望，但却不知该如何抚慰他。他们站起身来，默默无言地走回家去。

第十七章

"你不在家的时候,你的表姐伯爵夫人来看过妈妈。"在阿彻回家的那天傍晚,詹妮·阿彻对她哥哥说。

正与母亲和妹妹一起吃晚饭的年轻人惊讶地抬头瞥了一眼,只见阿彻太太一本正经地盯着她的餐盘。阿彻太太并不认为自己不涉交际就应当被社交界遗忘;纽兰猜想,他对奥兰斯卡夫人的造访感到惊讶,这可能使她有点儿恼火。

"她穿了一件黑丝绒的波兰连衫裙,系着黑玉扣子,手上戴着一个小巧的绿色猴皮手筒;我从未见过她打扮得这么时髦,"詹妮接着说,"她是一个人来的,星期日下午很早就到了;可巧客厅里生着火。她带了一个新式名片匣。她说她想认识我们,因为你对她太好了。"

纽兰笑了起来,说:"奥兰斯卡夫人说起她的朋友们时总是用这样的口吻。她重新回到自己人中间,感到很幸福。"

"不错,她跟我们就是这样说的,"阿彻太太说,"我得说,她到这儿来时好像充满感激。"

"我希望您喜欢她,妈妈。"

阿彻太太噘起嘴说："她当然是在尽力取悦别人，即使是在拜访一位老夫人时也是如此。"

"妈妈认为她可不简单。"詹妮插言道，她眯起两眼，注视着哥哥的脸。

"这只不过是我的老眼光。我觉得亲爱的梅是最完美的。"阿彻太太说。

"噢，"她儿子说，"她们两个不一样。"

阿彻离开圣奥古斯丁时受托给明戈特老太太带了很多口信，他回城一两天后便去拜访她。

老夫人异常热情地接待了他，她感激他说服奥兰斯卡伯爵夫人打消了离婚的念头。当他告诉老夫人，他不辞而别地离开事务所并匆忙赶到圣奥古斯丁，仅仅是因为想见一见梅的时候，她抖着肥胖的两腮咯咯笑了起来，并用她那圆鼓鼓的手拍了拍他的膝盖。

"啊哈——这么说，你挣脱了缰绳，是不是？我猜奥古斯塔和韦兰一定拉长了脸，好像世界末日来临了似的，是不是？不过小梅——我相信她肯定会理解吧？"

"我本来希望她会，可是她到底还是不同意我跑到那儿去提出的要求。"

"真的吗？你提出的是什么要求？"

"我想让她答应我们四月份就结婚。再浪费一年时间有什么用呢？"

曼森·明戈特太太噘起小嘴，装出一本正经的古怪表情，不怀好意地对他眨着眼睛说："'去问妈妈吧'，我猜——还是老一套的把戏吧。唉，明戈特家的这些人哪——全都一个样儿！天生就循规蹈矩，你休想把他们从常轨里拉出来。当年我建这座宅子时，人们可能还以为我要搬到加利福尼亚去呢！以前从来没有人在四十街以外建过房子——我回答说：不错，在克里斯托弗·哥伦布发现美

纯真年代

洲之前,还没有人在巴特里①以外建过呢。没有,没有,他们没有一个人想要与众不同,都像害怕天花一样避之唯恐不及。唉,我亲爱的阿彻先生,感谢命运,我只不过是个斯派塞家的粗人;可是我自己的孩子们却没有一个像我,除了我的小爱伦。"她停了一下,依然对他眨着眼睛,然后又以老年人满不在乎的口气问道:"唔,你到底为什么没有娶我的小爱伦呢?"

阿彻笑了起来。"首先,她不能再嫁人了啊。"

"不错——当然了,可惜啊。可是现在已经太晚了,她这一辈子算完了。"她的口气里带着一种老年人葬送年轻人希望时的冷酷而自得的情绪。年轻人感到有些寒心,他急忙说道:"明戈特太太,我可以请您对韦兰夫妇施加一些影响吗?我可不喜欢漫长的订婚期。"

老凯瑟琳赞同地向他露出了笑脸,说:"是啊,我看得出来。你眼睛可真尖。当你还是个小男孩时,我就知道你喜欢首先让别人帮你的忙。"她把头向后一仰,大笑起来,这使她的下巴生出了一层层细浪般的皱纹。"啊,我的爱伦来喽!"她喊道,这时她身后的门帘被掀开了。

奥兰斯卡夫人笑盈盈地走上前来。她的脸上生机勃勃,喜气洋洋;她一面弯腰接受祖母的亲吻,一面快活地向阿彻伸出一只手。

"我亲爱的,我刚才正在跟他说:'哎,你为什么没有娶我的小爱伦呢?'"

奥兰斯卡夫人依然面带微笑地望着阿彻说:"那他是怎样回答的呢?"

"噢,我的宝贝,这个我要留给你自己去猜啰!他刚到佛罗里达去看过他的心上人。"

---

① 巴特里,可能指美国纽约市曼哈顿最南端的一个区域,19世纪时在这里建造了巴特里公园(Battery Park)。

"是啊,我知道,"她仍然望着他说,"我去看过你的母亲,问你到哪儿去了。我给你写过一张条子,一直没有回音,我还怕你生病了呢。"

他嗫嚅着说他走得很突然,也很匆忙,还说他本来打算从圣奥古斯丁给她写信来着。

"当然,你一到那儿就再也想不起我来了!"她依旧对他微笑着,带着一副很可能是故意装作毫不在乎的欢快表情。

"如果她还需要我,她一定不想让我看出来。"他心想,被她那副样子给刺痛了。他想感谢她去看他的母亲,但在老祖母那不怀好意的目光底下,他觉得自己的舌头好像僵住了,说不出话了。

"瞧他——这么急于结婚,不请假就偷偷溜走,急急忙忙跑去跪在那个傻丫头面前哀求!这才像个恋人呢——英俊的鲍勃·斯派塞就是这样拐走我可怜的母亲的;后来,我还没断奶他就厌倦了她——尽管他们只需为我再等八个月!可是——你可不是斯派塞那样的人,年轻人;这对你、对梅都是件幸事。只有我可怜的爱伦才有一点儿他们家的坏血统,其他人都是典型的明戈特家人。"老夫人轻蔑地喊道。

阿彻发觉,坐到祖母身边的奥兰斯卡夫人仍然若有所思地打量着他,欢喜之情已经从她的眼睛里消失了。她非常温柔地说:"当然啦,奶奶,咱们两人一定能说服他们按照他的希望去做。"

阿彻起身告辞。当他的手握住奥兰斯卡夫人的手时,他觉得她在等他解释一下她那封没有得到回复的信的事情。

"我什么时候可以去见你?"她陪他走到房间门口时他问道。

"什么时候都行;不过你要是想再看看那所小房子,可一定得早点儿来。下星期我就要搬家了。"

回想起在那间低矮客厅的灯光下度过的那几个小时,他的心里感到一阵痛楚。尽管那只是短短的几个小时,但却令他难以忘怀。

纯真年代

"明天晚上?"

她点了点头。"明天,好吧;不过要早些。我还要出门。"

第二天是星期日,如果她在星期日晚上"出门",当然只能是去莱缪尔·斯特拉瑟斯太太家。他感到有点儿恼火,这倒不是因为她要到那里去(因为他更愿意她不顾凡·德·卢顿夫妇的意见,乐意到哪里去就到哪里去),而是因为她在那种地方肯定会遇见博福特,而她事先肯定知道会遇见他——可能她就是为了这个目的才要到那里去呢。

"很好,明天晚上。"他重复道,暗自决定不早去,因为如果他晚点儿到,他就可以阻止她去斯特拉瑟斯太太家,或是在她出门后才到——通盘考虑,这无疑是最简单的办法。

当他按响紫藤底下的门铃时,刚刚八点半。距离他原先打算到达的时间还有半个小时——但是一种特别的不安驱使他来到她的门前。不过他想,斯特拉瑟斯太太家的周日晚会不同于舞会,她的客人们似乎要尽可能克服懒散的习惯,一般都去得很早。

他事先没有想到的是,当他走进奥兰斯卡夫人的门厅时,竟然发现那里有几顶帽子和几件外套。如果她请人吃饭,为什么还让他早些来呢?通过对那几件外衣(娜斯塔西娅把他的大衣放在它们的旁边)进行更加细致的观察,他的不满被好奇心所取代。那几件外套实际上是他在文雅的住宅中见到的最古怪的东西。他一眼就断定其中没有一件是属于朱利叶斯·博福特的。一件是廉价的黄色毛绒粗呢大衣,另一件是陈旧且褪色的带披肩的大氅——很像被法国人称为"麦克法兰"的大衣。这件外套看样子是为一位身材特别高大的人做的,显然已经穿了很久,而且也很耐穿。它表面的黑绿色褶缝里散发出一种湿木屑的气味,可能是被挂在酒吧间墙壁上时间太久的缘故。在它上面放着一条破旧的灰色围巾和一顶有些像牧师帽的古怪礼帽。

阿彻抬起眼睛，询问地看看娜斯塔西娅，她也抬头看着他，并带着听天由命的态度喊了声"吉阿①！"，同时推开了客厅的门。

年轻人立刻发现女主人没在屋里，接着又惊奇地看到另一位夫人站在炉火旁边。这位夫人又高又瘦，一副懒散的样子。她的衣服上又是铁环又是流苏，样式很复杂；格子花纹、条纹与镶边交织在一起，构成一种令人不得要领的图案。她的头发一度要变白，但结果只是逐渐褪色而已；头上戴着一只西班牙发梳和一条黑色花边头巾；明显缝补过的露指丝织手套裹着她那双害风湿病的手。

在她身边的一团雪茄烟云中，站着那两件外套的主人；两位都身穿长礼服，显然从早上开始就没有脱下来过。阿彻惊奇地发现，其中一位竟是内德·温塞特先生；另一位年纪大些的他不认识，那人的壮硕体格表明他正是那件"麦克法兰"的所有者，长着一个虚弱无力的狮子脑袋和一头蓬乱的灰发，挥动着胳膊做出要抓大把东西的样子，仿佛在为一群跪倒的民众进行世俗祝福。

这三个人一同站在炉前的地毯上，眼睛紧盯着一束极大的深红色玫瑰花，花束底层是一簇紫罗兰，放在奥兰斯卡夫人常坐的沙发上。

"在这个季节买这些花得花多少钱啊——不过人们注重的当然是感情！"阿彻进屋时，那位夫人正断断续续地感叹道。

一见到他，三个人都惊讶地转过身来。那位夫人走上前来，伸出了手。

"亲爱的阿彻先生——差不多已经是我的侄子纽兰了！"她说，"我是曼森侯爵夫人。"

阿彻鞠了一躬。她接着说："我的爱伦把我接来住几天。我是从古巴来的，我一直在那儿和西班牙朋友们一起过冬——他们都是

---

① （意大利语）意为"已经（来了）"。

纯真年代

一些非常可爱的高贵人物,是老卡斯提尔①最有身份的贵族——我多么希望你能认识他们啊!可是我被这里亲爱的好朋友卡弗博士叫来了。你不认识'爱之谷社团'的创办人阿加松·卡弗博士吧?"

卡弗博士低了低他的狮子脑袋。侯爵夫人继续说:"唉,纽约——纽约——精神生活对这里的影响是多么小啊!不过我看你是认识温塞特先生的。"

"噢,是的——我结识他已经有一段时间了,但不是通过那条途径。"温塞特面带干涩的笑容说道。

侯爵夫人责怪地摇了摇头,说:"何以见得呢,温塞特先生?精神随着意思传播②嘛。"

"随着意思——啊,随着意思!"卡弗博士大声咕哝着插言道。

"可是请坐呀,阿彻先生。我们四人刚刚一起吃了一顿快乐的小型晚餐,我的孩子到楼上梳妆去了。她在等你,一会儿就下来。我们刚才在称赞这些奇妙的鲜花,她回来看到它们一定会吃惊的。"

温塞特依然站着,说:"恐怕我得走了。请转告奥兰斯卡夫人,她抛弃这条街后我们都会感到失落的。这座房子一直是一片绿洲。"

"啊,不过她是不会抛弃你的。诗歌和艺术对她来说就是生命的气息。你写的是诗吧,温塞特先生?"

"噢,不是,不过我有时候读诗。"温塞特说,一面对大家点了点头,悄悄溜出了客厅。

"一个刻薄的人——有一点儿孤僻,不过很机智。卡弗博士,您也的确认为他很机智吧?"

"我从来不考虑机智不机智的问题。"卡弗博士严肃地说。

---

① 卡斯提尔,古代西班牙北部的一个王国。
② 语出《新约·约翰福音》3:8,全句为:"风随着意思吹,你听见风的响声,却不晓得从哪里来,往哪里去。凡从圣灵生的,也是如此。"曼森夫人借用了这句经文,但是她所说的 spirit 指的不是"圣灵",而是"精神"。

"啊——啊——您从不考虑机智不机智的问题！他对我们这些脆弱的凡人多么冷酷啊，阿彻先生！不过他只生活在精神生活当中，今晚他正在为马上要在布兰克太太家中做的讲演做精神准备呢。卡弗博士，在您动身去布兰克太太家之前，还有时间向阿彻先生说明一下您对'直接接触'的重大发现吗？可是不行，我看都快九点了，我们没有权力再挽留您啦，因为还有那么多人在等着听您的教导呢。"

卡弗博士对这个结果似乎感到有点儿失望，但当他把自己那块笨重的金表与奥兰斯卡夫人的小旅行钟对过之后，便不情愿地收拢他那庞大的四肢，准备出发了。

"我晚些时候能见到您吗，亲爱的朋友？"他向侯爵夫人提示道。她嫣然一笑，回答道："爱伦的马车一到，我就去找您；我真希望那时讲演还没开始。"

卡弗博士若有所思地看了看阿彻，说："如果这位年轻先生对我的经验有兴趣，也许布兰克太太会允许您带他一起去吧？"

"哦，亲爱的朋友，如果有可能的话——我相信她会很高兴的。不过我怕我的爱伦在等着他呢。"

"这样的话，"卡弗博士说，"可就太不幸了——不过这是我的名片。"他把名片递给了阿彻，后者看到上面用哥特式字体写着：

>
> 阿加松·卡弗
>
> 爱之谷社团
>
> 基塔斯夸塔密，纽约
>

卡弗博士欠身告辞。曼森太太叹了口气，也许是出于惋惜，也许是出于宽慰。她再次示意阿彻坐下。

"爱伦马上就下来。她来之前，我很高兴能和你安静地待一

会儿。"

阿彻嗫嚅着说他很高兴见到她。侯爵夫人接着低声叹道:"我全都知道,亲爱的阿彻先生——我的孩子已经把你对她的帮助都告诉我了。你的英明的劝告,你的勇敢与坚定——感谢上帝,现在还不算太晚!"

年轻人颇为尴尬地听着。他不知道,关于他对奥兰斯卡夫人私事的干预,还有没有人没被她通知到?

"奥兰斯卡夫人夸大其辞了。我只不过按照她的要求向她提出了法律方面的意见。"

"啊,可是这样一来——这样一来你就不知不觉地执行了——执行了——我们现代人把'天意'称作什么来着,阿彻先生?"夫人大声问道,一面把头歪向一边,诡秘地垂下了眼睑。"你有所不知,就在那个时候也有人在向我求助,实际上是跟我商量——是大西洋那一边的人!"

她从肩膀上向后瞥了一眼,仿佛怕被人偷听似的,然后把她的椅子拉近了一点儿,将一把小巧的象牙扇子举到唇边,在扇子后面吸了一口气,说:"就是伯爵本人——我那个可怜的、发疯的、愚蠢的奥兰斯基。他只要求按照她自己的条件把她弄回去。"

"我的上帝!"阿彻喊道,一下跳了起来。

"你吓坏了?是啊,当然,我明白。我不会替可怜的斯坦尼斯拉斯辩解,尽管他一直把我当成最好的朋友。他并不为自己辩护——他跪倒在她的脚下,这是我亲眼看见的。"她拍了拍瘦削的胸膛。"我这里有他的信。"

"信?——奥兰斯卡夫人看过了吗?"阿彻结结巴巴地问。这个消息震得他头脑有些发昏。

侯爵夫人轻轻摇了摇头。"时间——时间,我必须有时间才行。我了解我的爱伦——又傲慢又倔强。我可不可以说,她有点儿不宽容?"

"可是,天哪,宽容是一回事,而回到那个地狱——"

"啊,不错,"侯爵夫人赞同地说,"她也是这样说的——我那敏感的孩子!不过,阿彻先生,在物质方面——如果人们可以屈尊考虑一下这方面的问题——你知道她将要放弃的是什么吗?沙发上那些玫瑰——在他那无与伦比的尼斯台地花园里有好几英亩这样的花,种在玻璃暖房里和露天园地里。还有珠宝——有历史价值的珍珠,如索比埃斯基国王的祖母绿——还有黑貂皮。可她却对这些东西一点儿都不在意!艺术和美,这才是她真心喜欢的东西,才是她生活的目的,就像我一贯那样;而这些东西也一直包围着她。绘画,价值连城的家具,音乐,才华横溢的谈话——啊,请原谅,亲爱的年轻人,这些东西你们这儿根本不懂!而她却拥有这一切,并获得了最崇高的敬意。她跟我说,纽约人认为她不漂亮——天哪!她的画像被画过九次,欧洲最伟大的那些画家都乞求她赐予他们这种恩惠。难道这些事情都无足轻重吗?还有崇拜她的那位丈夫的悔恨呢?"

此时曼森侯爵夫人的情绪达到了顶峰,对往事的回忆使她脸上的表情变得如痴如醉;若不是阿彻先已经惊呆了,这准会使他发笑。

倘若有谁事先告诉他,他第一次见到的可怜的梅多拉·曼森长着一副撒旦使者的面孔,他准会放声大笑的;可是现在他却没有心情去笑了,他觉得她好像就是从爱伦·奥兰斯卡刚刚逃脱的那个地狱里来的。

"她还不知道——这一切吧?"他突然问道。

曼森夫人把一根紫色的手指放在嘴唇上,说:"还没有直接告诉她——可她会不会有所猜测?谁知道呢?事实是,阿彻先生,我一直等着见你呢。从我听说你采取的坚定立场以及你对她的影响之

后，我就希望有可能得到你的支持——让你确信……"

"确信她应当回去？我宁愿看她去死！"年轻人激愤地喊道。

"啊。"侯爵夫人咕哝道，口气里并没有明显的怨恨。她在扶手椅里坐了一会儿，用她那戴着露指手套的手指反复开合那把古怪的象牙扇子。突然，她抬起了头，倾听着。

"她来了。"她急促地小声说，然后又指着沙发上的花束说，"我能理解为你更赞成那件事吗，阿彻先生？毕竟，婚姻就是婚姻嘛……我侄女仍然身为人妻呀……"

第十八章

"你们两个在策划什么阴谋呢,梅多拉姑妈?"奥兰斯卡夫人大声说着,走进了房间。

她打扮得像是要参加舞会的样子,周身闪耀着柔和的光芒,仿佛她的衣服是用烛光编织成的一样。她高高地昂着头,像是一位傲视满屋竞争者的漂亮女子。

"我们正在说,我亲爱的,这里有件美丽的东西让你吃惊。"曼森大人回答道。她站起身,诡秘地指着那些鲜花。

奥兰斯卡夫人突然停住脚步,看着那束花。她的脸色并没有变,但是一股怒气像夏天的白色闪电一般从她身上迸溢而出。"啊,"她喊道,那尖厉的声音是年轻人从未听到过的,"谁这么荒唐给我送花来?为什么送花?而且为什么偏偏是在今天晚上?我又不去参加舞会,我也不是订了婚准备出嫁的姑娘。可有些人老是这么荒唐。"

她转身走回到门口,打开门,喊道:"娜斯塔西娅!"

那位无处不在的女佣立即出现了。阿彻听到奥兰斯卡夫人用意大利语说(似乎故意讲得一字一板,以便让他听懂):"来——把这东西扔进垃圾箱!"接着,由于娜斯塔西娅表示异议地瞪着眼

睛，她又说："算了——这些可怜的花儿并没有错。让听差把它们送到隔三个门的那一家去吧，就是刚才在这儿吃晚饭的那位阴郁的绅士温塞特先生家。他的妻子正在生病——这些花儿会让她高兴的……你说听差出去了？那么，好人儿，你亲自跑一趟。给，披上我的斗篷，快去。我要这东西立刻离开我家！还有，千万别说是我送的！"

她把自己的天鹅绒歌剧斗篷披到女佣肩上，转身回到客厅，猛地关上了门。她的胸部在带子下面剧烈地起伏，有一会儿时间阿彻以为她马上就要哭了；可她反而爆发出一阵大笑，看了看侯爵夫人，又看了看阿彻，冷不丁地问道："你们两个——已经交上朋友了！"

"这要让阿彻先生来说，亲爱的。你梳妆的时候他一直耐心等着。"

"是啊——我给你们留了足够的时间，我的头发老是不听话，"奥兰斯卡夫人说，一面抬手摸着发髻上的那一堆发卷，"可是这倒让我想起来：我看卡弗博士已经走了，您再不去布兰克家就会迟到了。阿彻先生，请你把我姑妈送上马车好吗？"

她跟着侯爵夫人走进门厅，看着她穿戴好那一堆五彩斑斓的套鞋、围巾和披肩，然后在门阶上大声说："记着，让马车十点钟回来接我！"然后回客厅去了。阿彻重新进屋的时候，发现她正站在壁炉旁边，对着镜子审视自己。一位夫人喊自己的客厅女佣"好人儿"，并派她披着自己的歌剧斗篷出去办事，这在纽约上流社会可是非同寻常的举动；置身于这样一个可以随心所欲、雷厉风行地做事的世界，这使阿彻全身心都沉浸在极度的兴奋和惬意之中。

他从奥兰斯卡夫人的身后走过来，她没有动。在这一瞬间，他们两人的目光在镜中相遇了。然后她转过身来，猛地坐在沙发角落里，叹了口气，说："还来得及吸根香烟。"

他把烟盒递给她，并为她点着了一根纸捻。当火苗燃起来照到她的脸上时，她两眼带笑地瞧了他一眼说："你觉得我发起脾气来怎么样？"

阿彻停了一会儿，接着毅然决然地说："它使我明白了你姑妈刚才讲的那些关于你的事。"

"我就知道她一直在谈论我。嗯？"

"说到你过去习惯的各种事情——显赫、娱乐、刺激——我们这儿根本无法给你的那些东西。"

奥兰斯卡夫人淡然一笑，嘴里吐出一团烟圈。

"梅多拉的罗曼蒂克是不可救药的。这使她在许多方面得到了补偿！"

阿彻又犹豫了一下，接着又大胆问道："你姑妈的浪漫主义是否总是与准确性保持一致呢？"

"你是说，她说的是不是真话？"她的侄女沉思着说，"唔，我告诉你：差不多她说的每一件事都既有真实的成分，也有不真实的成分。不过你为什么要问这个呢？她对你说了些什么？"

他把目光移到了炉火上面，然后又回过头来望着她那光彩照人的姿容。想到这是他们在这个炉边相会的最后一个晚上，而且再过一会儿马车就要来把她接走，他的心不由得绷紧了。

"她说——她声称奥兰斯基伯爵请求她劝你回到他那里去。"

奥兰斯卡夫人没有回答。她坐着纹丝未动，举到半途的手里握着香烟。她脸上的表情没有变化，阿彻记得他以前就注意到她似乎不会表露惊讶的情绪。

"这么说，你已经知道了？"他喊道。

她沉默了许久，烟灰从她的香烟上掉了下来，她把它掸到地上。"她暗示过一封信的事，可怜的人哪！梅多拉的暗示——"

"她是不是应你丈夫的要求才突然来这儿的？"

奥兰斯卡夫人似乎也在思考这个问题。"又来了，谁知道呢？她对我说她是响应卡弗博士的什么'精神召唤'而来的。恐怕她是

想嫁给卡弗博士……可怜的梅多拉，总有个什么人是她想嫁的。但也许是古巴的那些人对她厌倦了。我想，她跟他们在一起，就是一个拿工钱的同伴。真的，我不知道她为什么要来。"

"可你确实相信她手上有你丈夫的一封信？"

奥兰斯卡夫人再次默然沉思起来，然后说："毕竟，这是预料之中的。"

年轻人站起身来，走过去倚在了壁炉架上。他突然变得紧张不安，舌头像是被拴住似的，因为他感觉到他们没有几分钟了，他随时都可能听到归来的车轮声。

"你知道你姑妈相信你会回去吗？"

奥兰斯卡夫人迅速抬起头来，一片深红色在她脸上泛起，漫过了她的脖颈和肩头。她很少脸红，而脸红的时候显得很痛苦，仿佛被烫伤了似的。

"人们相信我会做出很多残酷的事情。"她说。

"唉，爱伦——原谅我，我真是个傻瓜，是个畜生！"

她露出了一点儿笑容，说："你非常紧张，你有你自己的烦恼。我知道你觉得韦兰夫妇在你的婚事问题上有些不通情理，而我当然赞同你的意见。在欧洲，人们不理解我们美国人的订婚期为什么这么长，我想他们不如我们这么镇静。"她说"我们"时稍稍加重了语气，显出了一点儿讽刺的意味。

阿彻感觉到了这种讽刺，但却不敢接过话头。毕竟，她也许只是有意把话题从她自己身上引开，而在他最后那句话显然引起了她的痛苦之后，他觉得现在只能随着她说。然而时间正在慢慢流逝的感觉使他不顾一切，他再也不能忍受话语的障碍会把他们隔开这一念头了。

"是的，"他突然说，"我曾到南方去要求梅在复活节之后和我结婚。我们没有理由到那时还不结婚。"

"而且梅很崇拜你——可是你没能说服她，是吗？我原以为她很聪明,不会对那种荒唐的迷信唯命是从呢。"

"她是太聪明了——没有对它唯命是从。"

奥兰斯卡夫人望着他,说:"噢,那——我就不明白了。"

阿彻脸红了,急忙说下去:"我们坦率地谈了一次话——差不多是第一次。她以为我的急不可耐是个坏兆头。"

"慈悲的上天啊——坏兆头?"

"她认为这表示我对于自己能否继续在乎她缺乏信心。总之,她认为,我想立即同她结婚,是为了逃避某一个——我更加在乎的人。"

奥兰斯卡夫人好奇地推敲着这件事。"可如果她是这么想的话——她为什么不也急着结婚呢?"

"因为她不是那种人,她比我高尚得多。她反而越发坚持订婚期要长,以便给我时间——"

"给你时间抛弃她,去找另一个女人?"

"如果我想那样做的话。"

奥兰斯卡夫人朝炉火探了探身,目光凝视着炉火。阿彻听到下面安静的街道上传来她的马越来越近的奔跑声。

"这的确很高尚。"她说,声音有点儿沙哑。

"是的。不过这是荒唐的。"

"荒唐?因为你并不在乎其他任何人?"

"因为我不打算娶其他任何人。"

"噢。"又是一阵长时间的停顿。最后,她抬起头来望着他,问道:"这另一个女人——她爱你吗?"

"唉,根本就没有另一个女人;我是说,梅所想的那个人绝不会——从来没有——"

"那么,你究竟为什么这样着急呢?"

"你的马车来了。"阿彻说。

她半立起身子,目光茫然地环顾了一下四周。她的扇子和手套

放在她身旁的沙发上，她机械地拿了起来。

"是啊，我想我得走了。"

"到斯特拉瑟斯太太家去吗？"

"是的，"她微笑着说，然后又补充道，"我必须到别人邀请我去的地方去，不然我就太孤单了。为什么不和我一起去呢？"

阿彻觉得自己不论付出什么代价都必须把她留在身边，必须让她把今晚剩下的时间留给他。他没有回答她的询问，继续倚在壁炉架上，目光凝视着她那只拿着手套和扇子的手，仿佛要看一看，他是否有力量让她丢下那两件东西。

"梅猜对了，"他说，"是有另外一个女人——但不是她想到的那一个。"

爱伦·奥兰斯卡没有回答，也没有动弹。过了一会儿，他坐到她身旁，拿起她的手，轻轻地把它展开，结果手套和扇子落在了他俩中间的沙发上。

她惊跳了起来，挣开他的手，走到壁炉另一边。"啊，不要向我求爱！太多的人做过这种事了。"她皱起眉头说。

阿彻的脸色变了，他也站了起来；这是她能给他的最尖刻的指责了。"我从来没有向你求过爱，"他说，"以后也永远不会。但是，假如我们中的任何一人有这种可能的话，你正是我会娶的那个女人。"

"我们中的任何一人有这种可能？"她面带不加掩饰的惊讶看着他说，"你竟然这么说——正是你自己使这变得不可能的！"

他睁大眼睛看着她，在黑暗当中搜索着，一支闪光的箭令人目眩地划破了黑暗。

"我使这变得不可能——？"

"你，你，就是你！"她喊道，嘴唇颤抖着，像个小孩子一样，泪水眼看就要夺眶而出了。"让我放弃离婚的不正是你吗——不正是因为你向我说明离婚多么自私、多么有害，一个人应该如何牺牲自我来维护婚姻的尊严……来保护其家族免遭舆论和丑闻的侵害，我才放弃的吗？由于我的家族即将变成你的家族——为了梅和你——我按照你说的去做了，按照你断定为我应当采用的做法去做了。啊，"她突然爆发出一阵大笑，"我可没有隐瞒，我是为了你才这样做的！"

她重新坐到沙发上，蜷缩在她那节日盛装的波纹中间，像个受了打击的跳假面舞的人。年轻人站在壁炉旁，依旧一动不动地凝视着她。

"我的上帝，"他呻吟道，"当我想到——"

"你想到什么？"

"唉，别问我想到什么！"

他仍然在盯着她，看到那种火一般的深红色又涌上了她的脖颈和脸庞。她坐直身体，十分威严地面对着他。

"我就是要问你。"

"唉，好吧。在你当时让我读的那封信里有些内容——"

"我丈夫的那封信？"

"是的。"

"那封信中没有什么可怕的东西，绝对没有！我只害怕会给家族——给你和梅——带来恶名和丑闻。"

"上帝啊。"他又呻吟道，低下了头，把脸埋到双手之中。

随后的那一阵沉默对他们有决定性的、无可挽回的意义，阿彻觉得它就像他自己的墓碑一样压在他身上。尽管前景无比广阔，他却看不到任何能够除去他心头重负的东西。他站在原地一动不动，也没有从双手中抬起头，被遮住的两只眼睛继续凝望着一片彻底的黑暗。

"至少我爱过你——"他开口说。

在壁炉的另一侧，从他猜想她依然蜷缩于其中的沙发角落里，他听到一声小孩子般的轻轻的抽噎声。他大吃一惊，急忙走到她的身边。

"爱伦！你疯了！你哭什么？天下没有不能更改的事情。我还是自由的，你也会自由的。"他把她搂在怀里，他唇边的那张脸仿佛一朵被雨水打湿的鲜花，他们所有徒然的恐惧都像日出时的鬼魂一样消逝了。唯一使他吃惊的是，他一触摸她就能使一切变得如此简单，可他竟然站了五分钟，隔着整个房间跟她争论。

她回报了他所有的亲吻，但过了一会儿，他觉得她在他怀中变得僵硬起来；她把他推到了一边，站起身来。

"啊，我可怜的纽兰——我想事情一定会这样的。但是这一点儿也改变不了现实。"她说，这回是她从炉边低头望着他。

"它改变了我的全部生活。"

"不，不——那不应该，也不可能。你已经跟梅·韦兰订了婚，而我又是个已婚的人。"

他也站了起来，满面通红，一副毅然决然的神情。"胡说！说这种话已经太晚了。我们没有权利对别人撒谎，或是对我们自己撒谎。我们且不谈你的婚姻，但经过这一切之后，你觉得我还会娶梅吗？"

她默无一言地站在那里，将瘦削的双肘支在壁炉架上，她的侧影映射在身后的玻璃上。她发髻上的一个发卷松开了，垂挂在脖子上；她看上去很憔悴，甚至有点儿衰老。

"我觉得，"她终于说，"你不会向梅提出这个问题的。你说呢？"

他满不在乎地耸了耸肩说："太晚了，已经别无选择。"

"你说这话是因为眼下这么说最容易——而不是因为当真如此。事实上，除了我们两人已经做出的决定，做其他事情才是太晚了呢。"

"啊，我不懂你的意思！"

她勉强苦笑了一下，这使她的脸庞不仅没有舒展开，反而皱缩起来。"你不懂是因为你还没有猜到你已经替我把局面扭转到了什么程度。啊,从一开始——远在我知道你所做的一切之前。"

"我所做的一切?"

"是啊。一开始我完全不知道这里的人对我存有戒心——不知道他们认为我是个讨厌的人。好像他们甚至都不肯在宴会上见我。后来我才明白过来,明白了你如何说服你母亲跟你去凡·德·卢顿家,如何坚持要在博福特家的舞会上宣布你的订婚消息,以便让我获得两个家族——而不是一个家族——的支持——"

听到这里,阿彻突然大笑起来。

"你想想,"她说,"我以前是多么愚蠢、多么没眼力啊!我对这一切都一无所知,直到奶奶有一天不留心说了出来。纽约对我来说就等于太平,等于自由,因为我是回到了家。我在自己人中间是那么高兴,我遇到的每一个人似乎都很善良,都很好,都很高兴见到我。不过从一开始,"她接着说,"我就觉得,没有人像你那样友好,没有人给我讲我能听得懂的道理,劝我去做那些起初看上去很困难并且很——没有必要的事情。那些极好的人没劝过我,我觉得那是因为他们从未受到过诱惑。但是你懂,你能理解;你体验过外面的世界竭力用黄金的手腕拖你下水的滋味——但你讨厌它让人付出的代价,你讨厌用不忠、残酷和冷漠换取的幸福。这是我以前从来不懂的——它比我知道的任何事情都宝贵。"

她说话的声音低沉平静,没有眼泪,也没有明显的激动。从她口中说出的每一个字,都像烧红的铅块一样落在他的心上。他弯着腰坐在那里,两手抱着头,凝视着炉边的地毯,以及露在她衣服底下的那只缎鞋的鞋尖。突然,他跪了下来,亲吻那只鞋。

她向他弯下身,把手放在他的肩头,用非常深沉的目光看着他,以至于在她的注视下,他呆着一动不动。

"啊,我们还是不要更改你已经做出的事情吧!"她喊道,"我现在已经无法再恢复以前那种思维方式了。我不能爱你,除非放弃你。"

他充满渴望地向她伸开双臂，但她却退缩了。他们依然面对着面，被她的话所制造的距离隔开了。随即，他的怒气勃然而起。

"还有博福特，是不是？他要取代我的位置？"

随着这句话的冲口而出，他做好了迎接一番怒火迸发的答话的准备，他会欢迎这样的答复，让它为他自己的怒气火上浇油。然而奥兰斯卡夫人仅仅脸色更苍白了一些，她站在那里，两臂垂在身前，头略往前倾，就像她平时思考问题时的样子。

"他正在斯特拉瑟斯太太家等你呢，你为什么不去找他？"阿彻冷笑着说。

她转过身去摇了摇铃。女佣进来后，她说："今晚我不出去了，让马车去接侯爵夫人吧。"

门关上之后，阿彻继续用讥讽的目光看着她。"何必做这种牺牲呢？既然你告诉我你很孤单，那么我可没有权利让你离开你的朋友们。"

她那湿润的睫毛下面露出了一丝笑意。"现在我不会孤单了。我孤单过，害怕过，但空虚与黑暗已经消逝了。现在，当我重新清醒过来之后，我就像一个小孩子晚上走进一直有灯光的房间一样。"

她的语气和神色仍然将她包裹在一层使她难以接近的柔韧外壳之中。阿彻又呻吟道："我真不理解你！"

"可你却理解梅！"

这句反击使他脸红了，但他仍然注视着她说："梅已经准备放弃我了。"

"什么？在你跪下恳求她赶快结婚的三天以后？"

"她已经拒绝了，这就让我有权利——"

"啊，你让我明白了这个词语有多丑恶。"她说。

他极其厌烦地转过身去，觉得自己仿佛为了攀登一座陡峭的悬崖而挣扎了好几个小时,而现在,在他已经接近顶峰的时候,他的手却把持不住了,他又一头栽进了黑暗当中。

假如他再次把她搂到怀里,他也许会轻而易举地驳倒她那些观点;然而,她的神情和态度中的那种神秘莫测的冷漠,以及他自己对她的真诚的敬畏,使他依然与她保持着距离。最后他又开始恳求了。

"如果我们现在这样做的话,以后事情会更糟——对每个人都更糟——"

"不——不——不!"她几乎是尖叫着说,仿佛他把她吓坏了。

这时从屋外传来了一阵丁零零的铃声。他们没有听见马车停在门口的声音,两人一动不动地站在那里,用惊讶的目光对视着。

只听外面娜斯塔西娅的脚步声穿过了门厅,外面的门打开了;过了一会儿,她拿着一份电报走了进来,把电报交给了奥兰斯卡伯爵夫人。

"那位夫人见到花非常高兴,"娜斯塔西娅说,一面拉平她的围裙,"她还以为是她先生送的呢。她哭了一小会儿,还说他做的是傻事。"

她的女主人嫣然一笑,接过了那个黄色信封。她把电报拆开,拿到灯前;然后,等门又关上之后,她把电报递给了阿彻。

电报注明发自圣奥古斯丁,寄给奥兰斯卡伯爵夫人,上面写道:"外婆电报成功。爸妈同意复活节后结婚。将致电纽兰。兴奋难言,深爱你。感谢你的梅。"

半小时之后,阿彻打开他自己家的前门,在门厅桌子上那一堆笔记和信函的顶端,看到了一个类似的信封。信封里的电报也是梅·韦兰发来的,电文如下:"父母同意复活节后周二中午十二点恩典教堂举行婚礼八名女傧相请见教区长很高兴爱你梅。"

阿彻把那张黄纸揉成一团,好像这个动作可以擦掉纸上的内容

似的。接着他抽出一本小小的袖珍日记，用颤抖的手指翻着纸页，但没有找到他想找的内容，于是把电报塞进口袋，上了楼。

　　一缕灯光从小小的厅房的房门里射了出来，那是詹妮的化妆室兼闺房。她哥哥不耐烦地敲击着门板。门开了，妹妹站在他面前，穿着那件远古风格的紫色法兰绒晨衣，头发上"插着针"。她脸色苍白，一副忧心忡忡的样子。

　　"纽兰！我希望那封电报里没有什么坏消息吧？我特意在等着，万一——"（他的信件没有一封能躲得过詹妮。）

　　他没有注意她的问题。"听我说——今年的复活节是哪一天？"

　　她看上去对这种异教徒般的无知大为震惊。"复活节？纽兰！怎么啦，当然是四月的第一周啊。怎么啦？"

　　"第一周？"他重新翻起他的日记的纸页，压低嗓音迅速计算着。"你说是第一周？"他扭回头去，爆发出一阵长时间的大笑。

　　"天哪，到底出了什么事呀？"

　　"什么事也没有，只是再过一个月我就要结婚了。"

　　詹妮趴到他的脖子上，把他紧紧搂在她穿着紫色法兰绒衣服的胸前。"啊，纽兰，多好啊！我太高兴了！可是，最亲爱的，你为什么笑个不停？安静些吧，不然会吵醒妈妈的。"

下 卷

纯真年代

第十九章

这一天天气晴朗，充满生机的春风里满是尘埃。两家的所有老夫人都取出了她们那些褪色的黑貂皮和发黄的白貂皮，教堂前排长椅上飘来的樟脑气味几乎淹没了环绕圣坛的百合花散发出来的微弱的春天气息。

随着教堂执事的一个信号，纽兰·阿彻走出了小礼拜室，在男傧相的陪同下，登上了恩典教堂的高坛台阶。

这一信号表明载着新娘和她父亲的马车已遥遥在望，但必然还要经过相当长的一段时间，用于在门厅里休整和商量。女傧相们也已在厅里徘徊，就像一簇复活节鲜花。在这段不可避免的等待时间里，聚集的人群期待新郎独自面对他们，以表明他迫不及待的心情。阿彻像履行其他所有仪式一样，温顺地履行了这一仪式。这些仪式使一场十九世纪纽约婚礼成了一场似乎属于历史早期的庄严仪式。在一个人承诺要走的道路上，每件事都同样轻松——或是同样痛苦，要看他怎样看待了。他已经执行了男傧相慌慌张张地下达的各项指令，其态度与他本人以前引导过的新郎们在经过同一座迷宫时服从他的态度同样虔诚。

至此，他有理由确信已经完成了自己的使命。女傧相的八束白

纯真年代

丁香和铃兰、八位引座员的黄金和蓝宝石袖钮以及男傧相的猫眼围巾饰针都已按时送了出去；为了写信答谢男性朋友和过去的情人们赠送的最后一批礼物，阿彻熬了半宿修改措辞；给主教和教区长的酬金已经稳妥地放在了男傧相的口袋里；他自己的行李和旅行时替换的衣服已经运到了曼森·明戈特太太家中，婚宴将在那里举办；火车上的私人包间也已订好，火车将把这对新人载到未知的目的地——隐匿欢度新婚之夜的地点是远古礼仪中最神圣的禁忌之一。

"戒指放好了吗？"小凡·德·卢顿·纽兰低声问道。这位毫无经验的男傧相，对自己肩上的重任感到战战兢兢。

阿彻做了一个他见过很多新郎做过的动作：用他没戴手套的右手在他深灰色马甲的口袋里摸了摸，确认这枚小小的金戒指（戒指内圈刻着：纽兰献给梅，四月一，187—）待在它应该在的地方。然后他又恢复了原来的姿势，左手拿着高礼帽和带黑线脚的珠灰色手套，站在那里望着教堂的大门。

教堂上空，亨德尔的进行曲①在仿制的石头拱顶下越奏越响；随着旋律的波澜起伏，已经被他淡忘的众多婚礼场面又浮现在他眼前，那时他站在同一圣坛的台阶上，兴高采烈却又漠不关心地看着别的新娘飘然进入教堂中殿，朝别的新郎走去。

"多像歌剧院的第一夜演出啊！"他想道。他认出了相同的包厢里（不，是相同的教堂长椅上）的所有那些相同的面孔，并暗自琢磨，当末日审判的号角②吹响时，不知是否会见到头戴同一顶高耸的鸵鸟翎毛软帽的塞尔弗里奇·梅里太太和佩戴相同的钻石耳

---

① 指英籍德国作曲家乔治·弗雷德里克·亨德尔（George Frideric Handel, 1685~1759）谱写的进行曲。实际上，亨德尔的进行曲一般不在婚礼上演奏；此处作者所指的可能是德国作曲家理查德·瓦格纳（Richard Wagner, 1813~1883）所作的《婚礼进行曲》（即歌剧《罗恩格林》中《婚礼大合唱》的配乐，在西方婚礼上经常被用作新娘步入教堂时的背景音乐），但把作曲家的名字写错了。

② 基督教认为，在世界终结前，上帝和耶稣将要对世人进行审判，这就是末日审判；末日审判来临时，天使会吹响号角。

环、面带相同的微笑的博福特太太——还有，在另一个世界里，不知人们是否也已为她们安排好了舞台前部的合适座位。

在此之后，仍然有时间重温在前排就座的一张张熟悉的面孔。女人们因好奇和兴奋而显得生气勃勃，男人们则因不得不在午餐前穿长礼服和在婚宴上争抢食物而面色阴沉。

"要在老凯瑟琳家吃喜宴真是糟透了，"新郎能想象到雷吉·奇弗斯会这样说，"可我听说洛弗尔·明戈特坚持要让自己的厨师掌勺，所以只要能吃得上，应当是顿美餐。"他还想象到，西勒顿·杰克逊会权威地补充说："我亲爱的先生，难道你没听说吗？婚宴要按照新兴的英国时髦方式来安排，让人们在小餐桌上用餐。"

阿彻的目光在左首长椅上停留了片刻，只见他的母亲在挽着亨利·凡·德·卢顿先生的胳膊进入教堂之后，正坐在那张长椅上，在尚蒂伊①面纱下轻轻抽泣，双手放在她祖母的貂皮手筒里。

"可怜的詹妮！"他看了看妹妹，想，"即使把她的头扭一圈，她也只能看到前面几排的人；他们几乎全是衣着寒酸的纽兰家族和达戈内特家族的人。"

在把家族成员们的座位隔开的白色缎带的这一边，他看到了博福特：高高的个子，红红的脸膛，正在以傲慢的眼神审视着女人们。坐在他身边的是他妻子，两人都穿着银白色栗鼠毛皮衣服，戴着紫罗兰；在缎带的另一侧，劳伦斯·莱弗茨的脑袋梳得油光发亮，仿佛正在守卫那位在冥冥之中主持典礼的"高雅礼节"之神。

阿彻心想，在他的神圣典礼中，不知莱弗茨那双锐利的眼睛会挑出多少瑕疵；接着，他忽然想起自己也曾经把这些问题看得至关重要。这些一度充斥他的生活的事情，现在看来就像儿童室里的孩子们对生活情景的滑稽模仿，或是中世纪的学者们关于谁都不懂的形而上学术语的争论。关于是否应该"展示"结婚礼品的激烈争吵

---

① 尚蒂伊，法国北部一村庄，位于巴黎以北。

曾使婚礼前的最后几个小时变得一片混乱。阿彻感到不可思议：一群成年人竟会为这样一些琐事争执不休，而这场争论最终竟由韦兰太太做出了（否定的）判决——她气愤地流着泪说："我马上就把记者们放进家里来。"然而有一段时间，阿彻在所有这些问题上曾经持有十分明确且相当积极的看法，认为凡是涉及他那小家族的行为方式和风俗习惯的任何事情都充满了普世性的意义。

"我一向认为，"他想，"在某个地方生活着真实的人，他们经历着真实的事……"

"他们来了！"男傧相兴奋地低声说，但新郎对此更清楚。

教堂大门小心翼翼地打开了，这仅仅意味着马车行主布朗先生（他身穿黑色礼服，时断时续地充任教堂执事）在引领大队人马入内之前预先检查一下场地。门又轻轻地关上了；随后，又过了一阵，大门又颤颤巍巍、庄严肃穆地打开了，教堂里一片低语："新娘一家来了！"

韦兰太太挽着长子的胳膊走在最前面。她那粉红色的大脸呈现出得体的庄严神情，那身镶着淡蓝色饰边的紫缎礼服和那顶装饰着蓝色鸵鸟毛的小巧缎帽得到了普遍称赞，可是还没等她窸窸窣窣地正襟危坐在阿彻太太对面的长椅上，观众们便已伸长脖子去看紧随其后的是哪一位。在婚礼的前一天，外界已经风传曼森·明戈特太太不顾自己身体上的不便，决定出席这场婚礼；这个念头与她好动的性格非常相符，因而俱乐部里人们对她能否走进教堂中殿并挤进座位而下的赌注越来越高。据说，她坚持派自己的木匠前去察看能否将前排长椅末端的挡板拆下来，并测量两排座位之间的距离，但结果却令人失望。而后，她的家人们一整天都在忧心忡忡地看着她瞎忙活，因为她打算让人用带篷罩的大轮椅把她推到教堂中殿，像女王一样端坐在高坛下面。

她想出的这种怪诞的露面方式令她的亲戚们痛苦不堪，以至

第十九章 ┃ 下　卷

于他们都想把金子盖在那个聪明人身上——他猛然发现轮椅太宽，无法通过从教堂大门延伸到路边的凉篷铁柱。尽管老凯瑟琳稍稍动过拆掉凉篷的念头，但是这样一来，新娘就会被暴露在外面那群想方设法挤近帐篷接缝处的女装裁缝和新闻记者面前，这一后果即使是老凯瑟琳也没有勇气去承受。她刚向女儿暗示了一下拆掉凉篷的想法，韦兰太太就惊呼道："哎哟！他们会给我的孩子拍照，并且登在报纸上的！"面对这种不堪设想的有伤风化的事情，整个家族都不寒而栗地却步了。老祖宗也不得不做出让步；但她的让步是以对方答应在她家举办婚宴为条件，尽管（正如华盛顿广场的亲戚所说）由于韦兰家离教堂很近，布朗无须驾车行驶很长的路程，简直没有必要跟他在运费问题上谈优惠价格。

虽然所有这些情况都已经被杰克逊兄妹广为传播，但仍有少数好事者坚信老凯瑟琳会在教堂露面。当人们发现她已被她的儿媳取而代之时，他们的热情明显降了下来。洛弗尔·明戈特太太在费力穿上一件新衣服后，像有她那样年龄和习惯的所有夫人一样，满脸通红，目光呆滞。不过，她的婆婆未露面一事引起的失望情绪消退之后，人们一致认为，她那镶着黑色尚蒂伊花边的淡紫色缎袍和饰有深紫色紫罗兰的无檐帽，与韦兰夫人的蓝紫色衣服形成了最令人愉快的对比。紧随其后、挽着明戈特先生走进教堂的那位夫人给人的印象却大相径庭，她面色憔悴，忸怩作态，衣服上的条纹、流苏与飘动的丝巾共同构成了一幅乱糟糟的图景。当最后这位幽灵般的人物悄悄步入阿彻的视线时，他的心猛然紧缩起来，停止了跳动。

他一直以为曼森侯爵夫人肯定还在华盛顿，大约四周前她和侄女奥兰斯卡夫人一同去了那里。人们普遍认为，她俩的突然离去是因为奥兰斯卡夫人想让她的姑妈避开阿加松·卡弗博士（他眼看就要成功地将她发展为"爱之谷"社团的新成员了）的阴险的花言巧语。在这种情况下，没有人想到这两位夫人有谁会回来参加婚礼。

纯真年代

在那一瞬间，阿彻站在那里，两眼盯着梅多拉那古怪的身影，紧张地想看看跟在她后面的是谁。但是这列小小的队伍已到尽头，因为家族中所有次要成员都已落座。八位高大的引座员像准备迁徙的候鸟或昆虫一样，一起从侧门悄悄走入了门厅。

"纽兰——我说，她来了！"男傧相低声说。

阿彻猛然惊醒了。

他的心跳显然已经停止了很长时间，因为那列白色与玫瑰色相间的队伍实际上已经行至前往中殿的中途，主教、教区长和两名带有白色翅膀的助手已经在堆满鲜花的圣坛旁边徘徊，施波尔①交响曲开头的和弦正将鲜花一般的音符撒播在新娘的面前。

阿彻睁开眼睛（但它们果真像他想象的那样闭上过吗？），感到他的心脏又恢复了正常的功能。乐声悠扬，圣坛上百合花芬芳馥郁，新娘佩戴的面纱与橙花像云朵一样飘得越来越近，阿彻太太的面庞因幸福的啜泣而突然抽搐起来，教区长低声叨念着祝福的话语，八位粉妆女傧相与八名黑衣引座员各司其职，秩序井然——所有这些情景、声音和感受原本是那样熟悉，如今在他与它们的崭新关系当中，却变得无法言喻地古怪陌生、毫无意义，乱纷纷地充斥于他的脑际。

"上帝啊，"他想，"我把戒指带来了吗？"——他又一次重复着新郎的痉挛性动作。

转眼之间，梅已经来到了他的身旁。她的容光焕发给他的麻木不仁注入了一股微弱的暖流。他挺直身子，对她的眼睛露出微笑。

"亲爱的教友们，我们聚集在这里。"教区长开口了……

戒指已戴到了她的手上，主教已为他们祝福完毕，女傧相们已准备好重新入列，管风琴也已呈现出要奏响门德尔松进行曲②的架

---

① 施波尔，指路易斯·施波尔（Louis Spohr, 1784~1859），德国作曲家。
② 指德国作曲家门德尔松（Felix Mendelssohn, 1809~1847）谱写的《婚礼进行曲》，出自他为莎士比亚喜剧《仲夏夜之梦》所作的一组配乐（完成于1843年），在西方婚礼上经常被用作新人走出教堂时的背景音乐。

第十九章 ▎下　卷

势——在纽约，从来没有一对新人不是在这首进行曲的伴奏之下结为眷属的。

"你的胳膊——我说，把你的胳膊给她！"小纽兰紧张地小声说道；阿彻又一次意识到自己已经在未知的世界里漂泊了很远。他感到纳闷，到底是什么力量把他送到那里的呢？或许是那一瞥——在教堂两翼的不知名观众中，他瞥见了一顶帽子下面露出的一卷黑发，但他随即看到那卷黑发属于一位陌生的长鼻子女士，与她所唤起的那个形象相差千里。这一令人发笑的差别使他不禁自问是否要得幻觉症了。

此刻，他和妻子正随着轻波荡漾的门德尔松乐曲缓步走下教堂中殿，春天正透过敞开的大门向他们挥手。韦兰太太的栗色马额头上扎着大团白丝带，正在一排凉篷的尽头炫耀般地腾跃着。

翻领上别着更大的白丝结的车夫给梅披上白斗篷，阿彻跳上马车坐在她身边。她带着得意洋洋的微笑转向他，两人的手在她的面纱底下握在一起。

"亲爱的！"阿彻说——突然，那个黑暗的深渊又在他面前张开大口，他感到自己正在陷入其中，越陷越深，而他的声音却流畅而愉快地说着，"是啊，我当然以为把戒指弄丢了；如果新郎这种可怜的家伙没有经历过这种体验，婚礼就不完整了。可是你知道，你确实让我等了好久！让我有时间去设想可能发生的每一件可怕的事情。"

令他吃惊的是，在拥挤的第五大街上，梅竟然转过身来，伸出双臂搂住了他的脖子。"可是现在，只要我们俩在一起，任何可怕的事情都不可能发生了，对吗，纽兰？"

这一天的每个细节都被考虑得十分周到，所以，婚宴之后，这对小夫妻有充裕的时间穿上旅行装，在欢笑的伴娘和流泪的父母中

间走下明戈特家宽阔的楼梯，按老规矩穿过纷纷撒下的稻米和缎面拖鞋，登上马车；还有半小时时间，足够他们乘车去车站，像老练的旅行者那样到书亭购买最新的周刊，然后在预定的包厢里安顿下来。梅的女佣已经在里面放好了她暖灰色的旅行斗篷和从伦敦运来的闪亮的化妆袋。

莱茵贝克的老杜·拉克姨妈把房子腾出来给新婚夫妻使用，这份热心来自到纽约去和阿彻太太一起住上一周的憧憬。阿彻很高兴能避开费城或巴尔的摩旅馆普通的"新婚套房"，所以也爽快地接受了这一安排。

去乡下的计划让梅十分着迷；看到八位女傧相煞费苦心也猜不出他们神秘的隐居处，她像个孩子似的乐坏了。把乡间住宅借给别人被认为是"很英国化"的事情，这件事还最终促使人们普遍承认这是当年最风光的婚礼。然而住宅所在之处却是任何人都不准知道的，只有新娘和新郎两人的父母例外。当他们被人再三追问时，总是努努嘴，神秘兮兮地说："啊，他们没告诉我们呀——"这话显然是真的，因为根本没有告诉他们的必要。

他们在车厢里安顿停当，火车甩开市郊无边无际的树林，冲进暗淡的春光中。这时，两人的交谈比阿彻预料的要轻松。无论是看外表还是听声音，梅都还是昨天那个单纯的姑娘，渴望与他就婚礼上发生的事情交换意见，像一位女傧相和一位引座员那样不偏不倚地谈论那些事情。起初，阿彻以为这种超脱的态度只是内心激动的伪装，但她那双清澈的眼睛却流露出毫无觉察的宁静。她第一次跟她的丈夫单独待在一起，而她丈夫只不过是昨天那个迷人的伴侣。没有谁让她如此钟情，没有谁让她如此绝对信赖。订婚、结婚这种令人愉快的冒险，其最大的"乐趣"就在于单独随他旅行，像个成年人一样——实际上，是像个"已婚女人"一样。

奇妙的是——正如他在圣奥古斯丁的使馆花园里所发现

的——如此深沉的情感竟能与如此贫乏的想象力并存。不过他还记得，即使在那时，她一经摆脱良心的重负，便恢复了毫无表现力的女孩子气，这曾令他大吃一惊。他看出，她或许会竭尽全力地应付生活中的种种遭遇，却绝对不可能仅靠偷偷的一瞥就预见到什么事情。

也许，正是那种对外物毫无察觉的才能使她的眼睛如此清澈，使她脸上的表情代表着一种类型，而不是一个具体的个人；似乎她本来可以被选中去扮演公民道德之神或希腊女神。紧贴着她那白皙皮肤流淌的血液可能是一种防腐液体，而不是令她憔悴衰老的成分；她那不可磨灭的青春容颜使她显得既不冷酷又不愚钝，而只显得幼稚和纯洁。在这番深邃的冥想之中，阿彻忽然发觉自己正在以一个陌生人的惊诧眼光看着梅；接着他又陷入对婚宴及明戈特外祖母成功地渗透于其中的巨大影响力的回忆里。

梅也定下神来，坦言她对这一话题的喜爱。"不过我感到很意外——你也一样吧？——梅多拉姨妈到底还是来了。爱伦曾来信说，她们两人都身体欠佳，不堪旅途劳累。我真希望是爱伦恢复了健康！你看到她送我的精美老式花边了吗？"

他早知道这一刻迟早会来，但不知为什么，他曾以为自己可以凭借意志的力量阻止它的到来。

"是的——我——没有。对，是很漂亮。"他说，一面茫然地望着她，心里感到疑惑：是否一听到这个双音节的词语，他精心营造起来的世界就会像纸房子那样在他周围倒塌呢？

"你不累吗？我们到那儿以后喝点儿茶就好了——我相信姨妈已经把一切都安排得很妥当了。"他急促地说，把她的手握在自己手里。她的心立即飞向了博福特夫妇赠送的那几套华贵的巴尔的摩银制茶具和咖啡具，它们与洛弗尔·明戈特舅舅所赠的托盘和小碟非常"匹配"。

纯真年代

在春天的暮色中，火车停在了莱茵贝克车站，他们沿着站台向等候的马车走去。

"啊！凡·德·卢顿夫妇实在太好了！——他们从斯库特克利夫派人来接我们了。"阿彻大声说。这时一名身着便服的稳重的男仆走到他们跟前，从女佣手中接过包袱。

"非常抱歉，先生，"这位来使说，"杜·拉克小姐家里出了点儿小事：水箱上漏了一个小洞，这是昨天发生的；今天一早，凡·德·卢顿先生听说后，派一名女佣乘早班火车去收拾好了庄园主住宅。先生，我想您会发现那里非常舒服。杜·拉克小姐已经把他们的厨子派去了，所以在那儿会跟在莱茵贝克完全一样。"

阿彻茫然地盯着说话的人，致使后者以更为抱歉的语调重复道："会完全一样的，先生，我向您保证——"这时梅热情洋溢的声音响起来了，打破了令人尴尬的沉默："和莱茵贝克一样？庄园主的住宅？可那要强一万倍呢——对吗，纽兰？凡·德·卢顿先生想到这个地方，真是对我们太好了。"

他们上路了，女佣坐在车夫的旁边，闪闪发光的新婚包袱放在他们前面的座位上。梅兴奋地继续说道："想想看，我还从没进过那所房子呢——你去过吗？凡·德·卢顿夫妇极少给人看的。不过他们好像为爱伦开放过，她告诉我那是个非常可爱的小地方；她说这是她在美国见到的唯一——所使她觉得住在里面会很幸福的房子。"

"嗯——那正是我们马上要实现的，对吗？"她丈夫快活地大声说。她带着孩子气的微笑回答道："啊，我们的好运才刚刚开始——我们会永远共同拥有这奇妙的好运！"

第二十章

"当然了,最亲爱的,我们一定得和卡弗莱太太一起吃饭。"阿彻说。他的妻子隔着寄宿处早餐桌上那些不朽的不列颠合金餐具,皱着眉头,忧虑地望着他。

在阴雨连绵、一片荒凉的秋季伦敦,纽兰·阿彻夫妇总共只有两个熟人,也是他们在小心翼翼地躲避的人,因为按照老纽约的惯例,在国外强行使自己引起熟人的注意是有失"尊严"的。

阿彻太太和詹妮在造访欧洲时严格奉行这一原则,以无动于衷的矜持态度来对待游伴的友好表示,以至于除了旅馆和车站的服务员,她们从没和"外国人"讲过一句话——在这一点上,她们几乎创下了纪录。对于自己的同胞——除了那些已经认识或完全信赖的——她们更是公然不屑一顾。因此,在国外的几个月里,除了偶尔遇上奇弗斯、达戈内特或明戈特家的一两个人,她们两人始终相互厮守,无人打搅。然而,即便是最为谨慎的人也难免千虑一失:在波茨恩的一个晚上,住在走廊对面的两位英国女士之一(詹妮已详细了解了她们的姓名、衣着和社会地位)敲门询问阿彻太人是否有一种擦剂。另一位女士——来者的姐姐卡弗莱太太——突然患了

支气管炎，而不带齐家庭备用药品决不外出旅游的阿彻太太恰好能够提供所需药品。

卡弗莱太太病得很重，又是和妹妹哈尔小姐单独旅行，所以两人对阿彻太太和小姐极其感激，是她们提供了独到的安慰，是她们干练的女佣帮忙看护病人，使她恢复了健康。

阿彻母女离开波茨恩的时候，根本没想到会再见到卡弗莱太太和哈尔小姐。在阿彻太太看来，没有比强迫自己受到一个"外国人"——自己偶然帮助过的外国人——的关注更"有失尊严"的事了。然而卡弗莱太太和她的妹妹却对这种观念一无所知，即使知道也会觉得不可理解。她们对在波茨恩如此善待过她们的"令人愉快的美国人"产生了感激不尽的情结。她们怀着感人的真诚，抓住每一次机会去看望来大陆旅行的阿彻太太和詹妮，并在打听两人在往返美国的旅程中途经伦敦的时间方面表现出了超凡的机敏。这种亲密关系逐渐变得牢不可破。每当阿彻太太和詹妮下榻于布朗旅馆时，总会发现两位热情的朋友正在等着她们；这两位朋友跟她们自己一样，也在沃德箱里种蕨类植物，缝制流苏花边，阅读本森男爵夫人的回忆录，并对伦敦的主要牧师有自己的看法。正如阿彻太太所说，认识卡弗莱太太和哈尔小姐，使"伦敦变了样"。到纽兰订婚时，两家的关系已经牢不可破，因此向这两位英国女士发出婚礼请柬成了"理所当然"的事；她们回赠了一大束装在玻璃匣里的阿尔卑斯压花。当纽兰和妻子即将赴英时，阿彻太太在码头上的最后叮嘱是："你一定要带梅去看望卡弗莱太太。"

纽兰和他的妻子原本不打算遵命行事，但卡弗莱太太却凭借她惯有的敏锐知觉找到了他们，并发了请柬请他们吃饭。正是为了这份请柬，梅才面对着茶和松饼紧锁愁眉。

"这对你来说完全没有问题，纽兰；你认识他们。可我在一群从没见过的人中间会非常害羞的。而且我该穿什么呢？"

第二十章 下　卷

纽兰向后靠在椅背上，对她微笑着。她看上去更漂亮了，也更像狄安娜女神①了。英格兰湿润的空气使她的面颊越发红润，稍显刻板的少女面容也变得柔和了；若非如此，那就仅仅是她内心的幸福像冰层下的灯光那样熠熠发光。

"穿什么，最亲爱的？我记得上星期从巴黎运来了一箱子衣服嘛。"

"是的，当然了。我是说不知该穿哪一件，"她微微撅起了嘴，"我在伦敦还没出去吃过饭呢，不想让人笑话。"

他竭力想弄明白她为什么如此为难。"可是，英国女人晚上不也跟其他人穿得一样吗？"

"纽兰！你怎么会问这么可笑的问题？她们去看戏时穿的可是旧舞装，而且不戴帽子。"

"噢，也许她们在家里穿新舞装吧。但是无论如何，卡弗莱太太和哈尔小姐不会那样的。她们会戴我母亲戴的那种帽子——还有披肩，非常柔软的披肩。"

"不错，可是别的女人会穿什么呢？"

"不会穿得像你这么漂亮的，亲爱的。"他回答道，暗自纳闷是什么原因使她对服装产生了詹妮那种病态的兴趣。

她叹了口气，向后推了推椅子，说："你真好，纽兰，可这帮不了我多少忙。"

他灵机一动，说："为什么不穿结婚礼服呢？那可绝对不会出错的，对吗？"

"唉，最亲爱的！要是在这儿就好了！可我已把它送到巴黎去改了，预备明年冬天再穿，沃思还没送回来呢。"

"噢，那么——"阿彻说，一面站了起来，"瞧——雾散了。

---

①　狄安娜女神，古罗马神话中掌管狩猎和分娩的女神，相当于古希腊神话中的阿尔忒弥斯女神。

如果我们赶紧去国家画廊，或许还能看一会儿画。"

在历时三个月的新婚旅行之后，纽兰·阿彻夫妇踏上了归途。在给女友的信中，梅把这次旅行笼统地概括为"快乐至极"。

他们没有去意大利的湖区，因为阿彻经过深思熟虑，无法设想妻子在那样一个特殊的环境中会是什么样子。她本人（在与巴黎的裁缝共处一个月之后）打算七月份登山，八月份游泳。他们如期完成了这项计划：七月是在因特拉肯①和格林德尔瓦尔德度过的；八月则待在诺曼底海岸一个名叫埃特勒塔的小地方，这里因风景奇特、环境幽静而为人所荐。有一两次，阿彻曾在群山之中指着南方说："那就是意大利。"站在龙胆苗圃中的梅快活地微笑道："要是明年冬天能到那儿去就好了，只要你不是非得待在纽约不可。"

但实际上，她对旅行的兴趣甚至比阿彻预料的还要小。她认为（一旦定做了衣服）旅行仅仅是散步、骑马、游泳和尝试迷人的新运动——草地网球——的另一种机会而已。当他们最终回到伦敦时（他们将在这里度过两个星期，好让他定做他的衣服），她不再掩饰自己对航海的渴望。

在伦敦，除了剧院和商店，她对别的东西一概没有兴趣。她发现这里的剧院还不及巴黎的表演餐厅令人兴奋，因为在那些餐厅里，她坐在香榭丽舍大街②鲜花盛开的七叶树下，领略了一种新奇的体验：从餐厅露台上俯视下面的一群身为"风尘女子"的听众，并让丈夫尽量把他认为适于给新娘听的歌曲翻译给她听。

阿彻又恢复了他所继承的关于婚姻的古老观念。遵循传统、完全像他的朋友们对待妻子那样对待梅，这比设法实践他在无拘无束的单身汉时期调侃过的那些理论要容易得多。企图解放一位丝毫不觉得自己不自由的妻子是毫无意义的。他早已看出，梅自认为拥有

---

① 因特拉肯，瑞士中西部的一个城镇，为阿尔卑斯山区的一处旅游胜地。
② （法文）香榭丽舍大街（一译爱丽舍田园大街），法国巴黎最繁华的街道。

的那份自由的唯一用途就是将其置于妻子对丈夫之恋慕的祭坛上。她内心的尊严总是阻止她卑鄙地滥用这份天赋；只要她认为对他有益，有一天（如上次那样）她甚至会鼓起勇气将它全部收回。然而，由于她对婚姻的理解十分简单而淡漠，这样的危机只可能出于他自己的某种显然粗暴无礼的行为，而她对他的柔情完全排除了出现这种情形的可能性。他知道，无论发生什么情况，她都会永远忠诚，勇敢，毫无怨言；这也保证了他信守同样的美德。

这一切都有助于把他拉回到以往的思考习惯之中。假如她的单纯意味着头脑简单、心胸狭窄，他或许会感到恼火和反感；然而她的性格特点尽管少得可怜，却都像她的容貌那般姣好，因此，她成了他所有那些古老传统与敬畏的守护神。

这些品质尽管使她成为一个轻松愉快的伴侣，却无法给国外的旅行带来生气；但他很快就看到它们会在适当的环境中有条不紊地各司其职。他不怕会因此受到压抑，因为他可以一如既往地在家庭圈子之外继续追求他的艺术和知识；而且家庭生活也毫不琐碎沉闷——回到妻子身边绝不会像在户外远足之后走进一间闷热的屋子那样。等他们有了孩子，两人生活中那些空虚的角落也都会被填满的。

在从梅费尔①到卡弗莱姐妹居住的南肯辛顿这段漫长迟缓的行程中，这些想法纷纷在他脑中掠过。阿彻本来也更愿意避开朋友们的盛情款待——按照家族传统，他向来以观光客和旁观者的身份旅行，在同胞面前摆出一副视而不见的傲慢架势。仅仅有一次，刚从哈佛毕业之后，他在佛罗伦萨和一伙奇怪的欧化美国人一起度过了快活的几周，在豪华宅邸里和贵族女子整夜跳舞，在时髦俱乐部里和花花公子们一赌就是半天。在他看来，那一切显然是世上最大的

---

① 梅费尔，伦敦的高级住宅区。

快乐，但却像狂欢节一样不真实。那些四海为家的古怪女子深陷于错综复杂的桃色事件中，她们好像需要向遇到的每一个男人兜售这些事件，而那些英俊魁梧的年轻军官和染了头发的老才子则成了她们推心置腹的对象或接受者——这些人都与阿彻在成长过程中接触的人迥然不同，酷似温室里那些价格昂贵却气味难闻的外来植物，所以无法长久吸引他的想象力。把他的妻子介绍到那样的群体中是根本不可能的；况且，在他的旅行中，也没有人明显表示出渴望与他相伴的热情。

到达伦敦不久，阿彻就遇到了圣·奥斯特利公爵。公爵立刻认出了他，并亲切地跟他打了个招呼："来看看我，好吗？"——但没有一个精神正常的美国人会把这句话当真，因而见面也就没有了下文。他们甚至设法避开了梅的英国姨妈——那位仍然住在约克郡的银行家太太。实际上，他们刻意把去伦敦的时间推迟到秋季，就是为了避免让这些不相识的亲戚误以为他们在社交季节到达有趋炎附势之意。

"大概卡弗莱太太家没有什么人——这个季节的伦敦是个荒漠。你打扮得实在太美了。"双座带篷马车上的阿彻对梅说。梅披着天鹅绒镶边的天蓝色斗篷坐在他身边，显得光彩照人，完美无瑕，以至于将她暴露在伦敦的尘垢中似乎也是一种罪过。

"我不想让他们觉得我们穿得像野蛮人。"她回答道，那轻蔑的态度足以使波卡洪特斯[①]怒火中烧。连最不谙世事的美国女子都对衣着的社交优势怀有宗教般的敬畏，这使阿彻又一次感到震惊。

"这是她们的盔甲，"他想，"是她们对陌生世界的防范，也是对它的挑战。"他第一次理解了梅的热忱：这个不会在头发上系丝带来取悦他的梅，怀着满腔热忱，已经完成了挑选、订制大批服

---

① 波卡洪特斯（Pocahontas, 1595?~1617），北美印第安人部落酋长之女，后与英国殖民者结婚。

装的庄严仪式。

　　果然不出他所料,卡弗莱太太家的宴会规模很小。在狭长寒冷的客厅里,除了女主人和她的妹妹,他们只见到一位系着围巾的夫人和她的丈夫——和蔼的教区牧师,一个被卡弗莱太太称为侄子的沉默寡言的少年和一位两眼有神、皮肤黝黑的小个子绅士。后者被卡弗莱太太介绍为她侄子的家庭教师,她报的是一个法文名字。

　　梅·阿彻像一只天鹅一样飘然步入朦胧灯光下的这一面容模糊的人群,身上洒满落日的余晖。在她丈夫的眼里,她比任何时候都更加高大,美丽,衣服的窸窣声也格外响亮;他意识到,这绯红的面色和瑟瑟的响声正是她极度幼稚羞怯的标志。

　　"他们究竟希望我谈论什么呢?"她那双无助的眼睛向他乞求地说;与此同时,她的出现令人目眩神迷,唤起了在座者心中同样的不安。然而,美貌即使对它自己并没有信心,却仍然能够唤醒男人心中的信任;牧师和那位法文名字的教师很快就向梅表示,他们希望她不要拘束。

　　然而,尽管他们使尽浑身解数,晚宴仍然越来越索然无味。阿彻注意到,他的妻子为了显示自己在外国人面前轻松自如,所谈的话题变得极其狭隘,因而尽管她的风韵令人艳羡,她的谈吐却毫无光彩,令人扫兴。牧师不久便放弃了努力,但那位家庭教师却继续操着一口完美流畅的英语殷勤地对她滔滔不绝,直到女士们上楼去了客厅(这明显使所有的人都得到了解脱)。

　　喝完一杯波特酒后,牧师不得不匆匆去开会,那个貌似有病的害羞的侄子也被打发去睡了。但阿彻和家庭教师仍然坐在那里对饮。阿彻猛然发现,自从他上次与内德·温塞特讨论问题之后,他还是第一次如此开怀地畅谈。原来,卡弗莱太太的侄子在肺病的威胁之下不得不离开哈罗公学去了瑞士,在气候较为温和的雷曼湖畔待了两年。他是个小书呆子,所以被委托给里维埃先生照料,后者把他带回英国,并将一直陪伴他,直到他来年春天进入牛津大学。里维埃先生坦率地补充说,到那时他就只好另谋高就了。

阿彻想,像他这样兴趣广泛、多才多艺的人,不可能长时间找不到工作。他大约三十岁,一张瘦削难看的脸(梅一定会称他相貌平平)把他的想法一览无余地展示了出来;但是在他活泼的性情当中却没有轻浮或卑贱的成分。

他早逝的父亲原先是位职位低下的外交官,本打算要他子承父业,但对文学的痴迷却使这位年轻人投身于新闻业,继而又投身于写作(显然没有成功),最后——经历了他对听者省略掉的其他许多尝试与变迁之后——他在瑞士当上了英国少年的家庭教师。但在此之前,他在巴黎生活了很长时间,经常出入龚古尔的阁楼①,莫泊桑②曾建议他不要再尝试写作(这在阿彻看来也已经是非凡的荣耀了!)他还多次在他母亲家里与梅里美交谈。他显然一直贫困至极,忧患重重(因为要供养母亲和未嫁的妹妹),而且他的文学抱负显然也已成泡影。实际上,他的处境看起来并不比内德·温塞特更光明;然而正如他所说,在他生活的世界里,没有哪个爱思想的人在精神上会感到饥饿。正是由于这种爱好,可怜的温塞特都快要饿死了,因此阿彻感同身受地怀着羡慕之心看着这个热情洋溢的穷青年,他在贫困中活得那样富足。

"您知道,先生,为了保持心智的自由,不让自己的鉴赏能力和独立批评能力受到束缚,是可以不惜任何代价的,对吗?正是出于这个原因,我才离开了新闻界,干起了比那枯燥得多的差事:家庭教师和私人秘书。这样的工作当然非常单调辛苦,但却可以让人

---

① (法文)龚古尔的阁楼,指法国作家埃德蒙·德·龚古尔(Edmond de Goncourt,1822~1896)和儒勒·德·龚古尔(Jules de Goncourt,1830~1870)两兄弟在自家阁楼上举行的文学沙龙。
② 莫泊桑,指盖伊·德·莫泊桑(Guy de Maupassant,1850~1893),法国小说家,主要作品有《羊脂球》(1880)、《漂亮朋友》(1885)等。

保持精神自由——在法语里我们称之为一个人的矜持。当你听到机智的谈话时，你可以参与进去，尽情发表自己的意见而不必折中；你也可以只是倾听，而在心里做出答复。啊，机智的谈话——那真是无与伦比啊，对不对？思想的空气才是唯一值得我们去呼吸的空气。所以我从来不为放弃外交和新闻而后悔——那只是放弃自我的两种不同形式罢了。"当阿彻点燃又一支烟时，里维埃目光炯炯地盯着他说："您瞧，先生，为了能够正视生活，即使住阁楼也是值得的，对吗？可是，话又说回来，你必须挣钱付阁楼的房租。我承认，干一辈子私人教师——或是'私人'的随便什么东西——几乎跟在布加勒斯特①做二等秘书一样令人寒心。有时候，我觉得我必须去冒险：去冒大险。比如，你觉得在美国有没有适合我的机会呢——在纽约？"

阿彻用惊讶的目光望着他。纽约，一个经常与龚古尔兄弟和福楼拜②见面、并认为只有精神生活才是值得过的生活的年轻人竟然要去纽约！他继续困惑地盯着里维埃先生，不知该如何告诉他，他的这些优势与长处肯定会成为他成功的障碍。

"纽约——纽约——可偏偏得是纽约吗？"阿彻结结巴巴地说。他根本无法想象自己生活的城市能给一个视机智谈话为唯一需要的年轻人提供什么样的赚钱机会。

里维埃先生发黄的脸上突然泛起一片红润。"我——我想那是你所在的大都市，那里的精神生活不是更活跃吗？"他答道；然后，仿佛害怕给听者留下求助的印象似的，慌忙接着说："只不过随便说说而已——主要是自己的想法。实际上，我眼下并没有什么指望——"说着他站了起来，毫无拘束地补充道："不过卡弗莱太

---

① 布加勒斯特，罗马尼亚的首都。
② 福楼拜，指古斯塔夫·福楼拜（Gustave Flaubert，1821~1880），法国小说家，以严谨的文风著称。他的主要作品有《包法利夫人》（1857）、《萨朗波》（1862）、《圣安东的诱惑》（1874）等。

太会认为我该带你上楼了。"

在回家的路上,阿彻沉思着这段插曲。和里维埃先生一起度过的一个小时给他的双肺注入了新鲜空气。他最初的冲动是第二天请他吃饭;不过他已经开始明白,已婚男人为什么不总是立即顺从自己最初的冲动。

"那个年轻的家庭教师是个有趣的家伙,晚饭后我们围绕读书和一些问题谈得很投机。"他在马车里试探地说。

梅从梦境般的沉默中苏醒过来。他以前曾觉得这样的沉默含义无穷,但六个月的婚姻生活使他洞悉了个中奥秘。

"那个小个子法国人?他不是非常普通吗?"她冷淡地答道。他猜想她正因为在伦敦被邀请去见一位牧师和一位法国家庭教师而暗自感到失望。这种失望并非缘于通常被定义为"势利"的那种感情,而是出自老纽约在自己的尊严在国外受到威胁时的反应。假如梅的父母在第五大街款待卡弗莱一家,他们会为其引荐比教区牧师和教师更有身份的人物。

但阿彻心中有些烦躁,便继续跟她争论这个话题。

"普通——哪里普通了?"他质问道。而她的回答也格外爽利:"唔,我得说除了在他的教室里,他处处都很普通。这些人在社交界总是很笨拙。不过,"她为了缓和气氛又补充说,"我想我还不知道他是否聪明。"

阿彻不喜欢她使用的"普通"一词,对她使用的"聪明"一词几乎也同样反感。不过,他老是去细想她身上那些令他反感的东西,这种倾向已经开始让他自己害怕了。毕竟,她的观点向来是一成不变的,与他在成长过程中接触的所有人完全一致;以前他总认为这种观点是必不可少但却无关紧要的。直到几个月之前,他还不曾认识一位对生活持有不同看法的"好"女人;男人一结婚,就必然生活在好人中间。

"啊——那我就不请他来吃饭了！"他笑着下结论说。梅大惑不解地答道："天哪——请卡弗莱家的家庭教师吃饭？"

"唔，与请卡弗莱姐妹不是在同一天。如果你不愿意，就算了。但我确实很想再和他谈谈。他正打算到纽约去找份工作。"

她越发吃惊，也越发冷淡，他几乎认为她怀疑他沾染了"异国情调"。

"在纽约找工作？什么样的工作？人们又不需要法语家庭教师，他想干什么呢？"

"我想，主要是去享受机智的交谈。"丈夫倔强地回嘴说。她爆发出一阵赞赏的笑声，说："噢，纽兰，真可笑！法国人不正是这样吗？"

总的来说，她不愿认真考虑他想请里维埃先生吃饭的念头，从而了结了此事，使他感到高兴。否则，再进行一番饭后长谈，就很难不说到纽约的问题了；阿彻越想越觉得他难以使里维埃先生与他所熟悉的纽约社会的任何一幅可以想象的画面相调和。

一阵令人寒心的直觉使他认识到，将来的许多问题都会被人以这样的方式替他否决掉。然而，当他付了车费，尾随着妻子长长的裙裾走进屋里时，他又从一句令人宽慰的老生常谈中寻得了慰藉：前六个月总是婚姻生活中最为艰难的时期。"在这之后，我想我们差不多会把彼此的棱角完全磨去的。"他心想。但最糟糕的是，梅的压力已经对准了他最想保留其尖锐之处的那些棱角。

第二十一章

一小片翠绿的草坪平缓地延伸至波光潋滟的大海。

草坪边上镶嵌着鲜红的天竺葵和锦紫苏，漆成巧克力色的铸铁花瓶间隔有致地摆放在通向大海的蜿蜒小路上，由矮牵牛花与常春藤天竺葵围绕而成的一个个花环出现在被耙得十分整洁的砾石路面上空。

从悬崖边缘到方形木屋的中途（木屋也被漆成了巧克力色，但游廊的锡顶上涂有黄棕色相间的条纹，像个遮阳篷一样），两个很大的箭靶被安置在背靠灌木丛的地方。在草坪的另一端，箭靶对面搭着一个真正的帐篷，四周摆着长凳和庭院长椅。一群身着夏装的女士和穿灰色长礼服、戴高礼帽的绅士有的站在草坪上，有的坐在长凳上；不时有一位身穿浆挺棉布衣服的窈窕淑女执弓走出帐篷，朝一个箭靶射出一箭，看客们则中断交谈，观看结果如何。

纽兰·阿彻站在木屋的游廊上，好奇地俯视着这一场面。在漆得锃亮的台阶两侧，各有一个硕大的蓝瓷花盆，摆放在鲜黄的瓷座上；每个花盆都被一株长而尖的绿色植物所占据。游廊下面种着宽宽的一排蓝绣球花，边缘处是更加密集的红色天竺葵。在他身后，

第二十一章

透过客厅的落地窗,在随风摇曳的花边门帘之间,可以窥见玻璃般平滑的镶木地板上点缀着岛屿般的上光印花棉布圆垫座椅和矮脚扶手椅,铺着天鹅绒的桌面上摆满了盛着甜点的银器。

纽波特射箭俱乐部总是把八月份的赛会安排在博福特家。迄今为止,除了槌球以外,还没有哪项运动可以同射箭运动抗衡,但这项运动正由于人们对草地网球的喜爱而逐渐被抛弃。然而网球运动仍被认为粗俗不雅,不适于在社交场合进行,所以,作为展示漂亮衣服和优雅姿态的机会,弓箭仍然固守着自己的阵地。

阿彻好奇地俯视着这熟悉的景观。令他惊异的是,在他自己对生活的反应发生了如此彻底的改变之后,生活竟然还在沿着老路延续。是纽波特使他第一次意识到了这种变化的程度。前一年冬天,当他和梅在那座带有弓形窗和庞贝式前厅的黄绿色新房子里面安顿下来之后,他就如释重负地重新开始从事事务所的例行公事,这项日常活动的恢复像链环一般把他与过去的自我联结了起来。随后还发生了一连串令人兴奋的快事:首先是为梅的马车选了一匹华丽的灰色骏马(马车是韦兰家送给他们的);其次是他出于矢志不渝的兴趣爱好,不顾家人的怀疑和不满,按照自己梦寐以求的方式用黑色压花纸、东湖书橱、"纯正"扶手椅和桌子布置了他的新书房。他在"世纪"又见到了温塞特,在"纽约人"找到了跟他同类的时髦青年;他将一部分时间贡献给法律,一部分用于外出吃饭或在家招待朋友,偶尔抽出一个晚上去听歌剧或看戏。因此,他的生活看上去仍然相当真实,相当老套。

但纽波特意味着摆脱一切职责,完全进入度假气氛。阿彻曾劝说梅到缅因海岸一个遥远的小岛上消夏(那里被恰如其分地称为"荒山"),几个大胆的波士顿人和费城人曾在那里的"土著"村里扎营,由此报道了那里迷人的风光与深水密林间几乎类似于捕兽人的原始生活方式。

纯真年代

然而韦兰一家总是到纽波特去消夏，他们在那里的峭壁上拥有一个小方屋。他们的女婿提不出任何正当理由来说明他和梅为什么不应与他们同往。正像韦兰太太相当尖刻地指出的那样，如果梅没有机会穿那些夏装的话，那么她在巴黎疲劳不堪地试穿那些衣服就太不值得了。对于这一类的论点，阿彻目前还没有找到回答的方法。

梅自己也不明白阿彻为什么似乎对如此合情合理、如此令人愉快的消夏方式显得不大情愿。她提醒他说，他单身时一直是喜欢纽波特的；既然这是不争的事实，他只好表示，他确信这次他一定会比以往更喜欢那里，因为他们两人将要一起去。然而，当他站在博福特家的游廊上注视着外面那挤满兴高采烈的人群的草坪时，他不禁心头一颤，蓦然醒悟：他绝对不会喜欢这里了。

这不是梅的错，可怜的人儿。如果说他们在旅行中时常有些小小的不合拍，那么，他们在回到她所熟悉的环境之后就恢复了和谐。他早就预见到她不会令他失望，而他也确实没有看错。他结了婚（就像大多数年轻人那样），是因为正当他过早地厌弃了一系列毫无目标的感情冒险之际，他遇到了一位十分迷人的姑娘，她代表着和睦、稳定、友谊以及对不可推卸的责任的坚定信念。

他不能说自己做出了错误的选择，因为她满足了他所期待的一切。毫无疑问，能成为纽约一位最漂亮、最受欢迎的年轻妻子的丈夫，是令人满足的，何况她还是纽约一位性情最甜蜜、最通情达理的妻子。阿彻对这些优点决非无动于衷。至于结婚前夕经历的那阵短暂的疯狂，他强迫自己视其为业已摒弃的最后一次试验。在他头脑清醒的时候，想到他以前竟会梦想和奥兰斯卡伯爵夫人结婚，觉得这简直不可思议；她仅仅作为一连串幽灵中最悲哀、最鲜活的一个留在他的记忆里。

然而，做完这些抽象与清除的工作，他的心却成了一个空荡荡的回音室。他想,这就是博福特家草坪上忙碌、活跃的人群就像一群在墓地里嬉戏的孩子那样令他震惊的原因之一。

他听到身边响起一阵窸窸窣窣的裙裾声,只见曼森侯爵夫人飘然走出了客厅窗口。她跟往常一样,打扮得格外花哨和俗丽:头上戴着一顶柔软的意大利麦梗草帽,用一圈圈褪色薄纱箍在头上;手中打着一把用雕花象牙伞柄撑起的黑丝绒小阳伞,滑稽地遮在比它还大的帽檐上方。

"我亲爱的纽兰,我还不知道你和梅已经来了!你说你自己是昨天才到的?啊,工作——工作——职责……我明白。我知道,很多做丈夫的人都觉得除了周末以外不可能到这儿来陪伴妻子,"她把脑袋歪到一边,眯起眼睛,无精打采地望着他说,"可婚姻是一种长期的牺牲,就像我过去常对我的爱伦讲的那样——"

阿彻的心脏奇怪地猛然一抽,停止了跳动;这和以前那次一样,好像"砰"地关上了一扇门,把他与外界隔开了。但这个间隔一定是极其短暂的,因为不一会儿他就又听到梅多拉回答问题的声音,那个问题显然是他恢复声音之后提出的。

"不,我不打算待在这儿,我要和布兰克一家一起去他们在朴次茅斯的美妙幽居地。博福特太好了,今天早晨派他那两匹著名的快马来接我,所以我至少还来得及看一眼里吉娜的花园聚会;不过今晚我就要回去过田园生活了。布兰克一家真是别出心裁,他们在朴次茅斯租了一所古朴的农居,邀请了一群有代表性的人物。"她在具有保护作用的帽檐下轻轻低下了头,脸色微红地补充道:"这周阿加松·卡弗博士要在那里主持一系列关于'内心思想'的会议。这确实与这里世俗消遣的快乐场面形成了鲜明的对比——可我一直就是靠对比来生活的!对我来说,只有单调无聊才是最要命的。我老是跟爱伦讲:要当心单调的生活,因为单调是一切致命罪行的根源。但我那可怜的孩子正在经历一种亢奋状态,对世事深恶痛绝。我想你知道吧？她谢绝了到纽波特来的所有邀请，甚至拒绝和她的明戈特祖母在一起。我很难说服她跟我一起去布兰克家，真让人难以置信！她过着一种不正常的病态生活。唉，要是她在事情还有转机的时候……在大门还开着的时候……听了我的话就好了……可是让我们下去看看那吸引人的比赛好吗？我听说梅也是选手之一呢。"

博福特正从帐篷那里穿过草地朝他们信步走来。他那高大、笨重的身躯被紧紧扣在一件伦敦长礼服中，扣眼上别着一朵他自种的兰花。阿彻已有两三个月没见到他了，对他外貌的变化感到吃惊。在夏天火辣辣的阳光下，他脸上显得过于红润，有些浮肿；若不是那笔直的宽肩膀在他走路时分外明显，他看上去就像一个吃得过多、穿得过厚的老人。

外面流传着关于博福特的各种传闻。春天，他乘坐自己崭新的蒸汽游艇到西印度群岛进行了一次长途航行。据说，在他涉足的很多地方，都有一位颇似范妮·琳小姐的女士与他同行。那艘游艇建造于克莱德河，配备了铺瓷砖的浴室和其他一些闻所未闻的奢侈品，听说花了他五十万美元。他回来后送给妻子的珍珠项链像赎罪的祭品一般华美绝伦。博福特的财产足以承受这样的挥霍，然而令人不安的谣言却经久不息，不仅在第五大街流传，而且还传到了华尔街。有人说他投机铁路亏了本；另一些人则说，他被她那一行里的一个最贪得无厌的人敲了竹杠。对于每一条说他面临破产的传言，博福特总是以新的挥霍作答，如修建一排崭新的兰花花房，购买一批新赛马，或是在他的画廊里添置梅索尼埃[①]或卡巴奈尔[②]的一幅新油画。

[①] 梅索尼埃，指让－路易－欧内斯特·梅索尼埃（Jean-Louis-Ernest Meissonier, 1815~1891），法国画家，擅长风俗和军事题材的创作。

[②] 卡巴奈尔，指亚历山大·卡巴奈尔（Alexandre Cabanel, 1823~1889），法国画家，擅长历史、神话和宗教题材的创作。

第二十一章　下　卷

他面带惯常的那种半嘲讽的微笑走近侯爵夫人和纽兰。"喂，梅多拉！那些跑马干得怎么样？四十分钟，唔？……嗯，不算太坏，不能吓着你嘛。"他跟阿彻握了握手，然后随他们转过身去。站在曼森太太的另一侧，低声说了几句他们的同伴听不见的话。

侯爵夫人以她那奇怪的外国方式抽搐了一下，说了句"您想怎么样呢？"这句话更让博福特愁眉紧锁。但当他的目光遇到阿彻时，他却挤出一副表示祝贺的笑容，说："你知道，梅要夺得头奖了。"

"啊，这么说头奖还是留在自家人手中了。"梅多拉用流水般的声音说。这时他们已经来到帐篷跟前，戴着少女式紫红色棉布围巾和飘动的面纱的博福特太太迎了上来。

梅·韦兰恰好从帐篷里走了出来。她一身素装，腰间束着一条淡绿色丝带，帽子上绕着一只用常春藤编织的花环，那副像狄安娜女神一般超然的神态就和她在宣布订婚的那天晚上走进博福特家舞厅时一模一样。在这段间歇时间中，似乎在她的目光中没有一丝思绪，在她的心里也没有任何感觉；她的丈夫虽然知道她能够两者兼备，却再次惊异于她的超凡脱俗。

她手握弓箭，站在草地上的粉笔线上，将弓举至肩头，瞄准目标。她的姿态十分典雅，一出场便博得一阵轻轻的赞美声。阿彻感受到了拥有者所特有的喜悦之情，正是这种感受时常诱骗他沉浸于片刻的幸福。她的竞争对手有雷吉·奇弗斯太太，梅里家的姑娘们，以及索利家、达戈内特家和明戈特家的几位面色红润的姑娘。她们站在她身后，形态优美、神情紧张地聚拢在一起；俯视着打靶线的棕色和金黄色的脑袋、白色的薄细棉布衣服和围着花环的帽子共同混合成一道柔和的彩虹。姑娘们个个年轻漂亮，沐浴在盛夏的光辉之中，但却没有哪一个像他妻子那样如宁芙①般从容自如——

---

① 宁芙，古希腊罗马神话中的小女神，常以美丽女子形象出现，有时化身为树、水和山等自然物。

只见她绷紧肌肉,笑眉一蹙,聚精会神、全力以赴地射出了一箭。

"天哪,"阿彻听到劳伦斯·莱弗茨说,"没有一个人能像她那样拿弓。"博福特回了一句:"不错,但也只有那样的靶子才会被她射中。"

阿彻感到一阵无端的愤怒。这家主人对梅的"优雅举止"的那种含有轻蔑意味的恭维,本来正应当是做丈夫的希望听到的;一个心灵粗鄙的人发现她缺乏魅力,这一事实只不过再次证明她的品质高尚而已。然而,这些话却使他的心头轻轻一颤:假如"优雅"到了最高境界竟然适得其反,帷幕后面竟然空洞无物,那可怎么办呢?他望着梅——她在射出直中靶心的最后一箭之后,正在面色绯红、神情平静地退出场地——感到他还从未揭开过那面帷幕。

她以坦率的姿态(这是她最为优雅的姿态)接受了诸位对手和其余同伴的祝贺。没有人会嫉妒她的胜利,因为她使人感到,即使她没有射中,她也会这样心平气和的。然而当她的目光与她丈夫的目光相遇时,他那愉快的神色顿时使她同样容光焕发。

韦兰太太那辆精工制作的小马车正在等候他们,他们在四散的马车当中驶上归途。梅握着缰绳,阿彻坐在她身边。

下午的阳光仍然滞留在美丽的草坪上和灌木丛中,四轮折篷马车、双轮轻便马车、双座活顶马车和"双人对坐"马车排成两行在贝尔维大街上来来往往,车上载着盛装的女士和先生们,他们或是刚从博福特的花园聚会上回来,或是在进行完每天下午例行的海滨兜风之后踏上归途。

"我们去看看外婆好吗?"梅突然提议道,"我想亲自告诉她我得了奖。离晚饭时间还早着呢。"

阿彻默许了。她掉转马头,沿纳拉甘塞特大街下行,横穿斯普林街,又向远处多石的高沼地驶去。就在这个无人问津的地方,一贯无视先例与节俭的伟大的凯瑟琳在她年轻时亲自在一块俯瞰海湾的便宜地皮上为自己建了一座有许多尖顶和横梁的有饰村舍。在矮小的橡树丛中,她的游廊一直延伸到点缀着小岛的水面上。一条蜿蜒的车道通向漆得锃亮的胡桃木前门,车道的一侧是几只铁铸牡鹿,另一侧是一个个长满天竺葵的护堤,上面嵌着若干蓝色玻璃球。门的上方是印有条纹的游廊顶篷,门内狭长的门厅里铺着黑黄相间的星形图案镶木地板。厅里有四个四四方方的小房间,墙上糊着厚厚的毛面纸,天花板上绘着一幅诸神群像——一位意大利家居画师毫不吝啬地把奥林匹斯山上的所有神祇都画在了上面。自从明戈特太太发福之后,她就把其中的一间房间改成了卧室,白天则在相邻的那间房间里消磨时光。她威严地端坐在敞开的门窗之间的一把大扶手椅里,不停地挥动着芭蕉扇;由于她异常突出的胸部使扇子离身体的其他部位很远,所以它扇起的风只能吹动扶手罩布的流苏。

由于是老凯瑟琳的干预加快了阿彻的婚事,她对阿彻表现出了施惠人对受惠人的那种热情。她相信他是出于不可抗拒的激情才缺乏耐心的;作为冲动的热情崇拜者(只要不会让她破费),她老是像个同谋似的亲切地对他眨眨眼睛,开个暗示性的玩笑。幸运的是梅对此似乎无动于衷。

她兴致勃勃地观察和品评了比赛结束时被别在梅胸前的那枚顶端镶着钻石的箭形胸针,说在她那个年代,一枚用金银丝装饰的胸针就让人心满意足了,但是不可否认博福特把事情办得很漂亮。

"这可真是件传家宝呢,亲爱的,"老夫人咯咯笑道,"你一定要把它传给你的长女。"她捏了捏梅白皙的胳膊,注视着她脸上涌起的红潮。"哎,哎,我说了什么话,让你脸上打起红旗来啦?难道不生女儿——只生儿子吗,嗯?天哪,瞧,她脸上又红上加红了!怎么——这也不能说?上帝宽恕我——当孩子们恳求我让人把那些男神和女神全都画在头顶上时,我总是说,真是太感谢了,我都不好意思让什么都不怕的人到我这儿来了！"

阿彻哈哈大笑，梅也随声附和，笑得眼睛都红了。

"好啦，亲爱的孩子们，现在请给我讲讲这次聚会吧，因为我从梅多拉那个傻瓜口中可听不到一句实话。"老祖宗接着说。梅喊道："梅多拉姨妈？我还以为她回到朴次茅斯去了呢！"老祖宗心平气和地答道："是啊——不过她得先到这儿来接爱伦。啊——你们还不知道爱伦已经到这儿来陪我待了一天了吧？她不到这儿来消夏可真是太蠢了，可我已有五十年不跟年轻人吵嘴了。爱伦——爱伦！"她用苍老而尖锐的声音喊道，一面使劲向前探身，想看一眼游廊另一边的草坪。

没有回音。明戈特太太不耐烦地用手杖敲打着光亮的地板。一个缠着鲜艳头巾的混血女佣应声而来，告诉女主人说她看见"爱伦小姐"沿着小路到海边去了。明戈特太太转向了阿彻。

"像个好孙子那样，快去把她接回来；这位漂亮女士会给我讲聚会的事的。"她说。阿彻站了起来，仿佛像在梦里一般。

在他们上次见面之后的一年半的时间里，他经常听到人们提起奥兰斯卡伯爵夫人的名字，他甚至熟悉这段时间里她生活中的主要事件。他知道，去年夏天她待在纽波特，并频频涉足社交界；但到了秋季，她忽然转租了博福特费尽周折为她觅得的"完美的小房子"，决定去华盛顿定居。冬天，阿彻在华盛顿听说（人们在那里总能听到关于漂亮女人的传言）她在一个据说要弥补行政部门在社交方面之不足的"卓越外交学会"里大出风头。他十分超然地听了那些故事，那些关于她的仪表、她的谈话、她的观点和她的择友方式的各种彼此矛盾的报道，就像听人们对一个早已逝去的人的回忆那样。直到梅多拉在这次射箭比赛上突然提到她的名字，他才感到爱伦·奥兰斯卡重又变成了一个活生生的人。侯爵夫人那口齿不清的笨拙话音唤起了那间炉火映照的小客厅的幻影，以及在空寂无人的街道上返回的马车车轮的声响。他想起了曾经读过的一个故事：托斯卡纳①的几个农家孩子在路旁的洞穴里点燃了一捆稻草，眼前出现了被他们涂画过的坟墓中那些默默无言的古老人物的形象……

通向海滨的路从宅院坐落的斜坡一直延伸到水边的一条人行小道，路旁垂柳依依。透过柳幔，阿彻瞥见了石灰崖的闪光，还有崖上被冲刷得雪白的塔楼和一座小房子，英勇的灯塔守护人艾达·刘易斯②正在那里度过她德高望重的晚年。灯塔的另一边是一片平坦的水域和山羊岛政府所在地的丑陋的烟囱；海湾向北延伸至金光闪闪的普鲁登斯岛，岛上满是低矮的橡树；远处的科拿尼卡特海岸被笼罩在一片朦胧的暮色之中。

从绿柳掩映的小径上拱起了一道纤细的木质防波堤，在其尽头矗立着一座宝塔式的凉亭；塔里站着一位女士，斜倚栏杆，背对着海岸。阿彻在这一景象面前停住了脚步，恍如从睡梦中醒来。过去的回忆只是一场梦，而现实则是在山坡高处的那所房子里等着他的那些事情：韦兰太太的马车沿着门外的椭圆形轨迹溜了一圈又一圈；梅坐在不顾廉耻的奥林匹亚众神之下，隐秘的希望使她容光焕发；在远在贝尔维大街尽头的韦兰家别墅里，韦兰先生已经穿好了就餐礼服，手持怀表，在客厅里踱来踱去，由于胃里难受而焦躁不安——因为住在这所房子里的人永远清楚在什么钟点会发生什么事情。

"我是什么人？女婿——"阿彻心想。

防波堤尽头的人影一动不动。年轻人在半山坡上站了很久，注视着前方的海湾，来来往往的帆船、游艇、渔船以及由喧噪的拖船拖着的黑色运煤驳船在其中掀起了层层波澜。凉亭里的女士似乎也被这景色吸引住了。在远处亚当斯堡垒的灰色棱堡后，拉长的落日

---

① 托斯卡纳，意大利西部的一个地区。
② 艾达·刘易斯（Ida Lewis，1842~1911），美国纽波特港著名的灯塔看守人，曾多次营救海中遇险者，被誉为"美国最勇敢的女人"。

碎裂成上千个火团，那光辉映红了一只从石灰崖与海滨之间的夹道中驶出的独桅艇的船帆。阿彻一边观看，一边想起了《肖兰》中的那一幕：蒙塔古将艾达·戴斯的丝带举到唇边，而她却不知他在房间里。

"她不知道——她没有猜到。如果她出现在我身后，我会不会知道呢？"他沉思着。然后，他忽然又自言自语地说："如果在帆船与石灰崖上的那盏灯相遇之前她不转过身来，我就回去。"

船只随着退却的潮水滑行，滑到了石灰崖跟前，遮住了艾达·刘易斯的小房子，驶过了挂着灯的塔楼。阿彻等待着，直到船尾与岛上最后一块暗礁之间出现了一片宽阔的闪闪发光的水域，然而凉亭里的人影依然纹丝未动。

他转身朝山上走去。

"我很遗憾你没找到爱伦——我本想再见见她的，"他们在薄暮中驱车回家时梅说道，"可是也许她并不在乎——她看起来变化太大了。"

"变化？"她丈夫无精打采地应声说，眼睛盯着小马一颤一颤的耳朵。

"我是说她对自己的朋友那么冷漠，放弃了纽约和她的家，却和那么古怪的人混在一起。想想吧，她在布兰克家会多么不自在呀！她说，她这么做是为了保护梅多拉姨妈不受伤害，阻止她嫁给讨厌的人。可我有时认为，我们一直使她感到厌烦。"

阿彻没有回答。她接着说："我终究还是不明白，她跟她丈夫在一起是不是会更快活一些。"言语之间带有一丝冷酷，他以前从未从她那坦率稚嫩的声音里听出过这种意味。

他爆发出一阵大笑。"神圣的单纯啊！"他喊道。当她困惑地皱着眉头转过脸看着他时，他又说："我想我以前从来没有听你说过一句冷酷话。"

"冷酷?"

"唉——观察受诅咒者的痛苦扭动应该是天使们热衷的游戏,但我相信,即使是他们也不会认为人们在地狱里会更快活的。"

"那么,她远嫁异国可真是件憾事。"梅说,那平静的语气俨然如同她妈妈应付韦兰先生的怪癖时的说话腔调。阿彻感到自己已经被轻轻划入不通情理的丈夫一族。

他们沿着贝尔维大街下行,转弯后驶进两根顶部装着铸铁灯的削角木门柱之间,这标志着到了韦兰家的别墅。窗户里已经灯光闪烁;马车一停,阿彻便瞥见他的岳父正如他想象的那样,拿着怀表在客厅里踱来踱去,脸上一副痛苦的表情——他早就发现这种表情远比愤怒更加灵验。

年轻人跟着妻子走进了门厅,感到心情发生了一种奇怪的变化。在韦兰家的奢华环境与亲密氛围当中,充满了琐细的清规戒律与苛刻要求,老是像麻醉剂一样悄悄侵入他的机体。厚重的地毯,警觉的仆人,严守纪律的时钟永无休止地滴答作响,门厅桌子上不断更新的一沓沓名片与请柬——它们结成了一条由琐碎小事串成的专横的锁链,把每一个小时和下一个小时捆缚在一起,也把家里的每个成员和其他成员捆缚在一起,并使任何不够系统、丰富的生存方式都显得不真实、不确定。然而,此时此刻,韦兰一家以及家中等待他去过的那种生活变得既虚幻又无关紧要,而海滨那短短的一幕,他站在半山坡上踌躇不决时看到的那一幕,却像他血管里流的血一样与他贴近。

在那间用印花棉布装饰的宽敞卧室里,他躺在梅的身旁通宵未眠。他望着斜照在地毯上的月光,想象着爱伦·奥兰斯卡坐在博福特的快马马车上、穿过闪闪发光的沙滩回家的情景。

第二十二章

"为布兰克一家举办欢迎会——布兰克家?"

韦兰先生放下刀叉,焦急而怀疑地望着坐在午餐桌对面的妻子。她调整了一下金边眼镜,以极富喜剧色彩的声调大声读道:"爱默生·西勒顿教授和夫人敬请韦兰先生偕夫人于8月25日下午3时整光临'星期三下午俱乐部'的聚会。为欢迎布兰克太太及小姐们。

"凯瑟琳街,红山墙。请回复。"

"天哪——"韦兰先生喘了口粗气说道,仿佛需要重读一遍才能使他彻底明白这件事的荒谬绝顶。

"可怜的艾米·西勒顿——你永远猜不出她丈夫下一步要干什么,"韦兰太太叹道,"我想他是刚刚发现了布兰克一家。"

爱默生·西勒顿教授是纽波特社交界的一根刺,而且是一根拔不掉的刺,因为他生在历史悠久、受人敬重的名门望族。正如人们所言,他这个人拥有"一切优势"。他父亲是西勒顿·杰克逊的叔叔,母亲是波士顿潘尼隆家族的一员,双方均有钱有势,而且门当户对。正像韦兰太太常说的那样,没有理由——没有任何理由迫使爱默生·西勒顿去做考古学家，或是任何学科的教授；也没有任何理由让他在纽波特过冬，或是让他做他所做的其他那些变革性的事情。但是，如果他真的打算与传统决裂，藐视上流社会，那么，至少他不应该娶可怜的艾米·达戈内特为妻，因为她有权期望过"不同的生活"，并有足够的钱置办自己的马车。

明戈特家族中没有一个人能理解艾米·西勒顿为什么会对丈夫的怪诞行为那样俯首帖耳：他让家里坐满了长头发男人和短发女人；外出旅行时，他不去巴黎和意大利，反而带她去考察尤卡坦半岛①的墓地。然而他们就是那样自行其是，显然并未察觉与别人有什么不同；当他们举办一年一度的乏味花园聚会时，住在克利夫斯的人家——由于西勒顿—潘尼隆—达戈内特三大家族之间的关系——不得不抽签选派一名不情愿的代表前去参加。

"真是个奇迹，"韦兰太太说，"他们竟然没有选择有赛马会的那一天！你还记得吗，两年前，他们在朱莉娅·明戈特举办茶舞会的那天为一个黑人举办宴会？幸好这一回据我所知没有其他活动同时进行——因为我们当中总有些人要去。"

韦兰先生不安地叹了口气说："亲爱的，你说'有些人'——难道不止一个人吗？三点钟多么别扭啊。三点半我必须在家喝药，因为如果我不按时服药，那么尝试本科姆的新疗法也就毫无意义了；而如果我稍后再去找你，必然会赶不上车。"想到这儿，他再次放下刀叉，布满细纹的脸上泛起一片焦虑的红晕。

"你实在用不着去，我亲爱的，"他的妻子用习惯性的愉快口吻回答道，"我要先到贝尔维大街的那一头送几张请柬，然后在三点半左右过去，多待一些时间，以便让可怜的艾米不觉得受了怠慢。"她又迟疑地望着女儿说："如果纽兰下午有安排，或许梅可

---

① 尤卡坦半岛，中美洲北部、墨西哥东南部的半岛。

以驾车带你出去遛马,顺便试试那些黄褐色的新马具。"

韦兰家有一条原则,就是人们的每一天、每一小时都应该像韦兰太太说的那样——"有安排"。不得不"打发时间"(特别是对于那些不喜欢惠斯特牌或单人纸牌游戏的人来说)这种令人悲哀的可能性像幻影一般困扰着她,就像失业者的幽灵令慈善家不得安宁一样。她的另一条原则是:父母决不应当(至少在表面上)干扰已婚子女的计划。所以,既要尊重梅的自由,又要考虑韦兰先生所说的紧急情况,这样的难题只有靠天才头脑想出来的巧计才能解决,而正是这种天才使得韦兰太太把自己时间的每一秒钟都安排得满满当当。

"当然,我会驾车陪爸爸出去的——我相信纽兰会找到事情做的。"梅说,她的语气似乎在温和地提醒丈夫应当有所反应。女婿在日程安排方面老是显得缺乏远见,这是经常令韦兰太太苦恼的一个问题。阿彻在她家度过的两个星期里,当她问他下午打算做什么的时候,他常常自相矛盾地回答说:"噢,我想换个方式,把下午的时间节省下来,不做什么事了——"有一次,她和梅不得不进行一轮延误已久的午后拜访,事后阿彻却承认他在房子下面海滩上的一块大石头底下躺了整整一下午。

"纽兰好像从来不为将来打算。"韦兰太太有一次试探着向女儿抱怨说;梅平静地答道:"是的;不过您知道这没什么关系,因为当他没有特别的事情要做的时候,他就读书。"

"啊,没错——跟他父亲一样!"韦兰太太赞同地说,似乎表示能够容忍这种遗传的怪癖。从那以后,纽兰无所事事的问题大家就心照不宣地不再提起了。

然而,随着西勒顿家欢迎会日期的临近,梅自然而然地开始表现出对他的切身利益的关切。作为对她暂时离职的补偿,她建议他到奇弗斯家去打一场网球比赛,或乘朱利叶斯·博福特的小汽艇出游。"亲爱的,你知道我六点之前就会回来的,因为爸爸在六点之后从不乘车——"直到阿彻说他想租一辆敞篷小马车,到岛上的种马场为她的马车物色第二匹马,梅才安下心来。他们在挑选马匹上面已经花了一段时间,因而这项提议令梅十分满意,她瞥了母亲一眼,仿佛在说:"您瞧,他跟我们大家一样,知道该怎样安排时间。"

在人们第一次提到爱默生·西勒顿的邀请那天,阿彻心里就萌发了去种马场选马的念头,但他一直把这个念头闷在心里,仿佛这计划藏着什么秘密,一旦暴露就会妨碍它的实行。尽管如此,他还是采取了预防措施,预定了一辆敞篷小马车和一对在平坦道路上每小时仍然能跑十八英里的车行老马。两点钟,他匆匆离开午餐桌,跳上轻便马车出发了。

天气十分宜人。从北面吹来的微风驱赶着小朵白云掠过湛蓝的天空,天空下面滚动着波光粼粼的大海。这个时辰的贝尔维大街空无一人,阿彻在米尔街的拐角处丢下马夫,转向老海滨路,驱车穿过伊斯曼海滩。

他感到一阵难以名状的兴奋之情;在学生时代的那些半日假期里,他正是怀着这样的兴奋之情投身到未知的世界里去的。如果让两匹马从从容容地跑,他在三点之前就可望到达离天堂崖不远的种马场;所以,大致看看马匹(如果觉得有希望,也可以试一试)之后,他还有四个小时的宝贵时间可以享用。

一听说西勒顿家要举办宴会,他就暗自思量,曼森侯爵夫人肯定会随布兰克一家来纽波特,那么,奥兰斯卡夫人就可能借此机会再来陪祖母待一天。不管怎样,布兰克的住处很可能会空无一人,这样他就可以满足一下对它的朦胧好奇心而又不显唐突。他不敢肯定自己是否想再见到奥兰斯卡伯爵夫人;但是自从在海湾上面的小路上看到她以后,他就莫名其妙地产生了一种荒唐想法:想去看一

看她住的地方，探寻一下想象中的她的行踪，就像观察凉亭中的那个真实的她那样。这种难以名状的热望日夜不停地煎熬着他，就像一个突发奇想的病人想要一种曾经品尝过、却早已忘记的食物或饮料那样。除了这种热望以外，他无法考虑其他的事情，也无法料想这种热望可能导致怎样的结果，因为他并没有任何想与奥兰斯卡夫人交谈或听听她的声音的明确愿望。他只是觉得，假如他能够把她行走过的那块地面连同周围那片海天相拥的空间带走，那么，世界的其余部分也许就显得不那么空虚了。

到了种马场，他看了一眼就知道没有他中意的马匹；尽管如此，他还是在里面转了一圈，以便向自己证明他并没有仓促行事。但到了三点钟，他便抖开缰绳，踏上了通往朴次茅斯的小路。风已经停了，地平线上的一层薄霭预示着退潮后大雾将悄悄淹没沙克耐特，但他周围的田野和树林却都浸在金色的阳光里。

他驾车一路驶过果园里灰色木顶的农舍，驶过干草场和橡树林，还驶过许多村落——村里教堂的白色尖顶高高耸入渐趋暗淡的天空。然后，他停车向在田间耕作的几个人问了问路，最后转入一条小巷，道路两侧的高坡上长满了黄花和黑莓。巷子尽头是一条碧波粼粼的小河；在河流左岸的一丛橡树和枫树林前，他看到一幢破败不堪的长房子，护墙板上的白漆正在剥落。

大门对面的路边矗立着一座敞开的棚屋，新英格兰人用它来存放农具，访客则把他们的"联畜""拴"在里面。阿彻从车上跳了下来，把两匹马牵进棚屋，系在一根木桩上，转身朝房舍走去。房前的一片草坪重又变成了干草场，但在左边那个草木疯长的矩形花园里却满是大丽花和凋零的玫瑰丛，环绕着一个样式古怪的格子结构凉亭。凉亭原是白色的，顶部有一座丘比特木雕像，手中的弓箭已经不见了，却还继续劳而无功地瞄着准。

阿彻倚门站了一会儿。这里四顾无人，房中敞开的窗户里也没有传出一丝声响；一只灰白色的纽芬兰犬正在门前打盹，看来也跟那位丢了箭的丘比特一样，成了没用的门卫。令人不可思议的是，这个死气沉沉、衰落破败的地方竟然是喜欢热闹的布兰克一家的住所；但阿彻确信自己没有找错地方。

他在那里伫立良久，心满意足地望着眼前的场景，并渐渐受到了它那令人昏昏欲睡的魔力的影响；但他终于清醒过来，意识到时间正在流逝。他是否应该看个够，然后驾车离开呢？他站在那儿犹豫不决，突然又想看一看房子里面的情景，那样他就可以想象出奥兰斯卡夫人起居的房间了。没有什么会阻止他走上前去拉响门铃；假如像他推测的那样，奥兰斯卡夫人已经和参加宴会的其他人一起走了，那么他可以轻而易举地报上姓名，并请求进入起居室留张便条。

但他没有那样做，而是穿过草坪，向矩形花园走去。一进花园，他就看见凉亭里有一件色彩鲜艳的东西，并马上认出那是一把粉红色女用阳伞。那把伞像磁石一般吸引着他，他确信那是她的。他走进凉亭，坐在摇摇晃晃的座位上，捡起那把丝质阳伞，察看它那雕花的伞柄。伞柄是用稀有木料制成的，散发着香气。阿彻把伞柄举到唇边。

他听到花园对面传来一阵窸窸窣窣的裙裾声，便坐在那里一动不动，双手紧握着伞柄，听凭那阵窸窣声越来越近而不抬眼去看。他早就知道此情此景一定会出现……

"啊，阿彻先生！"一个年轻洪亮的声音喊道。他抬起头，只见布兰克家年龄最小、身材却最高大的女儿站在他面前。她是个金发碧眼的姑娘，穿着脏兮兮、乱蓬蓬的棉布衣服，脸颊上一块红斑仿佛表明它刚才曾被压在枕头上。她睡眼惺忪地盯着他，显得既热情又困惑。

"天哪——您是从哪里来的呀？我一定是在吊床上睡熟了。别

人都到纽波特去了。您按门铃了吗?"她前言不搭后语地问道。

阿彻比她更慌乱。"我——没有——我是说,我正要去按门铃呢。我本来是到岛上物色马匹的,顺便驾车来这儿,想看看能不能碰巧见到布兰克太太和你们家的客人。可是房子里似乎没有人——所以我坐下来等一会儿。"

布兰克小姐驱除了睡意,兴趣大增地看着他,说:"家里是空了。妈妈不在,侯爵夫人也不在——除了我其他人都不在。"她的目光流露出淡淡的责备之意,"您不知道今天下午西勒顿教授和夫人为妈妈和我们全家举办花园欢迎会吗?真不幸,我不能去;但我嗓子痛,妈妈怕要到晚上才能坐车回来。您说还有比这更让人扫兴的事吗?当然啦,"她快活地补充道,"要是知道您会来,我就不会那么在乎啦。"

她那笨拙地卖弄风情的征兆越来越明显了。阿彻鼓起勇气插嘴问道:"可是奥兰斯卡夫人呢——她也去纽波特了吗?"

布兰克小姐惊讶地看着他说:"奥兰斯卡夫人——您不知道她被叫走了吗?"

"叫走了?——"

"啊,我最漂亮的阳伞!我把它借给了大笨鹅凯蒂,因为它和她的缎带挺般配,一定是那个粗心的家伙把它丢在这儿了。我们布兰克家的人都像……真正的波希米亚人!"她用一只有力的手拿回遮阳伞,打开了它,把它那玫瑰色的伞盖撑在头上,"对,爱伦昨天被叫走了;您知道,她让我们叫她爱伦。从波士顿发来了一封电报,她说她大概要去待两天。我真喜欢她的发型,您呢?"布兰克小姐不着边际地说。

阿彻继续目不转睛地盯着她,仿佛她是透明的,可以被看穿一样。可他看到的无非是一把无价值的粉红色阳伞罩在她正在咯咯傻笑的脑袋上。

过了一会儿，他试探性地问道："你知道奥兰斯卡夫人为什么去波士顿吗？我希望不是因为有坏消息吧？"

布兰克小姐兴致勃勃地表示怀疑："噢，我觉得不会的。她没告诉我们电报的内容，我想她不愿让侯爵夫人知道。她长得多浪漫呀，是不是？当她朗读《杰拉尔丁夫人的求爱》①时，是不是让人想起斯科特—西登斯太太②？您从没听她读过吗？"

阿彻的思绪纷至沓来。他的未来仿佛突然间全部展现在他面前：沿着无边无际的空白望去，他看到一个逐渐缩小的男人的身影，在这个人的一生中什么事情都不会发生。他打量着周围那未经修剪的花园，摇摇欲坠的房舍，暮色渐浓的橡树林。这似乎正是他应该找到奥兰斯卡夫人的地方，然而她却已经远走高飞，甚至连这把粉红色遮阳伞也不是她的……

他皱着眉头犹豫不决地说："我想，你还不知道——明天我就要去波士顿。如果我能设法见到她——"

他感到布兰克小姐对他已经失去了兴趣，尽管她依然面带笑容。"噢，那当然，您可真好！她住在帕克旅馆；这种天气，那儿一定糟透了。"

在这之后，阿彻只断断续续地意识到他们之间的对话。他只记得自己坚决回绝了她让他等她的家人回来、用过下午茶再走的恳求。最后，在女主人的陪伴下，他走出了木雕丘比特的射程，解开马的缰绳，驾车走了。在小巷的转弯处，他看到布兰克小姐正站在门口挥动那把粉红色的阳伞。

---

① 《杰拉尔丁夫人的求爱》，英国女诗人布朗宁夫人的诗作，发表于1844年。
② 斯科特—西登斯太太，指玛丽·弗朗西丝·斯科特—西登斯（Mary Frances Scott-Siddons，1844~1896），英国著名女演员。

第二十三章

第二天早晨，阿彻走下福尔里弗号列车，出现在仲夏季节热气腾腾的波士顿。邻近车站的街道上弥漫着啤酒、咖啡和腐烂水果的气味，衣着随便的居民穿行其间，他们那亲密放纵的神态犹如一群沿着过道走向浴室的寄宿生。

阿彻租了辆马车去萨默塞特俱乐部吃早餐。连高级住宅区也透出一股杂乱无章的家庭生活气息，而在欧洲，再热的天气也不会使那些城市堕落到这个地步。身穿印花布衣服的看门人在富人的门阶上懒洋洋地走来走去，广场看上去就像共济会野餐后翌日的游乐场。如果说阿彻曾经竭力想象过生活在难以想象的恶劣环境当中的爱伦·奥兰斯卡，他却想象不出有哪个地方会比这个热浪肆虐、遭人遗弃的波士顿更不适合她居住。

他胃口极好、有条不紊地吃着早餐：先吃了一片甜瓜，然后一边等吐司和炒蛋，一边细读一份晨报。自从他前一天晚上告诉梅，自己要到波士顿去出差，需乘当晚的福尔里弗号出发并于翌日傍晚回纽约，他心中就产生了一种精神抖擞、活力四射的新鲜感觉。大家一直以为他会在周一回城,但当他从朴次茅斯探险归来时,天缘凑巧,事务所寄来的一封信十分显眼地摆在门厅的桌子角上,为他突然改变计划提供了正当理由。如此轻而易举就把事情安排妥当了,他甚至感到有些羞愧,因为这使他想起了劳伦斯·莱弗茨为了获得自由而施展的巧妙伎俩,心中一时感到不安。但这并没有困扰他很久,因为他此时已经无心细细琢磨。

早餐后,他一边吸烟一边浏览《商业广告报》。其间进来了两三个熟人,彼此照例互致问候。这个世界毕竟还是老样子,尽管他有一种稀奇古怪的感觉,仿佛自己已经从时空之网中悄悄溜了出来。

他看了看表,见时间已是九点半,便起身进了写字间,在里面写了几行字,让信差坐出租马车送到帕克旅馆,并立候回音。然后他坐下展开另一张报纸,试着计算马车到帕克旅馆需要多少时间。

"那位女士出去了,先生。"他猛然听到身边侍者的声音。他结结巴巴地重复道:"出去了?——"仿佛这是一个外语单词似的。

他起身走进门厅。一定是弄错了,这个时候她是不会出去的。他因自己的愚蠢而气得满脸通红:为什么没有一到这儿就派人送信去呢?

他找到帽子和手杖,径直走到街上。这座城市突然变得陌生、辽阔和空旷,他就像是一个来自遥远国度的旅行者。他站在门前的台阶上迟疑了一阵,然后决定去帕克旅馆。万一信差得到的消息是错误的呢?也许她还在那儿呢。

他举步穿过广场,只见她正坐在树下的第一条长椅上。她的头上遮着一把灰色的丝绸阳伞——他怎么会想象她打着粉红色阳伞呢?当他走过去时,被她那无精打采的神态触动了:她坐在那儿,一副百无聊赖的样子。他看到她低垂着头的侧影,深色帽子下面的发结低低地打在脖颈处，撑着阳伞的手上戴着打褶的长手套。他又向前走了一两步，她转过头，看到了他。

"噢！"她说。他第一次看到她脸上露出惊愕的神情；但一会儿工夫，它便让位于纳闷而又满足的淡淡笑容。

"噢！"当他站在那儿低头看着她时，她用另一种语调低声说。她没有站起来，而是在长椅上给他让出了位置。

"我到这儿来办事——刚到。"阿彻解释道，不知为什么，他忽然开始假装自己见到她很惊讶，"可你究竟在这个荒凉的地方做什么呢？"他其实根本不知道自己在说什么：他觉得自己仿佛在很远很远的地方朝她叫喊，仿佛她不等他追上就会再度消失。

"我？呃，我也是来办事的。"她答道，转过头来面对着他。她的话几乎没有传进他的耳朵，他只注意到了她的声音和一个令人震惊的事实——她的声音竟没有在他的记忆里留下一点回音。他甚至连它低沉的音调和稍微有些刺耳的辅音都不曾记得。

"你改变发型了。"他说。他的心怦怦直跳，仿佛自己说了什么不可挽回的话似的。

"改变？不——这只是娜斯塔西娅不在身边时，我自己尽可能做的。"

"娜斯塔西娅？可她不是跟你在一起吗？"

"没有，我一个人来的。因为只有两天，没必要把她带来。"

"你一个人——在帕克旅馆？"

她露出一丝旧日的怨恨，望着他说："这让你感到危险了？"

"不，不是危险——"

"而是不合传统？我明白了，我想的确是不合传统。"她沉吟了片刻，说，"我没想过这一点，因为我刚做了一件远比这更不合传统的事，"她眼神略带嘲讽地说，"我刚刚拒绝拿回一笔钱——一笔属于我的钱。"

第二十三章 下　卷

阿彻跳了起来，后退了一两步。她收拢阳伞，心不在焉地坐在那里，在沙砾上画着图案。这时他又回来站在她面前。

"有人——到这儿来见你了？"

"是的。"

"带着这项提议？"

她点了点头。

"而你拒绝了——因为那些条件？"

"我拒绝了。"她过了一会儿说。

他又坐到她身边。"是什么条件？"

"噢，不属于法律义务：只是偶尔在他的餐桌首位坐一坐。"

又是一阵沉默。阿彻的心脏以它奇特的方式骤然停止了跳动；他坐在那儿，徒劳地寻找话语。

"他想让你回去——不惜任何代价？"

"嗯——代价很高，至少对我来说是个巨额数字。"

他又停了下来，焦急地搜寻他觉得必须问的问题。

"你来这儿是为了见他？"

她瞪大眼睛，接着爆发出一阵笑声。"见他——我丈夫？在这儿？这个季节他总是在考斯①或巴登②。"

"他派人来了？"

"是的。"

"带来一封信？"

她摇了摇头，说："不，只是个口信。他从来不写信。我想我一共就收到过他一封信。"一提此事，她脸颊绯红，这绯红的颜色也反射给了阿彻，使他也面色通红。

"他为什么从来不写信？"

---

① 考斯，英格兰南部怀特岛郡的小镇，是著名的游艇中心。
② 巴登，历史上位于德国西南部的一个地区，在19世纪40年代曾是德国自由主义运动的中心。

"为什么要写呢？要秘书是做什么用的？"

年轻人的脸更红了。她说出这个词，仿佛它在她的语汇中并不比其他词语包含更多的意义。有那么一瞬间，他差点儿脱口发问："那么，他是派秘书来的？"但是对奥兰斯基伯爵给妻子的唯一的一封信的回忆对他来说太现实了。他再次停住话头，然后开始进行另一次冒险。

"那么，那个人呢？"

"你是说那个信使？那个信使，"奥兰斯卡夫人仍然微笑着回答说，"不关我什么事。也许他早就走了；但他坚持要等到傍晚……以防……万一……"

"那么你出来是为了仔细考虑有没有那种可能性？"

"我出来是为了透透气，旅馆里太闷了。我要乘下午的火车回朴次茅斯。"

他们默默无言地坐着，眼睛不看对方，而是直盯着路上的行人。最后，她再次把目光转到他的脸上，说："你没有变。"

他很想回答说："我变了；直到又见到你，才变回从前的样子。"但他没有这么说，而是猛然站了起来，环顾着这个又脏又热的公园。

"这里糟透了。我们为什么不去海湾边待一会儿呢？那里有风，会凉快些。我们可以乘汽船下行去阿利角。"她抬起头迟疑地望了望他，他接着说，"星期一早晨，船上不会有什么人的。我乘的火车傍晚才开，我到时候回纽约。我们为什么不去呢？"他坚持到，一面低头看着她。突然，他又说："我们不是已经把能做的事情都做了吗？"

"噢！"她又嗫嚅道。她站了起来，重新撑开阳伞，向四周打量一番，仿佛在审视眼前的环境，使自己相信不能再待在这里了。然后她把目光转到他的脸上。"你千万不要跟我提那些事情。"她说。

"你喜欢听什么我就说什么，要么就什么都不说。除非你让我说，否则我决不开口。这又能给别人什么伤害呢？我只想听你说话。"他结结巴巴地说。

她取出一只系在上釉表链上的金面小怀表。"啊，不要算时间了，"他脱口而出，"把今天留给我吧！我想让你甩掉那个人。他什么时候来？"

她的脸又红了。"十一点。"

"那你一定要立刻来。"

"你不必担心——如果我不来的话。"

"你也不必担心——如果你来的话。我发誓我只想听你说说情况，想知道你一直在做什么。自从我们上次见面，已经有一百年了——也许再过一百年我们才能再见面。"

她仍然举棋不定，用忧虑的目光望着他的脸。"我在奶奶家的那天，你为什么不到海滩上去接我？"她问道。

"因为你没有回头——因为你不知道我在那儿。我发誓只要你不回头，我就不过去。"想到这种坦白是多么孩子气，他笑了。

"可我是有意不回头的。"

"有意？"

"我知道你在那儿。当你们驾车来时我认出了那几匹马，所以到海滩上去了。"

"为了尽可能离我远些？"

她低声重复道："为了尽可能离你远些。"

他又放声大笑起来，这次是因为男孩子气的满足感。"哎，你知道，那是没用的。我还可以告诉你，"他补充道，"我到这儿来办的公事就是找你。可是，你瞧，我们必须动身了，否则会误了我们的船。"

"我们的船?"她困惑地皱起眉头,接着又嫣然一笑,"啊,可我必须先回旅馆,得留个便条——"

"你愿意留多少就留多少。你可以在这儿写,"他取出一个皮夹和一支自来水笔,"我甚至还有个信封——你看,事事都是命中注定的!来——把它固定在膝盖上,我马上就能让笔听话。这种笔得哄一哄才行。等着——"他把拿笔的手在椅背上用力敲打,"这就像把体温计里的水银柱甩下来,是个小窍门。现在试试看——"

她笑了起来,然后俯身在他铺在皮夹上的纸上写起了字。阿彻走开了几步,用那双炯炯放光的眼睛视而不见地盯着过往的行人,那些行人轮番驻足注视这罕见的情景:在广场的长椅上,一位穿着时髦的女士伏在膝头写信。

奥兰斯卡夫人将信纸塞进信封,写上名字,装进口袋,然后站了起来。

他们回头朝比肯街走去。在俱乐部附近,阿彻瞧见了将他的便笺送往帕克旅馆的那辆装饰豪华的赫狄克马车,车夫正在拐角处的水龙头下冲洗脑门,以消除送信的疲劳。

"我告诉过你,一切都是命中注定的!这儿有辆出租马车,你看!"他们笑了起来,对眼前的奇迹感到惊讶:在这座依然把出租马车停车场看作"舶来"的新事物的城市里,在这个最不可能发生这种事情的地点,在这个时辰,他们竟然找到了一辆公共马车!

阿彻看了看表,发现去汽艇码头之前还来得及乘车去一趟帕克旅馆。他们咔嗒咔嗒地沿着热气腾腾的街道疾驶,在旅馆门前停了下来。

阿彻伸手要那封信。"我把它送进去好吗?"他问。但奥兰斯卡夫人摇了摇头,从车上跳了下来,消失在玻璃门里面。时间还不到十点半;可是,假如那位信使等回信等得不耐烦,又不知如何打发时间,已经坐在阿彻在她进旅馆时瞥见的那些手边放着冷饮的游客当中，那可怎么办呢？

他等候着，在赫狄克马车前踱来踱去。一个眼睛长得很像娜斯塔西娅的西西里青年要给他擦靴子，一位爱尔兰妇人要卖给他桃子；每隔几分钟玻璃门便打开，放出一些行色匆匆、草帽远远翘在脑后的人，在他身边经过的时候朝他扫一眼。他奇怪门怎么开得这么勤，而且从里面出来的人怎么长得如此相似，全都像此时此刻从本地各个旅馆的旋转门中进进出出的所有其他行色匆匆的人。

这时，突然出现了一张与其他人迥然不同的脸，从他的视线中一晃而过，因为他已走到踱步范围的尽头；他是在转身走回旅馆时从一组典型面孔——倦怠的瘦脸、惊诧的圆脸、温和的长脸——中发现这张面孔的，它同时显示了太多的内容，那些内容又是如此与众不同。那是一位年轻男子的脸，也很苍白，被炎热、焦虑或两者折磨得萎靡不振，但不知何故，看上去却更加机敏、生动和清醒；或者，也许是因为他与众不同才显得如此。一刹那间，阿彻抓住了一根记忆的游丝，但它却迅即折断，随着那张消失的脸飘走了——那显然是一张外国商人的脸，在这样的背景下越发像外国人。他随着过往的人流消失了，阿彻则重新开始他的巡逻。

他不愿让旅馆附近的人们看到自己手中拿着表，而是单凭估计来计算时间，这使他推断出：如果奥兰斯卡夫人这么久还没回来，只能是因为她遇上了那位信使，被他拦住了。想到这里，阿彻的担忧变成了极度的痛苦。

"如果她还不马上出来，我就进去找她。"他说。

门又转开了，她来到了他的身边。他们进了赫狄克马车。马车启动时，他掏出怀表一看，发现她只离开了三分钟。松动的车窗发出咔嗒咔嗒的声响，他们无法进行交谈。在这样的声响中，他们在杂乱无章的鹅卵石路面上颠簸着，向码头驶去。

在空着一半位子的船上，他们并肩坐在一条长椅上，觉得几乎

无话可谈；或者更确切地说，在这种身心放松和与世隔绝的幸福的沉默之中，他们要说的话已经被完美地表达出来了。

桨轮开始转动，码头与船只从热雾中向后退去，这时，阿彻觉得过去熟悉的一切习俗似乎也都随之退却。他很想问一问奥兰斯卡夫人是否也有同样的感觉：感觉他们正在启程远航，一去不返。但他却害怕说出这句话，害怕说出可能打破她对他的信任的那种微妙平衡的任何话语。事实上，他也不希望背叛这种信任。对他们接吻的记忆曾日日夜夜灼烫他的双唇；甚至在前一天去朴次茅斯的路上，一想到她，他心里还像着了火一般。而今，她已近在咫尺，他们正一起漂向一个未知的世界，此时两人是如此亲密，仿佛轻轻一碰，就会立即分开。

船离开港口向大海驶去。这时一阵微风吹来，海湾的水面上掀起了泛着油污的长长波浪，随后又变成浪花飞溅的阵阵涟漪。热雾仍然挂在城市上空，但前方却是一个水波起伏的清新世界，远处那灯塔耸立的海岬沐浴在阳光之中。奥兰斯卡夫人倚着船栏，张开双唇吮吸着这份清凉。她把长长的面纱缠在了帽子周围，这样却把脸露了出来，阿彻被她那平静、愉悦的神情打动了。她似乎将他们的这次冒险视为理所当然的事，既不害怕意外遇上熟人，也不因为可能遇上熟人而过分得意（那样更糟）。

他原本希望小旅店的简陋餐厅里只有他们两人，但他们却发现一群外表天真的青年男女在里面叽叽喳喳地说个不停——店主告诉他们，那是一群度假的教师。一想到要在他们的嘈杂声中交谈，阿彻的心往下一沉。

"这不行——我去要个包间。"他说。奥兰斯卡夫人没有提出任何异议，等着他去找房间。包间开在长长的木制游廊上，窗外就是大海。屋子简陋却很凉爽，餐桌上铺着一块粗糙的花格桌布，放着一瓶泡菜和装在笼里的一块蓝莓馅饼。这个专用小间一看便知是专供秘密情侣幽会的庇护所。在阿彻看来，当奥兰斯卡夫人在他对面坐下时，她脸上略显愉快的微笑流露出了对这个处所的放心。一个逃离了丈夫的女人——据说还是跟另一个男人一起逃离的——很可能已经掌握了处乱不惊的艺术，但在她那镇定自若神态中存在着某种东西，遏止了他的嘲讽。她是那样镇静、沉稳和坦然，表明她已经成功地挣脱了陈规陋俗，并使他觉得，两位有许多话要谈的老朋友，找个僻静的处所是件很自然的事……

第二十四章

他们若有所思地慢慢吃着午餐,时而滔滔不绝地谈话,时而缄口无言;因为符咒一旦被打破,他们都有很多话要说,但说话的那些片刻却只是无言的长篇对白的伴奏。阿彻一直没有谈自己的事;他并非有意如此,而是因为不想漏过她谈论自己过去的每一句话。她倚在桌子上,双手紧托着下巴,向他讲述他们上次相会之后的一年半里发生的事情。

她渐渐厌倦了人们所说的"社交界"。纽约是友善的,它的殷勤好客几乎到了令人难以承受的地步,她不会忘记它是怎样欢迎她归来的;但在最初的那阵新奇感受过后,她发现自己——按照她的说法——太"格格不入"了,以至于无法喜欢纽约社会所喜欢的事情。所以,她决定到华盛顿去试试看,在那里大概可以见识多种多样的人物和见解。从总体上看,她或许应当在华盛顿安顿下来,在那里为可怜的梅多拉提供一个家,因为她的其他亲戚都已对她失去了耐心,而那时她又最需要照顾,最需要别人保护她免于陷入结婚的危险。

"可是卡弗博士——你不是担心卡弗博士吧?我听说他一直和

你们一起待在布兰克家。"

她莞尔一笑,说:"噢,卡弗危机已经过去了。卡弗博士是个非常聪明的人,他想要一个有钱的妻子来为他的计划提供资金。作为一名皈依者,梅多拉只是一则好广告而已。"

"皈依什么?"

"皈依各种新奇疯狂的社会计划呀。不过,你知道吗?它们倒是比对传统的盲从更能吸引我——我指的是对他人传统的盲从,就像我在我们自己的朋友中间见到的那样。如果发现美洲只不过是为了把它变成另一个国家的翻版,那似乎是很愚蠢的,"她在桌子对面笑了笑,"你能想象克里斯托弗·哥伦布费尽周折只是为了和塞尔弗里奇·梅里一家去听歌剧吗?"

阿彻的脸色变了。"那么博福特——你跟博福特说起过这些事情吗?"他突然问道。

"我很久没有见到他了。但我过去常跟他讲,他能理解。"

"啊,还是我一再跟你说的那句话:你不喜欢我们。你喜欢博福特,因为他与我们截然不同。"他环视着空荡荡的屋子,外面空荡荡的海滩,以及沿岸一字排开的样式呆板的白色农舍。"我们了无生趣。我们没有个性,没有特色,没有变化——我觉得奇怪,"他脱口而出,"你为什么不回去呢?"

她的眼睛黯淡下来,他等待着她愤怒的反驳。然而她却坐着一声不吭,仿佛在细细考虑他的话。他开始害怕了,唯恐她会说她也觉得奇怪。

终于,她开口说:"我想是因为你的缘故。"

她坦白地说出这句话时,再没有比这更不动声色的态度了,或者说,再没有比这更不易激发听者虚荣心的口吻了。阿彻的脸一直红到了太阳穴,可他却既不敢动弹又不敢开口,仿佛她的话是某种珍稀的蝴蝶,只要有一点儿轻微的响动,就会使它振动着受惊的翅

膀飞走；但若不受惊扰，它便会吸引一群蝴蝶飞到周围。

"至少，"她接下去说，"是你使我认识到，在愚钝的背后还藏着那般美好、敏感和优雅的东西，它使我在另一种生活中最喜爱的事物也相形见绌。我不知道该怎样表达，"——她苦恼地皱起了眉头，"但我以前似乎从来不知道，为了得到那些高雅的乐趣，我要付出多少艰辛和屈辱。"

"高雅的乐趣——拥有它们是值得骄傲的啊！"他很想这样顶她一句，但她恳求的目光使他沉默了。

"我想，"她接着说，"非常诚实地对待你——和我自己。很久以来，我就盼望能有这样一次机会，能告诉你，你怎样帮助了我，你怎样改变了我——"

阿彻坐在那里，紧锁眉头，睁大了眼睛。他大笑着打断了她的话："可你知道你如何改变了我吗？"

她脸色有点儿发白，问道："改变了你？"

"是的，你在我身上造成的改变远比我改变你的要多。我这个人娶了一个女人，是因为另一个女人要我这样做。"

她苍白的脸孔顿时红了。"我以为——你答应过——今天不讲这些事。"

"啊——真是个十足的女人啊！你们这些女人谁都不肯把一件糟糕事解决掉！"

她压低声音说："那是糟糕事吗——对梅来说？"

他站在窗口，敲打着拉起的窗框，每一根神经都感受到她提起表妹的名字时那种亲切的眷恋之情。

"因为这正是我们一直不得不考虑的事情——不是吗——你自己的表现不也说明正是这样吗？"她坚持说。

"我自己的表现？"他重复道，双眼仍然茫然地望着大海。

"如果不是，"她接着说，继续痛苦地专心追寻自己的思路,"如果为了让别人免于幻灭和痛苦而放弃和失去一些东西是不值得的——那么,我回家来的一切目的,使我的另一段生活相比之下由于没人关心而显得空虚可悲的一切因素——不就全都成了虚假的梦幻?"

他原地转过身来,说:"如果是这样的话,那你就更没有理由不回去了?"他替她下结论说。

她的双眼绝望地紧盯着他说:"啊,真的没有理由吗?"

"没有——如果你把全部赌注都押在我的婚姻的成功上。我的婚姻,"他粗暴地说,"不会成为留住你的一道风景。"她没有作声。他继续说:"这有什么用呢?你让我第一次看了一眼真正的生活,可与此同时,你又要求我继续过虚伪的生活。这是人类无法忍受的——仅此而已。"

"啊,别这么说,我可正在忍受呢!"她嚷道,眼里噙满了泪水。

她的两臂顺着桌子垂了下去,坐在那儿任凭他凝视着自己的脸,仿佛在不顾一切地铤而走险。这张脸仿佛把她整个袒露了出来,包括体内的灵魂。阿彻目瞪口呆,被这种突然的表示吓得不知所措。

"你也在忍受——啊,这些日子,你也在忍受吗?"

作为回答,她让泪珠溢出眼睑,缓缓地流淌下来。

他们两人之间仍有半室之隔,双方都没有移动的表示。阿彻意识到自己对她的肉体存在着一种奇怪的冷漠;他几乎就没有觉察到它,如果不是她突然伸到桌子上的一只手吸引住他的视线的话——就像那次在二十三街的那所小房子里一样,为了不看她的脸,他一直盯着这只手。他的想象力在这只手上盘旋着,就像在旋涡边缘那样;但是他仍然没有努力去接近她。他知道爱抚会使爱情更加深厚,而爱情又会使爱抚更加热烈;但这种比他的骨骼

纯真年代

还要亲密的激情却是无法在表面上获得满足的。他唯一害怕的是做出任何会抹去她的话语的声音和印象的举动,唯一想到的是他永远不会再感到孤独。

可是过了一会儿,一种荒废时光的感觉又控制了他。他们就在这儿,靠得很近,安全而又隐蔽;然而他们却又被各自的命运所束缚,仿佛隔着半个世界。

"这又有什么用呢——既然你准备回去?"他突然喊道,似乎是在绝望地向她大声乞求:我到底怎样才能留住你?

她纹丝不动地坐着,眼睑低垂。"噢——我现在还不会走嘛!"

"还不会走?那么,有一天会走?你已经想好时间了?"

听了这话,她抬起一双最清澈的眼睛说:"我答应你:只要你坚持住,我就不走。只要我们能像现在这样直视对方,我就不走。"

他坐到自己的椅子上。她的回答实际上是说:"你只要抬起一根指头就会把我赶回去,回到你了解的所有那些令人憎恶的事情中去,回到你部分地猜中的那些诱惑中去。"他完全明白她的意思,就像她真的说出了这些话一样。这个念头使他怀着既感动又虔诚的顺从心情老老实实地坐在桌子这一边。

"这对于你将是怎样一种生活啊!——"他呻吟着说。

"唉——只要它是你的生活的一部分。"

"我的生活也是你的生活的一部分?"

她点了点头。

"而这就是全部——对我们两人来说?"

"嗯,这就是全部,不是吗?"

听了这句话,他跳了起来;除了她甜美的表情,他什么都不记得了。她也站了起来,既不像是在迎接他,也不像是在逃避他,而是态度十分镇静,仿佛任务当中最棘手的部分已经完成,她只需要等待了。她是那样镇静,以至于当他走近时,她伸出的双手不像是在阻拦他,而像是在引导他。她的双手被他握住,这时她伸出的手臂并不强硬,却把他隔在一定距离以外,让她那张已经屈服的脸讲完余下的话。

也许他们已经这样站了很久,也许只站了几秒钟,但这已经足以让她的沉默传达出她要说的一切,也足以让他感觉到只有一件事是重要的:他一定不能轻举妄动,以免使这次相会成为诀别;他一定要把他们的未来交给她安排,他只能请求她牢牢地把它抓住。

"不要——不要不高兴。"她说,声音有点嘶哑,同时把手抽了回去。他回答道:"你不回去了——你不回去了?"仿佛那是他唯一无法忍受的情形。

"我不回去了。"她说,然后转身打开门,率先朝公共餐厅走去。

那群叽叽喳喳的教师正在整理行装,准备三五成群地奔向码头;沙滩对面的防波堤旁停着那艘白色的汽船;在洒满阳光的水域的另一边,波士顿隐约出现在一片薄雾之中。

第二十五章

重新回到船上之后,在众人面前,阿彻感觉到一种宁静的情绪,这种情绪一方面支持着他,一方面又令他感到惊异。

按照任何现行的价值标准,这一天都算得上是十分可笑的失败:他甚至都没有亲吻到奥兰斯卡夫人的手,也没有从她口中掏出一句允诺其他机会的话。然而,对于一个因爱情不美满而苦恼、与热恋对象重逢之日又遥遥无期的男人来说,他觉得自己近乎屈辱地感到平静和欣慰。他们必须忠诚地对待他人,同时也诚实地对待自己,她在这两者之间掌握的绝对平衡令他既激动又平静。她的眼泪与她的踌躇表明,这种平衡并不是巧妙筹划出来的,而是她问心无愧的真诚所自然导致的结果。现在危险已经过去,这使他心中充满温柔的敬畏之情,更使他谢天谢地:不论是个人的虚荣心,还是企图在久经世故的众人面前自我表现的想法,都没能诱使他去诱惑她。甚至在他们在福尔里弗车站握手告别、他独自转过身去之后,他还依然确信,他们的会面所挽救的东西远远多于他所牺牲的东西。

他漫步走回俱乐部,走进空无一人的图书室坐了下来,心中反复追忆他们厮守的那几个小时的每一秒钟。他很清楚,而且经过仔细分析越来越清楚:假如她最终决定回欧洲——回到她丈夫身边——那也不会是因为她过去的生活诱惑她这样做,即使算上为她开出的新条件也是如此。不,只有当她感到自己成了对阿彻的一种诱惑——一种背离他们共同确立的准则的诱惑时,她才会走。她的选择是留在离他很近的地方,只要他不要求她离他更近;能否把她安全而又隐蔽地留在那里,这完全取决于他自己。

到了火车上,这些思绪依然伴随着他。它们就像一团金色的雾霭那样包围着他;透过这层雾霭,他周围的那些面孔都显得遥远、模糊。他有一种感觉:如果他和旅伴们谈话,他们很可能听不懂他说的是什么。在这种魂不守舍的状态当中,他发觉时间已经到了第二天上午,自己面前的其实是纽约九月份的一个沉闷的白天。长长的列车上那些热得发蔫的面孔从他眼前川流而过,他依然透过那片金色的朦胧凝视着他们。但当他正要离开车站的时候,突然有一张脸从那群面孔中分离出来,离他越来越近,强迫他注意到它。他立刻想起,这正是他前一天在帕克旅馆外面踱步时曾见过的那个年轻人的脸,他曾注意到那张脸难以归类,不像是美国旅馆里常见的面孔。

此刻他又产生了同样的感觉,心中又萌动了一种对过去的模糊联想。那位年轻人站在那里,以一副饱尝美国旅行苦头的外国人头昏眼花的样子四下打量了一番,接着朝阿彻走过来,举起帽子用英语说:"先生,我们一定在伦敦见过面吧?"

"啊,当然,是在伦敦!"阿彻好奇又同情地握住他的手说,"这么说,你到底还是到这儿来了?"他大声问道,一面向小卡弗利的法语家庭教师那张机敏而憔悴的脸投去惊奇的目光。

"噢,我到这儿来了——不错,"里维埃先生那扭歪的嘴唇露出笑容说,"不过不会待很久,后天就回去。"他站在那儿,用戴

着平整手套的手抓着他的小旅行箱,焦急、困惑、几乎是恳求地盯着阿彻的脸。

"先生,既然我幸运地遇上了您,不知我可不可以——"

"我正要提议呢:来吃午饭,好吗?我是说,进城去。如果你愿意到我的事务所来找我,我会带你去那一带的一家很体面的餐馆。"

里维埃先生显然很受感动,而且颇感意外。"您太客气了。我只不过想问一下,您能否告诉我怎样找到交通工具。这儿没有行李搬运工,好像也没有人听得懂——"

"我知道,我们美国的车站一定让你大吃一惊。你要找搬运工,他们却给你口香糖。不过你要是跟我来,我会解救你的。而且你知道,你真的一定要和我一起吃午饭。"

那个年轻人明显犹豫了一阵,然后再三道谢,用一种不那么令人信服的口气说他已经有约在先。不过当他们到了街上,心绪比较安定之后,他问他可否在当天下午造访。

阿彻正处于盛夏公事清闲的时期,他定下钟点,草写了他的地址,法国人连声道谢地装进口袋,并使劲挥动礼帽。一辆马车接他上去,阿彻便走开了。

里维埃先生准时到达。他刮了脸,熨了衣服,但显然还是非常憔悴和严肃。阿彻一个人在办公室,那位年轻人在接受他的让座之前便突然开口说:"先生,我想我昨天在波士顿见到过你。"

这项声明实在无关紧要,阿彻正准备表示认同,却被客人那迫切的目光中一种神秘的、启发性的神色给阻止了。

"这很特别,太特别了,"里维埃先生接着说,"我们竟会在我卷入的事情当中相遇。"

"什么事情?"阿彻问道,他有些粗鲁地怀疑他是不是需要钱。

里维埃先生继续用试探性的目光审视着他,说:"我来这儿不是为了找工作,像我们上次见面时我说的那样,而是负有特殊的使命——"

"啊——!"阿彻喊了一声。一刹那间,两次相遇在他的脑海中联系了起来。他停顿了一下,以便考虑他豁然明了的情况;里维埃先生也保持着沉默,仿佛意识到他讲的已经足够了。

"特殊使命。"阿彻终于重复了一句。

年轻的法国人伸开两只手掌,轻轻往上举了一下。两个人继续隔着办公桌你看着我,我看着你,直到阿彻想了起来,说:"请坐吧。"于是里维埃先生点了点头,在远处一把椅子上坐了下来,又开始等待。

"你想跟我谈的就是这项使命?"阿彻终于问道。

里维埃低下头说:"不是代表我自己,那方面我——我自己已经办妥了。我想——如果我可以——跟你谈一谈奥兰斯卡伯爵夫人的事。"

阿彻几分钟前就知道他会说这些话;但等他真的说了出来,他仍然觉得一股热血冲上了太阳穴,仿佛被灌木丛中的一根弯枝给绊住了似的。

"那么,"他说,"你想代表谁来跟我谈这件事?"

里维埃先生坚定地回答了这个问题:"唔——我要说是代表她,如果这不显得冒昧的话。换个说法:是为了抽象的正义。我可以这样说吗?"

阿彻讥讽地打量着他说:"换句话说:你是奥兰斯基伯爵的使者吧?"

他发现自己脸上的红晕更深地反射到里维埃先生那灰黄的脸上去了。"他没有派我来找你,先生。我来找你,是出于完全不同的理由。"

"在这种情况下，你还有什么权利考虑其他理由呢？"阿彻反驳道，"如果你是一名使者，就只是一名使者。"

那年轻人沉思了一会儿，说："我的使命已经执行完了；就奥兰斯卡伯爵夫人的情况而言，这个使命已经失败了。"

"这我可帮不上什么忙。"阿彻仍然以讽刺的口吻说。

"不错，但是你有办法——"里维埃先生停了一下，用那双依然平整地戴着手套的手把他的帽子翻转过来，盯着它的衬里，然后目光又回到阿彻脸上，"你有办法，先生，我确信你有办法，让我的使命在她的家人面前同样归于失败。"

阿彻向后推了一下椅子，站了起来。"天哪——我可不会这么做！"他大声喊道。他两手插兜站在那里，怒气冲冲地低头瞪着那个小法国人；尽管他也站了起来，他的脸却仍然比阿彻的眼睛低一两英寸。

里维埃先生脸色苍白得恢复了本色，白得几乎超过了他的肤色的变化限度。

"你到底为什么，"阿彻咆哮般地接着说，"会以为——我想你来求我是因为我与奥兰斯卡夫人有亲戚关系——我会采取与她的家族成员相反的态度呢？"

在一段时间内，里维埃先生脸上表情的变化成了他唯一的回答。他的神色由胆怯渐渐变成了纯粹的痛苦；对于他这样一个平时足智多谋的年轻人来说，其束手无策、软弱无助的样子已经到了无以复加的地步。"噢，先生——"

"我想象不出，"阿彻继续说，"在还有很多人与伯爵夫人关系更密切的情况下，你为什么会来找我；更不明白你为什么以为我比别人更容易接受你奉命带来的那些观点。"

里维埃先生以一种令人窘迫的谦卑态度忍受了这种攻击。"先生，我想向你提出的观点是属于我自己的，而不是我奉命带来的。"

"那我就更看不出有什么理由要洗耳恭听了。"

里维埃先生又朝帽子里看了看,仿佛在考虑最后这句话是否在明确提醒他该戴上帽子走人了。然后,他突然下定了决心说道:"先生——你只告诉我一件事好吗?你是不是觉得我不应当到这儿来?或者,你大概以为事情已经全部结束了吧?"

他平静而坚定的态度使阿彻觉得自己的咆哮颇为不雅。里维埃先生的软磨硬缠成功了。阿彻有点儿脸红,又坐回到自己的椅子里,同时示意那个年轻人也坐下。

"我很抱歉。但是为什么事情还没有结束呢?"

里维埃先生又痛苦地凝视着他。"这么说,你确实同意其他家族成员的意见,认为面对我带来的这些新提议,奥兰斯卡夫人不回到她丈夫身边几乎是不可能的了?"

"上帝啊!"阿彻大声叫道,他的客人低声咕哝了一声以示认同。

"在见她之前,我会见了——按照奥兰斯基伯爵的要求——洛弗尔·明戈特先生,我在去波士顿之前跟他交谈过好几次。据我所知,他代表他母亲的意见,而曼森·明戈特太太的意见对整个家族有重大的影响。"

阿彻坐着一言不发,觉得自己仿佛正攀在一块滑动的悬崖边上。发现自己已被排除在这些谈判之外,甚至都不知道谈判正在进行,他对此的惊讶丝毫不亚于刚刚听到的更加突如其来的消息给他带来的惊愕。刹那间他意识到,如果这一家人已经不再同他商量,那是因为某种深层的家族本能对他们发出了警告:他已经不站在他们这一边了。同时,他一下子领悟了梅说过的一句话的含义——在射箭比赛那天,他们从曼森·明戈特家坐车回家时,她曾说:"也许,说到底,爱伦跟她丈夫在一起会更幸福。"

尽管阿彻被这些新发现搅得心烦意乱，他也仍然能回忆起他那声愤慨的喊叫，以及从那以后他的妻子再也没有对他提起过奥兰斯卡夫人的事实。她当初那样漫不经心地提及她，无疑是想拿根稻草试试风向；试探结果被报告给了全家人，此后阿彻便被悄悄地排除在他们的会议之外了。他对使梅服从这一决定的家族纪律颇为赞赏，他知道，假如她受到过良心责备，她是不会那样做的；但她的想法很可能与她的家人一致，认为对奥兰斯卡夫人来说，做个不幸的妻子要比做个与丈夫分居的妻子更好，并认为与纽兰讨论此事毫无用处，因为他有时突然变得桀骜不驯，似乎对那些最基本的规定也不以为然。

阿彻抬起头，遇到了客人忧虑的目光。"先生，难道你不知道——难道你竟然不知道——她的家人开始怀疑，他们是否有权利劝说伯爵夫人拒绝她丈夫的最后提议？"

"你带来的提议？"

"我带来的提议。"

阿彻真想放声大喊：不管他知道什么还是不知道什么，都与里维埃先生毫不相干；但后者凝视他的目光中的某种谦恭而又无畏的坚毅神情使他放弃了自己的决定。他用另一个问题来答复那位年轻人的问题："你对我讲这件事的目的是什么呢？"

他丝毫没有迟疑地回答道："为了请求你，先生——为了尽我的全部力量来请求你——不要让她回去——啊，不要让她回去！"里维埃先生大声喊道。

阿彻更加震惊地望着他。毫无疑问，他的痛苦是真诚的，他的决心是坚定的；他显然已经打定主意，要不顾一切地申明自己的观点，这是他最迫切的需要。阿彻沉思着。

"我可否问一下，"他终于说，"你一直对奥兰斯卡夫人抱有这种态度吗？"

里维埃先生脸红了,但他的目光却没有动摇。"不,先生。我是忠实地接受任务的。我当时真诚地相信——出于某些不必拿来烦扰你的理由——对奥兰斯卡夫人来说,恢复她的地位、财产以及她丈夫的地位给她带来的社会尊重,会是一条更好的出路。"

"所以我想,倘若不是这样,你是不太可能接受这一使命的。"

"那我是一定不会接受的。"

"唔,后来呢——?"阿彻又打住话头,两双眼睛又一次久久地互相打量着。

"啊,先生,在我见过她之后,在我听过她的话之后,我明白了:她还是留在这里更好。"

"你明白了?"

"先生,我忠实地履行了我的使命:我陈述了伯爵的观点,说明了他的提议,丝毫没有附加我个人的评论。伯爵夫人非常和善地耐心听了;她真是太好了,竟然接见了我两次。她不带偏见地考虑了我所讲的全部内容。正是在这两次交谈的过程中,我改变了想法,对这些事情产生了不同的看法。"

"我可否问一下:是什么原因导致了这一变化?"

"只因为在她身上看到的变化。"里维埃回答道。

"她身上的变化?这么说你以前就认识她?"

年轻人的脸又红了。"过去我经常在她丈夫家里见到她。我和奥兰斯基伯爵已经相识多年了。你想,他不会把这样的使命委派给陌生人吧。"

阿彻的目光漂向办公室空荡荡的墙壁,停在一本挂历上面,挂历的上方是美国总统那粗犷而朴实的面容。这样一场谈话居然发生在他统治下的几百万平方英里之内,这真是令人难以想象的咄咄怪事。

"变化——什么样的变化?"

"啊,先生,要是我能告诉你就好了!"里维埃先生停顿了一下,又说,"等一等——我想,是我以前从未想到过的发现:她是个美国人。而且,如果你是一个像她那样的——像你们那样的——美国人,那么,在其他某些社会里被认可的东西,或者至少可以作为一般的、合宜的公平交易而被容忍的东西——在这里就显得不可思议了,完全不可思议了。假如奥兰斯卡夫人的亲戚们了解实情,那么,他们无疑就会和她本人一样,绝对不会同意她回去了。但是,他们好像把她丈夫希望让她回去的想法当成了他强烈渴望过家庭生活的证据,"里维埃先生停了一下,又继续说,"然而事情远远没有这么简单。"

阿彻又回头看了看那位美国总统,然后低头看着他的办公桌,以及桌上散乱的文件。有那么一两秒钟,他觉得自己简直说不出话来。在这段时间里,他听见里维埃先生的椅子被推到后面的声音,感觉到那年轻人已经站了起来。他再次抬起头来,看到他的客人和他自己一样激动。

"谢谢你。"阿彻只说了这一句。

"没有什么可谢的,先生,倒是我更应当——"里维埃先生突然停住,好像讲话对他来说也变得很困难似的,"不过我还想,"他接着用比较坚定的声音说,"补充一件事。你问我是否受雇于奥兰斯基伯爵,眼下我确实受雇于他。几个月前,出于任何一个要供养病人和老人的人都会有的个人需要,我回到了他身边。但是,从我决定到这儿来跟你讲这些事的那一刻起,我就认为自己已经被解雇了。我一回去就这样告诉他,并向他说明理由。我说完了,先生。"

里维埃先生鞠了一躬,向后退了一步。

"谢谢你。"阿彻又说了一遍,这时他们的手握在了一起。

第二十六章

每年到了十月十五日这一天，第五大街便打开百叶窗，铺开地毯，挂起三层的窗帘。

这种家族仪式于十一月一日之前结束，此时社交界已经开始审时度势，并进行自我评估。到了十五日，社交季节进入鼎盛时期，歌剧院和剧场纷纷推出新的精彩剧目，宴会预约与日俱增，各种舞会也在择定时日。每到这个时节，阿彻太太总是要说：纽约真是今非昔比了。

在杰克逊先生与索菲小姐的帮助之下，她站在一个非参与者的超然立场上观察上流社会，能够发现它表面上的每一道新裂缝，以及从井然有序的社交界植物中冒出来的所有陌生的杂草。在阿彻的少年时代，等待他母亲进行这一年一度的评判，听她一一列举他因粗心而忽略的那些细微的分裂迹象，曾经是他的一件乐事。在阿彻太太的心目中，纽约不变则已，一变总是每况愈下；索菲·杰克逊小姐也衷心赞同这一观点。

久经世故的西勒顿·杰克逊先生总是保留自己的意见，以一种不偏不倚的开心态度倾听女士们的悲叹。然而就连他也从不否认纽

约确实变了;而纽兰·阿彻在婚后第二年的冬天,他本人也不得不承认,纽约即使还没有完全变样,也肯定已经处于变化之中了。

这些观点照例是在阿彻太太的感恩节晚宴上提出来的。在这一天,当她按照法定的要求为这一年的福祉表达感恩之情时,她总是习惯性地对自己所在的社会进行一番虽然算不上痛苦、却也十分悲伤的审视,并且怀疑还有什么事情值得感谢。无论如何,上流社会已经变得不像样了;上流社会——如果说它还存在的话——更像是一种招致圣经诅咒的景象。实际上,当阿什莫尔牧师选取《耶利米书》中的一段经文(第2章第25节[①])作为感恩节布道词时,人人都明白他的意图。阿什莫尔博士是圣马太教堂的新任教区长,他被选中是因为他的思想非常"先进"——人们认为他的布道词思想大胆,语言新颖。当他对上流社会发出严厉谴责时,总是说起它的"潮流";而对阿彻太太来说,感到自己属于一个像潮流般涌动的群体,这既令人感到可怕,却也有些诱人。

"阿什莫尔博士的话无疑是对的,的确存在着一种明显的潮流。"她说,仿佛它像房子上的裂缝,是可以看见、可以测量的。

"不过,在感恩节这天宣扬它,还是有些奇怪。"杰克逊小姐发表意见说。女主人冷冰冰地回答道:"哦,他的意思是让我们对剩下的东西表示感激。"

阿彻过去习惯于对母亲一年一度的预言付之一笑,可是今年听到别人列举的那些变化,连他也不得不承认,这种"潮流"是显而易见的。

"就说衣着上的奢侈吧——"杰克逊小姐开始了,"西勒顿带我去看了歌剧的首演;我只能跟你们说,只有简·梅里的衣服还能看出是跟去年一样的,可是就连这身衣服也把前面的镶条给改过

[①] 《圣经·耶利米书》第2章第25节:"我说:你不要使脚上无鞋,喉咙干渴。你倒说:'这是枉然。我喜爱别神,我必随从他们。'"

了。但我知道这是她两年前才从沃思订购的,因为我的女裁缝常常到那里去改制她的巴黎服装,好让她重新穿那些衣服。"

"唉,简·梅里是我们当中的一个。"阿彻太太叹了口气说,仿佛生活在这个时代并不是多么令人羡慕的事,这个时代的女士们一走出海关就到处炫耀她们的巴黎服装,而不像她那一代人那样,先把衣服锁在衣柜里存放一段时间。

"是啊,像她这样的人已经不多了。在我年轻的时候,"杰克逊小姐应声说,"穿最新款式的时装被认为很粗俗。艾米·西勒顿一直对我说,波士顿的规矩是把自己的巴黎时装先搁置两年再穿。老巴克斯特·派尼洛太太是个事事都出手大方的人,她过去每年进口十二套衣服,两套丝绒的,两套缎子的,两套丝绸的,另外六套是府绸的和最好的开司米的。她长期订购这样的服装。由于她去世前生了两年病,人们发现有四十八套沃思服装从来没有从包装纸中取出来过;她的女儿们停止服丧后,得以在交响音乐会上穿第一批,而不至于显得超前。"

"噢,唔,波士顿比纽约保守;不过我总觉得,一位女士应当把法国服装搁置一季再穿,这是一条稳妥的规矩。"阿彻太太退让地说。

"是博福特开的新风;他们一回到家,他就让妻子穿上新衣服。我得说,有时这可让里吉娜煞费苦心了——为了不像……不像……"杰克逊小姐朝餐桌周围扫视了一下,看到詹妮正瞪大了眼睛,于是含糊不清地咕哝着支吾了过去。

"不像她的竞争者们。"西勒顿·杰克逊先生说,那神气像是在讲一句至理名言。

"噢——"女士们喃喃地说。阿彻太太补充道(部分原因是要把女儿的注意力从禁止谈论的话题上转移开):"可怜的里吉娜!恐怕她的感恩节过得并不怎么开心。你听说关于博福特投机生意的传闻了吗,西勒顿?"

杰克逊先生漫不经心地点了点头。人人都听说过那些传言,他不屑去证实路人皆知的故事。

一阵阴郁的沉默降临了。没有一个人真正喜欢博福特,对他的私生活进行最坏的猜测也并非完全没有乐趣;然而他给他妻子的家族带来经济方面的耻辱一事太令人震惊,以致连他的敌人们都不愿意幸灾乐祸。阿彻时代的纽约可以容忍私人关系中的虚伪,但在生意场上却一丝不苟地苛求人们做到诚实无欺。已经很久没有哪个知名银行家因不守信誉而破产的事了,然而人人都还记得,上次发生此类事件时,公司首脑遭到了上流社会的摒弃。博福特夫妇也会落得同样下场,不管他的权力有多大,她的声望有多高;如果有关她丈夫非法投机的报道属实,那么即使整个达拉斯家族联合起来也无力挽救可怜的里吉娜。

他们转向不那么不祥的话题来寻求慰藉,然而谈话所触及的每一件事似乎都证实了阿彻太太那种潮流加剧的感觉。

"当然了,纽兰,我知道你让亲爱的梅去参加了斯特拉瑟斯太太家的周日晚会——"她开口说。梅高兴地插言道:"噢,您知道,现在人人都去斯特拉瑟斯太太家,她还被邀请参加了上次外婆家的招待会呢。"

阿彻心想,纽约就是这样设法完成它的转变的:大家共同对这些转变视而不见,直到它们彻底完成;然后,再真心实意地想象它们在以前的年代就发生了。城堡里总会有一名叛变者,当他(通常是她)把钥匙交出后,再佯称它坚不可摧还有什么用呢?人们一旦品尝到斯特拉瑟斯太太家在周日的轻松款待,便不可能坐在家里回忆她的香槟是变味的鞋油了。

"我知道,亲爱的,我知道,"阿彻太太叹道,"我想,只要人们外出是为了娱乐,这种事就是免不了的。不过我从来没有完全原谅你的表姐奥兰斯卡夫人,因为她是第一个支持斯特拉瑟斯太太的人。"

小阿彻太太的脸一下红了起来,这使她的丈夫与餐桌周围其他客人一样大吃一惊。"噢,爱伦嘛——"她咕哝道,那种既指责又藐视的口吻俨然如同她父母在说:"噢,布兰克这家人嘛——"

自从奥兰斯卡伯爵夫人执拗地拒绝了丈夫的友好表示、让全家人深感意外和为难之后,每当别人提及她的名字,她家的人就是用这种语调来应付的;可是到了梅的嘴上,这种语调却提供了引人深思的素材,致使阿彻怀着一种陌生的感觉望着她——有时,当她与周围环境相当一致的时候,这种感觉便会在他心中油然而生。

他的母亲比平时少了几分对周围气氛的敏感,仍然坚持说:"我一直认为,像奥兰斯卡伯爵夫人这样的人,既然一直生活在贵族社会当中,就应当帮助我们维持社会差别,而不是忽视它们。"

梅脸上的绯红一直浓浓地不退,这除了表示承认奥兰斯卡夫人的不良社会信仰之外,似乎还有其他含义。

"我确信在外国人看来,我们大家都是一样的。"杰克逊小姐尖刻地说。

"我觉得爱伦不喜欢社交,可谁也不知道她究竟喜欢什么。"梅接着说,仿佛在试探着寻找一个模棱两可的话题。

"啊,唔——"阿彻太太又叹了口气。

人人都知道奥兰斯卡伯爵夫人不再受家人的恩宠,就连她最忠实的保护人老曼森·明戈特太太都无法为她拒绝回到丈夫身边的行为辩护。明戈特家的人并没有公开表示他们的不满,他们的团结意识太强了。他们只不过像韦兰太太说的那样,"让可怜的爱伦找到她自己的位置"——而令人痛心与不解的是,那个位置却是在混沌深渊之中,布兰克一家在那里神气活现,"搞写作的人"在那里举行乱七八糟的仪式。爱伦无视她所有的机会和特权,简直变成了一

个"波希米亚人",这虽然令人难以置信,但却已是不争的事实。这一事实加强了人们的看法:她不回到奥兰斯基伯爵身边,是个致命的错误。毕竟,一位年轻女子的归宿应当是在丈夫家中,尤其是当她在那种情况下出走之后……唔……如果人们有兴趣深究那种情况的话……

"奥兰斯卡夫人可是绅士们的宠儿呢。"索菲小姐带着一副明里息事宁人、暗下煽风点火的神情说道。

"唉,那正是奥兰斯卡夫人这样的年轻女子时时面临的危险呀。"阿彻太太悲哀地表示赞同。谈话到这里告一段落,女士们拎起裙裾上楼到灯光明亮的客厅里去,阿彻和西勒顿先生则缩进了那间哥特式书房。

在壁炉前坐定后,杰克逊先生一面美滋滋地吸着优质雪茄,借以抚慰不够可口的晚餐带来的不适,一面自命不凡地大谈起来。

"要是博福特破产的话,"他说,"很多事情就要暴露出来了。"

阿彻迅速地抬起了头。每当听到这个名字,他总会清晰地回想起博福特那穿着豪华皮衣皮靴的笨拙身影在斯库特克利夫的雪地上大步行进的样子。

"一定会清出大量的污泥浊水,"杰克逊接着说,"他的钱可不是都花在里吉娜身上的。"

"噢,唔——是打了折扣的,对吧?不过我相信他还是能渡过难关的。"年轻人说,想改变一下话题。

"也许吧——也许吧。我知道他今天要去见几位有影响的人物。当然了,"杰克逊先生勉强地让步说,"希望他们能帮助他渡过难关——至少是这一次。我可不愿意设想可怜的里吉娜要到专为破产者开办的某个寒酸的国外温泉疗养所去度过余生。"

阿彻没有作声。在他看来,无论后果多么悲惨,一个发了不义之财的人都应当受到无情的报应，这再自然不过了。所以他几乎想都没想博福特太太的厄运，心思又回到与他关系更加密切的问题上来。当别人提到奥兰斯卡伯爵夫人的时候，梅的脸红了，这是什么意思呢？

他与奥兰斯卡夫人一起度过的那个仲夏之日已经过去四个月了，自那以后他一直没有见到过她。他知道她已经回到了华盛顿，回到了她和梅多拉·曼森在那里租下的那所小房子。他给她写过一封信——只有几个词，问他们什么时候能再相见；而她的回信更为简短，只说："还不行。"

从那以后，他们之间再也不曾有过其他交流。他在自己心中筑起了一座圣殿，她在他隐秘的思想与渴望中执掌王权。渐渐地，这座圣殿变成了他的真实生活的场景，他仅有的理性行为的场景；他把他读过的书、滋养着他的思想感情、他的判断和见解统统都带进了这座殿堂。在它的外面，在他的实际生活场景中，他却是怀着一种与日俱增的不真实和有缺憾的感觉在行动，跟跟跄跄地与那些熟悉的偏见和传统观点相撞，就像一个心不在焉的人不停地撞到自己屋里的家具一样。心不在焉——这正是他目前的状态。他对周围人们觉得实实在在的东西一概视而不见，以至于有时当他发现人们依然认为他还在场时，他竟会大吃一惊。

他注意到杰克逊先生在清理喉咙，准备做进一步的披露。

"当然，我不知道尊夫人家对人们关于——呃——关于奥兰斯卡夫人拒绝接受她丈夫的最新提议的说法了解多少。"

阿彻没有说话，杰克逊先生又转弯抹角地接着说："很遗憾——实在很遗憾——她竟然拒绝了。"

"遗憾？以上帝的名义，为什么？"

杰克逊顺着他的腿向下看去，一直看到那只没有皱褶的短袜及下面光亮的轻便舞鞋。

"呃——从最起码的理由说起吧——她现在准备靠什么生活呢？"

"现在——？"

"如果博福特——"

阿彻跳了起来，他的拳头砰的一声砸在黑胡桃木镶边的写字台上。那一对黄铜墨水瓶里的墨水在瓶座里跳起了舞。

"您到底是什么意思，先生？"

杰克逊先生在椅子里略微动了动，把平静的目光转到年轻人那张狂怒的脸上。

"唔——我从非常可靠的方面得知——实际上，就是从老凯瑟琳本人那里——从奥兰斯卡伯爵夫人断然拒绝回到丈夫身边起，她家里就大大削减了给她的津贴；而且由于她的拒绝，她还丧失了结婚时获赠的那些钱——如果她回去，奥兰斯基本来是准备把钱移交给她的。哎，我亲爱的孩子，你问我是什么意思，而你问这话到底是什么意思呢？"杰克逊先生和气地反驳道。

阿彻走到壁炉台前，弯腰把烟灰弹到壁炉里。

"我对奥兰斯卡夫人的私事一无所知，可我也没有必要搞清楚你所暗示的——"

"噢，我可没有暗示什么；是莱弗茨，他算一个。"杰克逊先生打断他说。

"莱弗茨——那个向她求爱却受到冷落的家伙！"阿彻轻蔑地喊道。

"啊——是吗？"对方急忙说，仿佛这正是他设下圈套等待对方说出的真相。他仍然斜对着炉火坐着，一双老眼尖刻地盯着阿彻的脸，仿佛把它用钢铁弹簧给顶住了似的。

"唉，唉，她没有在博福特栽跟头之前回去真是太遗憾了，"他重复道，"假如她现在走，假如他又破了产，那只会证实大家的普遍印象。顺便说一句,这种看法可绝不是莱弗茨一个人的。"

"噢,她现在是不会回去的,比以前更不可能回去!"阿彻话一出口就又意识到,这正是杰克逊先生一直在等候的。

老绅士仔细地打量了他一番。"这是你的意见吧,嗯?唔,无疑你是知道的。不过人人都会告诉你,梅多拉·曼森剩下的那几个钱都掌握在博福特手里;我真想象不出,没有他帮忙,这两个女人怎么能脱离困境。当然,奥兰斯卡夫人也许还能让老凯瑟琳的心软下来——她一直坚决反对她留在这里。这样,老凯瑟琳愿意给她多少补贴就能给多少。不过我们都知道她可不愿意放弃原本有利可图的钱,而家里的其他人都没有特别的兴趣一定要把奥兰斯卡夫人留下。"

阿彻怒火中烧,但也只是徒劳无益;他完全处于尽管一直清楚自己正在做蠢事、却还是一定要做的那种状态。

他发现杰克逊先生立即就强烈感觉到他并不了解奥兰斯卡夫人与她的祖母及其他亲戚之间的分歧,而且,关于他被排除在家庭会议之外的理由,老绅士也已经得出自己的结论。这一事实警告阿彻必须小心行事,但有关博福特的含沙射影却使他气得不顾一切。然而,即使他可以不顾个人的安危,他却还没有忘记杰克逊先生现在是在他母亲家里,因此也是他的客人。按照老纽约一丝不苟地遵循的待客礼节,与客人的讨论决不可以蜕化为争执。

"我们上楼去找我母亲好吗?"当杰克逊先生最后一截烟灰落入肘边的黄铜烟灰缸时,他唐突地提议道。

在乘车回家的路上,梅一直奇怪地沉默无语;透过黑暗,他仍然感觉到她被包裹在那层威胁性的绯红之中。这种威胁意味着什么,他不得而知;但它是由奥兰斯卡夫人这个名字引起的,这一事实足以引起他的戒备。

他们上了楼,他转身进了书房。她通常是跟着他进来的,但这

次他却听见她沿着过道向她的卧室走去。

"梅！"他急躁地大声喊道。她回来了，轻轻瞥了他一眼，显得对他的口气有些惊讶。

"这盏灯又冒烟了，我想仆人们该注意把灯芯剪得整齐些吧。"他神经质地抱怨道。

"真对不起，以后不会再出这样的事了。"她用那种从母亲那里学到的坚定欢快的口吻回答说。阿彻感到她已经开始把他当成一位小韦兰先生来哄了，这使他十分恼火。她弯下腰去捻低灯芯，灯光射在她那双雪白的肩膀和那张轮廓鲜明的脸上。这时阿彻心想："她多年轻啊！这种生活还得没完没了地持续多少年！"

他怀着一种恐惧，感觉到了自己旺盛的青春和血管中热血的悸动。"听我说，"他突然说，"我可能得去华盛顿待几天——很快，大概下星期吧。"

她的手依然停在灯钮上，慢慢朝他转过身来。火焰的热度使她的脸上恢复了一丝红润，但当她抬起头时，脸色又变得苍白了。

"是去出差吗？"她问，那种语气表示不可能有可以想到的任何其他原因，而且她是无意识地提这个问题的，仿佛仅仅为了说完他自己的那句话。

"出差，当然了。有一起关于专利权的案子要提交最高法院——"他说出了发明者的姓名，进而以劳伦斯·莱弗茨惯用的那种伶牙俐齿的话语提供细节，而她则专心致志地听他讲述，并不时说："是的，我明白。"

"换换环境对你会有好处的。"他讲完后她简单地说，"你一定要去看看爱伦。"她补充道，带着开朗的笑容直视着他的眼睛。她说这句话的口气就像是在力劝他不要忘记某件令人厌烦的家庭义务一样。

这是他们两人关于这个问题所讲的唯一一句话，然而根据他们在其中受到训练的那套规则,这句话的含义却是:"你当然明白,我了解人们关于爱伦的一切说法,并且真诚地同意我的家人为了让她回到丈夫身边而做出的努力。我也知道——出于某种原因你没有告诉我——你曾经劝说她抵制这种做法,而这种做法是得到家族中所有年长的男士和我们的外祖母一致同意的。正是由于你的鼓励,爱伦才公然违抗我们大家的心意,从而招致杰克逊先生今晚大概已经向你暗示过的那种责难,这一暗示使你那么急躁……暗示确实已有不少;但是,既然你好像不愿意从别人那里接受暗示,我就用我们这种有教养的人能够用以相互交流令人不快之事的唯一方式,亲自给你一条暗示吧:让你明白我知道你打算到华盛顿之后去看望爱伦,也许你正是为了这个目的而专程到那里去的;还有,既然你肯定要见她,那么我希望你带着我充分而明确的同意去见她——并借此机会让她明白,你怂恿她采取的行动方针可能导致什么样的后果。"

当这条无声信息的最后一个词被传达给他的时候,她的手仍然停在灯钮上。她把灯芯向下弯折,取下球状灯罩,对着发蔫的火苗吹了口气。

"把它们吹灭,气味就小些。"她带着精于理家的愉快神情解释道。在门口,她转过身、停住脚步来接受他的亲吻。

第二十七章

第二天，关于博福特的处境，华尔街有了更多令人安心的报道。这些报道虽然不甚明确，却十分令人鼓舞。大家听说，遇到紧急情况时他可以请求有权有势的大人物帮忙，而他已经这样做了，并且获得了成功。这天晚上，当博福特太太戴着一串崭新的祖母绿项链，面带惯常的微笑出现在歌剧院时，上流社会宽慰地舒了一口气。

纽约社会对生意场中不轨行为的谴责是毫不留情的。破坏诚实法则的人必须付出代价，这条不言而喻的规则至今尚无例外；人人都清楚，即使是博福特和博福特的妻子，也会被人毫不犹豫地当作献给这条规则的祭品。然而，不得不用他们来献祭，不仅令人痛苦，而且会带来诸多不便。博福特夫妇的消失将在他们那紧密的小圈子里留下相当大的空白；那些过于无知或粗心、以至于不会为道德灾难而战栗的人们，已经在为要失去纽约最好的舞厅而提前发出悲叹了。

阿彻已经打定主意要去华盛顿。他只盼着他对梅所说的那件诉讼案开庭，这样它的日期就可能和他的拜访时间相符合。然而第二周的周二，他从列特布莱尔先生那里得知案子可能要推迟几个星期。尽管如此，这天下午他回家后仍然决定，无论如何要在翌日傍晚动身。侥幸的是梅对他的职业生活一无所知，也从来没有表露过任何兴趣，因此不会得知延期的事；即便她知道了，在她面前提起诉讼人的名字，她也不会记得。不管怎样，他都不能再推迟去见奥兰斯卡夫人了，他有太多的事情必须要对她讲。

星期三上午，他来到办公室，看到列特布莱尔先生满面愁容。博福特到底还是未能"涉险过关"；但他通过散布自己已经渡过难关的谣言，让他的存款人放下心来，使大量付款源源不断地涌入银行，直到前一天傍晚——这时令人不安的报道才又开始占据上风。结果，人们向银行的挤兑又开始了，银行可能不等今天过去就得关门。人们纷纷议论博福特丑恶的懦夫伎俩，他的失败很有可能成为华尔街历史上最可耻的事件之一。

这场灾难的严重程度使列特布莱尔先生脸色苍白，一筹莫展。"我这辈子经历过很多糟糕事，但没有一件事像这件事这么糟糕。我们认识的每一个人都会这样那样地受到打击。博福特太太可怎么办呢？她又能怎么办？我和其他任何人一样，很同情曼森·明戈特太太；她到了这把年纪，不知道这事会对她产生什么影响。她一直信任博福特——她还把他当成朋友呢！还有达拉斯家的全部亲戚，可怜的博福特太太与你们每个人都有亲戚关系。她唯一的机会就是离开她丈夫——可是怎么能这样跟她讲呢？她的职责就是留在他身边。幸运的是她似乎一直对他私下的癖好视而不见。"

一阵敲门声传来，列特布莱尔先生猛地转过头去。"什么事？别来打扰我。"

一位职员送来一封给阿彻的信，便出去了。年轻人认出是他妻子的笔迹，便打开信封，读道："请尽快进城来好吗？昨晚外婆患了轻微的中风。她通过某种神秘途径最先发现了关于银行的可怕消

息。洛弗尔舅舅外出打猎去了；这件丢脸的事情使可怜的爸爸紧张万分，以至于发起烧来，不能出门。妈妈非常需要你帮忙，我也希望你立刻动身，直接到外婆家去。"

阿彻把短笺递给他的上司，几分钟之后便坐上拥挤的马拉街车，慢吞吞地向北驶去，然后在第十四街换乘第五大街专线的一辆摇摇晃晃的公共马车。十二点以后，那笨重的交通工具才把他丢在老凯瑟琳家门前。平时由她君临的一楼起居室的窗口被她女儿韦兰太太那不够格的身影占据了。韦兰太太看见阿彻时，憔悴的脸上露出了欢迎的神色；梅在门口迎接他。门厅的外观有些异样，这是整洁住宅在突然遭到疾病侵袭时的特有现象：椅子上放着一堆堆的披肩和皮衣，桌子上摆着医生的提包和大衣，旁边堆着无人注意的信件与名片。

梅看上去脸色苍白，但她却微笑着告诉他：本科姆医生刚刚第二次来访，这次他的态度更加乐观了；明戈特太太要活下去并恢复健康的不屈不挠的决心已经对家人产生影响。梅领着阿彻走进老夫人的起居室，里面那对直通卧室的滑门已经关上，沉甸甸的黄缎门帘挂在上面。在这里，韦兰太太惊恐地向他小声转述了这场灾难的详情。似乎是在前一天晚上，发生了一件可怕而又神秘的事情。八点左右，明戈特太太刚结束她向来在饭后玩的单人纸牌游戏，门铃响了，一位戴着厚面纱的夫人求见，仆人没有马上认出她是谁。

管家觉得声音很熟悉，便推开起居室的门通报道："朱利叶斯·博福特太太到！"然后为两位夫人关上了门。他觉得她们两人一起待了大约一个小时。当明戈特太太的铃声响起时，博福特太太已经悄然离去。只见老夫人独自坐在她那把大椅子里，脸色煞白，十分吓人；她示意管家把她搬进她的房间。那时，尽管她看起来显然十分苦恼，但仍然能够完全控制身体和头脑。那位混血女佣把她安置在床上，和平时一样给她端来一杯茶，把屋子里的东西收拾停当，便走了。但在凌晨三点钟，铃声又响了，两个仆人听到这不寻常的召唤（因为老凯瑟琳平时像婴儿一样睡得很熟）急忙赶来，发现他们的女主人靠着枕头坐着，脸上挂着一丝扭曲的微笑，一只小手无力地从肥壮的胳膊上垂下来。

这次中风显然并不严重，因为她还能清晰地说出话来表达自己的愿望；而且在医生进行过第一次诊治之后，她很快就恢复了对面部肌肉的控制。然而，这件事引起了全家人极大的惊恐，也相应地引起了极大的愤慨，因为大家从明戈特太太支离破碎的语句中得知，里吉娜·博福特是来要求她——厚颜无耻得令人难以置信！——支持她丈夫，帮助他们渡过难关——按她的说法，不要"抛弃"他们——实际上是劝诱全家人掩盖并宽恕他们丑恶而丢人的行径。

"我对她说：'名誉终归是名誉，诚实终归是诚实，这在曼森·明戈特家永远不会变，直到我两脚朝前被人从这儿抬出去。'"老太太用半瘫痪病人的沙哑嗓音结结巴巴地对着女儿的耳朵说，"当她说'可是，姑妈，我的姓名——我的姓名是里吉娜·达拉斯'时，我说：'当博福特用珠宝把你包裹起来时，你的姓是博福特；现在他又用耻辱把你包裹起来，但你的姓只能还是博福特。'"

惊恐万状的韦兰太太流着眼泪、气喘吁吁地转述了这些情况。最终不得不面对这些令人不快而又可耻的事实，这一不同寻常的义务使她脸色惨白，濒于崩溃。"我要是能瞒住你岳父该多好啊！他老是说：'奥古斯塔，可怜可怜我吧，不要毁掉我最后的幻想。'——可我怎么才能不让他知道这些可怕的事情呢？"可怜的夫人哭泣着说。

"妈妈，他毕竟不会见到她们的。"她的女儿提示道。韦兰太太叹道："啊，是的。谢天谢地，他躺在床上很安全。本科姆医生答应一直让他躺在那里,直到可怜的妈妈病情好转、里吉娜也到别的什么地方去为止。"

阿彻坐在窗口,茫然凝望着空无人迹的大街。显然,他被召来更多地是为了给深受打击的夫人们提供精神支持,而不是因为他能提供什么具体帮助。给洛弗尔·明戈特先生的电报已经发出,给住在纽约的家族成员的信件也已经派人递送。其间,除了悄声议论博福特的耻辱与他妻子的不合理行为造成的恶果之外别无他事。

洛弗尔·明戈特太太刚才在另一个房间里写信,现在也过来加入了讨论。年长的夫人们一致认为,在她们那个时代,一个在生意上有过不名誉行为的男人的妻子只能有一种想法,那就是隐退,跟他一起销声匿迹。"可怜的斯派塞祖母——梅,就是你的太外婆——就是一个例子。当然了,"韦兰太太急忙补充道,"你太外公的财政困难是私人性质的——打牌输了,或是借给别人了——我一直不太清楚,因为妈妈从来不肯讲。但妈妈是在乡下长大的,因为她的母亲在出了不名誉事件——不管是怎么回事——之后就不得不离开纽约。她们单独住在哈德逊河上游,年复一年,直到我妈妈长到十六岁。斯派塞祖母是绝对不会要求家里人'支持'她的——我记得里吉娜就是这样说的——尽管私人性质的耻辱与毁了几百名无辜者的丑闻相比简直算不了什么。"

"是啊,里吉娜若是躲起来不露面,会比请求别人支持更得体,"洛弗尔·明戈特太太赞同地说,"我听说,上星期五看歌剧时她戴的祖母绿项链是鲍尔—布莱克首饰店下午刚送去的试用品。不知他们是否还能收回去。"

阿彻无动于衷地听着这些异口同声的无情声讨。在金融事务中的绝对诚实乃是绅士规范的首要法则,这在他心目中根深蒂固,连感情上的体恤也不能将其削弱。像莱缪尔·斯特拉瑟斯之流的投机分子可以靠无数见不得人的交易来为他的鞋油店聚集几百万,但清

第二十七章 下 卷

白诚实依然是老纽约金融界崇尚的贵族义务。博福特太太的命运也没有给阿彻以很大的触动。与她那些义愤填膺的亲戚相比,他无疑更为她感到遗憾,但他认为,夫妻间的纽带即便在生活兴旺时容易破裂,在逆境中却应当坚不可摧。正如列特布莱尔先生所说,当丈夫遇到困难时,妻子应该站在丈夫一边。但是上流社会却不会站在他一边;博福特太太厚颜无耻地臆断它会支持他,这种想法几乎把她变成了他的帮凶。一位女子请求她的家人遮掩她丈夫生意上的耻辱,这种念头本身就是不被允许的,因为家族作为一种社会团体是不能做那种事的。

混血女佣把洛弗尔太太叫到门厅,后者旋即皱着眉头回来了。

"她要我发电报叫爱伦·奥兰斯卡。当然,我已经给爱伦写了信,也给梅多拉写了;可现在看来还不够。我得马上去给她发份电报,叫她一个人回来。"

迎接这一消息的是一片沉默。韦兰太太屈从地叹了口气,梅则从座位上站了起来,去收拾散落在地上的几张报纸。

"我看这电报是一定得发了。"洛弗尔·明戈特太太接着说,似乎希望有人反对似的。梅转身走向房间中央。

"当然一定得发了,"她说,"外婆清楚自己想要什么,我们必须满足她所有的要求。我来帮您写电文好吗,舅妈?如果立即发出去,爱伦也许能赶上明天早晨的火车。"她将那个名字的音节念得特别清晰,仿佛敲响两只银铃似的。

"唔,没法马上发出去。贾斯珀和配膳男仆都出去送信、发电报了。"

梅微笑着转向她的丈夫。"可是还有纽兰在这儿待命呢。你去发电报好吗,纽兰?午饭之前正好还来得及。"

阿彻站了起来,小声表示没问题。于是她自己坐到老凯瑟琳的红木小立橱写字台旁,用她那尚不够圆熟的大字体写起了电文。写

完后，她用吸墨纸将污渍吸干，把纸交给了阿彻。

"多可惜呀，"她说，"你和爱伦要在路上擦肩而过了！——纽兰得到华盛顿去，"她转过身来对她母亲和舅妈补充道，"去处理一件即将提交最高法院的专利诉讼案。我想，既然洛弗尔舅舅明晚就回来了，外婆也大有好转，因此似乎不应该让纽兰放弃事务所的一项重要任务——对吗？"

她停住了，仿佛在等待回答。韦兰太太急忙声明说："噢，当然不应该，亲爱的。你外婆最不愿意那样了。"阿彻拿着电报走出房间后，听到他的岳母又说——大概是对洛弗尔·明戈特太太说："可她究竟干吗要让你发电报叫爱伦·奥兰斯卡——"梅话音清晰地应声说："也许是为了再次向她强调，她的职责终究是要和她丈夫在一起。"

外门在阿彻身后关上了，他迅速地向电报局走去。

第二十八章

"Ol——Ol——到底怎么拼？"那位说话尖刻的小姐问道。在西联邮局营业处，阿彻刚把妻子的电报越过铜壁架递给她。

"Olenska——O-len-ska，"他重复了一遍，抽回电文，以便把梅的潦草字迹上方的外文字母用印刷体写出来。

"这个名字在纽约电报局可不常见，至少在本区。"一个不期而至的声音评论道。阿彻回过头去，只见劳伦斯·莱弗茨正站在他身旁，捋着一丝不乱的髭须，装出不看电文的样子。

"你好，纽兰。我估计会在这儿追上你的。我刚刚听说老明戈特太太患了中风的事，正要到她家去，看见你转到这条街上，就来追赶你。我想你就是从那儿来的吧？"

阿彻点了点头，把电报从格子架底下推了过去。

"很严重，是吗？"莱弗茨接着说，"我想，是在给家人发电报吧。要是你们把奥兰斯卡伯爵夫人也包括在内的话，我估计病情确实很严重。"

阿彻的嘴唇绷紧了；他感觉到一阵野蛮的冲动，想挥拳猛击他身边那张自负的漂亮长脸。

"为什么？"他质问道。

以躲避争论著称的莱弗茨耸了耸眉毛，做出一副可笑的怪相，似乎在警告对方：格子后面的那位姑娘正在看着他们。他那副神态提醒了阿彻：再也没有比在公共场合发火更糟糕的"举止"了。

阿彻从来没有像现在这样不在乎礼节方面的要求；然而，对劳伦斯·莱弗茨施以肉体伤害只是他的瞬时冲动而已。在这种时候与他随便谈论爱伦·奥兰斯卡的名字，不论基于什么原因，都是不可思议的。他付了电报费，两个年轻人一起走到街上。这时阿彻已经恢复了自制，说："明戈特太太已经大有好转，医生认为没有什么可担忧的了。"莱弗茨脸上充满宽慰的表情，接着问他是否听说又出现了关于博福特的糟糕透顶的流言……

这天下午，博福特破产的公告见诸各家报端，它使曼森·明戈特太太中风的消息相形失色，只有极少数听说了这两起事件之间神秘联系的人才会明白老凯瑟琳的病症绝非肥胖与年龄使然。

整个纽约社会被博福特的无耻行径蒙上了一层阴影。正如列特布莱尔先生所说，在他的记忆中从来没有比这更糟的状况，甚至在很久以前创办这家事务所的那位老列特布莱尔的记忆中也没有过。在破产已成定局之后，银行竟然还收了整整一天的钱；由于许多顾客不属于这个大家族就属于那个大家族，所以博福特的欺诈行为就显得倍加阴险毒辣。假如博福特太太没有说这一"厄运"（她的原话）是"对友谊的考验"这样的话，人们对她的同情或许还能缓解一下对她丈夫的公愤；但在她说出这样的话以后——尤其是当人们得知她夜访曼森·明戈特太太的目的之后——在人们的心目中，她的心肠之黑已经超过了她的丈夫。而且她也不能拿自己是个"外国人"当借口，诋毁她的人也不会满足于这个借口。不过，对于自家债券没有陷入危险的那些人来说，想起博福特是个外国人，倒是能给他们带来某种安慰。然而，假如南卡罗来纳州的一位达拉斯家族成员把情况审视一番，并口齿伶俐地表示博福特很快就会"重新站起来"，那么，争论就会得到缓解，人们除了接受婚姻牢不可破这一严酷事实以外别无选择。上流社会必然能够在没有博福特夫妇的情况下继续存在下去，这件事也总会有个了结——除了这场灾难的不幸受害者如梅多拉·曼森，可怜的老兰宁小姐，以及其他几位出身高贵却误入歧途的夫人，她们要是早点儿听亨利·凡·德·卢顿先生的话该有多好……

"博福特夫妇最好的出路，"阿彻太太像在下诊断书、开具治疗方案似的归纳道，"就是到里吉娜在北卡罗来纳州的那个小地方去居住。博福特一直在养赛马，他现在最好去养拉车的马。我敢说他的潜力肯定能使他成为一个成功的马商。"大家都同意她的意见，但却没有一个人屈尊问一下博福特夫妇究竟打算干什么。

第二天，曼森·明戈特太太的身体大有起色：她恢复了发音能力，可以下达命令——不准任何人再对她提到博福特夫妇，还问（在本科姆医生来访期间）她的家人到底为什么要对她的健康这样大惊小怪。

"如果像我这样年纪的人晚上必须吃鸡肉色拉，那还能指望什么呢？"她问道。由于医生及时地为她修改了食谱，中风变成了消化不良。不过，尽管老凯瑟琳说话声音很坚定，她还没有完全恢复原先的处世态度。与日俱增的老年淡泊虽然还没有削弱她对左邻右舍的好奇心，但却使她对他们的麻烦事从来就不太充沛的同情心变得更加迟钝；因此，将博福特的灾难置之脑后对她来说似乎并不是件难事。然而，她第一次变得十分关注自己的症状，并且开始对她迄今一直冷淡轻慢的某些家族成员有了感情和兴趣。

韦兰先生尤为荣幸地引起了她的注意。在她的女婿当中，他向来是她坚决不予理睬的一位。他的妻子把他描绘成一个性格坚强、智力超群（只要他"肯"）的男人的一切努力都只会招来一阵咯咯的嘲笑。可是他无病呻吟的盛名现在却使他成了一个受人瞩目的目标。明戈特太太庄严地下令：一俟退烧，他必须立即前来，把自己的食谱与她做一番比较；因为老凯瑟琳现在第一次认识到，对发烧怎么小心都不过分。

对奥兰斯卡夫人的传召发出二十四小时之后，她发来一份电报，说她将于翌日傍晚从华盛顿赶到。在韦兰家——纽兰·阿彻夫妇碰巧在这里吃午饭——由谁去泽西城接她的问题便立刻被提了出来。韦兰一家人本来就像在前沿阵地一般在物质困难中挣扎，如今这些困难更使争论变得异常热烈。大家一致认为，韦兰太太不可能去泽西城，因为当天下午她要陪丈夫去老凯瑟琳家；而且马车也不得闲，因为韦兰先生是在岳母病后第一次去见她，其时他万一感觉"不适"，马车可以随时把他送回家。韦兰的儿子们当然要"进城去"；此前在外狩猎的洛弗尔·明戈特先生正好要匆匆归来，明戈特家的马车已经定好去接他；总不能让梅在冬日傍晚一个人乘船去泽西城吧，即使是坐她自己的马车也不行。然而，如果让奥兰斯卡夫人自己回来，家里没有人去车站接她，那又会显得过于冷淡——显然也是违背老凯瑟琳的明确意愿的。韦兰太太疲倦的嗓音暗示道，只有爱伦这种人才会让全家人如此为难。"真是祸不单行，"可怜的夫人用一种少见的反抗命运的口气悲叹道，"只有一件事让我觉得妈妈的身体恢复得一定不像本科姆医生说的那样好，那就是她这个病态的愿望：硬是要让爱伦马上回来，也不管去接她有多麻烦。"

人在情急之际常常失言；这些话有些考虑不周，一下子被韦兰先生攫住了。

"奥古斯塔，"他脸色发白、放下叉子说道，"你认为本科姆医生不如以前可靠了，还有其他理由吗？你注意到他在检查我或你母亲的病时不像往常那样认真了吗？"

第二十八章 下　卷

　　这下轮到韦兰太太脸色发白了，她的大错产生的无穷后果在她面前展现出来。不过她勉力笑了一声，又吃了第二份烤牡蛎，然后才尽力重新套上她惯用的那副快活盔甲，说："亲爱的，你怎么会这样想呢？我只是说，妈妈本来已经采取明确立场，认为回丈夫身边是爱伦的职责，可是现在，放着另外五六个孙子、孙女她不找，却突发奇想要见她，这似乎有些奇怪。不过我们千万不要忘记，尽管妈妈精神极好，可她毕竟已经到了耄耋之年。"

　　韦兰先生额头上的阴云仍然未散，他那混乱的想象显然又立刻集中到她这番话的最后一句上："是啊，你的母亲是很老了，而据我们所知，本科姆医生可能并不擅长医治年纪很大的病人。亲爱的，正像你说的那样，总是祸不单行；我想，再过十年或十五年，我就得高高兴兴地重新找个医生了。最好不要等到万不得已才换人。"做出这一斯巴达式决定之后，韦兰先生坚定地拿起了餐叉。

　　"可是到头来，"韦兰太太从午餐桌前站起身来，带领大家走进那片被称为后客厅的、布满紫缎子和孔雀石的旷野，又发话了，"我还是不知道爱伦明天傍晚怎么到这儿来，而我总是喜欢至少提前二十四小时把事情安排妥当。"

　　阿彻正在入神地观看一幅表现两位红衣主教畅饮作乐的小型油画，镶在饰有缟玛瑙圆形浮雕的八角形乌木框上。他转过身来。

　　"我去接她吧？"他提议说，"我可以很容易地从事务所走开，按时到渡口去接那辆马车——如果梅愿意把车送去的话。"说话时，他的心脏兴奋地跳动起来。

　　韦兰太太感激地吁了一口气，已经走到窗口的梅也转过身来向他露出赞同的笑脸。"你瞧，妈妈，一切都会提前二十四小时安排好的。"她说，一面俯身吻了一下母亲忧虑的额头。

　　梅的马车在门口等她，她要把阿彻送到联邦广场，他可以在那

儿搭乘百老汇的公共马车去事务所。她在自己那个角落坐下后说："我刚才不想再提出新的困难让妈妈担心，可你明天怎么能去接爱伦并把她带回纽约来呢——你不是要去华盛顿吗？"

"噢，我不去了。"阿彻回答道。

"不去了？为什么，出了什么事？"她的声音像银铃一般清脆，充满妻子的关切。

"案子不办了——延期了。"

"延期了？真奇怪！今天早上我还看到列特布莱尔先生写给妈妈的一封便函，说他明天要去华盛顿办理一件专利大案，要到最高法院去辩论。你说过你要办的是件专利案，不是吗？"

"呃——就是这个案子，可是事务所的人不能全都去呀。列特布莱尔决定今天上午去。"

"这么说，案子没有延期？"她接着说，那刨根问底的样子十分反常，使他觉得热血涌上了面颊，仿佛他在为她有失惯常优雅风度的少见行为而感到羞愧。

"没有，不过我去的时间推迟了。"他回答道，心里诅咒着自己当初宣布要去华盛顿的打算时所做的那些多余的解释，并想起不知在哪儿读到过的一句话：聪明的说谎者讲述详情，但最聪明的说谎者却不讲。他发现梅想假装没有识破他，这远比他对她说了谎更加令他伤心。

"我以后再去，幸好这样能为你们家提供方便。"他接着说，用一句挖苦话来做拙劣的掩护。他说话时发觉她在盯着他看，于是把目光对准她的眼睛，以免显得自己在回避她的注视。两人的目光交汇了片刻，他们也许在过于深入地探究对方目光里的含义，这是两人谁都不希望发生的。

"是呀，确实太方便了，"梅愉快地赞同道，"毕竟你能去接爱伦。你瞧妈妈听说你愿意去时多么感激啊。"

"噢，我很高兴去接她。"马车停下了，他从车上下来时，她倚在他身上，并把手放在他的手上。"再见，最亲爱的。"她说。她的眼睛特别蓝；后来他想，不知她的目光是否是透过泪水射向他的。

他转过身去，匆匆穿过联邦广场，心里不停地重复着："从泽西城到老凯瑟琳家一共要两小时。一共两小时——可能还会更长。"

纯真年代

第二十九章

妻子的深蓝色马车（其婚礼外饰犹存）在渡口接到了阿彻，将他堂而皇之地送到了泽西城的宾夕法尼亚终点站。

这天下午天色阴沉，雪花飘舞，回音重重的大车站里的煤气灯已经点亮。他在站台上来回踱步，等待着从华盛顿驶来的快车。这时他回想起，有人认为有朝一日哈德逊河下面会出现一条隧道，宾夕法尼亚铁路上的火车可以通过隧道直接开到纽约。那些人都属于梦想家。这类梦想家还预言说，人们将会建造五天之内横渡大西洋的轮船，发明飞行器，用电来照明，用无线电话来交流，以及其他一些天方夜谭般的奇迹。

"只要隧道还没建成，他们的哪一种幻想成真我都不关心。"阿彻沉思道。他怀着小男生才有的那种糊里糊涂的幸福感想象着奥兰斯卡夫人从火车上下来的情形：他在很远的地方就从人群中一张张毫无意义的面孔中认出了她，她挽着他的胳臂随他走到马车跟前，他们慢慢地朝码头驶去，周围是跑动的马匹、载重的货车、大喊大叫的赶牲口者，然后是静得出奇的渡船；他们将肩并肩地坐在雪花飞舞的船上，然后坐进四平八稳的马车，大地仿佛在他们脚下滑行，滚滚滑向太阳的另一侧。真是不可思议，他有那么多的事情要对她讲，它们将变成雄辩的滔滔言辞从他口中依次涌出……

火车嘎吱嘎吱的铿锵声越来越近，它像身负猎物的怪兽进窝一样缓缓地蹒跚着进了车站。阿彻挤到人群前面，茫然地盯着列车的一个个窗口。随即，他猛然在触手可及的地方看见了奥兰斯卡夫人那张苍白而惊讶的面孔，那种忘记她的模样的窘迫感觉再次涌上他的心头。

他们走到了一起，两双手相握，他用手臂挽着她的手臂。"这边走——我带来了马车。"他说。

此后的情形完全与他所梦想的一样。他扶她上了马车，把她的包袱也放到车上，然后，他模糊地记得自己使她对祖母的病情完全放下心来，又对博福特的情况做了简要介绍（她温柔地说了声"可怜的里吉娜"，这让他十分感动）。与此同时，马车也从混乱的车站挤了出来，他们慢吞吞地沿着光滑的斜坡向码头行进，周围的车马时时令他们心惊胆战：摇摇晃晃的煤车，受惊的马匹，凌乱的运货快车，还有一辆空灵车——啊，那辆灵车！它驶过的时候她闭上了眼睛，紧紧抓住阿彻的手。

"但愿它不是去——可怜的奶奶！"

"噢，不，不——她好多了——真的完全康复了。瞧——我们超过它了！"他大喊道，仿佛这样一来情况就完全不同似的。她的手依然留他的手里；当马车蹒跚着通过渡口的踏板时，他俯下身，解开她那只绷紧的棕色手套，像亲吻一件圣物似的亲吻了她的手掌。她微微一笑，挣脱开来。他说："你没想到今天我会来吧？"

"噢，没有。"

"我本来打算到华盛顿去看你的。我全都安排好了——险些与你在火车上擦肩而过。"

"啊——"她喊了一声，仿佛被他们差点未能逃脱的危险给吓

了一跳。

"你知道吗？我几乎记不起你了。"

"几乎记不起我了？"

"我的意思是：怎么解释呢？我——总是这样。对我来说，每一次见到的你都是全新的。"

"噢，是的。我知道！我知道！"

"这——我对你来说——也是这样吗？"他追问道。

她点了点头，向窗外望去。

"爱伦——爱伦——爱伦！"

她没有回答，他静静地坐在那里注视着她。衬着窗外雪痕斑驳的暮色，她的侧影渐渐模糊起来。他想，在这漫长的四个月里她都做了些什么呢？毕竟，他们彼此之间的了解太少了！珍贵的时光在流逝，可他却把原先打算对她讲的话全都忘了，只能无能为力地沉思着他们既疏远又亲近的奥秘——两人坐得这样近，却都无法看到对方的脸，这种情形似乎正是他们之间关系的象征。

"多漂亮的马车啊！是梅的吗？"她突然从窗口转过脸来问道。

"是的。"

"这么说，是梅让你来接我的？她真是太好了！"

他一时没有答话，接着突然大声说："我们在波士顿相会的第二天，你丈夫的秘书来见过我。"

他在给她的短笺中没有提及里维埃先生的拜访，本打算把那件事埋在自己心中。但她提起他们坐的是他妻子的马车，这激发了他报复的冲动。他要看一看，她听到他提起里维埃是否比他听到她提起梅更好过！与在其他某些场合一样，当他期望驱走她惯有的镇静态度时，她却没有露出一丝惊讶；于是他立即下了结论："看来，他给她写过信了。"

"里维埃先生去看你了？"

第二十九章 下　卷

"是的，难道你不知道？"

"不知道。"她简单地答道。

"你听了并不感到意外？"

她犹豫了。"我为什么要感到意外呢？他在波士顿时跟我说过他认识你，我想他大概在英国见过你吧。"

"爱伦——我必须问你一件事。"

"问吧。"

"我见过他之后就想问你，可是不好在信中说。是里维埃帮你逃走的吗——当你离开你丈夫的时候？"

他的心跳快得令他窒息。她会同样镇静地面对这个问题吗？

"是的。我欠他很多。"她回答道，声音平静得没有一丝颤抖。

她的语调极其自然，几近于冷漠，这使阿彻的躁动心情也平息了下来。她仅凭她的直率就又一次让他感觉到自己的因循守旧是多么愚蠢，而他还自以为把传统抛到九霄云外了呢。

"我认为你是我见过的最诚实的女人！"他大声说。

"噢，不——不过也许得算是一个最不大惊小怪的女人吧。"她回答说，声音里含着一丝笑意。

"随你怎么说吧，但你是实事求是地看问题的。"

"啊——我只能如此。我不得不正视戈耳工①。"

"可是——这并没有弄瞎你的眼睛！你看到她不过是个老妖怪，跟别的妖怪没什么两样。"

"她并不会弄瞎你的眼睛，但她会弄干你的眼泪。"

这句回答制止了阿彻嘴边的恳求，它好像来自超出他理解范围的深层体验。渡船的缓慢行驶已经停止，船首猛烈地撞在桥桩上，震得马车摇晃起来，使阿彻与奥兰斯卡夫人撞在一起。年轻人感觉

---

① 戈耳工，古希腊神话中的三个蛇发女怪（斯忒诺、欧律阿勒和美杜莎三姐妹）共用的名称，凡是看到她们的眼睛的人都会变为石头。

到她肩膀的压力，不禁浑身颤抖，随即伸手搂住了她。

"如果你的眼睛没有瞎，那么你一定看到，事情再也不能这样持续下去了。"

"什么不能持续下去了？"

"我们在一起——却又不在一起。"

"对。你今天就不该来接我。"她用一种异样的声音说。猛地，她转过身来，伸开双臂搂住了他，把她的双唇压在他的唇上。与此同时，马车启动了，滑道前端那盏煤气灯的光从窗口射了进来。她抽回身子，他们沉默地坐着，一动不动。这时马车在码头拥塞的车辆中奋力前行。走到大街上之后，阿彻急忙开始说话。

"不要怕我，你用不着这样缩在角落里。我需要的并不是偷偷的接吻。你瞧，我甚至都没有试图去碰你的衣袖。不要以为我不理解你不愿让我们这份感情降格为偷偷摸摸的风流韵事的理由。昨天我还不会这样说，因为自我们分别以来，我一直盼望见到你，所有的想法都被熊熊的火焰烧光了。可是现在你来了，远远不只是我记忆中的那样；而我所需要的也远远不只是偶尔和你相处一两个小时，尔后就把时间浪费在迫切的等待之中。所以我才能这样安安静静地坐在你身边，心里怀着另一种憧憬，安心地期待它的实现。"

有一会儿工夫她没有回答；然后她几乎是耳语般地问道："你说期待它实现是什么意思？"

"怎么——你知道它会实现的，不是吗？"

"你是说你对你我结合的憧憬？"她猛然爆发出一阵冷笑，"你可选了个好地方跟我说这话！"

"你是说因为我们坐在我妻子的马车里？那么，我们下车步行怎么样？我认为你不会在意这点儿雪吧？"

她又笑了起来，不过笑声温和了一些。"不行，我不想下车步行，因为我的正经事是尽快赶到奶奶家。你还是坐在我旁边，我们来看一看现实,而不是幻想。"

"我不知道你说的现实是什么。对我来说,这就是唯一的现实。"

听了这话,她沉默了很久。其间,马车沿着一条昏暗的小巷前行,随后转入第五大街那洞察一切的灯光之中。

"那么,你是不是想让我作为你的情妇和你一起生活呢——既然我不可能做你的妻子?"她问道。

这个粗鲁的问题令他大吃一惊:这个词语是他那个阶层的女子讳莫如深的,即使她们的谈话离这个话题很近。他注意到奥兰斯卡夫人脱口说出了这个词语,仿佛它早已在她的语汇中占有被认可的位置。他怀疑在她从中逃脱的那段可怕的生活中,这个词语她早已司空见惯了。她的问题猛然制止了他,他只得支支吾吾地说:

"我想——我想设法和你一起逃到一个不存在这种词语——这类词汇——的世界。在那儿我们仅仅是两个相爱的人,一个人是另一个人生活的全部;其他任何事情都无关紧要。"

她深深地叹了口气,最后又笑了起来。"啊,亲爱的——这个国度在哪儿呢?你去过吗?"她问道。他脸色阴郁,哑口无言。她接着说:"我认识许多曾经企图找到这个地方的人,但是,相信我,他们全都错误地在路边的车站下了车:在布洛涅①、比萨或蒙特卡洛②那样的地方——那里与他们离开的旧世界根本没有区别,只是更狭小、更肮脏、更乌七八糟而已。"

他从来没有听她用这样的口吻说过话。他想起了她刚才的说法。

"是啊,戈耳工已经挤干你的眼泪了。"他说。

"唔,她也掀开了我的眼睛;说她弄瞎人们的眼睛是一种误解。恰恰相反——她把人们的眼睑撑开,让他们再也不能回到幸福的黑暗中去。中国不就有那样一种酷刑吗?就应当有。啊,相信

---

① 布洛涅,法国北部港市。
② 蒙特卡洛,摩纳哥公国的一个城镇,以赌场和豪华酒店闻名。

我，那是个可怜的小国！"

马车已经穿过四十二街；梅那匹强健的拉车马像肯塔基跑马那样载着他们向北行驶。阿彻眼看着时间一分一秒地白白浪费，对方却光说这些没用的话，这令他感到窒息。

"那么，你对我们的事到底有什么打算呢？"他问。

"我们？从这个意义上讲根本不存在我们！我们只有在彼此远离的时候才彼此接近，那时我们才能是我们自己。否则，我们就仅仅是爱伦·奥兰斯卡的表妹的丈夫纽兰·阿彻和纽兰·阿彻的妻子的表姐爱伦·奥兰斯卡，两个人企图背着信任他们的人寻欢作乐。"

"啊，我可超越了那个层次。"他呻吟着说。

"不，你没有！你从来就没有超越过，而我却已经超越了，"她用一种陌生的声音说，"我知道那是一种什么样的情形。"

他默默地坐在那里，说不出的痛苦使他头晕目眩。接着，他在黑暗的车厢中摸索到那个用来向车夫发出信号的小铃。他记得梅在想让车停下的时候拉两下。他拉了铃，马车在路缘石边停了下来。

"为什么要停车？还没到奶奶家呢。"奥兰斯卡夫人大声说。

"没到，但我要在这儿下去。"他结结巴巴地说道，一面打开车门，跳到人行道上。他借助街灯的光亮看到了她吃惊的面孔，以及要阻止他的本能动作。他关上门，又在窗口倚了一会儿。

"你说得对，我今天就不应该来接你。"他压低了声音说，以免车夫听见。她俯身向前，似乎有话要说，但他已经命令车夫继续赶车。马车向前驶去，他依然站在拐角处。雪已经停了，刺骨的寒风吹了起来，抽打着他的脸，他却还站在那里凝望。突然，他觉得睫毛上有一点又硬又冷的东西，随即发现自己原来在哭，寒风冻结了他的眼泪。

他把双手插进口袋，沿着第五大街快步朝自己家走去。

第三十章

当晚,阿彻从楼上下来吃饭时,发现客厅里空无一人。

他和梅准备单独用餐,因为自从曼森·明戈特太太生了病,所有的家族应酬都被推迟了。向来比他更加守时的梅这次没有先到客厅,这使他感到意外。他知道她在家,因为他穿衣服的时候听见了她在自己房间里走动的声音;他心里纳闷,不知是什么事情耽搁了她。

他已经渐渐养成了细心推测这类事情的习惯,以此作为一种手段,好将自己的思绪牢牢维系在现实之上。有时候他觉得仿佛发现了他的岳父如此专注于日常琐事的奥秘;也许就连韦兰先生在很久以前也曾有过消遣和梦想,因而构想出一大堆家务琐事来抵御其诱惑。

梅露面的时候,他觉得她看上去很疲惫。她穿了一件系得很紧的低领餐服;按照明戈特家的礼数,这是在最不拘礼节的场合的着装。她还是把金色的头发做成平时那种层层盘卷的样式;对照之下,她的脸色显得更加苍白,几乎失去了光泽。但她依然对他流露出平日的温存,一双蓝眼睛依然像前一天那样闪耀着光彩。

"你怎么了,亲爱的?"她问,"我在外婆家等你,可是只有

爱伦一个人来了。她说她让你在路上下了车,因为你急着要去办公事。没出什么事吧?"

"只是有几封信我给忘了,想在晚饭前发出去。"

"啊——"她说。停了一会儿她又说:"我很遗憾你没去外婆家——除非那几封信很紧急。"

"是很紧急,"他回答道,对她的刨根问底感到意外,"另外,我不明白我为什么一定要到你外婆家去,我又不知道你在那儿。"

她转身走到壁炉上方的镜子跟前,站在那里,举起长长的手臂束住从缠卷在一起的头发中滑落下来的一缕卷发。阿彻觉得她的神态有点呆滞倦怠,心想,不知他们单调至极的生活是否也给她造成了压力。然后他才想起,早上他离开家时,她在楼上大声说她会在外婆家等他,这样他们可以一起坐车回家;他则用愉快的声调大声答道:"好的!"可是后来,由于一心关注其他事情,他却忘掉了自己的允诺。此刻他深感内疚,同时也有些恼火:他们结婚已经快两年了,她还为这样一点儿无足轻重的疏忽而记恨他。他对没完没了、不冷不热的蜜月生活已经感到厌烦——激情的热度已经消退,那些苛刻的要求却丝毫未变。假如梅把她的委屈(他猜她有许多委屈)都讲出来的话,他本来可以用笑声将其驱散;然而她所受的训练却要求她把想象出来的伤痛隐藏在斯巴达式的微笑背后。

为了掩饰自己的烦恼,他询问她外婆的病情如何,她回答说明戈特太太仍然在慢慢好转,但有关博福特夫妇的最新消息却令她十分不安。

"什么消息?"

"好像他们还要留在纽约。我想他打算从事保险业或是其他什么行业。他们在寻找一座小住宅。"

这件事情无疑是极为荒谬的。他们走进餐厅吃饭,其间他们的交谈转入平时那种有限的范围;不过阿彻注意到妻子没有提到奥兰斯卡夫人,也没有提到老凯瑟琳对她的接待。他为此感到欣慰,但

第三十章 下 卷

却隐隐约约觉得这是个不祥之兆。

他们上楼到书房去喝咖啡。阿彻点上一支雪茄,取下一卷米什莱①的书。有一段时间,梅一见他拿出一本诗集就让他大声朗读;自从她表现出这种爱好以后,他晚上便开始读历史书了。这不是因为他不喜欢自己的嗓音,而是因为他总是能够预见到她对作品发表的评论。在他们订婚之后的那些日子,她(像他现在认识到的那样)仅仅重复他对她讲过的东西;可是自从他停止为她提供意见之后,她便开始冒险提出自己的看法,结果使他对她所评论的作品的欣赏遭到破坏。

她见他选了本历史书,便拿出她的针线筐,把扶手椅拉到那盏罩着绿色灯罩的书桌台灯跟前,打开了她正在为他的沙发刺绣的靠垫。她并非擅长针线的女子,她那双能干的大手天生是用于从事骑马、划船等户外活动的;不过,既然别人的妻子都为丈夫绣靠垫,她也不想忽略这最后一个体现她忠诚的环节。

她坐的位置使阿彻一抬眼就能看到她俯身在绣花绷架上,看到她挽到肘部的衣袖顺着结实滚圆的胳膊溜了下来,她左手上的那颗订婚蓝宝石在宽阔的黄金婚戒上熠熠生辉,她的右手则迟缓而费力地在底布上刺着。她就这样坐在那里,明净的额头洒满灯光。他暗自沮丧地想:藏在它里面的想法他永远都会一清二楚;在未来的全部岁月中,他绝不会因为看到她表现出意想不到的情绪、新奇的想法、脆弱、冷酷或激动而感到惊诧。她的诗意与浪漫已经在他们短暂的求爱过程中消耗殆尽,这种机能因需求的消失而趋于枯竭。如今她只不过是在逐渐成长为她母亲的翻版而已,而且还神秘地企图通过这一过程把他也变成一位韦兰先生。他放下书本,烦躁地站了起来;她立刻抬起头。

"怎么啦?"

"这屋子太闷了,我需要点儿空气。"

---

① 米什莱,指儒勒·米什莱(Jules Michelet, 1798~1874),法国散文家、历史学家,代表作为《法国史》(1833~1867)。

纯真年代

他曾经坚持书房的窗帘要装在横杆上来回拉动，以便在晚上拉紧，而不是把它们钉在镀金檐板上，用圆环箍住不能动，挂在一层层饰带上，像客厅里的窗帘那样。他把窗帘拖过来，推起吊窗，探身到冰冷的黑夜中。不去看坐在他的桌旁、他的灯下的梅，而是去看别的住宅、屋顶、烟囱，感受到除了自己以外还有其他生命，除了纽约以外还有其他城市，除了自己的世界以外还有一个完整的世界——仅仅这些事实就使他头脑清醒、呼吸舒畅起来。

他把头伸到黑暗中待了几分钟后，只听她说："纽兰！快关上窗子，你会冻死的。"

他拉下吊窗，转过身来。"我会冻死！"他重复道，心里却暗暗加上一句："可我已经死掉了。我就是死人——已经死了好多个月了。"

突然，对这个词的玩味使他脑中闪现了一个疯狂的念头：假若死的是她，那又会怎样？假若她快要死了——不久就死——使他获得自由，那又会怎样？站在这间温暖的、熟悉的屋子里看着她，希望她死去，这种感觉是那样奇怪、那样诱人、那样不可抗拒，以致他没有立刻想到它的凶残。他仅仅觉得那种侥幸也许可以给他那病态的灵魂以新的依托。是的，梅可能会死——好多像她一样年轻、健康的人都死了；她可能会死，从而突然使他获得自由。

她抬头瞥了他一眼，他从她睁大的眼睛里看出自己的目光一定有点奇怪。

"纽兰！你病了吗？"

他摇了摇头，朝他的扶手椅走去。她又俯身继续刺绣。他走过她身边时，把一只手放在她的头发上。"可怜的梅！"他说。

"可怜？为什么可怜？"她勉强笑着重复道。

"因为我永远不能打开一扇窗户而又不让你担心。"他回答道，也笑了起来。

她一时没有作声；然后，她一面仍然低头看着手中的活计，一面十分缓慢地说："只要你高兴，我永远不会担心。"

第三十章 下 卷

"啊，亲爱的；除非我把窗户全都打开，否则我永远不会高兴的。"

"在这样的天气？"她争辩道。他叹了口气，埋头去读他的书。

六七天过去了，阿彻没有听到奥兰斯卡夫人的任何消息；他渐渐明白，家里任何人都不会当着他的面提起她的名字。他也没有试图去见她；当她待在处于保护之下的老凯瑟琳床边时，去见她几乎是不可能的。由于情况不明，他只好听天由命；但他却在思想深处的某个地方，怀着当他从书房的窗口探身到冰冷的黑夜中时心中萌生的那个主意。靠着这一决定的有力支撑，他不动声色地安心等待着。

后来，有一天梅告诉他，曼森·明戈特太太要见他。这个要求丝毫不令人意外，因为老夫人的身体不断好转，而且她一向公开承认，她喜欢阿彻胜于其他所有的外孙女婿。梅传达这一消息时显然很高兴，她为自己丈夫得到了老凯瑟琳的赏识而感到自豪。

停了片刻之后，阿彻义不容辞地说："好吧。今天下午我们一起去好吗？"

妻子面露喜色，不过她马上回答道："噢，最好还是你一个人去。外婆老是见到同一些人会感到厌烦的。"

拉响老明戈特太太的门铃时，阿彻的心剧烈地跳动起来。他巴不得一个人来，因为他肯定这次拜访会让他有机会私下跟奥兰斯卡伯爵夫人说句话。他早就下定决心等待这个机会自然而然地出现；现在，它来了，他已经站在了门阶上。在门的后面，在紧挨门厅的那间挂着黄色锦缎的房间的门帘后面，她肯定正等着他；片刻之后他就会见到她，并且能够在她领他去病人房间之前跟她说上几句话。

他只想问一个问题，问清之后，他的行动方针也就明确了。他想问的仅仅是她回华盛顿的日期，而这个问题她几乎不可能拒绝回答。

然而，在那间黄色起居室里等着的却是那位混血女佣，她那

洁白发亮的牙齿就像钢琴键盘。她推开滑门，把他引到老凯瑟琳的面前。

老太太坐在床边一张宝座般的硕大扶手椅里。她身旁有一张红木茶几，上面摆着一盏铸铜台灯，雕花的球形灯泡上面平稳地罩着一顶绿纸灯罩。附近没有一本书或一张报纸，也没有任何女性消遣物的形迹——谈话向来是明戈特太太唯一的一项工作，她根本不屑于假装对刺绣有什么兴趣。

阿彻发现中风没有在她脸上留下丝毫扭曲的痕迹。她仅仅脸色更苍白了一些，脂肪褶皱的颜色更暗淡了一些；她戴着一顶有凹槽的头巾帽，系在双层下巴中间，打了一个硬蝴蝶结；一块细布手帕横搭在她那波浪滚滚的紫色睡袍上。那副神态很像她自己的一位精明和善的老祖母，后者可能太容易屈从于餐桌美味的诱惑了。

她伸出一只像宠物般依偎在肥硕大腿凹处的小手，对女佣喊道："别让其他任何人进来！要是我的女儿们来了，就说我在睡觉。"

女佣出去了，老夫人朝她的外孙女婿转过脸来。

"我亲爱的，我是不是丑得不得了？"她快活地问，一面伸出一只手去摸遥不可及的胸膛上的布褶，"我的女儿们跟我说，在我这把年纪这已经无所谓了——好像丑陋的面貌越是难于掩盖就越是无关紧要似的！"

"亲爱的，您比以前任何时候都更漂亮了！"阿彻以同样的口吻说。她把头一仰，放声大笑。

"啊，不过还是不如爱伦漂亮呀！"她冷不丁地脱口说，一面不怀好意地对他眨着眼睛。没等他回话，她又补充道："那天你坐车从码头把她接来的时候，她是不是漂亮极了？"

他笑了起来。她接着说："是不是就因为你这样对她讲了，她才一定要在路上把你赶下去？在我年轻的时候，小伙子是从来不丢下漂亮女人的，除非迫不得已！"她又咯咯地笑了一阵，接着又停住，几乎是抱怨似的说："她没嫁给你，真是太可惜了；我一直这样对她说。那样的话，也省得我现在这么操心了。可是，有谁想过不让祖母操心呢？"

阿彻心中纳闷，不知是不是她的病把她的脑子弄糊涂了。可她突然大声说："咳，不管怎么样，事情总算解决了：她将跟我待在一起，不管家里人怎么说！那天她到这儿以后待了还不到五分钟，我就想跪下求她留下来了——在过去的二十年里，要是我能看得见地板就好了！"

阿彻默默无言地听着，她接着说："你肯定知道，他们一直在劝我——洛弗尔，列特布莱尔，奥古斯塔·韦兰，以及其他所有人，都一直在劝我千万不要让步，要断绝给她的补贴，直到让她认识到回到奥兰斯基身边是她的职责。他们以为已经说服了我；这时，那个秘书还是什么人带来了最新的提议，我承认那些条件很慷慨。归根到底，婚姻是婚姻，钱财是钱财——各有各的用途……我当时不知道该怎么回答才好——"她突然停了下来，深深吸了口气，仿佛说话变得很吃力，"可是就在我的目光落在她身上的时候，我说：'你这只可爱的小鸟啊！再把你关到那个笼子里去吗？绝对不行！'现在定下来了，她就待在这里，照顾她的奶奶——只要她还有一个奶奶可照顾。这算不上什么愉快的前景，但是她不在乎。当然，我也已经嘱咐过列特布莱尔，要给她一份适当的补贴。"

年轻人听着她的话，只觉得浑身血脉扩张，但脑子里却一片混乱，搞不清这个消息带给自己的是喜还是忧。他此前已经毅然决然地确定了自己的行动方针，以至于一时无法重新调整自己的思绪。然而，他渐渐意识到困难将会延迟，机会却会奇迹般地出现，心里觉得美滋滋的。如果爱伦已经同意来和祖母一起生活，那必定是因为她认识到放弃他是根本不可能的。这就是她对他那天提出的最后请求的回答：尽管她不肯采取他迫切要求的极端步骤，但她至少屈从了折中的办法。他重又陷入那种自然而然的欣慰之中——一个准备孤注一掷的男人，突然尝到了化险为夷的甜头。

"她本来就不会回去的——根本不可能回去！"他大声说。

"啊，我亲爱的，我一直知道你是站在她一边的。正因为如此，我今天才把你叫来；也正因为如此，当你那位漂亮的妻子提出跟你一起来时，我才对她说：'不，亲爱的，我特别想见纽兰，而且不想让任何人分享我们的快活。'因为，听我说，亲爱的——"她把头尽量往后仰，达到她那系着帽带的下颚所能支撑的最大限度，然后直视着他的眼睛说："你知道，我们还要进行战斗呢。家里人不想让她留在这儿，他们会说是因为我生病了，因为我是个病弱的老妇人，她才说服了我。我还没有完全康复，还不能一个接一个地跟他们斗，你必须替我这么做。"

"我？"他张口结舌地说。

"就是你。有何不可？"她突然反问道，两只圆睁的眼睛忽然变得像小刀子一样锋利。她的一只手在椅子扶手上颤动了一阵，然后用像鸟爪般又小又苍白的指甲一把抓住他的手。"有何不可呢？"她再一次质问道。

阿彻在她的注视之下恢复了镇静态度。

"噢，我不顶用——我太无足轻重了。"

"唔，可你是列特布莱尔的合伙人，对不对？你必须借助列特布莱尔来对他们施加影响。除非你有理由不这样做。"她坚持道。

"噢，亲爱的，我敢打赌您不需要我的帮助就能在他们面前坚持自己的主张；不过，如果您需要的话，我愿意帮忙。"他向她保证道。

"那我们就安全了！"她叹了口气说。接着，她一面把头倚在靠垫中间，一面露出老谋深算的微笑补充道："我早就知道你会支持我们的，因为他们说起回家是她的本分时，从来没有引述过你的话。"

这种敏锐得令人恐惧的洞察力使他有点儿畏缩，他很想问一句："那么梅呢——他们引述她的话了吗？"但他认为还是转换一下话题更安全。

第三十章 下 卷

"那么奥兰斯卡夫人呢？我什么时候去见她？"他说。

老夫人又咯咯笑了一阵，揉了揉眼皮，诡秘地打了一番手势。"今天可不行。一次只见一个人，好不好？奥兰斯卡夫人出去了。"

他的脸红了，心里感到失望。她接着说："她出去了，我的孩子。她坐我的马车去看里吉娜·博福特了。"

她停了一会儿，等待这个消息产生效果。"她已经把我制伏到这个地步了。她到这儿的第二天，就戴上最好的帽子，泰然自若地对我说她要去看里吉娜·博福特。'我不认识她，她是谁？'我说。'她是您的侄孙女，一位很不幸的女人。'她说。'她是一个恶棍的妻子。'我说。'噢，'她说，'我也一样，可我的家人都想让我回到他身边去。'唉，这下把我给击败了，于是我让她去了。终于有一天，她说雨下得很大，没法步行出门，要我借给她马车。'去做什么？'我问她，她说：'去看里吉娜堂姐。'——还堂姐呢！可是，亲爱的，我朝窗外望了望，一滴雨都没下；不过我理解她，让她用了马车……毕竟，里吉娜是个勇敢的女人，她也是；而我一贯最最喜欢勇气。"

阿彻弯下腰，把嘴唇贴在仍然搁在他手上的那只小手上面。

"哎——哎——哎！你当你在吻谁的手呢，年轻人？——是你妻子的吧，我希望？"老夫人突然发出嘲弄的咯咯笑声。当他起身告辞的时候，她在他身后喊道："向她转达她外婆的爱，但是最好一点儿也别提我们所谈的事情。"

第三十一章

阿彻被老凯瑟琳的消息弄昏了头。奥兰斯卡夫人响应祖母的召唤，急忙从华盛顿赶回来，这是完全合乎常理的；然而她决定留在祖母家里——尤其是在明戈特太太几乎完全康复的情况下——事情就不那么好解释了。

阿彻确信奥兰斯卡夫人的决定并非由她经济状况的变化所致。他知道她丈夫在分手时给她的那一小笔钱的确切数目。依照明戈特一家的观点，若是没有她祖母的补贴，她无论如何都难以维持生计；而今，与她一起生活的梅多拉·曼森又已破产，这样一点点收入更是难以维持两个女人的衣食。然而阿彻深信，奥兰斯卡夫人接受祖母的提议决非出于利益的驱动。

她具有那些习惯于拥有巨额家产、因而对金钱满不在乎的人的特点：不加检点的慷慨大方，随兴所至的奢侈挥霍；但她也能在缺少被亲戚们认为是不可或缺的许多东西的条件下生活。人们经常听到洛弗尔·明戈特太太和韦兰太太悲叹地说，像她这样一个享受过奥兰斯基伯爵家那些来自世界各地的奢侈品的人，竟然对"事物的来路"如此不关心。此外，据阿彻所知，给她的补贴已经取消了好

第三十一章 下 卷

几个月，在此期间她并没有想方设法重新博得祖母的欢心。所以，如果她改变了行动方针，那一定另有原因。

这个原因他无须到远处去找。就在他们从渡口回家的路上，她曾对他说他们两人一定得分开；不过她在说这句话的时候，头是贴在他胸膛上的。他知道她说这些话并不是故意卖弄风情，而是像他一样在和自己的命运抗争，不顾一切地坚持她的决定：他们决不背弃那些信任他们的人。然而，在她回纽约后的十天里，她大概从他的沉默中、从他没有设法见她的事实中推测到，他正在筹划一个断然的步骤，一个没有退路的步骤。她想到这一点，可能突然对自己的脆弱产生了恐惧，觉得最好还是接受这类情况中常见的妥协方案，采用所受阻力最小的方法。

一小时之前，在阿彻拉响明戈特太太家的门铃时，他还以为自己要走的路已经十分明确了。他本来打算单独跟奥兰斯卡夫人说句话；如果不成，也要从她祖母口中探听出她将在哪一天、坐哪一趟列车回华盛顿去。他打算到车上与她会合，跟她一起到华盛顿去，或者按她的意愿，到比那里遥远得多的地方。他本人倾向于去日本。不管怎样，她立刻就会明白，无论她到哪里去，他都将与她同往。他打算给梅留下一封短函，以杜绝任何其他的可能。

他曾以为自己不仅有足够的勇气，而且还迫切地渴望进行这番冒险；然而，一听说事情的进程发生了变化，他的第一反应却是一种宽慰的感觉。不过，此刻当他从明戈特太太家返回的时候，他对摆在面前的前景却越来越感到厌恶。在他可能要走的道路上没有任何未知或新奇的东西，然而他以前走这条路时还是一个自由人，对于自己的行为无须向任何人负责，并且可以愉快地超脱于游戏所要求的防范与推诿、躲藏与顺从。这套程序被称为"保护女人的名誉"；那些最杰出的小说，以及长辈们的饭后闲谈，早已将这套程序的规则详尽地灌输给他了。

现在他以新的眼光来看待这件事，他在其中所扮角色的戏份似乎就大为减少了。事实上，他曾经自以为是地暗中观察过托雷·拉什沃斯太太在那位痴情的、没有眼力的丈夫面前的表演：那是一种含笑的、戏谑的、诙谐的、警惕的、不断的欺诈。白天欺诈，晚上欺诈；说话是欺诈，沉默也是欺诈；每一次接触、每一个表情都是欺诈，每一次爱抚、每一次争吵也是欺诈。

一位妻子在丈夫面前扮演这种角色还是比较轻松的，总体看来也算不上卑鄙。对于女人的真诚，人们心照不宣地把标准放得较低，因为她是附属性的生物，精通被奴役者所用的诡计。于是她总是可以拿心境、情绪以及不必承担全部责任的权利当借口；即使是在最拘泥传统观念的上流社会里，众人的嘲笑也总是针对她丈夫的。

而在阿彻的小圈子里，没有人嘲笑受骗的妻子；对于婚后继续追逐女性的男人，他们都给予一定程度的蔑视。在"轮作"过程当中有一段允许他们"播种野生燕麦"的时期，但这种事情不得超过一次。

阿彻一贯赞同这种观点，莱弗茨在他的心目中是个卑鄙小人。然而，爱上爱伦·奥兰斯卡却并不意味着他会变成莱弗茨那样的人。阿彻第一次发现自己面对"情况因人而异"这一可怕的论点。爱伦·奥兰斯卡不同于其他任何女人，他也不同于其他任何男人。因此，他们的情况与其他任何人都不同；除了他们自己的判断，他们不须对任何裁决负责。

话虽这么说，但是再过十分钟，他就要踏上自己的门阶，那里有梅，有习俗，有名誉，还有他与他周围的人们一贯信奉的一切古老礼节……

他在拐角处犹豫了一番，然后沿着第五大街向前走去。

在这冬季的黑夜里，他的前方隐约出现了一幢没有灯光的大宅子。他走近时心想,过去他不知有多少次看到这幢房子灯火辉煌,门阶上铺着地毯,上面搭起凉棚,排成双行的马车等待着停在路缘石上。就是在舒展地卧在边道上的那个黑沉沉的大温室里,他得到了梅的第一个吻;就是在这里的舞厅的无数蜡烛下面,她出现在他面前,颀长的身材,周身银光闪闪,宛如一位年轻的狄安娜女神。

如今这宅子像坟墓一般漆黑,只有地下室里闪烁着暗淡的煤气灯光,楼上的一个没有放下百叶窗的房间里也亮着灯。阿彻走到墙角处,发现停在门口的马车是曼森·明戈特太太的。假如西勒顿·杰克逊碰巧路过这里,这对他来说该是一个多好的机会啊!老凯瑟琳讲述的奥兰斯卡夫人对博福特太太的态度让阿彻深为感动;相比之下,发出正义谴责的纽约社会就像马路对面的路人一样冷漠无情。不过,他深知俱乐部与客厅里的那些人将会对爱伦·奥兰斯卡拜访堂姐一事做出怎样的诠释。

他停住脚步,抬头望了望那个有灯光的窗子。两位女子一定一起坐在那间屋子里,而博福特很可能已经到别处去寻求安慰了。甚至有传言说他已经带着范妮·琳离开了纽约,但博福特太太的态度使这则报道显得很不可信。

阿彻几乎是在独自观察第五大街的夜景。在这个时辰,大多数人都在家中整装准备参加晚宴,因而他暗自庆幸爱伦离开时可能不会被人看见。正想到这里,只见大门开了,她走了出来。她身后是一盏昏暗的灯,可能是有人提着下楼为她照路的。她转过身去对什么人说了一句话,然后门就关上了,她走下了台阶。

"爱伦。"她走到人行道上时他低声喊道。

她略显惊讶地停住脚步。正在这时,他看见两位装束入时的年轻人正朝这边走来,他们的外套和白领带上漂亮白丝巾的折叠方式看起来有些眼熟。阿彻感到奇怪,这种身份的年轻人怎么这么早就外出赴宴。接着他想起住在几幢房子之外的雷吉·奇弗斯夫妇当晚

纯真年代

要邀请一大群人去观看阿德莱德·尼尔森①主演的《罗密欧与朱丽叶》，他猜想这两个人可能是要去观剧的。他们走到一盏路灯下，他认出原来是劳伦斯·莱弗茨和一位小奇弗斯。

当他感觉到奥兰斯卡夫人手上那股有穿透力的暖流时，那种不愿让别人在博福特家门口看见她的俗念顿时消失得无影无踪。

"现在我可以看见你了——我们要在一起了。"他脱口说道，几乎不知自己在讲什么。

"啊，"她回答道，"奶奶已经告诉你了？"

当他看着她的时候，他注意到莱弗茨和奇弗斯在走到街角的另一端后，识趣地穿过第五大街走开了。这是一种他本人也经常履行的男性团结一致的原则，但他此刻却对他们假装没有看见的做法感到嫌恶。难道她真的以为他和她可以这样生活下去吗？如若不然，她还有什么想法呢？

"明天我一定要见你——找个只有我们两人的地方。"他说，那声音在他自己耳朵里也几乎是怒气冲冲的。

她踌躇着，朝马车的方向移动。

"可是我要待在奶奶家——我是说，目前待在那里。"她补充道，仿佛意识到她对计划的改动需要一些说明。

"找个只有我们两人的地方。"他坚持道。

她轻声一笑，让他有些恼火。

"在纽约？可这里没有教堂……也没有纪念馆。"

"可是有艺术博物馆——在公园里，"当她露出困惑的神情时他解释道，"两点半，我会在门口……"

她没有回答便转过身去，迅速钻进了马车。马车驶走的时候，她向前探了探身，他觉得她好像在黑暗中摆了摆手。他怀着矛盾混

---

① 阿德莱德·尼尔森（Adelaide Neilson, 1848~1880），英国女话剧演员。

乱的心情从后面凝望着她,觉得方才与他谈话的不是他心爱的女人,而是他已经对其感到厌倦并欠下感情债的另一个女人。他发现自己老是摆脱不掉这些陈腐的词汇,不禁对自己深感气愤。

"她会来的!"他几乎是轻蔑地对自己说。

在被称为大都会博物馆的这座由铸铁和彩瓦构成的古怪的大型建筑物中,一个主要画廊挂满了广受欢迎的"沃尔夫①收藏品"——一批描绘轶事趣闻的油画;为了避开这个画廊,他们沿着过道绕行到"塞兹诺拉②古代文物"的陈列室,这里的文物在无人问津的孤独中渐渐销蚀。

他们来到这样一个忧郁的隐避之处,坐在环绕中央散热器的长沙发椅上,默默地凝视着架在黑檀木上的那些玻璃柜,里面陈列着发掘出土的髂骨碎片。

"真奇怪,"奥兰斯卡夫人说,"我以前从没来过这儿。"

"啊,唔——我想,有一天它会变成一个了不起的博物馆的。"

"是啊。"她心不在焉地表示赞同。

她站起来,在屋里来回走动。阿彻仍旧坐在那里,观察她的身体的轻盈动作。尽管穿着厚重的毛皮外衣,她看起来仍然像个小姑娘;她的皮帽子上巧妙地插了一片鹭翅,两颊各有一个深色发卷像扁平的螺旋形藤蔓一样伏在耳朵上方。他的思想又像他们刚见面时总会发生的那样,完全集中在使她区别于其他人的那些美妙的细节上了。随即,他起身走到她伫立的匣子跟前,匣子的玻璃搁板上堆

---

① 沃尔夫,指凯瑟琳·沃尔夫(Catharine Lorillard Wolfe, 1828~1887),美国女慈善家、收藏家和学者,去世前将其收藏的大批欧洲油画遗赠给纽约大都会艺术博物馆。
② 塞兹诺拉,指帕尔马·迪·塞兹诺拉(Luigi Palma di Cesnola, 1832~1904),意大利裔美国军官和考古学家,纽约大都会艺术博物馆的首任馆长(1879~1904)。

满了破碎的小物件——几乎无法辨认的家用器皿、装饰品及琐细的私人物品,其中有玻璃制品、泥土制品、褪色的铜制品以及由于年代久远而多有污损的其他材料的物品。

"看起来好残酷啊,"她说,"过上一段时间,一切都会变得无关紧要……就跟这些小东西一样。对那些被遗忘的人来说,它们当初都是重要的必需品,可如今却只能被人放在放大镜底下去猜测,然后被贴上标签:'用途不详'。"

"不错,可是另一方面——"

"啊,另一方面——"

她站在那里,身穿海豹皮长外套,两手插在一只小小的圆手筒里,面纱像一层透明的面具一样垂到鼻尖上,他给她带来的那束紫罗兰伴随她快节奏的呼吸一颤一颤的——如此和谐的线条与色彩也会受到乏味的变化规律的支配,真是令人难以置信。

"另一方面,一切又都至关重要——只要和你有关。"他说。

她若有所思地看了看他,又坐回到沙发椅上。他坐在她身旁,等待着。突然,他听到远处传来一阵脚步声,在沿途的那些空房间中回响,这使他立即意识到时间的紧迫。

"你想对我说什么?"她问道,似乎也接到了同样的警告。

"我想对你说什么?"他应声道,"唔,我认为你来纽约是因为你害怕了。"

"害怕?"

"害怕我到华盛顿去。"

她低下头看着她的手筒,他看到她的双手在里面不安地抖动。

"嗯?"

"嗯——是的。"她说。

"你真的害怕了?你知道——?"

"是的,我知道……"

"嗯，那么怎么办呢？"他追问道。

"嗯，所以还是这样更好，不是吗？"她以疑问的语气长叹了一声。

"更好？"

"我们对别人的伤害更少一些。说到底，这不正是你一直想要的吗？"

"你是说，让你留在这儿——看得见却摸不着？就这样与你秘密相会？这与我想要的恰恰相反。那天我已经告诉过你我想怎么做了。"

她迟疑了。"你仍然认为这样——更糟糕？"

"糟糕一千倍！"他停了一下又说，"对你说谎很容易，但事实上我认为那是很讨厌的。"

"噢，我也一样！"她喊道，并宽心地舒了一口气。

他急不可耐地一下子站了起来。"哎，既然这样——就该由我来问你了：以上帝的名义，你认为更好的办法究竟是什么呢？"

她垂下头，两只手在手筒里不停地握紧又松开。那阵脚步声越来越近，一名头戴穗带帽的警卫无精打采地从屋里走过，像个蹑手蹑脚地穿过墓地的鬼魂一样。他们两人同时把眼睛盯在对面的匣子上。当那位工作人员的身影在两列木乃伊与石棺中间消失之后，阿彻又开口了。

"你认为怎样更好呢？"

她没有回答，却低声说："我答应奶奶跟她住在一起，是因为我觉得在这儿更安全一些。"

"是因为可以逃避我？"

她略微低下头，没有看他。

"更安全是因为可以不去爱我？"

她的侧影一动不动，但他看到一滴眼泪从她睫毛间涌出，挂在

面纱的网孔上。

"更安全是因为可以不对别人造成不可挽回的伤害。我们还是不要像其他人那样吧!"她提出异议说。

"其他什么人?我可不想假装与我的同类有什么不同,我也在忍受同样的需求、同样的渴望的煎熬啊。"

她有些恐惧地瞥了他一眼,他发现她的两颊泛起一片淡淡的红晕。

"如果我——到你身边来一次,然后就回家,那样行吗?"她突然大着胆子、用低沉而清晰的声音问道。

热血涌上了年轻人的额头。"最亲爱的!"他说,身体一动不动。仿佛他把自己的心捧在手中,像满满的一杯水,稍一动弹就会使水从杯中溢出。

随后,她的后半句话在他的耳中回响,他的脸又阴沉了下来。"回家?你说回家是什么意思?"

"回我丈夫家。"

"你指望我会同意吗?"

她抬起头,用困惑的目光看着他。"还有什么办法呢?我不可能留在这里,对那些善待我的人撒谎呀。"

"可正是为了这个理由,我才要你跟我远走高飞呀!"

"在他们帮我重新生活之后,去毁掉他们的生活?"

阿彻一跃站了起来,低头看着她,心里充满一种难以名状的绝望之情。他本来可以轻松地说:"好啊,来吧,来一次吧。"他知道她一旦同意,就会把极大的权力交到他手里;到时候劝她不要回丈夫家就不会有什么困难了。

然而某种原因使他的话到嘴边又停住了。她那副热情诚挚的样子使他根本不可能去尝试把她引入那种常见的陷阱。"假如我让她来,"他心中暗想,"我还得再放她走。"那样的后果是不堪设想的。

然而,看到她那湿润面颊上的睫毛阴影,他动摇了。

"毕竟,"他又开口说,"我们也有我们自己的生活……企图去做那些根本做不到的事情是没有用的。既然你对一些事情那样不带偏见,那样习惯于——如你所说——正视戈耳工,那么,我不明白你为什么不敢正视我们的处境,实事求是地看待它——除非你认为做出这种牺牲并不值得。"

她也站了起来,迅即皱起了眉头,抿紧了双唇。

"那么,随你怎么说吧——我得走了。"她说,一面从胸前掏出她的小怀表。

她转身就走,他跟上去,一把抓住她的手腕。"哎,既然这样,那就来找我一次吧。"他说。一想到要失去她,他猛地转过头去。在这一瞬间,他们两人几乎像仇人似的你看着我,我看着你。

"什么时候?"他追问道,"明天?"

她犹豫了一下,说:"后天吧。"

"最亲爱的——!"他又说。

她已经把手腕挣脱出来,但他们的目光一时还对视着。他发现她那变得极其苍白的脸上充溢着发自内心的光华。他的心充满敬畏地跳动着,觉得自己从未目睹过如此显而易见的爱情。

"噢,我要晚了——再见。不,别再往前走了。"她喊道,一面急匆匆地沿着长长的房间走过去,仿佛反射到他的眼睛里的那种容光焕发的神色吓坏了她。她走到门口,转过身停了一下,匆忙地挥手作别。

阿彻独自走回家。他进入家门时夜幕已经降临。他打量着门厅里熟悉的物品,仿佛是从坟墓的另一端观察它们似的。

客厅女佣听到他的脚步声,跑上楼梯去点燃上层楼梯平台上的煤气灯。

"阿彻太太在家吗？"

"不在，先生。阿彻太太午饭后坐马车出去了，到现在还没回来。"

他怀着一种宽慰的感觉走进书房，一下子坐到扶手椅上。女佣跟在后面，带来了书桌台灯，并向快要熄灭的炉火里加了点煤。她走后他继续一动不动地坐着，两肘支在膝盖上，两手交叉地托着下巴，眼睛盯着发红的炉架。

他坐在那儿，思绪纷乱，忘记了时间的流逝，陷入深沉的惊愕状态之中，这种惊愕似乎并没有加快生活的节奏，而是将其延缓了。"那么，这是迫不得已的……这是迫不得已的。"他心里反复地说，好像他要遭到厄运似的。他梦寐以求的目标与现在的状况相去太远，这使他的狂喜中透出一股冰冷的寒意。

门开了，梅走了进来。

"我回来太晚了——你没有担心吧，嗯？"她问道，一面把手搭在他的肩膀上，难得地爱抚着他。

他愕然地抬起头问："已经很晚了吗？"

"都七点多了。我以为你已经睡了呢！"她笑着说，随后抽出帽子上的别针，把她的丝绒帽丢到沙发上。她的脸色显得比平时苍白一些，但精神却异常焕发。

"我去看外婆。正当我要走的时候，爱伦散步回来了；于是我又留下，跟她进行了一次长谈。我们有好些年没有这样真诚地交谈过了……"她坐在平时坐的那把扶手椅上，面对着他，用手指梳理着纷乱的头发。他觉得她在等他说话。

"谈得非常开心，"她接着说，脸上活泼的笑容让阿彻感到有些做作，"她是那么亲切——完全像是过去的那个爱伦。恐怕我最近对她不够公正。有时我认为——"

阿彻站了起来，倚在壁炉台上，躲开了灯光的照射范围。

"嗯，你认为——？"他见她打住了话头，就重复了一遍。

"唉，也许我对她的评价不够公正。她是那么与众不同——至少在表面上。她接纳那么古怪的人——好像很喜欢引人注目。我想这就是她在放荡的欧洲社会所过的生活吧；我们这些人在她心目中无疑显得很无聊。不过我不想对她做不公正的评价。"

她又停住了，由于不习惯讲这么多而有点儿气喘吁吁。她坐在那里，双唇微启，两颊绯红。

阿彻望着她，想起了她在圣奥古斯丁的使馆花园里的那副脸色绯红的表情。他意识到她正在内心中进行同样的暗中努力，对超越她平时想象力范围的某种东西充满同样的渴求。

"她恨爱伦，"他心想，"并且想要克服这种感情，还想让我帮她克服。"

这一想法使他深受感动；顷刻之间，他差点儿打破两人之间的沉默，豁出去请求她的宽恕。

"你知道为什么家里人有时感到很烦恼，对吗？"她接着说，"起初我们都竭尽全力去帮助她，可是她好像从来都不理解。现在她又要去看博福特太太，还要坐外婆的马车去！我担心她已经使凡·德·卢顿夫妇产生了不和……"

"啊。"阿彻不耐烦地笑了起来。他们之间那扇敞开的门重又关上了。

"到了换衣服的时间了；我们要出去吃饭，是不是？"他问道，一面从炉火边走开。

她也站了起来，却仍然停留在炉边。当他走过她身边时，她冲动地迎上前去，仿佛要留住他一般。他们的目光相遇了，他发现她那双眼睛又蓝汪汪的，跟他离开她前往泽西城时一样。

她张开双臂绕住他的脖子，把脸紧紧贴到他的脸上。

"你今天还没吻我呢。"她悄声说。他感觉到她在他怀中颤抖起来。

第三十二章

"在杜伊勒里宫的宫廷里，"西勒顿·杰克逊先生面带怀旧的笑容说，"这类事情是被公开容忍的。"

地点是麦迪逊大街上凡·德·卢顿家的黑胡桃木餐厅，时间是纽兰·阿彻参观艺术馆的翌日傍晚。凡·德·卢顿夫妇已经从斯库特克利夫回城，打算小住几日。他们是在听到博福特破产的消息后慌忙逃到斯库特克利夫去的。人们对他们表示，这一悲惨事件使上流社会陷入一片混乱，这使得他们两人比以前任何时候都更有必要在城里露面。正如阿彻太太所说，事态已经到了少有的紧要关头，以至于到歌剧院露露面，甚至打开自家大门，成了他们两人"对社会应尽的责任"。

"我亲爱的路易莎，让莱缪尔·斯特拉瑟斯太太那样的人以为她们可以取代里吉娜，这绝对不行。那些新人正是利用这种时机闯进来，取得立足之地的。斯特拉瑟斯太太初到纽约的那年冬天，正是由于水痘的流行，才让那些已婚男人趁妻子待在育儿室时溜到她家去的。路易莎，你和亲爱的亨利一定要一如既往地承担重任啊。"

凡·德·卢顿夫妇对这样的召唤总不能充耳不闻，于是他们十分勉强却也颇为英勇地回到了城里，重开门庭，并发出两场晚宴和一场招待晚会的请柬。

这天晚上，他们邀请西勒顿·杰克逊、阿彻太太和纽兰夫妇一起去歌剧院，观赏当年冬天的《浮士德》首演。在凡·德·卢顿家里，事事少不了客套；尽管只有四位客人，就餐也在七点钟准时开始，以便在大家不慌不忙、有条不紊地用过一道道菜肴之后，绅士们还可以安心地抽一支雪茄。

阿彻自从昨晚以后还没见过妻子的面。他一早就去了事务所，埋头于积压下来的一堆业务琐事。下午一位上司又意外地召见了他，所以他回到家时已经很晚了，梅已经先去了凡·德·卢顿家，并把马车打发了回来。

此刻，隔着斯库特克利夫的康乃馨和一大堆菜盘，她给他的印象是苍白和疲倦，不过她那双眼睛依然很亮，讲话时有点儿过分活跃。

引出西勒顿·杰克逊先生的得意典故的话题是女主人提出来的（阿彻觉得这并非无心之言）。博福特的破产，或者不如说博福特破产后的态度，依然是客厅伦理学家卓有成效的话题。在对其进行彻底的探究和谴责之后，凡·德·卢顿太太把那双严苛的眼睛转向了梅·阿彻。

"亲爱的，我听说的这件事有可能是真的？据说有人曾看到你外婆明戈特的马车停在博福特太太家的门口。"引人注意的是，她不再用教名来称呼那位犯了众怒的夫人了。

梅的脸上泛起了红晕，阿彻太太急忙插言道："即使是真的，我确信明戈特太太也并不知情。"

"啊，你认为——？"凡·德·卢顿太太打住话头，叹了口气，瞥了她丈夫一眼。

纯真年代

"恐怕,"凡·德·卢顿先生说,"奥兰斯卡夫人的善心可能促使她轻率地去看望了博福特太太。"

"或者说是她对特殊人物的兴趣。"阿彻太太语气冷淡地说,同时用纯真的目光紧盯着她儿子的眼睛。

"我很遗憾这种事与奥兰斯卡夫人联系在一起。"凡·德·卢顿太太说。阿彻太太咕哝道:"啊,亲爱的——而且是在你们在斯库特克利夫接待了她两次之后!"

杰克逊先生正是在这个节骨眼上抓住了机会,提出了他得意的典故。

"在杜伊勒里宫,"他重复道,发现大家都把期待的目光转向了他,"某些方面的规范是很不严格的;假如你问莫尼[①]的钱是从哪儿来的——!或者谁为宫里的某些美人儿还债……"

"亲爱的西勒顿,"阿彻太太说,"我希望你不是在暗示我们也应当接受这样的规范吧?"

"我从来不暗示什么,"杰克逊先生泰然自若地回答道,"不过奥兰斯卡夫人在国外所受的教养可能使她不太讲究——"

"唉。"两位年长的夫人叹了口气。

"尽管如此,还是不应当将她祖母的马车停在一个违约者的门口!"凡·德·卢顿先生抗议道。阿彻猜测他可能想起了自己送到二十三街那座小房子里的那几篮康乃馨,因而愤愤不平。

"当然了,我一直说她看问题的眼光跟别人完全两样。"阿彻太太总结道。

一片红晕涌上了梅的额头。她望着桌子对面的丈夫,突然说道:"我确信爱伦原本是出于好心。"

"轻率的人常常是好心的。"阿彻太太说,仿佛这一事实很难

[①] 莫尼,指莫尼公爵查尔斯·约瑟夫(Charles Auguste Louis Joseph, duc de Morny, 1811~1865),法国贵族与政治家,曾任内务大臣。

成为为其开脱的借口。凡·德·卢顿太太低声说:"她若是能找人商量一下——"

"咳,她从来不会找人商量的!"阿彻太太应声说。

这时,凡·德·卢顿先生瞥了妻子一眼,后者朝阿彻太太略一欠身,三位女士便拖着熠熠闪光的裙裾从门口出去了,绅士们则安心地抽起了雪茄。凡·德·卢顿先生供应的是晚上听歌剧前吸的短雪茄,不过口味极佳,以至于客人们都为主人的恪守时间而感到惋惜。

第一幕结束后,阿彻甩开同伴,朝俱乐部包厢的后排走去。在那里,他越过奇弗斯、明戈特、拉什沃斯家的许多人的肩膀,注视着两年前与爱伦·奥兰斯卡第一次见面的那天晚上相同的场景。他有意无意地盼望她再次出现在老明戈特太太的包厢里,但那个包厢却空无一人。他坐着一动不动,两眼紧盯着那个包厢,直到尼尔森夫人纯正的女高音突然高唱:"他爱我,他不爱我……"

阿彻转向舞台,在由硕大的玫瑰花和擦笔布般的三色堇组成的熟悉的舞台布景中,同一位身材高大、金发碧眼的受害者正在屈服于同一位矮小的棕发引诱者。

他的目光扫视了一个"U"字形,从舞台上落到梅就座的地方。她坐在两位年长的夫人中间,就像两年前的那个晚上,她坐在洛弗尔·明戈特太太与她那位刚到的"外国"表姐中间。和那天晚上一样,她穿着一身白色礼服;阿彻刚才没注意她穿的是什么衣服,这时才认出她穿的是那身带有老式花边的蓝白缎子结婚礼服。

按照老纽约的习俗,新娘在婚后的头一两年里都要穿着这身贵重的衣服露面。据他所知,他的母亲一直把自己的结婚礼服包在棉纸里保存着,指望有朝一日让詹妮穿;然而可怜的詹妮眼看已到了只有穿珠灰色府绸和不带女傧相才显得"合宜"的年龄。

阿彻忽然想到,自从他们从欧洲回来以后,梅很少穿她的新

娘缎服。现在他意外地看到她穿上了这身衣服，不由将她的外貌与两年前他怀着幸福的憧憬来观察的那位年轻姑娘的外貌做了一番比较。

虽然梅那女神般的体格早就预示她的轮廓会像现在这样略显粗大，但她那笔挺的运动员身姿和少女般的坦诚表情却依然如故；若不是阿彻近来注意到的那一丝倦怠，她的相貌简直跟订婚那天晚上玩弄那束铃兰的那位姑娘一模一样。这样的纯真就像小孩子信赖地握住别人的手那样感人至深，这一事实似乎格外令他同情。接着，他想起了潜伏在她的漠然与沉静之下的激昂慷慨，想起了当他力劝她在博福特家的舞会上宣布他们的订婚消息时她那理解的目光；他仿佛又听到了她在使馆花园里说过的那句话："我不能把我的幸福建立在一种伤害——一种对别人的伤害——之上。"这时，一种难以遏制的渴望攫住了他：他要对她说出真相，以便仰仗她的宽宏大量，请求得到他一度拒绝过的自由。

纽兰·阿彻是个沉静而善于自我克制的年轻人，遵循一个狭小社会阶层的行为准则几乎已经成了他的第二天性。对于任何哗众取宠和引人注目的行为，对于任何被凡·德·卢顿先生和俱乐部包厢里的人们指责为粗鲁举止的行为，他都深恶痛绝。但是，他突然间忘记了俱乐部包厢，忘记了凡·德·卢顿先生，忘记了把他长期关在"习惯"这个温暖的庇护所中的一切。他穿过剧场后面半圆形的过道，打开了凡·德·卢顿太太包厢的门，仿佛那原是一道通往未知世界的门一样。

"他爱我！"欢欣鼓舞的玛格丽特正在颤声高唱。阿彻一进包厢，里面的人全都惊讶地朝他抬起头来。他已经违反了他那个圈子的一条规则——在独唱期间是不准进入包厢的。

他悄悄从凡·德·卢顿先生和西勒顿·杰克逊先生中间走了过去，俯身对着他的妻子。

"我头痛得厉害,别告诉任何人,回家去,好吗?"他悄声说。

梅理解地看了他一眼,他看到她低声告诉了她母亲,后者同情地点了点头;接着她又低声向凡·德·卢顿太太表示了歉意,便从座位上站了起来。这时正值玛格丽特倒在浮士德的怀中。当阿彻帮她披歌剧斗篷时,他注意到两位老夫人彼此交换了一个意味深长的微笑。

他们乘车离开时,梅怯生生地把手放到他的手上。"你不舒服,我心里很难过。恐怕他们在事务所又让你劳累过度了。"

"不——不是那样。你介意我把窗户打开吗?"他心慌意乱地说,一面拉下他那边的窗格玻璃。他坐在那里,凝望着外面的街道;他觉得身边的妻子就像是一种充满警惕的无声审讯,便把眼睛紧紧盯在路过的一幢幢房子上面。到了家门口,她在马车的台阶上被裙子绊了一下,倒在他的身上。

"你受伤了吗?"他问道,伸出胳膊扶住她。

"没有。可是我可怜的衣服——瞧我把它撕成了这样!"她大声说。她弯身提起被泥土弄脏的那一面,跟着他走上台阶,进了门厅。仆人们没有料到他们这么早回来,上层楼梯平台上只有一丝微弱的煤气灯光。

阿彻走上楼梯,捻亮了灯,并用火柴点着书房壁炉架两侧的煤气灯嘴。窗帘都拉上了,屋子里暖融融的温馨气氛深深触动了他,使他觉得好像在执行一项难于启齿的任务时遇上了熟人一样。

他注意到妻子的脸色十分苍白,便问她是否需要他拿些白兰地来。

"噢,不用了。"她边脱外套边大声说,脸突然红了。"你最好还是马上就去睡觉吧?"她又说。这时他打开桌上的一个银匣子,取出一支香烟。

阿彻丢下香烟，走到炉火旁他平时常坐的地方。

"不用，我的头痛没有那么厉害。"他停顿了一下，又说，"有件事我想说一说，一件重要的事——我必须马上告诉你。"

她已坐到扶手椅里，听到他的话之后抬起头来。"什么事，亲爱的？"她应声道，声音是那么温柔，以致他感到纳闷，不明白她对自己这番开场白怎么如此见怪不怪。

"梅——"他开口说，这时他站在她的椅子的几英尺之外，低头看着她，仿佛他们之间的这点距离是个不可逾越的深渊似的。他的声音在这种舒适宁静的气氛中听起来有些诡异。他又重复道："有件事情我必须告诉你……是关于我自己的……"

她默默地坐在那里，一动不动，眼睛都没眨一下。她的脸色仍然非常苍白，但脸上的表情却出奇的平静，那种表情仿佛来源于内心中的某种神秘的力量。

阿彻压住了涌到嘴边的那些表示自责的套话，他决定直言不讳地把事情说开，不做徒劳的反责或申辩。

"奥兰斯卡夫人——"他说道。但他的妻子一听这个名字便举起一只手，好像让他住口似的。这样一来，煤气灯光便照射在她那枚结婚戒指的金面上。

"噢，今晚我们为什么要谈论爱伦呢？"她不耐烦地稍稍绷起了脸。

"因为我早就该讲了。"

她的脸色依然很平静。"真的有必要吗，亲爱的？我知道我有时对她不够公正——也许我们都不够公正。无疑你比我们更理解她，你一直对她很好。不过，既然事情已经都过去了，还有什么关系呢？"

阿彻茫然地看着她。他感到自己被束缚于其中的那种不真实感难道已经自动传染给他妻子了吗？

"都过去了——你这话是什么意思?"他含糊不清、结结巴巴地问道。

梅仍然用坦率的目光看着他。"怎么——因为她很快就要回欧洲了;因为外婆赞成她,理解她,并且已经做好了安排,让她不用依靠她丈夫就可以独立生活——"

她突然住了口;阿彻用一只抖动的手抓住壁炉架的一角,借以支撑住自己,并徒然地试图对混乱的思绪进行同样的控制。

"我以为,"他听见妻子那平静的声音继续说,"你今天傍晚留在办公室是为了进行事务性准备呢。我想,事情是在今天上午决定的。"在他视而不见的注视之下,她垂下了眼睛,脸上又掠过一片瞬时即逝的红晕。

他觉得自己的目光一定令她无法忍受,于是转过身去,将双肘支在壁炉架上,捂住了脸。有种什么东西在他耳朵里咕咚咕咚、叮当叮当地乱响,说不清是他血管里血液的悸动,还是壁炉上钟表的滴答声。

梅坐在那里一动不动,一声不吭;那只钟表缓缓地走了五分钟。炉格里的一小块煤向前滚落下来,他听见她起身把它推了回去。阿彻终于转过身来面对着她。

"这不可能。"他大声说。

"不可能——?"

"你是怎么知道的——你刚才告诉我的事?"

"昨天我见到爱伦了——我告诉过你,我在外婆家见到了她。"

"她不是那时告诉你的吧?"

"不是。今天下午我收到了她的一张字条——你想看看吗?"

他一时说不出话来。她走出了房间,旋即又回来了。

"我还以为你知道了呢。"她率真地说。

她把一张纸放在桌上,阿彻伸手拿了起来。那封信只有几行字:

"亲爱的梅,我终于让奶奶明白了,我对她的探望只能是一次探望而已;她像从前一样善良和宽宏大量。她现在明白了,如果我回欧洲去,我必须自己生活,或者宁可跟可怜的梅多拉姑妈一起生活——姑妈要和我一起去。我要赶回华盛顿去打点行装,我们下周就乘船出发。我走以后你一定要好好照料奶奶——就像你一直善待我那样。爱伦。

"假如我的朋友中有谁想劝我改变主意,请告诉他们那是完全没有用的。"

阿彻把信读了两三遍,然后把它扔下,爆发出一阵大笑。

他的笑声把他自己吓了一跳,使他想起那天半夜里他把詹妮吓了一跳的情形:当时詹妮看到他不可理喻地笑个不停,笑得前俯后仰,因为他接到了梅的那封宣布婚礼日期提前的电报。

"她为什么要写这封信?"他极力止住笑,问道。

梅以她不变的直率态度回答了他的问题:"我想是因为我们昨天把事情详细地谈论了一番。"

"什么事情?"

"我告诉她,我怕我过去对她不够公正——往往不能理解她在这里的处境有多艰难;她一个人待在这么多既是亲戚又是陌生人的人中间,他们都自认为有批评的权利,但却往往并不了解事情的原委。"她停了停又说,"我知道你一直是她可以永远信赖的朋友;我想让她明白,你和我是一样的——我们的所有情感都是一样的。"

她踌躇了一下,似乎在等他说话,然后又缓缓地补充道:"她理解我想对她说这些话的心情,我认为她什么都理解。"

她走到阿彻跟前,拿起他的一只冰冷的手,迅速地把它按在自己的面颊上。

"我的头也痛起来了。晚安,亲爱的。"她说,然后转身走向门口,拖着那身破损、泥污的结婚礼服走出了房间。

第三十三章

正像阿彻太太笑盈盈地对韦兰太太所说的那样,对于一对年轻夫妇来说,举办第一次大型晚宴可是一件了不起的大事。

纽兰·阿彻夫妇成家以来,非正式地接待过不少客人。阿彻喜欢邀请三四个朋友一起用餐;梅则效法母亲在处理夫妇事务时为她树立的榜样,满面笑容、热情洋溢地招待来客。她丈夫心想,倘若把事情全交给她一个人来处理,不知她是否还会邀请别人到家里来做客;不过他早已放弃了从传统和教养把她塑成的模式中剥离出她的真实自我的尝试。在人们看来,富有的纽约年轻夫妇理应举办大量的非正式招待活动,而对于一位与阿彻家族成员联姻的韦兰家族成员来说,恪守这一传统就更是义不容辞的责任了。

但大型晚宴却另当别论;它需要雇一位厨师,借两名男仆,供应罗马潘趣酒和亨德森花店的玫瑰,还要准备印在金边卡片上的菜单;举办这样一次晚宴,绝非轻而易举之事。正如阿彻太太所说,有了罗马潘趣酒,情况就大不一样了;个中原因倒不在于酒本身,而在于它的多重含义——它意味着灰背野鸭或甲鱼,两道汤,一热一冷两道甜品,短袖低领女衫,以及具有相应身份的客人。

纯真年代

一对年轻夫妇用第三人称发出他们的第一批请柬,总是一件十分有趣的事;他们的邀请就连那些老手和热门人物也很少拒绝。尽管如此,凡·德·卢顿夫妇能应梅的要求留下来,出席她为奥兰斯卡伯爵夫人举办的告别宴会,仍然被公认为一大胜利。

在这个重要日子的下午,身为婆婆和岳母的两位太太坐在梅的客厅里,阿彻太太在最厚的金边纸板上誊写着菜单,韦兰太太则指挥仆人摆放棕榈树与落地灯。

阿彻很晚才从事务所回来,发现她们还坐在那里。阿彻太太已经把注意力转向了餐桌上的人名卡,而韦兰太太则正在斟酌把镀金大沙发移到前边的效果,这样可以在钢琴和窗户之间制造出另一个"角落"。

他们告诉他,梅正在餐厅里检查长餐桌中间的那些雅克明诺蔷薇和掌叶铁线蕨的堆放情况,以及放在枝状烛台间的那几个盛放梅拉德夹心糖果的透孔银篮子的摆放位置。钢琴上面放着一大篮兰花,是凡·德·卢顿先生派人从斯库特克利夫送来的。总之,在如此重要的事件来临之际,一切都已按照常规准备就绪。

阿彻太太仔细地看着来宾名单,用她那支尖头金笔在每个名字上打着钩。

"亨利·凡·德·卢顿——路易莎——洛弗尔·明戈特夫妇——雷吉·奇弗斯夫妇——劳伦斯·莱弗茨和格特鲁德——(不错,我想梅请他们是对的)——塞尔弗里奇·梅里夫妇,西勒顿·杰克逊,范·纽兰和他的妻子(时间过得多快呀!他给你做男傧相仿佛还是昨天的事呢,纽兰)——还有奥兰斯卡伯爵夫人——对,我想就这些了……"

韦兰太太亲切地上下打量了女婿一番,说:"纽兰,谁都不能说你和梅为爱伦举办的送行宴会不够气派。"

"啊,嗯,"阿彻太太说,"我理解梅的想法,她是想让她的表姐告诉外国人,我们并非那么不开化。"

"我相信爱伦一定会十分感激的。我想她今天上午就该到了。宴会将为她留下最后的美好印象。起航的前一天晚上通常都是非常枯燥乏味的。"韦兰太太兴致勃勃地接着说。

阿彻朝门口转过身去,他的岳母朝他喊道:"过去瞧瞧餐桌吧,别让梅太劳累了。"但他却假装没有听见,跳上楼梯,朝书房走去。他面前的书房就像一张陌生面孔装出一副彬彬有礼的鬼脸;他发现它被冷酷地"整理"过,布置过了,有人周到地分配了烟灰缸和雪松木匣子,以备绅士们在里面吸烟。

"啊,嗯,"他心想,"这不会持续很久的——"他接着又到他的梳妆室去了。

奥兰斯卡夫人离开纽约已经十天了。在这十天当中,阿彻没有从她那里得到一点儿音讯,除了还给他的一把包在棉纸里的钥匙——是被封在信封内送到他办公室去的,信封上的地址是她的手迹。对他的最后请求的这种反驳本来可以被解释为一种常见游戏的典型步骤,可年轻人却偏偏赋予它另外的含义:她仍然在与命运抗争;她要到欧洲去,但不会回到她丈夫身边。因此,没有什么事情会阻碍他去追随她;一旦他采取了无可挽回的步骤,并向她证明事情已经无可挽回,他相信她是不会撵他走的。

对未来的这一信念支持着他扮演当前的角色,使他坚持不给她写信,也不在外表或行动中流露出任何痛苦和受辱的迹象。他觉得在他们两人之间这场极为隐秘的游戏中,王牌仍然握在他的手中;于是他等待着。

不过,这期间也有十分难挨的时刻,比如在奥兰斯卡夫人走后的第二天,列特布莱尔先生派人来找他,要他审查一下曼森·明戈特太太打算为孙女开设的信托财产的细节问题。阿彻花了几个小时

与上司一起审查事项的条款,其间他却隐隐感到,人家找他商量这件事,并非出于他的表亲身份这一明显原因;他认为讨论结束时就会真相大白。

"嗯,这位夫人无法否认,这是一个相当不错的解决方法,"列特布莱尔先生将一份协议概要喃喃地评论了一通之后总结道,"实际上,我应当说,从各方面来看,她得到的待遇还是相当优厚的。"

"从各方面来看?"阿彻带着一丝嘲笑的口吻重复道,"您指的是她丈夫提议把她自己的钱还给她吗?"

列特布莱尔先生那浓密的眉毛被挑起了一点点。"我亲爱的先生,法律就是法律,你妻子的表姐是按照法国法律的规定结婚的。她应当明白那意味着什么。"

"即使她明白,后来发生的事情也——"阿彻没有往下说。列特布莱尔先生已经把笔杆抵在他那满是皱褶的大鼻子上,正在沿着笔杆往前看,那副表情俨然如同那些德高望重的老绅士想要告诫年轻人:美德并不是无知的同义词。

"亲爱的先生,我并不想为伯爵的罪过开脱;但是——但是另一方面……我也不愿自找麻烦……嗯,对于那个年轻的保护人来说……事情还没到以牙还牙的地步……"列特布莱尔先生打开一个抽屉,把一份折叠的文件推到阿彻面前,说,"这份报告是几次慎重询问的结果……"然后,看到阿彻没有去看那份文件,也无意驳斥他暗示的内容,那位律师有点儿无精打采地接着说,"你瞧,我并不是说这就是最后的结局了;事情还远远没有结束。但见微知著……总的来说,这种体面的解决方法对于它所涉及的各方各面而言,都是非常令人满意的。"

"噢,非常令人满意。"阿彻赞同地说,把文件推了回去。

过了一两天,应曼森·明戈特太太的召唤,他的灵魂经历了一次更加深刻的考验。

他发现老夫人意气消沉,牢骚满腹。

"你知道她把我给抛弃了?"她开门见山地说,没等他回话,她又接着说,"唉,别问我为什么!她说了那么多理由,以至于我全都忘了。我个人认为是因为她忍受不了无聊。不管怎样,奥古斯塔和我的儿媳们就是这样想的。我并不认为事情都怪她。奥兰斯基是个无可救药的恶棍,可是跟他在一起生活肯定比在第五大街生活要快活得多。家里人可不承认这一点,他们认为第五大街简直就是天堂外加一条和平大街。可怜的爱伦当然不打算回到丈夫那儿去,她跟以前一样坚决反对那样做。所以她准备跟那个愚蠢的梅多拉在巴黎定居……唉,巴黎就是巴黎,在那里,哪怕你没有几个钱,也能维持一辆马车。可是她像一只小鸟一样快活,我会想念她的。"两滴眼泪——老年人干涩的眼泪——顺着她那肥胖的面颊滚落下来,消失在她那无边无际的胸脯上。

"我只要求一件事,"她最后说,"他们不要再来打扰我。确实该让我安心消化我的稀粥了……"她有点儿恋恋不舍地对阿彻眨眨眼睛。

就在这天晚上,他刚回到家,梅就宣布她打算为表姐举办一场告别宴会。自从奥兰斯卡夫人逃往华盛顿的那一夜起,她的名字在他们两人之间就一直没有被提起过,因而阿彻惊讶地望着妻子。

"举办宴会——为什么?"他质问道。

她的脸红了。"可你是喜欢爱伦的呀——我以为你会高兴呢。"

"你这么说——可真是太好了。但我确实看不出——"

"我一定要举办,纽兰,"她说,然后平静地站了起来,走到她的书桌前,"这些请柬全都写好了,是妈妈帮我写的——她也认为我们应该举办。"她停住话头,有些局促不安但却面带笑容。阿

彻顿时认识到，站在他面前的乃是"家族"的化身。

"噢，那好吧。"他说，一面视而不见地看着她递到他手中的客人名单。

晚宴前他走进客厅时，梅正俯身在炉火上，耐心地摆弄里面的木柴，试图让它们在不太习惯的洁白瓷砖里烧旺。

高高的落地灯全都被点亮了，凡·德·卢顿先生的兰花被安置在各式各样的新式瓷盆与带有球状雕饰的银制容器里，十分引人注目。大家普遍认为，纽兰·阿彻太太的客厅布置得极为成功。一只镀金的竹制花架挡在通向凸窗的过道上（老眼光的人可能更喜欢在此处摆放一尊"米洛的维纳斯"①的缩微铜像），花架上缀满及时更新的报春花与瓜叶菊；浅色锦缎沙发与扶手椅巧妙地聚拢在几张精致的小桌子周围，桌上密密麻麻摆满了银制玩具、瓷制小动物和花朵形状的相框；罩着玫瑰色灯罩的落地灯高高地耸立其间，宛如棕榈丛中的热带花卉。

"我想爱伦从来没见过这间屋子点上灯的情景。"梅说。她停下手里的工作，满面通红地抬起头来，用可以谅解的骄傲目光环视四周。她支在烟囱一侧的一把铜火钳咣啷一声倒了下来，淹没了她丈夫回答的声音；他还没来得及把火钳重新支好，仆人就通报凡·德·卢顿先生和太太到了。

其他客人也接踵而至，因为大家都知道凡·德·卢顿夫妇喜欢准时就餐。房间眼看就要满了，阿彻正忙着给塞尔弗里奇·梅里太太看维白克霍文②的一幅上过浓漆的《绵羊习作》（韦兰先生送给梅的圣诞礼物），这时他突然发现奥兰斯卡夫人已经站在他身边。

---

① "米洛的维纳斯"，指古希腊雕像"断臂的维纳斯"。它于1820年在爱琴海南部的米洛岛被发现，所以又被称为"米洛的维纳斯"。现藏于法国卢浮宫。
② 维白克霍文，指欧仁·维白克霍文（Eugène Verboeckhoven, 1799~1881），比利时画家，擅长动物题材的创作。

她的脸色格外苍白,这使她的黑发显得比以往更加浓密和乌黑。也许是因为(或者确实是因为)她在脖子上绕了几圈琥珀珠子,他突然想起自己曾经在孩子们的宴会上与之跳舞的那个年幼的爱伦·明戈特,那是在梅多拉·曼森第一次把她带到纽约之后。

也许是琥珀珠子与她的肤色格格不入,也许是她的衣服不太合身:她的脸上显得毫无光泽,甚至可以说很难看,但是他却从来没有像此刻这样喜爱这张脸庞。他们的手握在了一起,他觉得仿佛听到她说:"是的,我们明天就乘'俄罗斯号'起航——"接着他又听到几次毫无意义的开门声;过了一会儿,只听见梅的声音说道:"纽兰!宴会已经宣布开始了,你带爱伦进去好吗?"

奥兰斯卡夫人把手搭在他的手臂上;他注意到这只手没戴手套,于是想起了他和她一起坐在二十三街那间小客厅里的那个晚上,当时他两只眼睛一直紧紧盯着这只手。从她脸上消失的美似乎都躲藏到搭在他衣袖上的纤纤玉指及微凹的指关节上了。他心中暗想:"即使仅仅为了再看到她的手,我也必须追随她——"

只有在以招待"外宾"的名义举办的宴会上,凡·德·卢顿太太才会屈尊在主人左侧就座。没有比这一告别仪式更能巧妙地强调奥兰斯卡夫人的"外籍"身份的了。凡·德·卢顿太太十分和蔼地接受了换位,让人感到她对此是毫无异议的。有些非做不可的事,一旦要做,索性就做得漂漂亮亮、淋漓尽致;按照老纽约的规矩,以一位即将被家族除名的女眷为中心的家族聚会,就属于这样一件事。既然奥兰斯卡伯爵夫人前往欧洲的航程已定,那么,为了显示对她的坚定不移的爱心,韦兰家族与明戈特家族即使是赴汤蹈火也在所不辞。阿彻坐在餐桌首席,惊异地观看着这一默默进行的不屈不挠的活动。在家族的支持下,这次活动使她的名声得以恢复,对她的怨愤得以平息,她的过去受到了宽恕,她的现在变得光辉灿烂。凡·德·卢顿太太对她隐约露出了善意——这是她最接近热忱

的表示了；凡·德·卢顿先生则从梅右首的座位上顺着餐桌频频投来目光，显然是想证明他从斯库特克利夫送来的那些康乃馨并没有白送。

在这个场合中，阿彻似乎处于一种奇怪的失重状态之下。他仿佛漂浮于枝形吊灯与天花板之间的某个地方，唯独不知自己在这些活动中有什么作用。他的目光从一张张营养充足、气定神闲的脸上掠过，觉得所有那些专心享用梅的灰背烤鸭、看似并无恶意的人，其实是一伙不声不响的同谋者，他自己与坐在他右首的那位面色苍白的女子则是他们联合对付的中心目标。随后，他脑中的许多零碎的微光连成一大片耀眼的光芒，使他忽然想到，在所有这些人的心目中，他与奥兰斯卡夫人是一对情人，是"外国"语汇所特有的那种极端意义上的情人。他想，几个月来他自己可能一直是无数眼睛悄悄观察、无数耳朵耐心倾听的中心人物；他知道，借助于他尚不清楚的某种手段，他们终于成功地把他和他的犯罪同伙拆开了；如今，整个家族都聚集在他妻子周围，心照不宣地假装他们什么都不知道，或者什么都没想过，而这次招待活动仅仅出于梅·阿彻的正常心愿——亲切地为她的朋友兼表姐送别。

这是纽约"杀人不见血"的老办法；这个办法属于那些害怕丑闻甚于疾病的人，那些置体面于勇气之上的人，那些认为"出事"（除了肇事者本身的行为以外）是最没有教养的表现的人。

这些思绪接连不断地浮上阿彻的心头；他感到自己像个囚犯，被包围在一伙武装分子中间。他环视餐桌四周，从人们交谈的语气推测出追捕他的人个个都铁面无私——他们一边品尝佛罗里达的龙须菜，一边谈论博福特和他的妻子。"这是为了让我看看，"他心想，"我将会落到什么下场——"比直接的行动更加高明的暗示与类比，比激烈的言辞更加有力的沉默，共同构成一种死一般的感觉，像家族陵墓的一道道大门一样向他步步逼近。

他放声大笑，遇到了凡·德·卢顿太太惊异的目光。

"你认为这很可笑吗？"她苦笑着说，"当然了，可怜的里吉娜想留在纽约，我想这个主意的确有荒唐的一面。"阿彻喃喃地回答道："当然。"

这时，他意识到奥兰斯卡夫人的另一位邻座与他右边的那位夫人已经交谈了一段时间；同时他也看到，安详地端坐于凡·德·卢顿先生和塞尔弗里奇·梅里先生中间的梅顺着餐桌迅速地投来一个眼色。显然，他这位主人与坐在他右首的夫人总不能一顿饭下来一直保持沉默。于是他转向奥兰斯卡夫人，她以淡然的笑容迎着他，似乎在说："噢，让我们坚持到底吧。"

"你觉得旅行很累吧？"他问。他的声音十分自然，连他自己都吃了一惊。她回答说，恰好相反，这是她最舒适的一趟旅行。

"只是，你知道，火车上太热了。"她补充道。他则说，到了她即将前往的那个国家，她就不会再受这份罪了。

"有一年四月，"他加强了语气说，"我在加来至巴黎的火车上差点儿被冻僵。"

她说她并不觉得奇怪，但又说，毕竟还是有办法的，可以多带一块围毯；她还说，每种旅行方式都有其艰苦的地方。对此，他唐突地回答说，他认为，与远走高飞的幸福相比，这一切都算不了什么。她脸色大变，他却突然提高嗓门说："我打算不久以后一个人去进行许多漫长的旅行。"她的脸庞一阵震颤，他则朝雷吉·奇弗斯探过身去大声说："我说，雷吉，你觉得去漫游世界怎么样？——我是说，现在就去，下个月就去！你敢去，我就敢去——"听了这话，雷吉太太尖声说道，在玛莎·华盛顿舞会结束之前，她决不会放雷吉走；那个舞会是她准备在复活节那一周为盲人院安排的活动。她的丈夫则温和地说，到了那时，他就得为准备国际马球比赛进行训练了。

纯真年代

但塞尔弗里奇·梅里先生却抓住了"漫游世界"这个短语；他曾经乘自己的汽艇环游地球一周，于是抓住机会给餐桌周围的人们讲述了几条关于地中海沿岸港口海水太浅的惊人见闻。不过呢，他补充道，这其实也没什么关系；因为，你若是见识过了雅典、士麦那[①]和君士坦丁堡[②]，还有什么地方值得一游呢？梅里太太则说，她太感激本科姆医生了，他让他们两人答应不去那不勒斯，因为那里热病流行。

"可你必须花三周时间才能游遍印度。"她丈夫让步道；他急于让大家明白，他绝不是一个轻率的环球旅行家。

说到这里，女士们起身到客厅去了。

在书房里，劳伦斯·莱弗茨不顾还有几位更重要的人士在场，占据了主导地位。

和平时一样，话题又转回到博福特夫妇身上。就连凡·德·卢顿先生和塞尔弗里奇·梅里先生也坐在大家心照不宣地为他们留出的体面扶手椅里，等着听这位年轻人的猛烈抨击。

莱弗茨从来没有像现在这样，浑身充满美化基督徒人格、歌颂家庭神圣性的情感。义愤使他的话锋分外犀利；显然，假如别人都效法他的榜样，以他的话为行动指南，那么，上流社会绝不会软弱到去接纳一个像博福特这样的外籍暴发户——不会的，先生；即使他娶的不是达拉斯家的人，而是凡·德·卢顿家或兰宁家的人，那也不会的。莱弗茨愤怒地质问道，倘若博福特不是早已慢慢钻入了某些家庭——莱缪尔·斯特拉瑟斯太太之流就是紧步他的后尘而行动的——他怎么能有机会与达拉斯这样的家族联姻呢？如果上流社会主动向平民女子敞开大门，尽管是否有益是值得怀疑的，但危害还不是太大；然而，一旦上流社会开始容忍出身不明、财产肮脏的

[①] 士麦那，即伊兹密尔，土耳其港市。
[②] 君士坦丁堡，土耳其西北部港市，现名伊斯坦布尔。

男人，那么，其结局必然是彻底的崩溃——而且为期不会很远。

"假如事态照这个速度发展，"莱弗茨咆哮道，那副神态好像是被普尔打扮成先知的一个年轻人，只是还没有被人扔石头，"那么，我们就会看到我们的孩子争夺诈骗犯家的请柬，跟博福特的杂种结亲。"

"噢，我说——不要夸大其辞嘛！"雷吉·奇弗斯和小纽兰抗议道。这时，塞尔弗里奇·梅里先生显得大惊失色，痛苦与厌恶的表情也浮现在凡·德·卢顿先生那张敏感的脸上。

"他有杂种吗？"西勒顿·杰克逊先生大声问道，一面竖起了耳朵。莱弗茨试图用一阵笑声来回避这个问题，老绅士则对着阿彻的耳朵唠叨说："那些老想拨乱反正的家伙真是奇怪。有些人自己雇佣着最糟糕的厨师，却总跟你说他们外出就餐的时候中了毒。可我听说我们的朋友劳伦斯的这通谩骂是事出有因的——据我所知，这一次跟打字机有关……"

这些谈话从阿彻耳边掠过，就像没有知觉的河水不停地流啊流，因为它不知道何时才该停下来。他从周围的一张张面孔上看到了好奇、开心甚至欢快的表情。他听着年轻人的笑声，听着凡·德·卢顿先生和梅里先生对阿彻家马德拉葡萄酒的精到的赞誉。透过这一切，他朦胧地感觉到大家都对他很友好；他觉得自己像个囚犯，而看管他的那个警卫仿佛正在试图软化自己的俘虏。这种感觉更加坚定了他争取自由的强烈决心。

随后，他们到客厅里加入了女士们的行列。他在那里遇到了梅得意扬扬的目光，从中看出了对一切都"进展"顺利的信心。她从奥兰斯卡夫人身旁站了起来，后者马上被凡·德·卢顿太太招呼到她所坐的镀金沙发上就座。塞尔弗里奇·梅里太太费力地穿过客厅，加入了她们的谈话。阿彻明白了，原来这里也在进行一场清除旧迹、恢复名誉的阴谋。那个把他的小圈子聚拢在一起的隐秘的组织，决心要表明它从未对奥兰斯卡夫人行为的正当性或阿彻家庭幸福的圆满性有过片刻怀疑。所有这些和蔼可亲、坚定不移的人们都毅然决然地相互欺骗，假装从未听说过、从未猜想过一丁点儿与此相反的情形，甚至认为这样的情形是完全不可能出现的。从这一整套精心设计的互相作假的表演中，阿彻又一次看出整个纽约社会都相信他是奥兰斯卡夫人的情人这一事实。他窥见了妻子眼中胜利的光芒，第一次认识到她也持有这种看法。这一发现引起了他内心深处的一阵邪恶的笑声；在他努力与雷吉·奇弗斯太太及小纽兰太太谈论玛莎·华盛顿舞会的整个过程中，这笑声一直在他胸中回响。夜晚的时光就这样匆匆流逝，就像没有知觉的河水一样流啊流，不知如何才能停息。

终于，他看见奥兰斯卡夫人站了起来，向人们道别。他明白，再过一会儿，她就要走了；他努力回忆自己在晚宴上同她说过的话，可是连一个字都想不起来。

她朝梅走了过去，同时其余的人在她周围围成了一圈。两位年轻女子握了握手，然后梅向前探身，吻了吻她的表姐。

"在她们两人中，当然是我们的女主人漂亮多了。"阿彻听到雷吉·奇弗斯小声对小纽兰太太说。他想起博福特曾经粗鲁地嘲笑梅的美不够动人。

过了一会儿，他进了门厅，把奥兰斯卡夫人的斗篷披在她的肩上。

尽管他思绪紊乱，他却下定决心不说任何可能惊扰她的话。他坚信，现在已经没有任何力量能够改变他的意图，因此他有足够的勇气听凭事态自然发展。但是，当他跟随奥兰斯卡夫人走进门厅时，他突然渴望在她的马车门前与她单独待一会儿。

"你的马车在这儿吗？"他问道。这时，正在庄严地穿貂皮大衣的凡·德·卢顿太太却温柔地说："我们要送亲爱的爱伦回家。"

阿彻心里一怔；奥兰斯卡夫人用一只手抓住斗篷和扇子，向他伸出另一只手。"再见了。"她说。

"再见——不过很快我就会到巴黎去看你。"他大声回答说——他觉得自己是喊出来的。

"噢，"她嗫嚅道，"如果你和梅能来——！"

凡·德·卢顿先生上前把胳膊伸给她，阿彻则转向凡·德·卢顿太太。过了片刻，在滚滚前行的大马车里面的一片昏暗中，他隐隐地瞥见了她那张椭圆形的脸孔和那双炯炯有神的眼睛——她走了。

他踏上门阶时遇见正与妻子一起往下走的劳伦斯·莱弗茨。莱弗茨拉住主人的衣袖，后退一步让格特鲁德过去。

"我说，老伙计，明天晚上我在俱乐部和你共进晚餐，你没意见吧？多谢多谢，你真是个大好人！晚安。"

"宴会确实进行得非常顺利，是不是？"梅从书房的门口问道。

阿彻猛地醒过神来。最后一辆马车刚刚驶走，他就来到书房，把自己关在里面，心中盼望还在下面逗留的妻子会直接回她的房间去。可现在她却站在那里，脸色苍白而憔悴，但却焕发着劳累过度者的那种虚假的活力。

"我进来聊聊好吗？"她问。

"当然可以，如果你高兴的话。不过你一定特别困——"

"不，我不困。我愿意跟你坐一小会儿。"

"很好。"他说，一面把她的椅子推到火炉旁边。

她坐了下来，他回到他的座位上；但在很长时间里谁也没有说话。最后，阿彻突然开口说："既然你不累，又想谈一谈，那么，

有件事我必须告诉你。那天晚上我就想——"

她迅速地看了他一眼，说："好的，亲爱的。一件关于你自己的事？"

"是关于我自己的。你说你不累；唉，我可觉得很累，特别累……"

转瞬之间，她充满了温柔的忧虑之情。"啊，我就知道会这样的，纽兰！你一直在过度操劳——"

"也许是吧。不管怎么说，我想停下来——"

"停下来？不干法律了？"

"我要走，不管怎样——马上就走。我要出去长期旅行，到很远很远的地方去——丢开一切——"

他停住了，意识到自己没能像原先打算的那样，以一个渴望变化、却又因精疲力竭而懒得去欢迎这种变化的人那种冷漠口气来谈这件事。不管他要做什么事，那根渴望的心弦总是在强烈地振动。

"丢开一切——"他重复道。

"很远很远的地方？什么地方呢——譬如说？"她问道。

"噢，我不知道。印度——或者日本吧。"

她站了起来；他低着头坐在那里，双手托着下巴，感觉到她的温暖与芬芳在他的上方盘旋。

"要去那么远的地方吗？不过，亲爱的，恐怕你不能走……"她声音有点儿颤抖地说，"除非你带我一起去。"然后，由于他没有作声，她又接着说下去，语调十分清晰和平稳，每一个音节都像小锤子一般敲击着他的大脑："我是说，如果医生能让我去的话……不过恐怕他们不会同意的。因为，你瞧，纽兰，从今天上午起，我已经确定了一件我一直在热切地盼望和期待的事情——"

他抬起了头，心烦意乱地凝视着她；她蹲下身来，宛如含露欲滴的玫瑰一般，把脸贴在他的膝盖上。

"噢，我亲爱的。"他说，一面把她搂在怀里，用一只冰冷的手抚摸着她的头发。

一阵长时间的停顿；其间，他内心深处的魔鬼又发出刺耳的狂笑。随后，梅挣脱他的双臂站了起来。

"你没有猜到吗？"

"猜到了——我——没有。我是说，我当然希望——"

他们对视了片刻，又陷入了沉默。然后，他将目光从她脸上移开，突然问道："你告诉过别人吗？"

"只告诉了妈妈和你的母亲。"她停了一下，又连忙补充道，"就是——还有爱伦。你知道，我跟你说过，一天下午我们进行过一次长谈——她对我多好啊。"说话时，她的额头上泛起了一片红晕。

"啊——"阿彻说，他的心脏几乎停止了跳动。

他感觉到妻子在目不转睛地注视着他。"纽兰，我先告诉了她，你介意吗？"

"介意？我为什么要介意？"他做出最后的努力让自己镇静下来，"不过那是两周以前的事了，对吧？我记得你刚才说是今天才确定下来的。"

她的脸红得更厉害了，但她却经受住了他的凝视。"对，当时我还不能确定——但我告诉她我有了。你瞧，我说对了！"她大声说，那双蓝眼睛里噙满了胜利的泪水。

纯真年代

第三十四章

纽兰·阿彻坐在东三十九街他的书房的写字台前。

他刚从为大都会博物馆新展厅落成典礼举办的大型官方招待会上回来。那些宽敞的大展厅里堆满各个年代的收藏品,一大群时髦人物川流于一系列按科学方法分类的珍品中间——这一景象猛然压到了一个已经生锈的记忆弹簧。

"啊,这里曾经是塞兹诺拉文物的陈列室之一。"他听见有人说道。顷刻之间,他周围的一切都隐而不见了,只有他一个人坐在紧靠散热器的硬皮沙发椅上;同时,一个穿着海豹皮长大衣的苗条身影沿着老博物馆那设施简陋的狭长通道渐行渐远。

这一幻影引发了许多其他的联想。他坐在那里以新的眼光看着这间书房;三十多年来,这里一直是他独自沉思及全家人一起闲聊的场所。

这个房间是他一生中大部分真实的事情的发生地。在这里,大约二十六年前,他的妻子满面绯红、拐弯抹角地向他透露了她快要生孩子的消息,那副样子会引得新一代年轻女子发笑。在这里,他们的长子达拉斯由于体质羸弱不能在隆冬季节带到教堂去,而由他们的老朋友纽约主教施行洗礼,这位高尚无比、不可取代的主教一向是他主管教区的骄傲与光荣。在这里,达拉斯第一次在地板上摇摇晃晃地走了过来,口中喊着"爸爸",梅和保姆则躲在门后开怀大笑。在这里,他们的第二个孩子玛丽(她特别像她妈妈)宣布了自己同雷吉·奇弗斯那一大群儿子中最迟钝却最可靠的一位订婚的消息。还是在这里,阿彻隔着婚纱亲吻了女儿,然后他们一起下楼坐汽车去了恩典教堂——在一个万事万物都从根本上发生了动摇的世界上,只有"恩典教堂的婚礼"这项习俗依然如故。

正是在这间书房里,他和梅经常讨论子女们的前途:达拉斯和他的弟弟比尔的学业,玛丽对"成就"的不可救药的漠然和对体育运动与慈善事业的热爱,以及好动、好奇的达拉斯对"艺术"的模糊爱好——这种爱好最终使他进了一家新兴的纽约建筑事务所。

当今的年轻人正在摆脱法律与商业的束缚,开始致力于各种各样的新事物。如果他们不热衷于国家政务或市政改革,那么,他们很可能沉迷于中美洲的考古学,醉心于建筑业或园林工程,对本国独立战争之前的建筑物具有强烈的学术兴趣,专心研究和改造乔治王朝时期的建筑风格,并反对毫无意义地使用"殖民地时期的"①这个词语。除了郊区那些做食品杂货生意的百万富翁,如今已经没有人拥有"殖民地时期的"住宅了。

然而,最重要的(阿彻有时称其为最重要的)是:正是在这间书房里,一天晚上,从奥尔巴尼②前来就餐并过夜的纽约州州长一边握紧拳头敲着桌子、一边咬着眼镜对主人说:"去他的职业政治家吧!阿彻,你才是国家需要的那种人。要想把马厩清理干净,像你这样的人必须伸出手来帮忙打扫。"

"像你这样的人——"这种说法曾经让阿彻多么得意啊!他

---

① 原文是 Colonial。
② 奥尔巴尼,美国纽约州首府。

又曾经多么热情地奋起响应这一召唤啊！这简直就是很久以前内德·温塞特劝他卷起袖子下泥沼这一呼吁的回声；但是，说这句话的是一个率先做出榜样的人，他发出的跟随他前进的号召令人无法抗拒。

当阿彻回首往事的时候，他不敢肯定自己这样的人就是国家需要的人才，至少在西奥多·罗斯福①所指示的积极服务方面算不上。实际上，他这样想也不无道理，因为他在州议会任职一年以后未能再度当选，降职去做一份虽然有用却默默无闻的市政工作（这使他颇感欣慰）；后来又一次降职，只偶尔为一份以驱散笼罩全国的冷漠气氛为宗旨的改革周刊写写文章。往事中没有多少值得回顾的东西；不过当他想起那些与他生活在同一时代、同一环境中的年轻人的追求时——无外乎赚钱、运动和社交等少数几种令其视野狭隘的常规活动，就连他对事物新秩序的些许贡献也显得颇有价值，就像一堵坚固的墙上每一块砖都有其作用。他在公众生活中成就甚微，天性使他永远只是一名沉思者和浅尝者；但他曾经沉思过重大的事情，曾经为伟大的事件而欢呼，并且曾经以一位伟人的友谊为力量和自豪的源泉。

总之，他一直是一个人们开始称之为"好公民"的人。在纽约，在过去的许多年间，每一项新的运动，不论是慈善、市政还是艺术方面的，都曾考虑他的意见，都需要他的名字。在开办第一所残疾儿童学校的时候，在改造艺术博物馆、成立格罗里埃俱乐部②、创办新图书馆、组建室内乐学会的时候，每当遇到难题，人们就说："去问阿彻吧。"他的岁月过得很充实，也很体面。他认为这就是一个男人应当追求的一切。

---

① 西奥多·罗斯福（Theodore Roosevelt, 1858~1919），美国军事家、政治家，美国第 26 任总统。
② 格罗里埃俱乐部，一个以法国 16 世纪藏书家格罗里埃（Jean Grolier de Servières, 1479~1565）的名字命名的藏书家俱乐部，1884 年成立于纽约。

第三十四章 下 卷

他知道他错失了一样东西：生命之花。不过他现在认为那是非常难以企及、几乎不可能得到的东西，为此而牢骚满腹无异于因为抽彩抓不到头奖而悲观失望。他的"彩票"成千上万，"获奖彩票"却只有一张；机缘分明一直与他作对。当他想到爱伦·奥兰斯卡的时候，心情是宁静而超脱的，就像一个人想到他深爱的一个书中人物或画中人物那样。她的幻影蕴含着他所错失的一切。这个幻影尽管单薄而缥缈，却阻止他去想念别的女人。他属于人们所说的忠诚丈夫，传染性肺炎肆虐期间，梅在护理他们最小的孩子时被这种病夺去了生命，梅突然病故之后，他由衷地哀悼她。他们多年的共同生活向他表明，只要婚姻能够维持双方责任的尊严，即使它是一种枯燥的责任，也是无关紧要的；失去了责任之尊严，婚姻就仅仅是一场丑恶欲望的斗争。回首往事，他尊重自己的过去，并为它的逝去感到悲悼。毕竟，老方式有它的好处。

他环视着这间屋子——它已经被达拉斯重新装修过，摆上了英国网线铜版画、切宾代尔式橱柜、几件精选的蓝白色小饰品和光线柔和的电灯——目光又回到那张他一直不愿舍弃的旧东湖书桌上，回到他的第一张梅的照片上——它依然占据着墨水瓶架旁边的位置。

她站在那里，高高的个子，丰满的胸部，苗条的身材，穿着一身浆硬的棉布服装，戴着一顶帽檐下垂的宽边草帽，就像他在使馆花园橘树底下见到她时那样。后来，她就一直保持着他那天见到她时的那副样子；尽管她从未重现当日的风采，但也从未有过较大的退步。她慷慨大方，忠心耿耿，不知疲倦，却缺乏想象，故步自封，以至于她青年时代的那个世界业已分崩离析，又进行了自我重塑，而她却从未觉察到周围的变化。这种视而不见的顽固态度使她的见解明显地一成不变。她不能认清事物的变化，以致她的孩子们也跟阿彻一样向她隐瞒自己的观点。从一开始就存在着一种假装彼

此观点相同的共同倾向，一种家人之间的纯真无邪的虚伪，这种情形使得父亲和子女不知不觉地联合了起来。她去世时依然认为这个世界是个好地方，到处都是像她自己家那样温情脉脉、融洽和睦的家庭；她顺从地离开了人世，因为她深信，不管发生什么事，纽兰都会继续向达拉斯灌输那些塑造了他父母生活的准则和成见，而达拉斯（当阿彻随她而去之后）也会继续将这一神圣信念传达给小比尔。至于玛丽，她对她就像对自己那样有把握。因此，竭力从死神手中夺回小比尔之后，她便告别了人世，心满意足地到圣马可墓地的阿彻家族陵墓中归位。阿彻太太早已在那里安然长眠，避开了她的儿媳甚至完全没有察觉到的可怕的"潮流"。

在梅的照片对面，是她女儿的一张照片。玛丽·奇弗斯和她母亲一样高，一样漂亮，不过她腰身粗壮，胸部扁平，略显懒散，符合已经变化了的时尚的要求。假如玛丽·奇弗斯的腰围只有二十英寸，可以很容易地用梅·阿彻的那根天蓝色腰带束住，那么她那非凡的运动才能就无从发挥了。母女之间的这一差别颇具象征意味：母亲的一生就像她的形体那样被束缚得紧紧的。玛丽和母亲同样传统，也并不比母亲聪明，但是她的生活范围却更为广阔，思想观念也更为宽容。看来，新秩序也有它的好处。

电话铃嘀嘀嘀地响了，阿彻从那两张照片上移开目光，拿起手边的话筒。他们距离那段岁月已经多么遥远了啊——在那个时代的纽约，穿黄铜纽扣制服的信差的两条腿是快速通讯的唯一工具！

"芝加哥有人要和您通话。"

啊——这一定是达拉斯打来的长途。他被公司派往芝加哥，去商谈他们为一位年轻而有见地的百万富翁修建湖畔豪宅的计划。公司每次都派达拉斯去执行这类任务。

"喂，爸爸。对，我是达拉斯。我说——周三去航行一趟，您觉得怎么样？去毛里塔尼亚①。对，就是下周三。我们的客户想让我先看看几个意大利花园再做决定，要我赶紧乘下一趟船过去。我必须在六月一号回来——"他的声音突然变成快活的笑声——"所以我们必须抓紧时间。我说，爸爸，我需要您的帮助，您一定要来呀。"

达拉斯好像就在屋子里讲话，他的声音那样近，那样自然，仿佛他就懒洋洋地倚在炉边他最喜爱的那张扶手椅里。若不是长途电话已经变得跟电灯和五天横渡大西洋一样司空见惯，这件事准会让阿彻大吃一惊。不过，这阵笑声还是让他吓了一跳。这仍然显得非常奇妙：隔着这么遥远的疆域——森林、江河、山脉、草原、喧嚣的城市和数百万忙碌的局外人——达拉斯的笑声竟能向他表示："当然了，不管发生什么事，我一定要在一号回来，因为范妮·博福特和我要在五号结婚。"

儿子的声音又响了起来："考虑考虑？不行，先生，一分钟也不行，您现在就得答应。我想知道，为什么不行呢？哪怕您能提出一条理由——不，这我知道。那就一言为定，嗯？因为我希望您明天第一件事就是去按丘纳德办公室的门铃；还有，您最好订一张从马赛出发的往返船票。我说，爸爸，这可是咱们最后一次以这种方式一起旅行了——噢，太好了！我就知道您会答应的。"

芝加哥那边挂断了。阿彻站了起来，开始在屋里来回踱步。

儿子说得对，这将是他们最后一次以这种方式一起旅行了。达拉斯结婚以后，他们还会有另外"很多次"一起旅行的机会，父亲对此深信不疑，因为他们两人天生志同道合；而范妮·博福特，不论人们对她可能有什么样的看法，都不大可能干涉父子间的亲密关系。恰恰相反，根据他对她的观察，他倒认为她会很自然地被吸引

---

① 毛里塔尼亚，北非古国，其疆域包括今天的摩洛哥东北部和阿尔及利亚西部一带。

到这种关系中来。不过,变化终归是变化,差别依然是差别;尽管他对未来的儿媳颇有好感,但抓住单独跟儿子在一起的最后机会这种想法仍然很有诱惑力。

除了他已经失去旅行的习惯这一深层原因之外,他没有任何理由不抓住这次机会。梅一向不喜欢外出,除非有正当理由,譬如带孩子们到海边或山里去,否则她想象不出任何别的动机可以让她离开三十九街的家,或是离开他们在纽波特的韦兰家那舒适的住处。达拉斯获得学位之后,她认为出去旅游六个月是她应尽的职责,于是全家人一起到英国、瑞典和意大利做了一次老式旅行。由于时间有限(谁也不知为什么),他们没有去法国。阿彻还记得,当家人要求达拉斯考虑去攀登布朗峰而不是去兰斯和沙特尔①时,达拉斯勃然大怒。但玛丽和比尔想要爬山,而且在达拉斯兴致勃勃地游览那些英国大教堂的路上,他俩早就跟在他后面打哈欠了。梅对孩子们一贯持公平态度,坚决维持他们的运动爱好与艺术爱好之间的平衡。她确实曾经提议让丈夫到巴黎去待上两周,等他们"走"完瑞士,再到意大利湖畔与他们会合;但阿彻拒绝了。"我们要始终在一起。"他说。看到他为达拉斯树立了这么好的榜样,梅的脸上露出了喜色。

自从她两年前去世以后,他没有理由继续恪守旧有的常规了。孩子们曾经力劝他去旅游;玛丽·奇弗斯确信,到国外去"看看画廊"肯定对他大有益处。这种治疗方法的神秘性使她越发坚信其功效。然而,阿彻发现自己已经被习惯、回忆以及突然产生的对新事物的惊惧紧紧地束缚住了。

此刻,在他重温往事的时候,他看清了自己已经变得多么墨守成规。恪守职责的最不幸的后果,就是使人对于做其他事情明显

---

① 兰斯和沙特尔,均为法国城市,分别位于法国东北部和北部。

感到不适应。至少这是他那一代男人所持的观点。对与错、诚实与欺诈、高尚与卑鄙之间的鲜明界限没有给预料之外的情况留下半点余地。一个人的想象力平时极易受到生活环境的抑制,但有些时候,它会突然超越平日的水平,去审视漫长曲折的命运历程。阿彻就这样呆呆地坐在那里,感叹着……

他成长于其中的那个小天地——是它的准则压制并束缚了他——现在还剩下了什么呢?他想起了可鄙的劳伦斯·莱弗茨就在这间屋子里说过的一句嘲讽的预言:"假如事态照这个速度发展,我们的孩子就会跟博福特的杂种结亲。"

这正是阿彻的长子——他一生的骄傲——马上要做的事情,但却没有人感到奇怪或表示谴责。就连孩子的姑妈詹妮——她看上去还跟她做大龄青年的时候一模一样——也从粉红的棉絮中取出她母亲的祖母绿与小粒珍珠,用她颤抖的双手捧着送给了未来的新娘。范妮·博福特不仅没有因为没有收到在一巴黎珠宝商处定做的"一套"首饰而露出失望的表情,反而大声称赞这些珠宝的老样式的精美,说等她戴上它们以后,她一定会觉得自己像一幅伊沙贝的小画像。

范妮·博福特在其双亲去世之后,于十八岁那年在纽约社交界露面,并像三十年前的奥兰斯卡夫人那样赢得了它的芳心;只是,上流社会不仅没有不信任她或惧怕她,反而高高兴兴地接纳了她。她漂亮,有趣,多才多艺,谁还再需要更多的东西呢?没有人如此心胸狭窄,以至于还会再去翻她父亲的历史和她的出身的老账。那些事情已经被淡忘了。只有上了年纪的人们还依稀记得纽约生意场上的博福特破产事件,或者记得他在妻子死后悄悄娶了名声不好的范妮·琳,带着新婚妻子和一个继承了她的美貌的小女孩离开了这个国家。后来人们听说他去了君士坦丁堡,而后又去了俄国;十几年之后,美国的旅行者在布宜诺斯艾利斯受到了他慷慨热情的款

待,他在那里担任一家规模很大的保险代理公司的代表。他们夫妇两人于事业鼎盛时期在那里离开了人世。后来有一天,他们的孤女来到了纽约,受到梅·阿彻的弟媳杰克·韦兰太太的照管,后者的丈夫被指定为这个姑娘的监护人。这一事实使她与纽兰·阿彻的孩子们结成了类似于表兄妹的关系,所以在达拉斯的订婚消息公布时,没有人感到意外。

这事最清楚不过地表明了世事变化之大。如今的人们太忙碌了——忙于改革和"运动",忙于追逐时尚、崇拜偶像和进行轻松的娱乐活动——以至于无暇再对左邻右舍的闲事过分操心。在所有的社会微粒都在同一平面上旋转的巨大万花筒里,某某人的过去又算得了什么呢?

纽兰·阿彻从旅馆窗口眺望着巴黎街头壮观的欢乐景象,感到自己的心在青春的困惑与热情中悸动不已。

他日益宽松的夹克衫下面的那颗心已经许久没有经历过这样剧烈的起伏了。继而,他觉得胸部有一阵空虚感,太阳穴有些发热。他想道,不知当他的儿子见到范妮·博福特小姐时,儿子的心是否也会这样跳动——接着他断然做出了否定的回答。"他的心跳无疑也会加快,但节奏却不相同。"他沉思道,并回忆起那位年轻人宣布自己的订婚消息时那副泰然自若、相信家人当然会同意的样子。

"其中的区别在于,这些年轻人理所当然地认为他们会得到自己想要的任何东西,而我们以前却几乎总是理所当然地认为自己不应当得到这样的东西。只是,我不知道——对于一件事情,如果人们事先就感到胸有成竹,那么它究竟还会不会让他们的心像我们以前那样疯狂地跳动呢?"

这是他们到达巴黎的第二天。春天的阳光从敞开的窗口射了进来，洒满了阿彻的全身；楼下是银光闪闪、气势恢宏的旺多姆广场①。当他同意随达拉斯出国旅行之后，他提出的一个条件——几乎是唯一的条件——是：到了巴黎，不能强迫他到新式的"大厦"去。

"噢，好吧——当然可以，"达拉斯温和地表示同意，"我会带您到令人快活的老地方去——比如布里斯托尔——"这话使他的父亲哑口无言，因为他说起那座已有百年历史的帝王宫殿时，就像谈论一家以其古雅的风格、陈旧的设施和残存的地方色彩吸引顾客的老式客栈一样。

在最初那几年焦躁不安的日子里，阿彻曾经多次描绘他重返巴黎时的图景；后来，对人的想象渐渐淡漠了，他只想去看一看作为奥兰斯卡夫人生活背景的那个城市。夜间，当全家人都睡下之后，他独自坐在书房里，将那个城市中初绽的明媚春光召唤到眼前：林荫道边的七叶树，公园里的鲜花与雕像，花车上传来的阵阵丁香花的香气，大桥下面的滚滚波涛，以及让人热血沸腾的艺术作品、学术研究和娱乐活动。如今，这片壮丽辉煌的景象就在他的面前，然而当他放眼观看的时候，却感到自己畏缩了，过时了，不适应了；与他曾经梦想成为的那个意志刚强的堂堂男子汉相比，他变得既渺小又可悲……

达拉斯的手兴高采烈地落到他的肩上。"嘿，爸爸，这儿真了不起，是不是？"他们站了一会儿，默默地望着窗外，接着年轻人又说："对了，有个口信要告诉您：奥兰斯卡伯爵夫人将在五点半钟接待咱们。"

他的语气轻松随意，就像在传达一条很随便的消息，比如翌日傍晚他们的火车出发前往佛罗伦萨的钟点。阿彻看了看他，觉得从

---

① 旺多姆广场，法国巴黎市中心的一座豪华广场，是法国高级珠宝品牌专卖店的汇集地。

他那双年轻快活的眼睛里发现了他的曾外婆明戈特那种不怀好意的神色。

"噢，我没告诉您吗？"达拉斯接着说，"范妮要我答应到巴黎后做三件事：给她买德彪西①新歌的乐谱，到大木偶剧场②去看戏，还有就是去看望奥兰斯卡夫人。您知道，博福特先生从布宜诺斯艾利斯送范妮来过圣母升天节③的时候，奥兰斯卡夫人对她特别好。范妮在巴黎一个朋友也没有，奥兰斯卡夫人一直亲切地对待她，假日里带她到各处去玩。我相信她是第一任博福特太太的好朋友；当然，她还是我们的表亲。所以，今天上午我出门前给她打了个电话，告诉她您和我要在这儿待两天，并且想去看看她。"

阿彻继续瞪大眼睛盯着他。"你告诉她我在这儿了？"

"当然啦——为什么不呢？"达拉斯古怪兮兮地把眉毛往上一挑。接着，由于没有听到回答，他便悄悄把胳膊搭到父亲的胳膊上，亲密地按了一下。

"我说，爸爸，她长什么样子呀？"

在儿子满不在乎的凝视下，阿彻觉得自己脸红了。"嘿，坦白吧：您跟她过去是好朋友，是不是？她是不是特别可爱？"

"可爱？我不知道。她和别人很不一样。"

"啊——您可说对了！事情的结果往往就是这样，对不对？当她出现时，完全与众不同——可你却不知道为什么。这正是我对范妮的感觉。"

他父亲向后退了一步，挣脱开他的胳膊。"对范妮的感觉？可

---

① 德彪西，即阿希尔-克洛德·德彪西（Achille-Claude Debussy, 1862~1918），法国作曲家，印象派音乐的奠基人之一。
② 大木偶剧场，法国巴黎的一家剧院，1897 年开放，1962 年关闭，以上演情节惊悚、恐怖的戏剧而闻名。
③ 圣母升天节，天主教节日，在每年的 8 月 15 日。

是，亲爱的伙计——我倒希望如此呢！只是我看不出——"

"去它的吧，爸爸，别那么陈腐了！她是否——曾经是——您的范妮？"

达拉斯完完全全属于一代新人。他是纽兰和梅·阿彻的第一个孩子，但是就连向他灌输最基本的矜持原则都办不到。"搞得神秘兮兮的有什么用？那样只会促使人们探出真相。"叮嘱他要谨慎的时候，他总是这样提出异议。然而，阿彻迎着他的目光，看出了隐藏在玩笑背后的那片孝心的光芒。

"我的范妮？"

"嗯，就是您愿意为之抛弃一切的女人，只不过您没有那样做。"语出惊人的儿子接着说。

"我没有。"阿彻以一种庄严的态度重复道。

"没错。瞧，您很守旧，亲爱的老伙计。可是母亲说——"

"你的母亲？"

"是啊，就在她去世的前一天。当时她把我一个人叫了去——您还记得吗？她说她知道我们和您在一起很安全，而且会永远安全；因为有一次，当她请求您的时候，您放弃了自己最想要的东西。"

阿彻听了这个新奇的消息后默然无语，眼睛依旧茫然地盯着窗下阳光明媚、人群拥挤的广场。终于，他低声说："她从来没有请求过我。"

"对，我忘了。你们两人从来没有向对方提过什么请求，是不是？你们也从来没有告诉过对方什么事情。你们仅仅是坐在那里互相观察，猜测对方心里在想些什么。简直就是一个聋哑人收容所！哎，我敢打赌，你们那一代人对对方隐秘思想的了解比我们对自己的了解还多——我们根本没有时间去探索。我说，爸爸，"达拉斯突然打住话头，"您没生我的气吧？要是生气了，我们就到亨利餐

馆去吃顿午饭弥补一下。吃完饭我还得赶紧去凡尔赛呢。"

阿彻没有陪儿子去凡尔赛。他宁愿独自在巴黎闲逛一个下午。他必须立刻清理一下在心底压抑和埋藏了一生的那些无法言说的遗憾和回忆。

过了一会儿，他不再为达拉斯的轻率感到遗憾了。到头来，终于有人猜出了他的心事并给予同情，这仿佛从他的心上除去了一道铁箍……而这个人竟是他的妻子，更使他感动得难以形容。尽管达拉斯充满爱心和洞察力，但他是不会理解的。在儿子看来，那段插曲无疑只不过是一个关于白白受挫、浪掷精力的可悲事例而已。然而事情果真仅此而已吗？陷入困惑的阿彻久久地坐在香榭丽舍大街的长凳上，生活的急流在他身边滚滚向前……

就在几条街之外、几个小时之后，爱伦·奥兰斯卡将等他前往。她始终没有回到她丈夫的身边；他几年前去世以后，她的生活方式也没有任何变化。如今再也没有什么事情让她与阿彻分开了——而今天下午他就要去见她了。

他起身穿过协和广场和杜伊勒里花园，走到了卢浮宫。她曾对他说过，她经常到那里去，于是他萌生了一个念头，要到一个他可以想起她（也许他最近一直沉浸在对她的想念之中）的地方去度过见面之前的这段时间。在下午耀眼的阳光下，他花了一个多小时从一个画廊逛到另一个画廊，那些被淡忘了的光彩夺目的画作一幅接一幅地呈现在他面前，使他的灵魂充满了美的经久不息的回声。毕竟，他的生活一直太贫乏了……

在一幅光辉灿烂的提香①作品跟前，他突然听到了自己的心声："可我只有五十七岁啊——"随即，他转身离开了。若要追求

---

① 提香，即提香·韦切利奥（Tiziano Vecellio，1488?~1576），意大利文艺复兴盛期威尼斯画派的代表性画家。

那种盛年的梦想,已经为时太晚;然而,若要在她身边安宁地、幸福地享用志同道合的友谊之果,却肯定还不算太迟。

他回到旅馆,在那里如约与达拉斯会合,两人一起再度穿越协和广场,走过那座通往下议院的大桥。

达拉斯不知道父亲心里在想些什么,只顾兴致勃勃、滔滔不绝地讲述凡尔赛的情况。那个地方他以前只在一次假日旅行期间走马观花地游览过一次——在那次旅行中,他企图把自己先前不得不随全家去瑞士时没有机会参观的那些风景名胜尽收眼底。狂热的激情与武断的评价使他的话矛盾百出。

阿彻越听越觉得他的讲述不够充分和生动。他知道这孩子并非感觉迟钝,而是充满机敏和自信——它们来源于对命运的平等看待,而不是屈尊俯视。"正是这样:他们用平等的眼光来看待事物——他们知道自己何去何从。"他沉思道。他把儿子看作新一代的代言人,他们已经扫除了一切陈旧的地标,也扫除了路标和危险信号。

突然,达拉斯停止了讲述,抓住父亲的胳膊喊道:"瞧,天哪!"

他们已经走进了荣军院[①]门前栽满树木的开阔场地。芒萨尔设计的穹顶优雅地飘浮在绽露新芽的树木和长长的灰色前门上方,将下午的光线集于一身;它悬挂在那里,就像这个民族的光荣的有形象征。

阿彻知道奥兰斯卡夫人就住在从荣军院伸展出去的一条大街附近的一个街区。他曾将那个街区想象成一个十分幽静、甚至有些

[①] 荣军院,位于法国巴黎第七区,建于1679年,原是赡养残老军人的国家福利机构;后来,其主体建筑被改建为国家军事博物馆,原先的教堂则被改建为拿破仑的陵墓。其穹顶由法国宫廷建筑师儒勒·阿杜安—芒萨尔(Jules Hardouin-Mansart, 1646~1708)设计,完成于1706年,是芒萨尔最著名的代表作。

偏僻的地方，竟然忘记了将其照亮的那个光辉灿烂的中心。此刻，通过一些奇怪的联想，那片金色光辉在他心目中又变成了弥漫在她周围的一片光明。在将近三十年的岁月里，她的生活——他对此所知极少——就是在如此华美的环境当中度过的，这个环境已经让他感到太浓烈、太刺激了。他想到了她必定去过的剧院、必定看过的绘画、必定经常出入的肃穆显赫的旧宅，必定与之交谈过的人，以及一个以远古风俗为背景的极其热爱交际的民族不断迸发出来的观念、好奇、幻象与联想。猛然间，他想起了那位法国青年曾经对他说过的话："啊，机智的谈话——那是无与伦比的，不是吗？"

阿彻已有将近三十年没见过里维埃先生了，也没听人说起过他；由此也可看出他对奥兰斯卡夫人的生活状况几乎一无所知。他们两人天各一方已有大半生时间；在这段漫长的岁月里，她生活在他不认识的人们当中，生活在他只能模糊猜测的社会当中，生活在他永远也不能完全理解的环境当中。在这段岁月里，他的生活一直伴随着青年时期对她的记忆，而她无疑又有了另外的、更加切实的交情。也许她也单独保留着对他的记忆；不过即便如此，这份记忆也一定像是摆在昏暗的小礼拜堂中的一件遗物，她并不是每天都有时间在那里祷告……

他们已经穿过了荣军院广场，沿着这座建筑物侧面的一条大道前行。这个地方尽管拥有辉煌的历史，但毕竟还是一个安静的街区。既然为数不多、无关紧要的伤残军人都能住在这样的地方，巴黎必须仰仗的那些富人的情况也就可想而知了。

天色渐渐变暗，地面上笼罩着一层闪耀着阳光的柔和雾霭，零零散散地点缀着黄色的灯光，他们转入的小广场上行人稀少。达拉斯又一次停了下来，抬头观望。

"一定是这儿。"他说，一面悄悄把手臂搭到父亲的手臂上；阿彻尽管有些羞怯，却并没有躲避他的这个动作。他们站在一起抬头观看那所住宅。

那是一幢现代式的楼房，没有显著的特色，但窗户很多，而且奶油色的楼房正面十分开阔，并带有赏心悦目的阳台。在悬挂于七叶树圆顶上方的那些上层阳台当中，一个阳台的凉篷仍然低垂着，仿佛阳光刚刚离开它似的。

"不知是在几层？"达拉斯说。他朝车辆通道走去，把头伸进了门房，然后回来说道："五层。一定是带凉篷的那一间。"

阿彻依然纹丝不动，抬头凝望着上面的窗口，仿佛他们已经到达了朝圣的目的地似的。

"我说，您瞧都快六点了。"儿子终于提醒他说。

父亲朝旁边望去，瞥见树下有一张空着的长椅。

"我想我要到那里去坐一会儿。"他说。

"怎么——您不舒服吗？"儿子大声问道。

"噢，我很好。不过，我希望你一个人上去。"

达拉斯在他面前踌躇着，显然感到困惑不解。"可是，我说，爸爸，您是说您根本不想上去吗？"

"我不知道。"阿彻缓缓地说。

"要是您不上去，她会不理解的。"

"去吧，孩子，也许我随后就来。"

达拉斯在薄暮中盯着他看了半天。

"可我究竟该怎么说呢？"

"我的好伙计，你不是总知道该说什么吗？"父亲微笑着回答道。

"好吧。那我就说您是个老顽固，因为不喜欢电梯，宁愿爬五层楼。"

父亲又露出了微笑。"就说我是个老顽固吧，这就足够了。"

达拉斯又看了他一眼，做了一个表示怀疑的手势，然后消失在

拱形大门后面。

阿彻在长椅上坐了下来,继续凝望着那个带有凉篷的阳台。他计算着儿子需要花费的时间:乘电梯到五楼,按响门铃,被让进门厅,然后被引进客厅。他想象着达拉斯迈着轻快而自信的步伐、带着令人愉快的笑容走进房间的情形,心中暗想:有人说他的儿子"像他",这话不知是对还是错。

接着,他试图想象已经在客厅里面的那些人——现在正值社交时间,屋里大概不止一个人——在他们中间有一位面色阴郁的夫人,苍白而阴郁,她会迅捷地抬起头来,欠身站起,伸出一只瘦长的手,手上戴着三枚戒指……他想,她可能坐在紧靠火炉的沙发角落里,身后的桌子上摆着一簇杜鹃花。

"对我来说,待在这里要比上楼去更加真实。"他猛然听到自己说道。由于害怕最后一个真实的影子会逐渐变得模糊,他待在座位上一动不动;时间一分钟接一分钟地流过。

在渐趋浓重的暮色里,他在长椅上坐了很久,目光始终没有离开那个阳台。终于,一束灯光从窗口射了出来;过了一会儿,一名男仆来到阳台上,收起凉篷,关上了百叶窗。

纽兰·阿彻看到这一情景,就像接到了他所等候的信号一般,慢慢地站起身来,独自朝旅馆走了回去。

图书在版编目（CIP）数据

纯真年代/（美）华顿著；刘一南译.—北京：
中国书籍出版社，2015.3
ISBN 978-7-5068-4765-0

Ⅰ.①纯… Ⅱ.①华… ②刘… Ⅲ.①长篇
小说—美国—现代 Ⅳ.① I712.45

中国版本图书馆CIP数据核字（2015）第040236号

纯真年代

（美）伊迪丝·华顿 著

刘一南 译

策划编辑	宋 然
责任编辑	宋 然
责任印制	孙马飞 马 芝
封面设计	黄俊杰
出版发行	中国书籍出版社
地 址	北京市丰台区三路居路97号（邮编：100073）
电 话	（010）52257143（总编室） （010）52257140（发行部）
电子邮箱	yywhbjb@126.com
经 销	全国新华书店
印 刷	河北省三河市顺兴印务有限公司
开 本	710毫米×1000毫米 1/16
字 数	259千字
印 张	21
版 次	2015年6月第1版 2015年6月第1次印刷
书 号	ISBN 978-7-5068-4765-0
定 价	33.00元

版权所有 翻印必究